Die schrecklich schöne neue Welt
des Professor Furtwanger

Adrian Suter

Die schrecklich schöne neue Welt des Professor Furtwanger

Roman

Riverfield

Für Marcel

1. Auflage 2015

www.riverfield-verlag.ch

Umschlaggestaltung
Dominic Wilhelm
Hauptmann & Kompanie, Zürich
Lektorat
Susanne Dieminger, Friedberg/Bayern

Druck und Bindung
CPi Ebner & Spiegel, Ulm
Printed in Germany

ISBN 978-3-9524463-8-6

»Viele sterben zu spät, und einige sterben zu früh. Noch klingt fremd die Lehre: ›stirb Zur rechten Zeit‹.«

Friedrich Nietzsche

Vorgeschichte, 1945
Expedition Mantodea

1

Es herrschten die uralten, wilden und immerwährenden Laute in diesem abgeschiedenen Teil der Welt – Zikadengezirpe, Affengekreisch, das Rauschen der Wipfel und tausend andere Naturgeräusche erfüllten die Steppe am Rand des Dschungels. In der flirrenden Hitze wiegten sich die Gräser leicht im Wind, als am blassblauen Himmel ein gleißender Punkt sichtbar wurde und ein immer lauter werdendes Brummen das Klangbild der Natur zerschnitt. Der Punkt entpuppte sich als brandneue Junkers 52, die nun holpernd landete und in weitem Umfeld Gras und Sträucher zu Boden wehte. Sie kam an einem abgemähten Kreuz zum Stehen. Als sich die Luke öffnete, zwängte sich ein großer, drahtiger Mann durch die Öffnung und sprang zu Boden. Er streckte ausgiebig die Glieder. In seinen Knickerbockerhosen, dem weißen Tropenhelm und der beigen, in der Taille zugeschnürten Jacke bot er das Bild des typischen europäischen Afrikareisenden. Er zog ein Taschentuch hervor, mit dem er die Schweißperlen vom Gesicht tupfte, und setzte eine Brille auf die Nase. Auf sein Zeichen hin sprangen fünf weitere, ähnlich gekleidete Männer aus der Maschine. Genauso wie ihr Kommandant vertraten sie sich die Füße, spähten in die Umgebung und schienen nach etwas Ausschau zu halten. »Da!«, schrie einer und wies mit dem Finger auf eine dicht bewachsene Stelle. Ein krauser grauer Haarschopf kam zum Vorschein, dann ein Gesicht mit breiter Nase und schließlich erhob sich ein Eingeborener aus dem Steppengras. Nacheinander tauchten drei weitere auf und die beiden Gruppen standen sich zunächst abwartend gegenüber. Im Gegensatz zu den Weißen schienen die Ureinwohner von einer Aura des Zeitlosen umgeben zu sein. Furchtlos standen sie da und musterten die Ankömmlinge mit leicht gelangweilter Miene. Schließlich ging Schneiter, ein Mann mit dünnem Schnurrbart, Bürstenschnitt und umgehängtem Karabiner auf die Eingeborenen zu und begann, in deren Sprache mit ihnen zu reden. Eine Weile wurde verhandelt und gestikuliert. Der Sprache offenbar unkundig, ließ sich der Kommandant das Gesagte übersetzen und forderte seinen Untergebenen auf: »Sagen Sie ihnen, dass sie bekommen, was mit der Vorhut vereinbart wurde, wenn sie uns helfen.«

Schneiter übersetzte, die gedrungenen Einheimischen steckten die Köpfe zusammen und nickten bestätigend. Das Geschäft war perfekt.

Anschließend führte Schneiter einen von ihnen zu dem Drahtigen und stellte ihn etwas unbeholfen vor: »Das ist der Doktor«, sagte er auf Deutsch, und wiederholte: »Doktor.« Der so Angesprochene schüttelte die dargebotene Hand und lächelte kurz, bevor sein Gesichtsausdruck wieder ernst wurde und er seinen Leuten befahl, das Flugzeug zu entladen. Bei den Männern, die aus Deutschland angereist waren, klappte alles wie am Schnürchen. Die Eingeborenen stellten sich etwas unbeholfen an, aber unter Schneiters straffen Anweisungen trugen sie schließlich Stangen und Planen, Lebensmittel und die verschiedensten Geräte ins Feld, während die Weißen ein Camp errichteten.

Am Nachmittag dieses schwülheißen 13. Januar 1945 begann die »Expedition Mantodea«.

Es wurde Abend, bis alles eingerichtet war. Vier Giebelzelte standen in Reih und Glied, mit langen Heringen im staubigen Boden verankert, davor ein paar Feldtische, ein

Holzherd und ein Kühlschrank, der mit dem Flugzeug verkabelt war. Petroleumlampen an eigens dafür eingetriebenen Holzpflöcken spendeten Licht in der hereinbrechenden Nacht. Die Laute des nahen Urwaldes wurden langsam spärlicher, während die Männer nach getaner Arbeit an den Tischen saßen und der Geruch nach gebratenen Kartoffeln die Luft erfüllte. Ein Japaner, der neben dem Doktor Platz genommen hatte, wollte wissen: »Nun, wie geht es weiter?«

»Das werden Sie morgen erfahren, Koyo, jetzt essen wir und ruhen uns aus«, antwortete der Angesprochene mit unergründlichem Lächeln.

Bald nach dem Essen wurden die Lichter gelöscht, man ging zu Bett, nur Schneiter hielt mit umgehängtem Gewehr Wache und hatte ein besonderes Augenmerk auf das Zelt der Ureinwohner.

Es war noch dunkel, als der Doktor seinen Kopf aus dem Zelt streckte. Mit seinem langen Hals erinnerte er irgendwie an eine Echse. Nur mit einer Unterhose bekleidet, kroch er missgelaunt ins Freie, murmelte etwas von der verdammten Hitze, die auch nachts nicht nachließ, und fluchte über die Moskitos, die ihn trotz des Netzes geplagt hatten. Der Mann, der die dritte Wachablösung übernommen hatte, stand neben ihm und zog eine Taschenuhr aus der Hose. Es war kaum fünf Uhr vorüber.

»Rüssler, was stehen Sie hier herum«, herrschte ihn sein Vorgesetzter an. »Machen Sie gefälligst Kaffee!«

Während Rüssler am Herd hantierte, besorgte der Doktor eine notdürftige Morgentoilette, bevor er wieder im Zelt verschwand, um sich anzuziehen. Mit einem ledergebundenen Buch in der Hand kam er zurück, zündete eine Zigarette an und blies den Rauch gegen ein paar umherschwirrende Mücken. Dann setzte er sich an den Tisch und schlug das Buch auf. Der bullige Rüssler schenkte seinem Chef etwas unbeholfen Kaffee ein und trank seinen eigenen in gebührendem Abstand im Stehen. Bei dem Buch schien es sich um eine Art Expeditionstagebuch zu handeln, in das der Doktor nun eifrig schrieb. Danach hatte sich seine Laune wohl etwas gebessert – er wies Rüssler an, die Männer zu wecken.

Bei blutrotem Sonnenaufgang wurde gefrühstückt. Man redete kaum, Spannung lag in der Luft, denn bald würde der Kommandant den Zweck der Expedition erläutern und Anweisungen erteilen.

Der Doktor befahl Pichler, einem gedrungenen, dicklichen Mann, ein Dreibein und eine Zeichenmappe zu bringen. Sofort befleißigte sich der stille Pichler unterwürfig, während der Rest der Männer das Geschirr abräumte, sich wieder an den Tischen versammelte und die Aufmerksamkeit ganz auf ihren Vorgesetzten richtete. Dieser stand neben dem Dreibein und schlug sich mit einem Stöckchen ungeduldig in die Handfläche. Als würde sie das alles nichts angehen, saßen die Eingeborenen im Gras und unterhielten sich leise.

Endlich zog der Doktor eine großformatige Schwarz-Weiß-Fotografie aus der Mappe und stellte sie auf die Staffelei. Er zeigte mit dem Stock darauf und fragte: »Was sehen Sie, meine Herren?«

Nach einer Weile angestrengten Beobachtens ergriff Schneiter das Wort: »Blätter?«

»Was noch?«

Ratloses Schweigen hing in der Luft, bis der Doktor eine Stelle des Bildes rot einkreiste. »Kommt näher, Männer, was seht ihr hier?«

Stühlerücken, man ging zum Bild, betrachtete es eingehend, aber niemand sah etwas anderes als ein paar Äste mit Blättern.

»Bei genauem Hinsehen können Sie ein Tier sehen, ein Tier, das sich als Blatt getarnt hat.«

Ein Raunen ging durch die Gruppe. Tatsächlich war ein Körper mit einem Kopf und zwei Augen zu erkennen – optisch nahezu perfekt mit dem Blatt verschmolzen. Die spinnenartigen, gereckten Beine waren kaum von den Verästelungen der Pflanze zu unterscheiden. Der Doktor entnahm der Mappe ein zweites Bild, das einen Pfad mit verdorrtem Laub zeigte. Auch hier war bei genauem Hinsehen ein Tier zu erkennen, das die zerknitterte Form des Laubes angenommen hatte und ebenso gut getarnt war wie das erste. Ähnlich die weiteren Fotos. Auf einem glich das Tier einer Baumrinde, auf einem anderen einer Blume, dann wieder war es kaum von einem kleinen Ast zu unterscheiden.

»Was Sie hier sehen, meine Herren, ist eines der raffiniertesten Ergebnisse der Evolution und womöglich älter als der Saurier«, begann der Doktor seinen Vortrag. »Es handelt sich um eine Mantodea, zu Deutsch Fangschrecke. Die in unseren Graden vorkommende Art wird Gottesanbeterin genannt, weil ihre Fangarme an zum Gebet gefaltete Hände erinnern. Doch der Name täuscht. Nähert sich nämlich ein Beutetier, setzt die Gottesanbeterin blitzschnell zum Sprung an und quetscht dem Opfer mit den kräftigen, stachelbewehrten Fängen das Leben aus dem Leib. Das Insekt erreicht eine Körperlänge von sieben bis sechzehn Zentimetern und gehört zur Spezies der Heuschrecken. Was sie aber mitnichten davon abhält, ihre Artgenossen zu verspreisen.«

Mit glänzenden Augen fuhr der Doktor fort: »In unserer Heimat gibt es nur eine Art dieses Insektes, das sonst wärmere Regionen bevorzugt. Insgesamt existieren davon laut neuesten Forschungen etwa zweitausend Arten. Im Gegensatz zu uns Menschen«, hier legte er eine kurze rhetorische Pause ein, »bei denen es nur zwei Rassen gibt, nämlich die deutsche Herrenrasse und die Untermenschen, wie wir ja wissen. Hier im Dschungel vermutet man hundert bis zweihundert verschiedene Fangschreckenarten. Alles brutale Jäger, und das einzige Insekt, das in der Lage ist, bei Gelegenheit auch mal ein Säugetier, zum Beispiel eine Maus, mit seinen scharfen Fängen zu erlegen. Im Übrigen frisst das Weibchen nach der Paarung den Gatten auf.«

Nach diesen Worten sah der Doktor mit bedeutungsschwangerem Blick in die Runde, zündete sich eine Zigarette an und fuhr dann fort: »Die Suche nach diesem Tier, meine Herren, ist Ziel unserer Expedition. Es ist ein einziges, sehr seltenes Exemplar, das wir aufspüren müssen.«

»Und was tun wir damit?«, fragte Schneiter.

»Wir werden es fressen.« Das Gesicht des Doktors verzog sich zu einem breiten Grinsen.

Seine Gedanken schweiften zurück zu jenem Tag, der der Grund für diese Expedition werden sollte: Bei einem eher zufälligen Besuch im naturhistorischen Museum in Berlin erregte in einer kaum beachteten Ecke, in der antike afrikanische Skulpturen ausgestellt waren, eine seltsame, schwarze Statuette, kaum dreißig Zentimeter hoch, seine Aufmerksamkeit. Noch nie zuvor hatte er etwas Ähnliches wie diese Mischung aus Mensch und Stabheuschrecke gesehen. Er umkreiste die Vitrine und fand auf der Rückseite winzig kleine eingravierte Hieroglyphen, die er allerdings keiner ihm bekannten Sprache zuordnen konnte. Obwohl das Objekt in tadellosem Zustand war, musste es schon sehr alt sein.

Anderntags traf er sich mit dem Kurator des Museums und übergab ihm die Weisung von höchster Stelle, ihm das Artefakt für eingehendere Studien auszuhändigen.

Bis tief in die Nacht brütete er von da an täglich über die Bedeutung der Hieroglyphen. Nach zwei Wochen schallte ein unüberhörbares »Heureka!« durch sein Labor. Er konnte kaum fassen, was er herausgefunden hatte.

Sofort meldete er seine Erkenntnis dem Führer, und so war es zu dieser außergewöhnlichen Mission gekommen.

Ohne sich seine Gedanken anmerken zu lassen, wandte er sich wieder der Gegenwart zu. Mit seinen mehr als dreißig Jahren hatte er sich immer noch ein Lausbubengesicht bewahrt, dessen Ausdruck sich aber meist schnell wieder verhärtete. Nun wies er Schneiter an, die Eingeborenen zu holen. Sobald sie sich bei ihm versammelt hatten, hielt er ihnen alle Bilder unter die Nase, die in der Mappe lagen, und fragte: »Welche war es?«

Die Farbigen berieten, kratzten ihr graues Haar und schienen etwas ratlos zu sein. Sie sprachen mit Schneiter.

»Sie können sich nicht mehr erinnern, es sei schon zu lange her, sagen sie.«

Der Stock des Doktors sauste auf den Kopf eines der Schwarzen nieder, während er die dünnen Lippen zusammenpresste und zischte: »Sie sollen sich gefälligst anstrengen, wenn sie bekommen wollen, was sie so sehnlichst wünschen.«

Aber es half alles nichts. Trotz mehrmaligem intensiven Studium und scharfen Worten des Doktors war das Resultat auch nach drei Stunden noch mager. Bei der Durchsicht konnten von den Eingeborenen lediglich einige Arten definitiv ausgeschlossen werden. Zudem wurde klar, dass die Bildergalerie unvollständig war.

Der Doktor wischte sich den Schweiß von der Stirn und setzte die Feldflasche an, die ihm gereicht worden war. »Wir werden also ausschwärmen und alle Exemplare einsammeln, die wir finden. Jeden Meter Savanne und Dschungel werden wir durchkämmen, wenn nötig, versetzen wir das Lager in den Urwald, um weiter vordringen zu können.« Bei dieser Vorstellung verzog er säuerlich den Mund.

Noch einmal fragte Schneiter, was denn mit dem Insekt überhaupt bezweckt werden solle.

Sein Vorgesetzter erinnerte an die absolute Geheimhaltung des Projektes, und dass er deshalb vorerst nicht mehr dazu sagen könne. Nur so viel: Es gehe bei der Expedition um die Erhaltung der arischen Rasse, um das Leben des Führers, um die Zukunft des Reiches und der Welt schlechthin.

»Männer«, schloss er seinen gewichtigen Vortrag, »im Vergleich zu unserer Mission ist die Suche nach der Stecknadel im Heuhaufen ein Pappenstiel. Aber es *muss* gelingen! Und wir müssen uns beeilen, die Zeit drängt. Jede Minute des Tages ist kostbar. Mithilfe dieser … Untermenschen« – er wies auf die Eingeborenen – »werden wir uns im Dschungel zurechtfinden.«

Er sah zum Himmel, wo die Sonne ihren Zenit längst überschritten hatte. Da hier in Zentralafrika der Tag nur acht Stunden dauerte, war an ein Vordringen ins Gehölz nicht mehr zu denken. Der Doktor redete einige Worte mit Schneiter, dieser gab einen Befehl an Pichler weiter, der umgehend zum Flugzeug eilte und mit einem kurzen Fernrohr für jeden Mann zurückkam. Zumindest sollten die wenigen Stunden bis zum Einbruch der Dunkelheit zum Üben genutzt werden.

So durchstreifte kurz darauf ein Teil der Männer gebückt die Savanne, das Fernrohr suchend auf den Boden gerichtet. Pichler und ein junger Blondschopf bereiteten das Abendessen zu, während die Eingeborenen etwas abseits ein Feuer entfachten und Reis und Wurzeln kochten.

Als der Doktor gerade auf dem Weg zum Flugzeug war, wo er den Motor zum Aufladen der Batterie eine Weile laufen lassen und sich selbst mit Frischluft aus dem Ventilator abkühlen wollte, wurde er von Schneiter zurückgehalten: »Die Neger sind nur bereit, uns zu helfen, wenn sie ihren Lohn sofort bekommen.«

»Ha!«, entfuhr es dem Doktor. »Um dann damit abzuhauen. Sagen Sie ihnen, dass es bei uns zivilisierten Menschen üblich ist, erst zu säen und dann zu ernten.«

»Und wenn sie sich weigern?«

»Papperlapapp, sie haben gar keine Wahl, sie sind von uns abhängig. Ihr Lohn ist ihnen zu wichtig.«

So war es. Die Ureinwohner fügten sich und kauten an ihren Wurzeln, während der Doktor im Flugzeug verschwand, den Motor tuckern ließ und sein Logbuch führte.

Als die Nacht hereinbrach, lag der Kommandant noch eine Weile wach. Aus dem Eingeborenenzelt drang Schnarchen und auch die Männer, die zu zweien nebenan lagen, schliefen bereits. Draußen waren das Zikadengezirpe und die Schritte des Blondschopfs Karl zu hören, der die erste Wache schob. Er war Adjutant des Doktors und hatte mit seiner ganzen Überredungskunst – und nach langem Zögern seines Chefs – erwirkt, ihn auf diese Expedition begleiten zu dürfen.

Während er patrouillierte, seine blauen Augen mal hierhin, mal dorthin richtete, um jedes auffällige Geräusch, jede ungewöhnliche Bewegung auszumachen, dachte er mit Ehrfurcht an den Doktor und war überaus stolz darauf, bei einem so wichtigen Unternehmen dabei sein zu dürfen. Er verehrte seinen Vorgesetzten über alle Maßen, denn der Doktor war nicht nur ein hervorragender Biologe und Hirnforscher, sondern kannte auch den Führer persönlich, der diese Mission höchstselbst angeordnet hatte. Wie sollte da ein Student von kaum zwanzig Jahren nicht in Ehrfurcht erstarren.

Der Doktor wiederum war dem gefügigen Karl wohlgesonnen, empfand fast so etwas wie Vatergefühle für ihn und ergötzte sich an dessen kräftiger, arischer Gestalt. Diese Rasse galt es zu retten, in seiner Hand lag das Schicksal Abertausender und gar der Verlauf der Geschichte.

Mit diesen aufgeräumten Gedanken schlief der Doktor ein.

Noch vor dem ersten Vogelruf zog die kleine Karawane tags darauf Richtung Dschungel durch das raschelnde Steppengras. Eine Hand an der Machete, schritten die Eingeborenen voran, vollgepackt mit Proviant und Utensilien. Hinter ihnen trottete das Forscherteam, mit Fernrohr und Schmetterlingsnetz bewehrt, im Gurt eine Pistole. Obwohl der Morgen gerade erst dämmerte und noch kaum etwas zu sehen war, starrte der Doktor unablässig auf seinen Kompass. Bald stieß der Trupp auf vereinzelte Büsche, erste Bäume und Farne und drang in das Dickicht des Urwaldes ein. Nun begann die Arbeit. Bevor die Eingeborenen den Weg freischlugen, wurden Bäume, Sträucher, Blumen und Erdreich penibel nach Exemplaren der Gottesanbeterin abgesucht. Die Schwarzen standen währenddessen daneben und kauten Ingwer. Dann ging es ein paar Machetenschläge weiter. Pichler, der eifrig bei der Sache war, suchte in gebückter Haltung den Boden ab, stolperte über einen Wurzelstrang, der außerhalb des engen Sehbereichs des Fernrohrs lag, und schlug der Länge nach hin. Mit schmerzverzerrtem Gesicht rieb er sich den Fuß.

»Sie Narr«, herrschte ihn der Doktor an. »Weshalb,

glauben Sie, haben Sie ein Fernrohr und keinen Feldstecher – muss ich denn alles zweimal sagen?«

»Damit das eine Auge stets auf die Umgebung gerichtet sein kann«, murmelte Pichler kleinlaut. Er rappelte sich auf und ging humpelnd weiter.

»Wehe, Sie haben sich ver…«, schnarrte der Doktor, aber das letzte Wort blieb ihm im Hals stecken. Gebannt starrte er auf Pichlers Rücken und zischte: »Stillgestanden!« Pichler erstarrte. An seinem Hemd hing eine rotbraune Gottesanbeterin in Lauerstellung.

»Nicht rühren!«, befahl der Doktor und ließ sein Schmetterlingsnetz auf Pichlers Rücken sausen, der den Befehl trotz des schmerzhaften Schlages befolgte. Dann wurde das Tier von den Männern sorgsam in einem Einmachglas verstaut, das sie mit einem durchlöcherten Pergamentpapier und einer Schnur verschlossen.

Die Eingeborenen konnten sich ein Kichern nicht verkneifen, zu sehr erinnerte das Treiben an ein kindliches Spiel. Obschon sie wussten, dass es das keineswegs war …

Stundenlang durchkreuzten sie die Wildnis, Äste schlugen ihnen um die Ohren, Moskitos saugten ihr Blut und pumpten sie voll mit Gift. Das Gekreisch der Papageien hörte sich zuweilen an wie höhnisches Gelächter.

Als ein Ureinwohner blitzschnell den Arm hob, wussten alle, dass es nun hieß, bewegungslos stehen zu bleiben und keinen Laut von sich zu geben. Nahezu im selben Moment teilte eine Machete die Luft und trennte den Kopf einer Schlange von dem Rumpf. Ihr zuckender Leib wurde in einen Beutel aus Leder gestopft, der am Lendenschurz des Jägers hing.

Auf Nachfragen des Doktors wurde bestätigt, dass es sich um eine Giftschlange gehandelt habe. Angeekelt drehte er den blutigen Kopf im Sand mit dem Schuh um und wunderte sich, weshalb die Eingeborenen den Kadaver eingesteckt hatten.

Nur einmal legten sie auf dem beschwerlichen Weg eine Rast ein, um den mitgebrachten Proviant zu verzehren. Geschunden und von Insektenstichen übersät kehrten sie am Abend zum Lager zurück. Koyo, der Wach- und Küchendienst hatte und deshalb im Lager geblieben war, hob den Deckel von einem Topf und begrüßte die Ankömmlinge mit einem köstlichen Duft.

Etwas befremdet bemerkte der Doktor, dass die Eingeborenen im Gras lagen, ausruhten und keinerlei Anstalten machten, sich etwas zuzubereiten.

Obwohl alle todmüde waren, kehrte nach dem Essen noch keine Ruhe ein. Nahe einer Funzel wurde ein Tisch aufgestellt, auf dessen rauer Holzplatte in geringem Abstand zwei Mausefallen festgeschraubt wurden. Die Männer schleppten Instrumente herbei und legten eine Auswahl von Zangen, eine feine Säge und sonstige Utensilien auf den Tisch, auf den der Doktor die Hände stützte. Das aufgeschlagene Logbuch vor sich, setzte er sich auf einen Stuhl, während ihn seine Untergebenen umringten und den Befehl erhielten, mit der Auswertung zu beginnen.

Immerhin sieben Gläser, in jedem eine Fangschrecke, wurden vor ihm aufgereiht. Keine schlechte Ausbeute für den ersten Tag. Die Schürfwunden und der Schweiß hatten sich gelohnt.

Eingehend betrachtete der Doktor das Tier eine Weile und machte sich Notizen dazu. Dann hob er nachlässig die Hand und sagte: »Die zuerst!« Vorsichtig wurde das Glas geöffnet und Karl fasste mit einer langen Backenzange nach dem Insekt. Er fischte es aus seinem Gefängnis und hatte sichtlich Mühe, das zappelnde Tier zu halten. Eine zweite Zange kam ihm zu Hilfe. Anschließend wurde der Kopf in die eine, der Schwanz in die andere Mausefalle gequetscht, sodass ein Entrinnen unmöglich war.

»Zersägen«, wies der Doktor an.

Mit sichtlichem Vergnügen folgte Schneiter dem Befehl, es knirschte und kratzte, die Gottesanbeterin zuckte ein paar Mal und blieb dann reglos zweigeteilt liegen. Die Fallen wurden geöffnet und die Teile vor den Doktor hingelegt. Er betrachtete sie eine Weile und sah dann fragend einen Eingeborenen von unten herauf an. Der schüttelte den Kopf und wischte den verstümmelten Körper in einen Eimer, der neben dem Tisch auf dem Boden stand.

Sie wiederholten diese Prozedur bei allen Exemplaren und jedes Mal schüttelte der Eingeborene den Kopf, das Insekt landete im Eimer.

Müde, aber nicht enttäuscht, zog der Doktor die Brille aus und rieb sich die Augen. Wer hätte schon am ersten Tag einen Erfolg erwartet? Immerhin suchten sie nach etwas, wovon die Menschheit seit Jahrtausenden träumte.

Zum Abschluss des Tages gab es bei den Deutschen einen Umtrunk und eine Lagebesprechung. Die Eingeborenen entfachten ein Feuer, über dem sie sieben Gottesanbeterinnen und eine Schlange brieten.

Mittlerweile war das Team schon fast drei Monate hier, ein Tag verlief wie der andere. Abends kamen die Männer müde nach Hause und mussten sich bei der Auswertung das ewige Kopfschütteln der Eingeborenen mit ansehen.

Karl stand auf einem Stuhl und ließ aus einer Gießkanne Wasser auf den Doktor rieseln, der sich darunter duschte. Seine Haut war mittlerweile braun gebrannt wie die aller Expeditionsteilnehmer. Das Gesicht gegerbt, der Blick vom vielen Beobachten noch stechender. Karl warf ihm ein Frottiertuch über, der Doktor zog sich an und begab sich ins Flugzeug.

Dort brütete er über dem Logbuch, das Kinn in die Hände gestützt, und kämpfte gegen aufsteigende Resignation. Hatte nicht er selbst das Beispiel der Stecknadel im Heuhaufen angeführt? Von Anfang an war klar gewesen, dass dieses Unterfangen schwierig und langwierig werden würde. Doch nun überlegte er, ob er den Wettlauf mit der Zeit aufgeben musste, der Natur eines ihrer bestgehütetsten Geheimnisse und größten Wunder zu entreißen.

Es mangelte weder an Geduld noch an Durchhaltewillen. Aber sie hatten bereits den ganzen Umkreis, der in einem Tagesmarsch zu erreichen war, durchforstet. Genau dreihunderteinundzwanzig Stabheuschrecken hatten sie zerlegt. Für die Eingeborenen ergab das Sinn, für sie waren die Tiere Nahrung. Und wenn er offen war, musste er zugeben: So schlecht schmeckte das Insekt gar nicht. Einmal hatte er es gekostet; der Geschmack war dem von Hühnerfleisch durchaus ebenbürtig. Das war aber auch alles.

Wo sollten sie noch suchen? Bestimmt hatten sie bald alle der seltenen Tiere in ihrem jetzigen Wirkungsbereich ausgerottet.

Der Doktor trug etwas in sein Buch ein, danach gab er einen Funkspruch in die Zentrale im fernen Deutschland durch. Anschließend rief er seine Leute zusammen. Die Staffelei wurde herbeigeschafft, eine Landkarte aufgespannt.

»Meine Herren, dies ist eine Karte des Gebietes, in dem wir uns befinden.« Der Doktor zeigte mit dem Stock auf einen Punkt am Rand eines weiten, grünen Flecks auf der Karte. »Was wir bis jetzt abgesucht haben, ist keinen Fliegendreck groß.«

Alle ahnten, was nun kommen würde.

Koyo stand auf und meldete sich zu Wort: »Wir können nicht weiterziehen, es fehlt an Wasser und Proviant.«

»Und frischem Mut, wie mir scheint – setzen! Sie … schlitzäugiger Anbiederer! In zwei Tagen brechen wir hier die Zelte ab und stoßen dreißig Kilometer ins Innere des Dschungels vor.«

Koyo war beleidigt. Erstens wegen dem »Anbiederer« und zweitens, weil seine berechtigten Einwände nicht beachtet worden waren.

Am anderen Tag warf ein Flugzeug zwei Fallschirme mit Wasser, Lebensmitteln, Benzin, frischen Kleidern und einem Fass voll Schnaps ab.

Zwei Tagesmärsche in zügigem Tempo und ohne das lästige Fernrohr am Auge brachten die Gruppe in die Tiefen des Urwaldes, wo sie in einer Lichtung, die zum Campen geeignet war, ihr Lager aufschlugen. Der Doktor vermisste einzig das kühle Fleugzeug, das nun weit entfernt am Rand des Dschungels stand.

Zwei Zelte und zwei Feldtische mussten genügen. Die Eingeborenen hatten draußen zu schlafen, die Männer pferchten sich unter einer Plane zusammen, nur der Doktor hatte ein Zelt für sich.

Nach dem Abendessen saß er am Tisch und brütete vor sich hin.

»Werden wir es schaffen?«, fragte Karl besorgt.

Der Doktor zuckte die Achseln. Pichler stand auf und stocherte mit dem Fuß in der Erde. Dann fasste er sich ein Herz und sagte: »Das hat doch alles keinen Sinn. Was quälen wir uns hier ab und zersägen Hunderte dieser dämlichen Biester? Weshalb setzen wir uns nicht nach Bangui ab und richten uns mit einer neuen Identität ein bequemes Leben ein? Dort wären wir sicher. Außerdem ist die

Trockenzeit bald vorbei und damit unsere Chancen, das Insekt überhaupt noch zu Gesicht zu bekommen.«

Der stechende Blick des Doktors verriet ihm, dass er das besser nicht gesagt hätte. Doch er erwiderte nichts, sondern stand wortlos auf und verschwand in seinem Zelt.

Wieder sausten die Macheten auf Äste und Lianen nieder, und wieder suchten die Männer mit ihrem Fernrohr Meter um Meter ab. Und doch schien heute etwas anders zu sein als sonst. Die Schwarzen gingen zielstrebiger vor und waren bei jedem Halt ungeduldig. Gestikulierend trieben sie die Expedition in eine bestimmte Richtung, bis es dem Doktor zu bunt wurde. Er pfiff sie zurück und mahnte zur Geduld, denn heute hatten sie noch keine einzige Fangschrecke zu Gesicht bekommen. Als die Ureinwohner dem gerade etwas entgegensetzen wollten, schoss blitzschnell eine Schlange aus dem Gebüsch und biss einen von ihnen ins Bein. Sofort trat Schweiß auf seine Stirn, er wurde blass, rang nach Atem und presste die Hände vor das Herz. Er krümmte sich und fiel schließlich zu Boden, wo er von Krämpfen geschüttelt wurde. Anstatt ihm zu helfen, verfolgten die Eingeborenen die flüchtende Schlange.

Der Doktor fluchte und nestelte aus seiner Tasche eine Spritze mit Serum. Doch der Verletzte hatte sich bereits wieder erhoben, sein Gesicht die Farbe zurückgewonnen. Er rieb sich die Wunde, als ob es sich um einen Dornenkratzer handelte. Beim Anblick des wundersam Genesenen erhellte sich der Blick des Doktors und er nickte befriedigt. Mit Siegesgeschrei kehrten auch die anderen Schwarzen zurück, einer von ihnen hielt das zappelnde Tier fest umklammert an Kopf- und Schwanzende.

»Gib her!«, befahl der Doktor. Er übernahm das Tier,

hielt es in die Höhe und warf es Pichler zu mit den Worten: »Da, für Ihre Bangui-Pläne, Sie Möchtegern-Deserteur.«

Pichler schrie auf, versuchte die Schlange zu erhaschen und wurde in die Nase gebissen. Die Eingeborenen eilten herbei, einer packte das Tier, der andere sog dem zitternden Pichler das vergiftete Blut aus der Nase. Mit verächtlicher Miene spritzte ihm der Doktor das Gegengift.

»Wenn wir nicht auf Sie als Piloten angewiesen wären …« Er stand auf und spuckte neben Pichler auf den Boden.

Für heute war die Expedition zu Ende. Pichler musste auf einer notdürftig zusammengeschusterten Trage zum Lagerplatz zurückgebracht werden und hatte noch drei Tage Fieber. Koyo hielt Wache am Krankenbett, während der Rest der Mannschaft der Arbeit nachging. Aber es zeigte sich auch an diesen Tagen keine einzige Fangschrecke. Höchst ungehalten befahl der Doktor, gleich am folgenden Tag das Lager abzubrechen und in ein anderes Gebiet vorzustoßen.

Noch bei Dunkelheit machten sie sich um vier Uhr früh mit Sack und Pack auf den Weg. Auf seinen Kompass blickend, wies der Doktor die Leute Richtung Nordwesten – doch die Eingeborenen blieben stehen und machten keinerlei Anstalten weiterzugehen.

»Was ist denn los?«, wandte sich der Doktor ärgerlich an Schneiter. Die Eingeborenen redeten durcheinander, sodass Schneiter Mühe hatte, ihre Sango-Sprache zu verstehen. Plötzlich aber blieb sein Mund offen und er starrte erst die Schwarzen, dann den Doktor an. Er wagte kaum, das Gesagte zu übersetzen.

»Sie sagen, dass wir besser dahin gehen sollen, wo es geschehen sei, an den Ort, wo sie das Tier gefunden haben.«

»Sie wissen es noch …?« Der Doktor rang nach Atem.

Schneiter nickte. »Zehn Kilometer südlich des Flugzeuges, mitten in der Savanne.«

»Ja warum haben sie denn das um Himmels willen nicht gleich gesagt?«, japste der Doktor und sein Gesicht färbte sich dunkelrot.

Die Eingeborenen kicherten bei diesem Anblick, worauf der schwere Nagelschuh des Doktors schmerzhaft gegen das Schienbein des Vordersten knallte. »Warum habt ihr das nicht gesagt«, schrie er ihnen ins Gesicht.

Sie seien ja nicht danach gefragt worden, übersetzte Schneiter die lapidare Antwort.

So kämpften sie sich die vierzig Kilometer zurück zum Hauptlagerplatz, den sie nur dank der kundigen Führung der Eingeborenen so rasch wiederfanden. Bei Morgengrauen trafen sie ein. Pichler, der sich von dem Schlangenbiss noch nicht ganz erholt hatte, schlief vor Erschöpfung auf der Stelle ein. Die anderen tranken einen Schnaps, dann verzogen auch sie sich in die Zelte.

Nach vier Stunden rüttelte der Doktor Karl wach und dieser den Rest der Besatzung. Die benötigten Waren wurden im Wellblechbauch der Ju 52 verstaut, und sie fuhren die zehn Kilometer Richtung Süden im kühlen Flugzeug, ohne dabei abzuheben. Der Doktor wunderte sich, wie viele Wildtiere, darunter auch Löwen, ihren Weg kreuzten und wurde sich bewusst, welcher Gefahr sie sich heute Nacht beim Gang durch den düsteren Urwald und der Nachtruhe ohne Wache ausgesetzt hatten. Er wertete den glimpflichen Ausgang als gutes Omen des Schicksals.

Die Eingeborenen lotsten das Flugzeug zu einer kleinen Baumgruppe, unter der die Reste einiger zerfallener Strohhütten lagen, vermutlich eine ihrer früheren Behausungen.

»Sie sagen, hier sei es passiert«, erklärte Schneiter, und Pichler hielt das Flugzeug an.

Bevor das Lager aufgeschlagen wurde, untersuchte man den Platz gründlich, denn es wäre sträflich gewesen, das wertvolle Tier unter einer Plane zu begraben.

Heute war an eine Suche nicht mehr zu denken; die Nacht senkte sich über die Savanne.

Schon vier Stunden hatten die Männer das Gebiet minuziös durchmessen, ausgehend vom Mittelpunkt, den die zerfallene Siedlung bildete. Unbarmherzig brannte die Mittagssonne auf sie nieder. Die Eingeborenen hatten nichts zu tun, da in der Steppe kein Urwaldgestrüpp freizuschlagen war, saßen unter den Platanen und rauchten Tabak, während die deutsche Einheit das Feld in Quadranten zu zehn mal zehn Metern pro zwei Mann durchkämmte. Bisher war die Suche erfolglos verlaufen, nun zog sich der Trupp zu einer Rast unter die Baumgruppe zurück. Deprimiert saßen sie im Schatten, aßen und tranken, bis Karl das Schweigen brach: »Wozu sind diese Neandertaler überhaupt gut? Sie hocken faul herum, statt uns bei der Suche zu helfen.«

Als ob er verstanden hätte, stand ein Eingeborener auf, riss an einem tief hängenden Ast ein Blatt ab und reichte es Karl mit einem breiten Grinsen. Blitzschnell sauste das Netz des Doktors auf Karls Hand nieder.

»Es ist eine, vielleicht ist es *sie*, die Richtige!«, krächzte er und fasste mit zittriger Hand nach dem Insekt, das kaum erkennbar am Blatt klebte.

Unverzüglich wurde der Seziertisch aufgestellt und das hundertfach zelebrierte Ritual wiederholte sich. Aber heute verlief es anders.

Koyo zersägte wie üblich das Tier, es zuckte und erstarrte. Dann wurden die zwei Hälften vor den Doktor gelegt, der seine Eintragung ins Logbuch machte. Plötzlich kam in die vordere Hälfte des Insektes wieder Leben. Unter den Blicken der Umstehenden bildete das Tier seine Glieder nach, Stück um Stück vervollständigte es den Rumpf und machte sich mit einem blitzschnellen Satz davon. Vor ihnen lag nur noch das abgetrennte, tote Hinterteil. Der Blick des Doktors richtete sich zuerst darauf, dann hob er den Kopf und blickte fragend den neben ihm stehenden Eingeborenen an. Es war derjenige, der die Gottesanbeterin gefunden hatte.

Endlich! Er nickte.

Der Doktor nahm mit der einen Hand den Kadaver, die andere hielt er schräg nach oben gestreckt. Er sprang auf und seine scharfe Stimme durchschnitt die Luft: »Sieg Heil!«, schrie er, und seine Kameraden schrien mit.

Es gab Schnaps für alle, auch die Eingeborenen mussten kosten, und die Deutschen amüsierten sich über deren Husten und Keuchen. Vor allem Rüssler lachte sich halb tot.

»Wie geht es jetzt weiter?«, fragte Schneiter.

»Ich hab's Ihnen doch schon erklärt«, schmunzelte der Doktor. »Ich werde das Insekt vertilgen.«

Zwei Tage zog sich der Doktor mit seinem Logbuch und der Beute ins Flugzeug zurück.

Als er wieder herauskam, hielt er ein kleines Säckchen mit rötlich braunem Pulver in der Hand. Er setzte sich mit Schneiter und den Eingeborenen zusammen und beriet sich lange mit ihnen. Dann stand er auf, händigte das Säckchen Karl aus und wies ihn an, es unter keinen Umständen aus der Hand zu geben und, falls er stürbe, den Inhalt selbst zu schlucken.

Er zog sein Schweizer Armeemesser hervor, häufte eine Prise des Pulvers auf dessen Spitze und leckte es ab. Sofort sackte er zusammen und fiel in einen tiefen Schlaf. Alle

Versuche, ihn zu wecken, waren erfolglos. Schließlich legte man ihn auf eine Pritsche und die Eingeborenen verschwanden in Richtung Urwald. Ein paar Stunden später kamen sie wieder und sagten zu Karl: »Doktor ernähren.« Sie zogen ein Büschel Blüten aus ihrem Beutel und extrahierten daraus einen zähflüssigen Nektar. Davon träufelten sie dem Doktor stündlich ein paar Tropfen in den Mund.

Tag und Nacht hielt Karl Wache bei seinem vergötterten Vorgesetzten und schlief kaum. Einmal holte er den Beutel mit dem Pulver aus seiner Tasche und öffnete ihn. Wenn der Doktor nicht erwachte, müsste er das Zeug schlucken. Er konnte seine Neugierde nicht im Zaum halten. »Eine winzige Dosis, ein paar Körnchen nur, das wird wohl nichts bewirken«, dachte er in seinem jugendlichen Leichtsinn. Zaghaft befeuchtete er den Finger, tupfte eine Prise des Pulvers auf und probierte es. Es schmeckte bitter, weiter aber geschah nichts.

Am Morgen des dritten Tages schlug der Doktor die Augen auf, erfrischt und gut gelaunt wie selten zuvor. Als Erstes forderte er von Karl, der seine Aufgabe mit Stolz erfüllt hatte, den Beutel zurück. Nachdem er eine Feldflasche voll Wasser in einem Zug geleert hatte, verschlang der Doktor eine Riesenportion Sauerkraut mit geräuchertem Speck. Dann befahl er Koyo, ein Glas Schnaps und ein Beil zu bringen. Er kippte den Schnaps hinunter und schob das Essgeschirr von sich. Mit gebanntem Blick standen die Männer um den Tisch herum. Energisch zog der Doktor seinen Gürtel aus, reichte Karl das Beil, legte seinen Mittelfinger über die Tischkante und sagte: »Nun hau ihn ab, den Stinkefinger.«

Karl wurde blass: »Aber …«

»Keine Widerrede! Sobald ich den Gurt zwischen die Zähne klemme, schlägst du zu, und zwar kräftig. Ich dulde kein Hickhack, der Finger muss weg.«

Der Doktor biss auf den Gurt, das Beil sauste nieder, Blut spritzte, der Finger sprang weg, das Beil stak im Holz. Als der Doktor aufschrie, fiel der Gurt aus seinem Mund. Er starrte auf das abgetrennte Glied, ergriff es mit zittriger Hand und warf es ins Feuer.

Mit offenem Mund starrten alle auf das Unglaubliche, das sich danach vor ihren Augen abspielte: Aus dem blutigen Stumpf wuchs binnen weniger Minuten der Finger nach.

Als der letzte Rest des Fingernagels nachgewachsen war, erhob der Doktor die Hand mit gestrecktem Mittelfinger und rief: »Heil Hitler!« Im Chor stimmten die Männer ein.

Nach rund dreieinhalb Monaten, am 27. April 1945, war die Expedition »Mantodea« erfolgreich abgeschlossen.

Der Doktor eilte ins Flugzeug, kam zehn Minuten später mit besorgtem Blick zurück und sagte: »Die Funkverbindung ist abgebrochen, wir wissen nicht, wie es um das Reich steht. Meine Herren, die Zeit drängt, wir machen uns sofort auf den Weg.«

Nachdem das Flugzeug beladen war, trat ein Eingeborener auf den Doktor zu und sprach ihn an. Schneiter übersetzte: »Sie sagen, die Saat sei aufgegangen, nun wollen sie die versprochene Ernte.«

Der Doktor nickte. Karl holte das halb volle Schnapsfässchen aus dem Flugzeug und stellte es vor die Eingeborenen hin.

»Alles für euch«, grinste der Doktor, »ich denke, ihr dürft zufrieden sein.«

Aber das waren sie keineswegs. Sie schüttelten den Kopf und sagten, sie hätten diese Flüssigkeit probiert, und außer Husten, Brennen im Hals, geistiger Verwirrung und Kopfschmerzen habe der Trank nichts bewirkt und sei damit wertlos.

Der Doktor ging ins Flugzeug, kam mit einer Handvoll Glasperlen zurück und legte sie auf das Fass. Wieder schüttelten die Eingeborenen den Kopf.

»Wenn das nicht reicht, sollen sie es bleiben lassen, diese Wilden«, sagte der Doktor scharf. Er wandte sich an Schneiter: »Sagen Sie ihnen, dass ich nicht habe, wonach sie suchen.« Kaum übersetzt, packte einer der Eingeborenen Schneiter am Kragen. Sofort zückte Rüssler das Gewehr und richtete es auf den Mann.

Der Doktor riss den Eingeborenen am Schopf von Schneiter weg. Zu Rüssler sagte er: »Gewehr runter, Rüssler, Sie können damit sowieso nichts ausrichten. Besteigen Sie nun das Flugzeug, meine Herren, wir müssen los.«

Das bisher wütende Gesicht des Eingeborenen verzog sich zu einem Grinsen.

Verständnislos sah ihn der Doktor an.

»Sie werden zurückkommen und uns die Erlösung bringen, die Sie uns versprochen haben«, sagte der Eingeborene. »Wir haben Zeit, viel Zeit zu warten.« Damit machten er und seine Leute kehrt und entfernten sich.

Während der Doktor die Maschine bestieg, gingen ihm die Worte des Eingeborenen nicht aus dem Kopf, und er rätselte darüber nach, weshalb sich dieser so sicher war. Bald jedoch verscheuchte er den Gedanken, er wollte sich die Freude über die gelungene Expedition nicht trüben lassen.

Die Luke wurde verschlossen, die Junkers setzte sich in

Bewegung, hob schwerfällig ab und verschwand, wie sie gekommen war, als silberner Punkt am Horizont.

In der darauffolgenden Nacht erschien das Flugzeug über Sizilien. Die Mienen der Besatzung spiegelte deren Besorgnis wider, sodass der Doktor mit fragendem Blick ins Cockpit hinter Pichler trat.

»Nichts! Kein Funkkontakt, wir wissen nicht, was uns erwartet.«

Er musste schreien, das Motorengeräusch verunmöglichte eine Konversation in normaler Stimmlage.

»Wäre es nicht klüger, runterzugehen und sich auf dem Landweg durchzuschlagen?«, fragte Pichler. »Die Gefahr, von den Alliierten abgeschossen zu werden, ist groß.«

Der Doktor sah auf die Uhr und verschwand ohne zu antworten hinter dem Vorhang in den Hinterraum, wo er seine Büro- und Laborarbeiten zu verrichten pflegte. Er füllte einen kleinen Lederbeutel mit Mehl, steckte den anderen Beutel in seine Brusttasche, ebenso das Logbuch. Anschließend öffnete er das Zahlenschloss eines metallenen Koffers und entschärfte den Zeitzünder einer Bombe. Bei seiner Mission konnte er keinen Zeugen zu viel gebrauchen. Nachdem er zurückgekehrt war und Pichler im Pilotenstand instruiert hatte, stellte er sich vor die Mannschaft und informierte sie wortkarg: »Wir erhöhen unsere Chance, indem wir uns trennen. Ich werde mit Adjutant Karl abspringen und den Landweg nehmen. Ihr anderen landet in Deutschland, dort, wo es euch am sichersten erscheint.« Er warf Rüssler den Beutel mit Mehl zu. »Ich habe das Extrakt aufgeteilt«, log er. »Sie wissen, was damit zu tun ist.« Rüssler salutierte.

Nachdem er alles für sich geregelt hatte, befahl der Doktor Karl, die Fallschirme zu holen und die beiden gurteten sich mit geübten Griffen an. Schneiter öffnete die Luke. Ohne zu zögern sprangen die beiden in die Dunkelheit.

Zwei helle Punkte gondelten durch die Nacht über Süditalien. Noch ehe sie am Boden auftrafen, detonierte das Flugzeug. Ein Feuerball erleuchtete den Himmel, die Maschine barst in tausend Stücke, ein Funkenregen prasselte aufs Land nieder.

2

Berlin brannte lichterloh. Seit dem 16. April 1945 verteidigte sich eine schlecht ausgerüstete, abgekämpfte deutsche Rest-Wehrmacht von 527'000 Mann mit fanatischer Hartnäckigkeit gegen zweieinhalb Millionen Soldaten der 1. Belorussischen Front. Die Berliner Reichskanzlei stand bereits in Flammen, ein Teil des 250 Meter langen Kolossalbaus lag in Trümmern. Kein Zweifel, der Krieg war verloren. Dies wusste auch Hitler, der sich mit seiner engsten Gefolgschaft im Führerbunker unter dem Garten der nahe gelegenen alten Reichskanzlei verbarrikadiert hatte. Der Bunker war in aller Eile erbaut und erst ein halbes Jahr zuvor fertiggestellt worden. Vom stahlbewehrten 15-Zimmer-Kubus, der sich zwölf Meter tief unter der Erde befand, waren von außen nur das Gebäude mit dem Haupteingang und ein runder Beobachtungsturm zu sehen, der auch als Notausgang diente.

Rund um das Regierungsviertel herrschte das nackte Chaos. Soldaten rannten durcheinander, zerrten Verletzte aus einem umgekippten, brennenden Auto, Panzer und Geländefahrzeuge rumpelten durch die Straßen. Überall lagen Tote und Verletzte, um die sich keiner kümmerte. Unaufhörlich knatterte Trommelfeuer, darüber knallte schweres Geschütz in die Gebäude. Bissiger Rauch erschwerte das Atmen, der Geruch von Pulverdampf mischte sich mit dem von Blut. Ein Jeep, in dem ein Mann in russischer Offiziersuniform und sein Adjutant saßen, rollte die Hermann-Göring-Straße hinunter. Er bog in den Garten der alten

Reichskanzlei ein und hielt den Wagen unweit des Beobachtungsturms an.

Als der dortige Wachmann des Jeeps gewahr wurde, erhob er sofort sein Gewehr. Der Fahrer in der russischen Uniform stieg aus und schrie über den Platz: »Untersturmbannführer Hofbeck, lassen Sie mich sofort ein, ich habe Sonderbewilligung vom Führer.»

Der Untersturmbannführer erkannte die Stimme des Doktors, knallte die Hacken zusammen und trat zur Seite. Auch Karl, der seinem Chef getreu folgte, hatte sich getarnt. An ein paar Kanistern Benzin vorbei stiegen sie die Treppe hinunter in den Bunker. Der Doktor schien sich dort auszukennen, denn er steuerte zielstrebig in einen Warteraum und dann in den sogenannten Lagerraum. Dort standen mehrere Männer mit düsterer Miene, darunter Propagandaminister Goebbels. Bei der geöffneten Panzertür, die zu Hitlers Aufenthaltsraum führte, versperrte ein Hüne den Durchgang. Es war Hitlers Adjutant Günsche. Neben ihm Obersturmbannführer Frick. Sofort erkannten sie den Doktor.

»Oberst«, schrie Goebbels auf, »Sie …?«

»Wo ist er?«, fragte der Doktor. »Lassen Sie mich sofort zu ihm.«

Hitlers Kammerdiener Linge, der in den Raum getreten war, antwortete stotternd: »Er … er ist mit seiner Frau im Wohnzimmer, vielleicht ist alles schon vorbei.«

»Mit seiner Frau?«, wunderte sich der Doktor. »Und was überhaupt soll vorbei sein?«

»Der Führer hat gestern Eva Braun geheiratet, sie wollen sich das Leben nehmen«, sagte Frick.

»Um Himmels willen, nur das nicht«, entfuhr es dem Doktor. »Karl, Sie warten hier«. Mit diesen Worten hastete er an Günsche vorbei durch den Aufenthaltsraum und stürzte ohne anzuklopfen in Hitlers Wohnraum. Im Zimmer roch es bitter nach Mandeln. Auf dem Sofa lehnte, zur Seite gekippt und mit bläulichen Lippen, Eva Braun. Tot. Hitler selbst saß zusammengesunken da. Aber er lebte! In der einen Hand hielt er eine Zyankali-Kapsel, die andere umfasste eine Pistole, die er an seine Schläfe drückte.

Der Doktor atmete auf: »Mein Führer, Gott sei Dank, ich bin noch rechtzeitig gekommen.« Er schloss die Tür.

Hitler blickte wortlos zu ihm auf. Die Hand zum Gruß erhoben, sagte der Doktor aufgeregt: »Ich habe gefunden, wonach wir suchten, die Expedition war erfolgreich.«

Er nestelte den Beutel mit dem Pulver aus der Tasche und legte ihn vor Hitler auf den Tisch. »Nehmen Sie eine Prise davon, es wirkt, ich habe es an mir selbst ausprobiert.«

Fast schien es, als ob Hitler wachsen würde. Sein Oberkörper straffte sich, Leben kehrte in seinen Blick zurück, er sah zuerst auf den Beutel, dann zum Doktor.

»Ist es die Möglichkeit?«, hauchte er fassungslos. Dann trübte sich sein Blick wieder. »Aber meine Frau ...«

»Es geht um Euch, mein Führer, und um das Reich.«

»Aber ... sie könnte noch am Leben sein.« Seine Stimme wurde scharf. »Weshalb haben Sie mich nicht benachrichtigt?«

Der Doktor senkte den Kopf: »Es gab keinerlei Funkverbindung mehr.«

»Ja, ich weiß.«

Der Doktor öffnete den Beutel, zog sein Taschenmesser hervor und übergab es mit einer Prise des Pulvers dem Führer. »Legen Sie die Giftkapsel weg, *dies* hier ist die Lösung aller Probleme. Sie werden einige Tage schlafen und an einem sicheren Ort wieder aufwachen.«

Doch Hitler wandte ein: »Es ist zu spät, Sie werden mich nicht aus Berlin herausbringen. Im Übrigen habe ich strikten Befehl erteilt, mich und meine Frau zu verbrennen. Man wird Ihnen nicht glauben, dass ich nur bewusstlos bin.«

Der Doktor lächelte. »Machen Sie sich darüber keine Sorgen, ich garantiere Ihnen …«

Mit einem Mal kehrte Leben in den Führer zurück. Er küsste Eva auf die Stirn, nahm das Pulver und sank sofort in sich zusammen. Eilig steckte der Doktor den Beutel ein und schob Hitler die Zyankali-Kapsel in den Mund. Dann nahm er dem Führer die Pistole aus der schlaff nach unten hängenden Hand und schoss ihm in die Schläfe. Noch bevor die vom Knall aufgeschreckten Gefolgsleute ins Zimmer stürmten, ließ er die Pistole schnell wieder fallen. Mit einem entschlossenem Schnitt trennte er mit dem Taschenmesser dem Führer das blutüberströmte Ohr ab und steckte es ein. Das Sofa war blutverspritzt, auf dem Teppich bildete sich eine tellergroße rote Lache.

Mit entsetzten Gesichtern starrten die Eingetretenen auf das Bild, das sich ihnen bot.

»Zu spät, ich konnte ihn nicht mehr davon abhalten«, sagte der Doktor.

»Wir haben Befehl, beide zu verbrennen«, sagte Kammerdiener Linge, der als Erster die Sprache wiederfand. »Das Benzin steht schon bereit.«

»Ich weiß«, entgegnete der Doktor, »tun Sie also Ihre Pflicht.«

Hitler wurde in eine Wolldecke gewickelt und von zwei Männern durch den Notausgang ins Freie getragen. Dahinter folgte Hitlers Chauffeur mit Eva Braun auf den Armen. Die Umstehenden erhoben traurig die Hand zum letzten Gruß.

Oben angelangt, blieb der Doktor noch, bis das Feuer entfacht war, was jedoch wegen des Luftzugs der umliegenden Brände und der Geschosse, die über ihre Köpfe pfiff, nicht ganz einfach war.

Bevor er mit Karl den Wagen bestieg, schärfte er den Umstehenden unmissverständlich ein: »Sollte einer von euch am Leben bleiben, erzählt die ganze Wahrheit, bis auf einen Punkt: Ich war nie hier, ebenso wenig wie mein Adjutant.«

Die Männer nickten.

Der Doktor presste die Lippen zusammen. »Niemandem, verstanden? Und Gnade dem, der sich dieser Weisung widersetzt.«

Noch einmal blickte er streng in die Runde, bevor er auf dem gleichen Weg verschwand, auf dem er gekommen war.

Dank der russischen Uniform hatten es der Doktor und Karl geschafft, sich nach Süddeutschland durchzuschlagen. Sie waren fast ohne Rast zwanzig Stunden gefahren und zum Umfallen müde, die Benzinkanister bis auf einen leer. Aber es gab keine Zeit zum Schlafen, es musste schnell gehandelt werden, denn die kostbare Fracht, die – in einen Tornister gepackt – auf dem Rücksitz lag, wuchs stetig und wurde immer auffälliger. Die Rechnung des Doktors war aufgegangen. Aus dem mickrigen Überbleibsel des Führers bildete sich – wie bei dem Insekt – Organ um Organ des früheren Menschen nach. Kopf und Hals waren bereits vorhanden, sogar der Oberlippenbart war da. Bald würde die Größe des Tornisters nicht mehr ausreichen.

Unter strömendem Regen hielt der Wagen bei einem abgelegenen Gehöft. Der Doktor sprang hinaus und klopfte heftig an die Tür. Schwere Schritte waren zu hören. Die Tür öffnete sich. Ein Bauer mittleren Alters erschien und schrak beim Anblick der russischen Uniform zusammen. Dann erkannte er den Doktor.

»Oberst! Sie haben es doch noch geschafft?«, stammelte er. »Wo …?«

»Leider nicht«, unterbrach der Doktor, »er ist tot.« Nach einer kurzen Pause fuhr er fort: »Wir führen die Aktion Schweinetransport trotzdem durch, Sie werden also mich und meinen Adjutanten in die Schweiz bringen.«

Der Bauer trat aus dem Haus, öffnete das Tor der nahe gelegenen Scheune, sodass Karl den Jeep hineinfahren konnte. Sie gingen ins Haus, wuschen sich und zogen die vom Bauern gereichte einfache Zivilkleidung an. Dieser tischte unterdessen Käse, Wurst und Brot auf. Beim Essen wurde darüber debattiert, wann die Aktion stattfinden sollte. Karl war fast zu müde zum Kauen und hoffte inbrünstig auf ein wenig Schlaf. Aber der Doktor wollte keinen Aufschub dulden. Nach fünf Uhr abends war auch für den Bauern die Grenze geschlossen, sie hatten nur noch zwei Stunden Zeit.

»Warum um alles in der Welt ruhen Sie nicht etwas aus? Morgen können wir in aller Ruhe in die Schweiz einreisen, und finden wird euch hier bestimmt niemand.«

»Wir fahren sofort«, befahl der Doktor und riss Karl, der eingenickt war, aus dem Schlaf.

Ergeben stand der Bauer auf und verließ das Haus. Kurz darauf war Traktorengeräusch zu hören, dann das ängstliche Quietschen von Schweinen, die wohl spürten, dass es zur Schlachtbank ging. Als der Bauer die Tiere in den Anhänger getrieben hatte, kehrte er ins Haus zurück und gab Bescheid, dass alles bereit sei. Der Doktor holte den Militärrucksack aus dem Jeep und drängte sich, zusammen mit Karl und den Säuen, in die hinterste Ecke des Anhängers. Dann deckte der Bauer den Anhänger mit einer Plane ab, verschnürte sie, und kurz darauf tuckerte der Traktor los. Die Fahrt war alles andere als gemütlich. Zusammengekauert hockte der Doktor mit dem Führer-Sack auf den Knien neben Karl im Dunkeln und wurde ordentlich durchgerüttelt. Der Regen prasselte auf die Abdeckung aus Segeltuch, und schon bald tropfte das Wasser ins Innere. Der Gestank der quietschenden Tiere war fürchterlich, obendrein stießen die beiden blinden Passagiere immer wieder mit ihnen zusammen. Der Doktor fühlte sich elend, aber noch mehr spürte er die Erschöpfung. »So weit ist es also gekommen. Wir reisen wie Schweine«, dachte er und nickte ein. Bald darauf wurde er von Stimmen geweckt. Der Traktor hatte an einem kleinen Grenzübergang angehalten, der die beiden Länder bei Hohentengen mit einer Naturstraße und einer schmalen Brücke verband, die nur von zwei Schweizer Grenzwächtern gesichert war. Nach kurzer Verhandlung zerrte der Bauer ein Schwein aus dem Anhänger, das er den Soldaten übergab. Ein Schuss knallte, das gerade noch zappelnde und quiekende Tier verstummte und wurde umgehend im Fahrradanhänger eines Grenzwächters verstaut. Der Obolus war entrichtet, der Traktor konnte passieren. Erst jetzt wurde sich der Doktor bewusst, dass sein Herz bis zum Hals schlug; ein ungewohnter Zustand für den sonst knallharten Mann. Karl schlief noch immer.

Der Doktor weckte ihn, als der Traktor nach kurzer Fahrt erneut anhielt. »Sie können nun rauskommen, wir sind da«, rief der Bauer.

Sie krochen durch die aufgeregt durcheinanderlaufenden Tiere, was ihnen einige blaue Flecken einbrachte.

»Erniedrigend«, dachte der Doktor, als er über die Heckklappe des Anhängers krabbelte. Der ursprüngliche Plan, diese Fahrt mit dem Führer bei vollem Bewusstsein durchzuführen, beschämte ihn. Er sah auf die pralle Tasche, die schon einige Kilo wog, und konnte jetzt, da Gefahr und Anstrengung vorbei waren, kaum glauben, was hier vor sich ging. Und trotzdem war es Wirklichkeit. Er hatte das sagenhafte Sekret dieser Fangschrecke gefunden. Jahre war er der Spur gefolgt und hatte geforscht. Der Beweis dafür, dass dieses Wunder existierte, war erbracht, und es vollzog sich in dieser Tasche, die er in seiner Hand hielt. Der Führer würde auferstehen, zum maßlosen Erstaunen der Welt. Ja, heilig müsste sie ihn sprechen, endlich anerkennen, dass er ein Übermensch war.

Sie befanden sich auf einem Waldweg, von dessen einen Seite ein Hang steil in ein Tobel abfiel. Der Bauer übergab dem Doktor einen Schlüssel mit den Worten: »Da unten ist der Bunker. Gleich dort, bei dem Vorsprung neben der hohen Tanne.«

Der Doktor verabschiedete sich, nicht ohne den Bauern unter schärfsten Androhungen zum Stillschweigen gemahnt zu haben. Dann stieg er mit Karl den morastigen Abhang hinunter. Gut versteckt unter den herabhängenden Ästen wilder Brombeeren fanden sie die verrostete eiserne Tür zum Bunker, der noch aus dem Ersten Weltkrieg stammte. Gemeinsam stießen sie die schwere Tür auf und traten ein. Endlich waren sie im Trockenen. Ein enger Korridor führte zu einer weiteren Tür, hinter der sich die Küche samt Herd, elektrischem Licht und fließendem Wasser befand. Die Installationen waren heimlich in den letzten Monaten von Schweizer Gefolgsleuten angebracht worden. In einem Schrank lagen Vorräte für mindestens drei Wochen: Zwieback, Reis, Teigwaren, Mehl, Eier, Salz und getrocknetes Fleisch – es würde ihnen an nichts fehlen. In der Mitte des Raumes standen ein Metalltisch und vier Stühle. Dahinter befand sich der Wohn- und Schlafraum, bestückt mit vier Pritschen und zwei Schränken mit sauberer Wäsche. Eine Toilette mit Dusche erschien dem Doktor als Nonplusultra des Komforts, was es, nach den durchgemachten Strapazen, durchaus war. Karls Augen leuchteten und er wollte sich eben beglückt auf eine der frisch bezogenen Pritschen fallen lassen. Doch der Doktor sagte mit gespielter Strenge: »Nichts da, erst wird geduscht, du Stinktier.«

Als der Doktor allein im Raum war, öffnete er die Tasche, nahm den Kopf des Führers heraus, bei dem die Schulterbildung schon fortgeschritten war, und legte ihn sorgsam auf das Kissen am Kopfende einer Pritsche. Nachdem er einige Notizen in sein Logbuch geschrieben hatte, machte er sich daran, den Tisch zu decken. Karl kam nackt und fröstelnd aus der Dusche und suchte im Schrank nach einem Frottiertuch und einem Pyjama. Erst jetzt wurde er des Ungetüms auf der Pritsche gewahr.

Mit offenem Mund blieb er stehen. »Was …?«, stotterte er.

Der Doktor schmunzelte. Er wies ihn an, sich eine Weile hinzulegen und verschwand dann selbst in der Dusche.

Beim Essen erklärte der Doktor: »Du wirst nun Zeuge eines Wunders.«

Karl nickte: »Jetzt verstehe ich die Zusammenhänge, das war also der Zweck der Expedition.«

Der Doktor nickte.

»Wie lange wird es dauern, bis er … auferstanden ist?«

Der Doktor zuckte die Achseln. »Ich weiß es nicht, aber es geht ziemlich schnell. Inzwischen können wir nicht viel tun außer warten und wachen.«

»Und schlafen«, erwiderte Karl fast flehentlich. Auch der Doktor sehnte sich nach Ruhe, und so legten sie sich auf ihre Pritschen.

Nach drei Tagen waren die Gliedmaßen des Führers vollständig nachgewachsen. Aber er wachte nicht auf.

Nach fünf Tagen regte er sich noch immer nicht. Der Doktor saß auf der Pritsche und starrte auf den Führer, der, in eine Wolldecke gehüllt, reglos dalag. Sein Gesicht hatte Farbe, man sah, dass er nicht tot war. Der Doktor streckte zaghaft seinen Arm aus und berührte die Schulter des Bewusstlosen. Er redete ihn an, er schüttelte ihn, schlug ihn ins Gesicht. Doch es half alles nichts. Abermals setzte er sich an den Tisch und machte Einträge in das Logbuch. Seine Brauen zogen sich trotzig zusammen. Er war kein Mann, der aufgab, niemals.

Karl kam mit einem erlegten Hasen herein und verscheuchte für einen Moment die trüben Gedanken seines Vorgesetzten. Aber auch in seinen Augen lag Sorge: »Wie geht es?«

Der Blick des Doktors war Antwort genug.

In den folgenden Tagen arbeitete er fieberhaft, führte Experimente mit den primitiven Mitteln durch, die in der Hausapotheke verfügbar waren. Er machte Blutproben, untersuchte sie unter seinem Fernglas. Er injizierte, massierte Hitlers Herz, alles ohne Erfolg.

Nach zwanzig Tagen waren die Lebensmittel aufgebraucht und der Doktor am Ende seiner Weisheit.

»Komm mit«, forderte er Karl am Morgen des einundzwanzigsten Tages auf. Sie nahmen zwei Schaufeln aus dem Schrank im Korridor und traten ins Freie. Ein Maitag wie aus dem Bilderbuch blendete sie.

»Hier«, sagte der Doktor und wies auf eine leicht abfallende Stelle. Schweigend schaufelten sie ein mannsgroßes Loch und mussten oft eine Wurzel zerschlagen oder einen Stein auswerfen, bis die Grube tief genug war.

Sie gingen zurück in den Bunker, leerten den metallenen Schrank, kippten ihn um und legten den Führer hinein. Der Doktor verriegelte die Tür und steckte den Schlüssel ein. »Anfassen!«, befahl er Karl.

Der zögerte und widersprach: »Aber wir können den Führer doch nicht begraben, er lebt ja noch.«

»Es bleibt uns nichts anderes übrig, Karl. Es tut mir leid. Du ahnst nicht, wie gerne ich die weiteren Entscheidungen unserem geliebten Führer überlassen hätte.«

Seine Stimme klang so weich und traurig, wie Karl sie noch nie gehört hatte. Er schob diese Traurigkeit der bevorstehenden Beerdigung des Führers zu.

Schweigend trugen sie den Schrank nach draußen und ließen ihn zu Grabe. Der Doktor trat zwei Schritte zurück und wies Karl an, am Grubenrand zu beten.

»Beten wir denn nicht zusammen?«, fragte Karl, dessen Augen feucht waren.

»Bitte frag nicht und tu, was ich dir sage. Dies ist mein letzter Befehl, nachher bist du frei«, antwortete der Doktor.

»Aber ich will gar nicht …«

»Bitte …«

Mit gesenktem Haupt stellte sich Karl vor die Grube und murmelte ein Vaterunser. Der Doktor stand hinter ihm. Leise zog er seine Pistole aus der Tasche und drückte ab. Mit dumpfem Krachen prallte Karls Körper auf den Schrank.

»Es tut mir leid«, wiederholte der Doktor. »Du warst mir wie ein Sohn, aber es geht um höhere Dinge.«

Er schnäuzte sich, atmete dann tief durch und machte sich an die Arbeit. Er stieß Karls Leichnam den Hang hinunter, tarnte den Schrank mit einer dünnen

Erdschicht und Geäst und kehrte in den Bunker zurück.

»Ich komme wieder, mein Führer, ich gebe niemals auf«, murmelte er leise, aber entschlossen vor sich hin.

Sein Gesichtsausdruck hatte wieder die gewohnte Härte angenommen. Dann duschte er und zog frische Kleider an. Er packte sein Logbuch und die letzten Vorräte in den Tornister. Mit einem Lappen reinigte er alle blanken Flächen von den Fingerabdrücken. Danach verließ er forschen Schrittes das Versteck und verschwand im Unterholz.

1. Teil, 1999
Allan und Beatrice

3

Mit acht, neun Jahren war Allan Filippos zum ersten Mal bis über beide Ohren verliebt gewesen. Da er sich nicht getraut hatte, das Mädchen aus der reichen Nachbarsfamilie anzusprechen, schickte er seine kleine Schwester Melanie mit einem Blumenstrauß zu ihr, den er todesmutig aus dem Garten des alten Kinderhassers Huber nebenan gestohlen hatte. Zwischen den Blättern steckte ein unbeholfen geschriebenes Briefchen, in dem er sie bat, die Seine zu werden.

Die Schwester kam mitsamt dem Strauß zurück und richtete aus, die Angebetete bedaure, sie hätte bereits einen Schatz. Außerdem habe er immer schmutzige Fingernägel. Das mit dem Schatz glaubte Allan nicht so recht, war das Mädchen doch zwei Jahre jünger als er. Er war sicher, dass es nur an seinen Fingernägeln lag. Jedenfalls war er zutiefst betrübt und tagelang traurig gewesen. Obwohl das Mädchen bald darauf wegzog, pflegte er von nun an seine Fingernägel aufs Peinlichste – und dies bis heute.

Heute zählte Allan Filippos einunddreißig Jahre. Er lag im Bett und erinnerte sich an ebendiese Geschichte.

Hin und wieder passierte es ihm, dass beim Aufwachen Erinnerungen aufstiegen. Vor allem, wenn er frei hatte und ausschlafen konnte wie an diesem Freitag. Warum es gerade diese oder jene Szene war, die sich in sein Bewusstsein schlich, konnte er nicht sagen. Vermutlich hatte er jeweils einen entsprechenden Traum gehabt. Es war auch schon passiert, dass er der Person bald darauf begegnet war. Ob es sich um Zufall oder eine Art der Vorsehung handelte, darüber zerbrach er sich den Kopf nicht, da diese Frage sowieso nie schlüssig beantwortet werden konnte. Überhaupt war er nicht der Grübler-Typ; er zog es vor, fünf gerade sein zu lassen und das Leben zu genießen.

An den Namen des Mädchens erinnerte er sich nicht mehr, ihr Bild stand verschwommen vor ihm, aber die Empfindung war dieselbe wie damals: Liebe, Trauer, Scham.

Während er in der Pyjamahose zur Küche schlurfte und Kaffee braute, wunderte er sich darüber, dass ein Knabe von acht Jahren schon so verliebt sein konnte, wie er es gewesen war – und fragte sich, was er wohl mit dem Mädchen angestellt hätte, wenn sie die »Seine« geworden wäre. Er schmunzelte. Heute wüsste er schon, was er tun würde mit einem weiblichen Wesen. Nur war zurzeit weit und breit kein Kontakt zu einem solchen in Aussicht. Allan zündete eine Zigarette an, ging auf die Toilette und betrachtete sich im Spiegel. Ein ziemlich zerknittertes Konterfei blickte ihm entgegen, seine blonden Locken waren zerzaust und verknotet. Er legte seine Zähne frei, was wie ein Grinsen aussah. Die waren immerhin noch ziemlich weiß, trotz seines übermäßigen Zigarettenkonsums. Eigentlich war auch sein Gesicht nicht unattraktiv: graublaue, tief liegende Augen, breite Backenknochen, leicht brauner Teint. Eine Mischung zwischen Grieche und US-Amerikaner – seiner Herkunft zufolge.

Sein Kopf pochte leicht. Das rührte daher, dass er mit seinen Arbeitskollegen am Vorabend eins über den Durst getrunken hatte. Wieder einmal! Er nahm ein Alka-Seltzer, bevor er sich mit einem Kaffee und einem weiteren Glimmstängel zurück ins Bett verkroch. Es war zwar schon zwölf Uhr mittags, aber Allan hatte noch keine

Lust, mit der Welt konfrontiert zu werden. Draußen war es grau und unfreundlich, feiner Schnee fiel.

Er lag da, trank Kaffee und wartete auf die Wirkung der Brausetablette. Die Erinnerung an seine erste Angebetete war ins Unterbewusstsein zurückgeschlüpft, Al beschäftigte sich mit der Tagesplanung. Es wäre die Sorte Tag gewesen, an der man zu Hause bleibt, ein paar Biere hinunterkippt und am Fernseher bei einem Fußballspiel die Seele baumeln lässt.

Aber es war kein solcher Tag. Es war ein ganz besonderer. Man schrieb den 31. Dezember 1999, der Jahrtausendwechsel stand bevor. Schon seit Wochen war eine überdrehte Hektik in der Stadt zu spüren gewesen, die übliche Weihnachts- und Konsumpanik noch intensiver als in anderen Jahren.

Knisternde Spannung hatte überall geherrscht. In der Immobilienfirma, in der Allan als Verwalter tätig war, wurde sowohl über Weltuntergangsszenarien als auch den Eintritt in das glückbringende Wassermann-Zeitalter heftig diskutiert. Dabei war nicht einmal erwiesen, dass Jesus tatsächlich vor zweitausend Jahren geboren worden war. Aber das war wohl auch nicht wichtig; die Einstellung der Leute verursachte die Nervosität. Al hatte sich nie in die Dispute eingemischt und war froh gewesen, als endlich der Silvesterapéro stattfand und für dieses Jahr Schluss war mit der Plackerei. Sein Kollege Martin Habegger, von allen Habi genannt, hatte ihm das Sektglas entgegengestreckt und beim Anstoßen vorgeschlagen, noch ein Haus weiterzuziehen – ins Zürcher Niederdorf. Was eben die Ursache des benötigten Alka-Seltzers war, das nun endlich wirkte.

Bis zwei Uhr früh hatten sie in der Splendid Bar gebechert und vereinbart, sich an Silvester zum Mitternachtsfeuerwerk auf der Gemüsebrücke über der Limmat zu treffen.

Allan schälte sich aus dem Bett und ging ans Fenster. Als er es öffnete, schlug ihm eisige Kälte entgegen. Sofort schloss er es wieder und fragte sich, wieso, wenn er überhaupt existierte, Gott den zweitaustendsten Jahrestag der gemeinsamen Regentschaft mit seinem Sohn so frostig angehen ließ. »Vielleicht hat er Streit mit Petrus«, dachte Al und schmunzelte.

Er nahm ein heißes Bad und entschloss sich, die Abmachung trotz seiner Unlust einzuhalten. An diesem Tag allein zu Hause zu sitzen, das wäre wohl doch zu trist gewesen. Und wer weiß, vielleicht passierte ja wirklich etwas Außergewöhnliches: der Weltuntergang, drei Wünsche für jeden, die Erleuchtung schlechthin, oder wenigstens – nach drei Jahren Durststrecke – wieder mal eine Affäre. Immerhin würde er in eine Gemeinschaft eingebettet sein und ein bombastisches Feuerwerk sehen.

Er frottierte sich und stand auf die Waage. Die Anzeige stand auf achtzig Kilo. Obwohl mit seinen eins siebzig leicht untersetzt, war Al zufrieden. Dies war sein Normalgewicht; er war breit und muskulös gebaut und wirkte – bis auf das kleine Fettpolster um die Hüfte – fast vierschrötig und sportlicher, als er in Wirklichkeit war. Beim Rasieren sinnierte er darüber nach, weshalb er so lange nicht mehr bei einer Frau hatte landen können. Lag es an seiner geringen Größe, war es wegen der letzten verkorksten Beziehung, die ihn etwas ängstlich, scheu gemacht hatte? Oder verkehrte er ganz einfach in den falschen Kreisen? Nämlich meist mit Saufkumpanen in verrauchten Bars.

Aber wo lernte man Frauen denn heutzutage kennen? Und wie? In den Discos war es zu laut, davon abgesehen zählte er dort schon zum alten Eisen und die Mädchen – auch wenn sie allein auf der Tanzfläche herumhopsten

– hatten bestimmt in irgendeiner Ecke ihren Freund sitzen. An Allans Körperpflege konnte es jedenfalls nicht liegen. Geboren im Sternzeichen Jungfrau, legte er großen Wert darauf und war auch sonst ein ordentlicher, ja fast pedantischer Mensch. Zumindest, was sein Äußeres und den Haushalt betraf. Alles in seiner Zweizimmerwohnung hatte seinen bestimmten Platz, selbst die Gewürze in der Küche waren fein säuberlich ausgerichtet, und zwar mit der Beschriftung nach vorne. Wenn er mal eine Schere verlegte, konnte er sich fürchterlich aufregen; er fand, die dümmste Zeitverschwendung sei das Suchen nach verlegten Gegenständen. Auch dies war möglicherweise ein Grund, weshalb er bei der Brautschau eher zurückhaltend war. Das Zusammenleben mit unordentlichen Frauen hatte bei ihm einen nachhaltig negativen Eindruck hinterlassen.

Das Putzen hingegen war weniger sein Ding, und wenn nicht seine Schwester Melanie gegen ein kleines Entgelt seine Wäsche besorgt und die Wohnung in Schuss gehalten hätte, wären seine Gewürzdöschen wohl ziemlich verstaubt gewesen.

Melanie studierte Zoologie, arbeitete zwei Tage die Woche in einem Secondhandshop und war um jedes zusätzliche Einkommen froh, um ihr Studium zu finanzieren.

Allan band seine Locken zu einem kurzen Pferdeschwanz zusammen, zog ein weißes Hemd und frische Jeans an und sah auf die Taschenuhr, die er von seinem Großvater geerbt hatte. Er trug sie immer bei sich, ebenso wie das griechische Gebetskettchen, das er auf einer Ferienreise gekauft hatte. Gelebt hatte er nie in Griechenland, die Familie seines Vaters war bereits in den Fünfzigerjahren in die Schweiz übersiedelt. Trotzdem fühlte er sich mit Griechenland stärker verbunden als mit den

USA, obwohl er dort geboren worden war und nebst dem Schweizerpass auch den amerikanischen besaß – seiner Mutter wegen, die aus New York stammte.

Es war sechs Uhr abends, viel zu früh, um schon rauszugehen. Aber Zeit fürs erste Bier und eine Pizza – die er in den Ofen schob und dann vor dem Fernseher verzehrte. Auf allen Sendern wurden nur noch die Sekunden bis zum Jahrtausendwechsel zurückgezählt, und nach zwei weiteren Bieren schlief Allan vor dem laufenden Apparat ein.

Als er erwachte, erschrak er. Hatte er den Jahreswechsel verschlafen? Nein, zum Glück war es erst zehn vorüber. Eilig schlüpfte Al in seine schwarze Lederjacke, stieg die drei Stockwerke hinunter und verließ das Haus im Zürcher Stadtkreis vier. Bestimmt war schon einiges los am Limmatquai, und wenn er schon rausging, wollte er das nicht verpassen.

Normalerweise ging er zu Fuß zur nahe gelegenen City. Nach fünf Minuten war er schon so durchgefroren, dass er am Limmatplatz schlotternd auf die Straßenbahn wartete. In der Eile hatte er vergessen, einen Pullover oder einen Mantel überzuziehen – aber selbst damit wäre die klirrende Kälte durch Mark und Bein gedrungen. Endlich kam die »Vier« und Al stieg ein. Beim Bahnhof musste er den warmen Wagen bereits wieder verlassen, denn das Bier drückte ultimativ auf die Blase.

Schnellen Schrittes durchquerte er die Bahnhofshalle. Auch hier wurden an einer großen Leuchttafel die Sekunden gezählt. Ansonsten waren erstaunlich wenig Leute unterwegs. Das interessierte Al in der momentanen Lage allerdings wenig. Er eilte über die Rolltreppe und erreichte endlich die Toiletten, die sich vornehm »Mc Clean« nannten. Mc Clean hatte ein Drehkreuz, das sich nur bewegte, wenn man einen Franken in den Schlitz warf. Allan hatte aber nur ein Zweifrankenstück. Also verließ er den Ort und sprach eine ältere Dame an: »Entschuldigen Sie, haben Sie vielleicht einen Franken?«

Sie musterte ihn von oben bis unten, schüttelte den Kopf und sagte im Weitergehen: »Schämen Sie sich denn gar nicht? Ein so junger und kräftiger Bursche. Suchen Sie sich eine anständige Arbeit und hören Sie mit dem Betteln auf!«

Das entgegengestreckte Geldstück zum Wechseln hatte sie übersehen.

Zwei weitere Passanten reagierten ähnlich. Allans Not war grenzenlos. In seiner Verzweiflung brachte er sein Anliegen unverblümt bei einer jungen Frau vor: »Hören Sie, wenn Sie mir den Zweier nicht wechseln, mache ich demnächst in die Hose.«

Die Frau errötete, kramte umständlich zwei Einfrankenstücke aus dem Portemonnaie und wechselte.

Erneut betrat Allan Mc Clean und entdeckte im Vorbeieilen einen Geldwechselautomaten, der ihm vorher nicht aufgefallen war.

Wenig später verließ er erleichtert den Ort. Kaum zwanzig Schritte gegangen, sprach ihn ein verlauster, ausgezehrter Typ an: »Hast du zufällig einen Stutz?«

»Aber ja doch.« Al gab ihm den übrig gebliebenen Franken und sagte mit einem Augenzwinkern: »Musst wohl auch zu Mc Clean.«

Der junge Mann starrte ihn verständnislos an.

»Na ja, auf die Toilette da.«

Der Typ grinste: »Hast wohl 'ne Meise. Denkst du, unsereins kann sich das Pinkeln da drin leisten? Ich bin froh, wenn ich was zwischen die Zähne kriege.«

»Ach so …«, murmelte Al und ging nachdenklich weiter.

Er nahm die Straßenbahn bis zum Central. Dann schlenderte er – so gut das bei dieser Kälte eben möglich war – das Limmatquai entlang. Die Zone war für diesen Abend verkehrsfrei, überall standen hell beleuchtete Stände und Champagner-Bars. Sie wirkten verlassen, und die Angestellten dahinter rieben die unterkühlten Hände über den Heizkörpern. Da und dort begegnete ihm ein eingemummter Passant, ein eng aneinandergeschmiegtes Paar, sie ihren Pelzmantel um ihn geschwungen, er seinen Arm darunter um ihre Taille gelegt, die jedoch schnell in einem Restaurant verschwanden. Al fand das eine fabelhafte Idee. Warum sollte er sich hier noch eine geschlagene Stunde bei fast zwanzig Grad minus die Knochen abfrieren? Es war ja sowieso noch nichts los. Nur schon der Gedanke an ein Glas schweren Rotweins in einer gemütlichen Gaststube erwärmte ihn. Er dachte an die Splendid Bar, wo er gestern schon gesessen hatte, verwarf die Idee aber umgehend, denn die Splendid Bar war einige Hundert Meter entfernt. Bei dieser Kälte musste es schnell gehen. Also betrat er das erstbeste Restaurant. Stimmengewirr schlug ihm entgegen. Das Lokal war brechend voll. Die Tische waren überbesetzt, dazwischen standen Gäste, die auf einen freien Platz hofften oder sich ein wenig aufwärmten. Das überforderte Personal hatte Mühe, durch das Gewühl an die Tische zu gelangen.

»Hoffnungslos«, dachte Al und verließ den Ort. Nicht anders erging es ihm im »Dübli«, dann halt doch im »Splendid«, dem »Franziskaner«, der »Bodega« und mindestens drei weiteren Lokalen. Schließlich kapitulierte er. Immerhin war er inzwischen etwas aufgewärmt und es war schon halb zwölf Uhr. Er ging Richtung Gemüsebrücke, Treffpunkt und Schauplatz des Feuerwerks. Unterwegs holte er sich an einer der verwaisten Bars einen Champagner – im Plastikbecher zwar, aber unbestritten eisgekühlt. Auf der Brücke standen bis jetzt nur wenige kleine Menschengruppen, was den Vorteil hatte, dass Al sich einen guten Standort sichern konnte – wie er dachte. Zuerst wollte er sich aber nach seinem Arbeitskollegen Habi umsehen. Bevor er jedoch seine Suche beendet hatte, ergossen sich Schlag viertel vor zwölf aus allen Richtungen Ströme von Menschen auf den Brückenplatz. Und noch ehe er sich's versah, stand er dicht gedrängt in der Menschenmasse – mit leerem Becher. Er stellte sich auf die Zehenspitzen und spähte nach einem der Stände. Dort hatte man nun plötzlich alle Hände voll zu tun. Nur schon dahin durchzukommen schien ihm ein Ding der Unmöglichkeit, geschweige denn, sich einen Drink zu ergattern.

Sein Freund Habi war in diesen Dingen weitaus cleverer. Bestimmt stand er schon ganz nahe einer hübschen Bardame und erheischte mit Blickkontakt und diskreten Gesten deren Aufmerksamkeit. Was lag näher, als Habi anzurufen und bei ihm zu bestellen. Al klopfte sich im Geist für diese famose Eingebung auf die Schultern. Er zog sein Handy hervor, wählte und drückte es an sein vor Kälte rotes Ohr. Es kam keine Verbindung zustande. Rundum wollten Leute ihren Lieben einen guten Rutsch wünschen. Auch sie ohne Erfolg – das Netz war hoffnungslos überlastet! Allan stand ziemlich ratlos da, als ihm jemand unsanft auf die Schulter klopfte. Bevor er sich umdrehte, wusste er: das war Habi-Art. Neben Habi stand eine Frau, in einen dicken, dunklen Mantel gehüllt, die Kapuze tief über die Stirn gezogen. Sie sah aus wie eine heimlich flüchtende Prinzessin aus einem Sechzigerjahre-Kitschfilm. Einzig das Sektglas, das sie in der Hand hielt, passte nicht zum Bild. Martin hatte sogar deren zwei dabei und streckte Al breit lachend eines davon entgegen.

»Hab doch gewusst, dass du am Verdursten bist, Kleiner.«

»Kleiner« hörte Allan nicht besonders gern, aber wenn er jemandem die Berechtigung zugestehen musste, ihn so zu nennen, dann war es Martin Habegger. Er war mehr als einen Kopf größer als Al und überragte die Menschenmenge.

»Hab dich schon von Weitem gesichtet, Fil, deine Löwenmähne leuchtet aus allem heraus.«

Al konnte sich nicht recht auf das Gesagte konzentrieren, denn die Frau beanspruchte nahezu seine gesamte Aufmerksamkeit. Vermummt wie sie war, konnte er im Halbdunkel nicht ausmachen, ob sie hübsch war und seinem Geschmack entsprach. Martin bemerkte Allans Seitenblicke und erhob das Glas: »Darf ich vorstellen, das ist Beatrice«. Und zu Beatrice gewandt: »Das ist mein Arbeitskollege Fil – ich meine – Allan.«

»Ja, was denn nun?«, tönte eine helle Stimme unter der Kapuze hervor.

Al antwortete gleich selbst: »Fil nennt man mich so unter Kumpeln, das kommt von meinem Nachnamen Filippos. Ein dummer Spitzname, der sich so eingebürgert hat. Eigentlich aber Allan, oder Al, wie du willst.«

Sie stießen an. Beatrice sagte: »Wir müssen zusehen, dass wir zum Zwölf-Uhr-Schlag noch einen Schluck übrig haben.«

Ihre feine Stimme ging unter im Glockengeläut, das nun von allen Kirchtürmen der Stadt erscholl.

Habi schrie: »Kein Problem, wir werden die hier entkorken«, zog einen »Gordon Rouge« aus der Manteltasche und hob die Flasche triumphierend in die Luft.

Wirklich clever, dieser Habi. Und wo er wohl diese Frau herhatte? Und wie sie wohl aussah? Ihre Stimme jedenfalls gefiel ihm. Sie war frisch und jugendlich.

Plötzlich ertönte einstimmig aus allen Kehlen: »Zehn, neun, acht …« Al und seine Begleiter stimmten mit ein. Genau bei null setzte ein Korkengeknatter ein, zu dem auch Habi seinen Beitrag leistete und gleich darauf sein Glas erhob. Beatrice stand auf die Zehenspitzen und wünschte ihm mit zwei Küsschen ein gutes neues Jahr. Dabei fiel ihre Kapuze hinunter. Al erstarrte bei ihrem Anblick. Ein so wundersames Wesen hatte er noch nie gesehen. Oder doch? Auf den ersten Blick schien ihm, dass eine Verbindung zwischen ihnen bestehe. Hatte er sie in einem früheren Leben vielleicht …? Aber an solchen Unsinn glaubte Allan nicht.

Beatrice hatte schlohweißes Haar, das in feinen Strähnen über ihre Schulter fiel, leuchtende, smaragdgrüne Augen unter schwarzen, gekonnt geschminkten Wimpern. Ihr Teint war blass und ihr feines Gesicht ganz einfach schön. Sie kam ihm vor wie von einem anderen Stern. Das Gesicht lächelte und kam plötzlich auf ihn zu. Beatrice umarmte und küsste auch ihn.

Trotz des spektakulären Feuerwerks entfernten sie sich auf Habis Vorschlag vorzeitig von diesem Schauplatz und saßen kurz darauf bei einem »vino tinto« und Tapas in der Bodega. Beatrice stand am Holzofen und wärmte sich. Allan betrachtete sie. Sie war wohl ein paar Zentimeter größer als er und trug einen flauschigen hellblauen Pulli, einen knielangen Rock und über den Strumpfhosen lange wollene Socken. Die Füße steckten in soliden flachen Schuhen. Zudem war sie feingliedrig gebaut – schlanke Taille, breites Becken, knackiger Po. Sie wirkte mädchenhaft, was Al gefiel. Sie gefiel ihm überhaupt. Als sie sich umdrehte und sich zu ihnen gesellte, sah Al schnell weg.

Nun, nachdem sämtliche Feuerwerke draußen definitiv vorbei waren, strömten die Gäste scharenweise ins Lokal.

»Das nennt man antizyklisches Verhalten«, brüstete sich Habi, und dies zu Recht. Bald war auch der letzte Stuhl besetzt, an ihrem Tisch hatten sich drei junge Pärchen einen Platz ergattert.

»Das Feuerwerk war klasse«, sagte Beatrice.

»Und die Welt ist auch nicht untergegangen«, scherzte Al.

»Hätte sie das denn sollen?«

Sie hatte eine ganz spezielle, kurze Art der Fragestellung, das war Al schon vorher aufgefallen.

»Man hat darüber gemunkelt, und außerdem weiß man ja nie, wann der alte Herr da oben in Pension gehen möchte.«

Sie lachte ihr helles Lachen: »Glaubst du denn an ihn?«

Al wollte eben antworten, als Habi einwarf: »Bitte, keine Glaubensdispute. Das dauert ewig und führt zu nichts als Streitereien.«

»Was die Geschichte der Menschheit schlüssig beweist«, ergänzte Al und war zufrieden, dass er so locker drauf war. Champagner und Wein trugen das Ihre dazu bei. Al wollte dieser Frau imponieren. Aber weshalb eigentlich? Martin hatte sie ja aufgegabelt. Er war hier das fünfte Rad am Wagen. Trotzdem sorgte er für ihr Amüsement und gab die Mc Clean-Geschichte zum Besten, was sie mit ausgelassenem Lachen belohnte und gesprächig machte. Er erfuhr, dass Bea bei ihrer Mutter in Zürich-Küsnacht lebte und zwei Semester Biologie studiert hatte, mal Pause mache, nun Kunsthändlerin sei – na ja – in der Galerie der Mutter aushelfe, eigentlich eine eigene Wohnung …, aber es sei halt zu bequem zu Hause, wegen dem Putzen und so, und auch der Swimmingpool, vor allem aber das Geld …

Bea war quirlig und fröhlich. Plötzlich aber wurde sie von Müdigkeit übermannt und döste am Tisch ein. Habi weckte sie. »Wir wollen noch ein Haus weiter, Bea, kommst du mit?« Sie nickte und trippelte wortlos zur Toilette. Überraschend munter kam sie zurück. Den ganzen Weg zum Rockpalast plauderte sie, hängte bei Al und Habi ein, ließ sich von ihnen mit angezogenen Beinen tragen. Im Rockpalast, wo wegen der dröhnenden Musik kaum eine Unterhaltung möglich war, saßen sie an der Bar und tranken Cocktails. Um vier Uhr früh verabschiedete sich Bea und verließ sie leicht wankend. Al und Martin gingen noch eine Kneipe weiter, bevor sie im Morgengrauen ziemlich angeheitert – um nicht zu sagen besoffen – im Bahnhofbuffet landeten und eine Mehlsuppe aßen.

Al legte den Arm um Habi: »Wo hast du denn die aufgegabelt?«, lallte er.

Habi kicherte und stieß Al in die Seite: »Möchtest du wohl gerne wissen, was? – Na gut, weil du es bist. In ihrer Galerie, bei einer Vernissage.«

»Seit wann besuchst ausgerechnet du Ausstellungen?«

»So etwas nennt man Pflege von Geschäftsbeziehungen, du Banause, ihre Frau Mama ist Kunde bei uns.«

»Und da hast du sie einfach abgeschleppt? Ich meine, sie ließ sich einfach so …?«

Habi faselte etwas von einem Typ, mit dem sie herumgestritten habe, und dem sie damit wohl eins auswischen wollte. Jedenfalls habe er sich über ihre spontane Einwilligung selbst gewundert.

»Wie alt ist sie?«, fragte Al.

Habi zuckte die Achseln und nickte mit dem Löffel in der Hand ein. Allan verfrachtete seinen Freund in ein Taxi und nahm selbst eines.

Als er im Bett lag, dachte er an Beatrice. Ihr Alter war schwer zu schätzen. Es mochte irgendwo zwischen zwanzig und dreißig liegen. Jedenfalls bereute er nicht, aus dem Haus gegangen zu sein. Es war ein guter Abend gewesen, ein sehr guter sogar. »Jahr 2000«, dachte er im Hinüberdösen, »das ist schon was, das wird nicht jedem zuteil. Vielleicht erlebe ich noch 2050, 2100 ist schon Sense. Na ja, man kann nicht ewig leben, schade eigentlich …«

Es war die Sorte von Tag, an dem man mit einem übermenschlichen Willensakt um sieben Uhr früh die Decke zurückschlägt, unter der Dusche tief durchatmet und versucht, sich nach den vielen Festtagen wieder auf den Moloch einzustellen. Mit einer Tasse Kaffee und einer Zigarette stand Al am geöffneten Fenster und dachte an den Alltag, der ihn nun bald wieder einholen würde. Die Wolken hingen tief, es regnete. Al konzentrierte sich darauf, den liegen gebliebenen Berg an Arbeit auf die Reihe zu bekommen. Da war der Anstrich der Wohnung in Zürich-Schwamendingen, der organisiert werden musste, eine Wohnungsabnahme in Schlieren …

»Guten Morgen, Tagwohl, Hallowiegehts, na, noch verkatert …?«, würde es in der Firma tönen, von allen Mitarbeitern wie auch von ihm. Und: »Oh, guten Tag, Herr Nierlich, hatten Sie schöne Festtage?«

Mit einem kernigen »danke, prima, bestens. Und Sie, Herr Filippos, erholt und voller Tatendrang?«, würde der Geschäftsführer antworten.

Allan überlegte, ob er mit diesem Job nun das Ziel seiner Wünsche erreicht hatte. Als gelernter Hochbauzeichner war die Anstellung vor zwei Jahren als Sachbearbeiter in der Immo-Branche ein ganz veritabler Aufstieg gewesen. Sein Lohn mit 6’500 Franken im Monat nicht übel. Trotzdem: Die Firma kaufte und verkaufte Häuser mit Riesengewinnen. Außendienstler wie Habi wurden auf Provisionsbasis bezahlt, während er sich mit Wasserschäden und dergleichen herumschlagen musste. Als Makler, ja, da wäre Geld zu machen. Da könnte er Beatrice einen Swimmingpool … Er schob den unsinnigen Gedanken beiseite, packte die Zeitung und ein Sandwich in seinen ledernen Aktenkoffer und ging zur Arbeit.

Nachdem das Begrüßungsprozedere wie erwartet abgelaufen war, saß Al an seinem Computer und tippte einen Mietvertrag ein. Das Telefon läutete und Frau Cattin, die Sekretärin, meldete, dass Herr Klöti von der Überlandstraße 350, 2. Stock, einen Pilzbefall im Badezimmer reklamiere.

»Na gut, stellen Sie durch«, antwortete Al und gab die Adresse in den PC ein.

Der Anrufer war überzeugt, dies sei ein Notfall und seine ganze fünfköpfige Familie krebsgefährdet. Er habe das soeben in der Zeitung gelesen.

Allan versprach sofortige Abhilfe und einen umgehenden Rückruf des Malers. Kaum hatte er die Daten eingetippt, läutete es wieder. Eine Madame Flury war am Apparat. Sie sprach mit welschem Akzent und wünschte Auskunft darüber, ob es richtig sei, dass das Ladenlokal neben ihrer Galerie frei werde, sie habe Ausbaupläne. Allan sah nach.

»Richtig, der Raum ist per 30. März gekündigt, es stehen allerdings bereits einige Mitbewerber an«, informormierte Al Frau Flury.

»Großartig, kommen Sie doch mal vorbei und zeigen Sie mir das Objekt.«

Die Sache mit den Mitbewerbern schien Madame Flury überhört zu haben. Er wies sie noch einmal darauf hin.

»Junger Mann, ich bin seit zwanzig Jahren Mieterin in diesem Haus – und ich bin flüssig, da werden wir uns ja wohl einig werden.«

»Nun ja, normalerweise geht's bei uns der Reihe nach.«

Mit Betonung auf »normalerweise« antwortete sie: »Normalerweise erreiche ich, was ich will. Aber Sie können mich gerne mit Herr Nierlich verbinden, wir kennen uns gut.«

»Alles paletti«, sagte Allan und vereinbarte mit ihr einen Termin für den nächsten Tag. Er rief seinen Chef an und schilderte den Fall. Bei Frau Flury könne er locker zwanzig Prozent mehr verlangen, informierte ihn dieser, sie sei aber unbedingt bevorzugt zu behandeln. Allan ging zum Kaffeeautomaten. Als er wieder ins Büro trat, läutete das Telefon schon wieder. »Halt den Rand«, fluchte Al und nahm trotzdem ab. Es war Herr Klöti, der sich beschwerte, dass der Maler sich immer noch nicht gemeldet habe.

»Es ist doch kaum eine Viertelstunde her.«

Herr Klöti fiel ihm ins Wort: »Aber ich sagte Ihnen doch, es sei ein Notfall.«

»Soll ich eine Ambulanz vorbeischicken?« Manchmal konnte Al eine sarkastische Bemerkung nicht verkneifen. Wenn dies allerdings Nierlich erführe …

Während er den aufgebrachten Kunden beschwichtigte und versprach, dass die Sache bis Mittag geregelt sei, trat Martin mit einem Kaffee ins Büro, setzte sich breitbeinig auf den zweiten Schreibtisch im Raum und platzierte den Becher zwischen seinen Schenkeln.

Er sah noch ziemlich zerknittert aus und sprühte wahrlich nicht vor Energie. »Na, wie läuft's?«, krächzte er und nippte am Becher.

»Prima, lauter beglückende Telefonate schon am frühen Morgen: Mit einer versnobten Vettel und einem paranoiden Familienvater. Bin schon wieder ganz in meinem Element – schließlich bin ich schon seit halb acht Uhr hier, im Gegensatz zu dir.«

»Na großartig, großartig. Ich hatte schon zwei Kundenbesuche, wenn es dich interessiert …«

Wie üblich log Habi schlecht, aber Al wollte nicht sticheln und ihn dadurch vergraulen, denn er hatte ein paar heikle Fragen. Habi setzte sich hinter den Schreibtisch, vertiefte sich in eine Zeitung, studierte seinen Terminkalender und erledigte einige Telefonate.

Als sie später zusammen zum Lunch in einem Café saßen, fragte Allan ohne Umschweife: »Hast du sie wiedergesehen?«

»Wen?«

»Na die Frau, Beatrice.«

Habi schüttelte den Kopf.

»Würdest du mir … ihre Adresse überlassen?«

»Das würde dir so passen«, murmelte Habi, noch immer miesepetrig.

»Ach komm, sei kein Frosch«, bettelte Al.

Habi sah von seinem Toast auf: »Hör mal, Kleiner, das Mäuschen ist eine Nummer zu groß, und zwar für uns beide. Reich, schön, die wird bestimmt von Kerlen umschwärmt wie eine Frühlingsblume von Bienen.«

Al gab nicht auf: »Lass es mich doch wenigstens versuchen.«

Habi sah Al mit stechendem Blick an und zeigte mit dem Daumen auf sich: »Wenn es einer versucht, dann bin ich das, das ist meine Story, klar?«

»Aha, also von wegen große Nummer …«

Nach einer kurzen Pause, in der er sich demonstrativ mit seinem Spiegelei beschäftigte, schob Habi kleinlaut nach: »Im Übrigen habe ich ihre Adresse gar nicht. Ich könnte mich ohrfeigen, sie nicht danach gefragt zu haben.«

»Aber du weißt, wo sie arbeitet.«

»Hm – Betriebsferien bis nächste Woche – sie liegt wohl irgendwo am Strand mit einem saloppen Millionärssohn, unsere Prinzessin.«

Sie zahlten und gingen die fünf Minuten zu Fuß zum Büro.

Habi kratzte sich am Ohr: »Hör mal, Fil, du bist doch mein Freund. Aber ich bin auch deiner, oder?«

»Ja, klar«, nickte Al.

»Na also. Ich mach dir jetzt einen Vorschlag: Wenn ich nicht bei ihr landen kann, sag ich dir, wo sie arbeitet. Inzwischen vergiss die Frau ganz einfach, schlag sie dir aus dem Kopf.«

»Nun ja, weißt du, Habi, ich bin nicht der Aufreißertyp wie du, ich meine, immerhin hatte ich schon drei Jahre keine …«

»Schlag – sie – dir – aus – dem – Kopf!«

Al kapitulierte und schwieg nachdenklich. Dann wollte er wissen: »Was mich wundert, Habi, eine Vernissage zwischen Weihnachten und Neujahr, gibt es so was überhaupt?«

»Wieso kommst du denn darauf?«

»Du sagtest doch, dass du sie da kennengelernt hast.«

»Das war eine Woche vor Weihnachten.«

»Und weshalb hast du mir das nicht erzählt, du hältst doch sonst mit solchen Storys nicht hinter dem Berg?«

Habi lächelte: »Offen gesagt war ich keineswegs sicher, ob sie an Silvester tatsächlich aufkreuzen würde, ich wollte mich ja nicht blamieren. – Und nun halt endlich die Klappe, denk an unsere Abmachung.«

Am nächsten Morgen ging Allan in Anzug und Krawatte aus dem Haus – ausgeruht und unverkatert. Er hasste es, Kunden zu treffen, wenn er nicht fit war – so weit hatte er sich unter Kontrolle. Um zehn Uhr hatte er mit der »Vettel« abgemacht, eine optimale Zeit. Zu früh, um vorher noch ins Büro zu gehen, was bedeutete, dass er ein Stündchen länger schlafen konnte.

Die »Vettel« stand schon vor der Eingangstür des Lokals im Zürcher Seefeld und sah keineswegs wie eine solche aus. Sie war um die sechzig Jahre alt, gepflegt, attraktiv, mit lebendigem Blick. Wären nicht ihre Haare schon grau – oder besser schlohweiß – gewesen, sie wäre glatt als Fünfzigjährige durchgegangen.

»Na, Sie sind wohl Herr Filippos von der Immo-Bill«, begrüßte sie ihn. »Haben Sie mit Ihrem Chef gesprochen?«

»Oh ja,« erwiderte Al und drückte ihr die Hand. »Er wies mich an, Sie privilegiert zu behandeln.«

Er öffnete die Tür, die zwischen zwei großen Schaufenstern war, und bat sie einzutreten: »Natürlich habe ich den Mieter informiert, dass wir kommen, er hat ja erst Mitte Januar wieder geöffnet.«

»Selbstverständlich, auch meine Galerie ist während dieser Zeit geschlossen. Wer kauft schon Kunst im Januarloch – und einen Sonderverkauf können wir mit Chagalls und Picassos wohl nicht gut veranstalten.« Ihr perlendes Lachen und ihr französischer Akzent waren Al sympathisch. Sie sahen sich um. Der Raum war hoch und hatte eine reich verzierte Stuckdecke. Offensichtlich wurden hier indische, afrikanische oder chinesische Schnitzereien angeboten; Al kannte sich auf dem Gebiet der Kunst schlecht aus. Madame Flury setzte sich auf einen Stuhl, wiegte den Kopf und zeigte auf eine Wand. »Hier werde ich einen Durchgang zu meiner Galerie schlagen lassen, vielleicht den Boden leicht anheben, ein Treppchen einsetzen, das gäbe etwas Struktur. Ja, das wäre ideal, zwei Galerien in einer, hier Skulpturen, dort wie bisher Gemälde. Kommen Sie, junger Mann, gehen wir zu mir rüber, ich lade Sie zu einem Kaffee ein.«

Sie wechselten nach nebenan, wo die Schaufenster mit »Galerie Flury« angeschrieben waren. Madame Flury bat ihn, auf dem Plüschsofa Platz zu nehmen und bot ihm eine lange, dünne Zigarette an. Sie nahm auch eine und er gab ihr Feuer. Während sie an der Kaffeemaschine hantierte, sah er sich um. Genau spiegelverkehrt, glich der Raum dem daneben liegenden wie ein Ei dem anderen. An den Wänden hingen Gemälde der erwähnten Künstler, sowie moderne Werke, die Allan nicht identifizieren konnte.

»Schadet denn der Rauch den teuren Kunstwerken nicht?«, fragte er, als sie zwei Tassen auf den Salontisch stellte.

»Hat er mir etwa geschadet? Urteilen Sie selbst«, lachte sie und stellte sich demonstrativ vor ihm auf.

»In keiner Weise«, lachte er mit, »aber im Gegensatz zu Chagalls Farben erneuern sich Ihre Zellen – und wie man sieht, ohne großen Verlust.«

»Danke für die Blumen. Im Ernst: Sie haben keine Ahnung, wie viele teuere Schinken in verqualmten Herrenclubs und vernebelten Salons hängen – Qualität muss halt was aushalten.«

Sie setzte sich und trank einen Schluck Kaffee, ohne ihren Blick von ihm abzuwenden.

»Sie kommen mir irgendwie bekannt vor, Herr Filippos, Ihre Haare, die Augen. Filippos … Filippos …, wenn ich nur wüsste, wo ich Sie einordnen soll.«

Al zog die Brauen hoch: »Ich, bekannt? Jedenfalls habe ich nie in Herrenclubs verkehrt.«

»Egal, kommen wir zum Geschäft. Wie viel?«

»Siebenhundert pro Quadratmeter und Jahr exklusive Nebenkosten«, sagte er, der Anweisung Nierlichs folgend.

»Das wären etwa sechstausend pro Monat, ihr werdet auch immer teurer, ihr Halsabschneider.«

Al staunte, wie schnell sie seine Angaben in die Monatsmiete umgerechnet hatte, und war gleichzeitig verärgert über seinen Chef, da Madame die höheren Kosten offenbar doch nicht so locker hinnahm wie erwartet.

Scheinheilig fragte er: »Wieso teuer?«

»Wieso? Hier sechshundert, drüben, für den exakt gleichen Raum, hundert mehr.«

»Ja, da müsste ich wohl mit dem Chef sprechen …«

»Papperlapapp, Privilegien müssen schließlich bezahlt werden; mit meiner Jugend kann ich Sie ja wohl kaum mehr bezirzen.« Sie zwinkerte. »Setzen Sie einen Vertrag auf, sechshundertfünfzig für beide Lokale, hier fünfzig rauf, da fünfzig runter, der Einfachheit halber.«

»Ja, da müsste ich wohl mit dem Chef …«

»Strengen Sie mal Ihr Spatzenhirn an«, unterbrach sie. »Das ergibt genau die gleiche Summe. Ich erwarte den Vertrag in den nächsten Tagen, Ihr Chef wird damit einverstanden sein.«

Allan nickte gehorsam. Das Geschäft war unter Dach und Fach.

Madame Flury stand auf. »Wenn ich nur wüsste, woher …? Darf ich Ihnen die Galerie zeigen?«

Sie führte ihn herum, erläuterte die Gemälde, nannte die Maler, Preis und Herkunft, und auf welch abenteuerliche Weise die Werke oft in ihren Besitz gekommen waren. Dann öffnete sie die Tür zu einem fensterlosen Raum. »Hier hängen die Ladenhüter – und Bilder, die man nicht unbedingt verkaufen möchte.« Sie knipste das Licht an. Al glaubte, seinen Augen nicht zu trauen. Zwischen den dicht gehängten Gemälden leuchtete ihm ein Porträt von Beatrice entgegen. Sofort erkannte er die Zusammenhänge, sein Herz pochte bis zum Hals. Er hatte Beas Mutter kennengelernt!

»Was starren Sie denn so?«, fragte Frau Flury.

Er zeigte auf das Porträt: »Ist das Ihre Tochter?«

»Wie kommen Sie denn darauf? Das bin ich, vor

dreißig Jahren. Ein Freund der Familie hat es gemalt, bevor er zum Abstrakten überging, es ist ein ›Falk‹.«

Aus lauter Verlegenheit stotterte Al: »Was soll es denn kosten – ich meine, nur so aus allgemeinem Interesse.«

»Um die Zehntausend ist es wohl wert, aber wie gesagt, ich gebe es nicht gerne her, ein Erinnerungsstück.«

Al fasste sich ein Herz: »Haben Sie eine Tochter?«

»Schon … ja.«

»Sieht sie Ihnen ähnlich?«

»Nun ja, so ziemlich, bis auf die Augenfarbe.«

Al sah zum Bild. Die Augen der Frau waren blau, wie die von Frau Flury.

»Hat Ihre Tochter grüne Augen? Heißt sie Beatrice?«

»Sie kennen meine Tochter?«

Al nickte: »Ich denke schon. Sie ist Ihr pures Ebenbild.« Al errötete und fügte schnell hinzu: »Nur flüchtig, ich habe sie beim Jahreswechsel kennengelernt.«

»Na großartig, kommen Sie doch mal zum Essen vorbei, wenn Bea wieder im Land ist. Momentan faulenzt sie noch an einem Strand in Cancun.«

»Mit einem Millionär!«, dachte Al und verspürte einen leichten Stich.

»Rufen Sie einfach an, so in zwei, drei Wochen, dann machen wir etwas aus», sagte sie und drückte ihm eine Visitenkarte in die Hand. »Und die Einzahlungsscheine für die Mieten schicken Sie bitte auch an unsere Privatadresse, wie bisher.« Damit verabschiedete sie Al.

Der heutige Arbeitstag hatte um Welten besser begonnen als der gestrige, hatte sich doch die vermeintliche Vettel in eine Glücksfee verwandelt. Allans einzige Sorge war Habi. Er hatte im Gegensatz zu seinem Freund nicht nur Beas Adresse, sondern obendrein eine Einladung zum Abendessen. Königlich, aber wie sollte er das seinem Freund beibringen?

Er brachte es ihm gar nicht bei, sondern verschwieg es einfach. Schließlich war er ihm nichts schuldig, und außerdem hatte ihm Habi ja verboten, über Beatrice zu reden.

Noch am selben Tag ging der Mietvertrag mit einem sehr freundlichen Begleitschreiben Allans zur Post.

Nun tigerte Allan seit geraumer Zeit um das Telefon und rauchte eine Zigarette nach der anderen. Aus der Distanz von drei Wochen war er unsicher, ob Frau Flury es ernst gemeint hatte mit der Einladung und tatsächlich erwartete, dass er sich meldete. Wer war er denn? Ein kleiner Angestellter, ein Lakai. Was sollte die reiche Dame bewegen, einen wie ihn zu empfangen, was hatte er zu bieten? Und worüber sollte man überhaupt reden?

»Tu es oder lass es bleiben!«, sagte Al zu sich selbst, nahm all seinen Mut zusammen, wählte und hoffte gleichzeitig, dass niemand abnähme.

»Flury,« vernahm er gleich darauf an seinem Ohr.

Al rutschte das Herz in die Hose. Beatrice war am Apparat. Damit hatte er nicht gerechnet. Bestimmt hatte ihre Mutter ihn mit keinem Wort erwähnt. Für welch eine Dreistigkeit musste sie es auffassen, wenn er nun anrief und sich bei ihr zum Essen einlud.

»Hier Al – ich meine Fil – vielleicht erinnerst du dich«, stotterte er. »Deine Mutter … ich meine, wie soll ich es erklären …?«

»Allan! Hi, natürlich erinnere ich mich. Ich bin gerade eingetrudelt, war ein paar Tage an der Sonne, in Mexiko. Wie geht's? Anscheinend war ich ziemlich beduselt an Silvester, jedenfalls erinnere ich mich nicht, dass ich dir meine Nummer gegeben habe.«

Sie plauderte so unbefangen, dass Allans Nervosität verflog. Er erklärte, wie er zu der Adresse gekommen war und dass ihn ihre Mutter eingeladen hatte.

»Vermutlich hat sie es längst vergessen, aber wir könnten uns auch so mal treffen, ich meine, wenn du Zeit …?«

»Typisch Mama, lässt keine Gelegenheit aus, mich zu verkuppeln«, lachte Bea. »Wie wär's mit Samstag, so gegen sieben Uhr? Was magst du denn gerne?«

»Dich«, hätte Al am liebsten geantwortet, besann sich aber eines Besseren und sagte: »Ich esse alles, was auf den Tisch kommt, außer Polenta, die ist mir zuwider.«

»Abgemacht, dann also bis Samstag, ich freu mich.«

»Ich mich auch. Äh, kann ich was mitbringen, mag deine Mutter Blumen oder so?«

»Komm einfach vorbei wie du bist, zu einem lockeren Abend. Bring doch eine Story mit wie die von Mc Clean. Ich hab sie überall rumerzählt, ich kann dir sagen, das war ein Renner.«

Nachdem er aufgelegt hatte, hätte Al am liebsten Luftsprünge gemacht, ging aber stattdessen zum Fenster und schrie ein lang gezogenes »Wow« in die kalte Winternacht hinaus.

Später lag er bis in die Morgenstunden wach und überlegte, mit was für einer Geschichte er Bea amüsieren könnte. Aber so was konnte man sich nicht aus den Fingern saugen, man musste es erleben, und das kam nicht alle Tage vor. Nun, dann musste halt ein Blumenstrauß genügen.

Ausgerechnet am Tag darauf sprach ihn Habi an: »Chapeau, Fil, du hast dich brav gehalten. Kein Wort über Bea die ganze Zeit.«

»Und, bist du bei ihr gelandet?«, fragte Al scheinheilig.

»Noch nicht. Sie ist erst gestern zurückgekommen, wie ich gehört habe. Werde heute mal in der Galerie vorbeischauen, vielleicht ist sie dort. – Hör mal, Fil, ich möchte nicht unfair sein.« Er reckte seinen schlacksigen, langen Körper hinter dem Schreibtisch. »Wenn du willst, nehme ich dich mit.«

Dümmer hätte die Situation nicht sein können. Martin ließ freundschaftliche Fairness walten, während er sich heimlich schon in Pole-Position gebracht hatte. Sollte er beichten? Schweigen käme einer Lüge gleich. Außerdem würde Habi bestimmt über Bea von der Einladung erfahren, am Ende käme er am Samstag auch noch reingestolpert. Dies galt es um jeden Preis zu verhindern. Al überlegte fieberhaft. Er wollte nicht beichten, er wollte lügen – dieses eine Mal wollte er Egoist sein, er wollte kämpfen, und wenn es sein musste, mit allen Mitteln. Er musste einen Weg finden, seinen Freund vom Besuch der Galerie abzuhalten, wenigstens bis Samstag, um sich den Vorteil zu wahren. Danach würde er Habi alles erzählen, wie auch immer die Sache dann stehen würde.

»Schläfst du?«, fragte Martin. »Ich habe dir ein Angebot gemacht und du stierst nur blöde vor dich hin.«

»Danke, kein Interesse, hab heute etwas anderes vor«, sagte Al kurz angebunden und wandte sich dem Computer zu. Habi wusste nicht, wie ihm geschah und guckte ziemlich dumm aus der Wäsche.

Kurz darauf verließ Allan das Büro mit der Begründung, er müsse zum Zahnarzt und komme heute nicht mehr ins Geschäft. Notfalls sei er ja auf dem Handy erreichbar.

Er fuhr vom Schaffhauserplatz, wo die Immo-Bill ihr Domizil hatte, nach Hause. Dort ging er geradewegs zum Schreibtisch, stöberte darin herum und fand die Karte, die er gesucht hatte. »Salon Bella«, stand darauf. »Hausbesuche von 11 bis 24 Uhr.«

Er wählte die angegebene Nummer und kurz darauf flötete ihm ein lang gezogenes »Hallo, was kann ich für dich tun« ins Ohr.

»Hallo, hier Filippos«, antwortete Al. »Hören Sie, ich hatte da vor ein paar Monaten mal ein Mädchen, eine große Holländerin mit einem sexy Akzent. Arbeitet die noch bei Ihnen?«

»Ach, du meinst sicher Natascha, die mit der Tätowierung auf dem Bauch.«

»Ja, genau.«

»Da könnte ich was arrangieren, wann passt es denn?«

»Sofort, es duldet keinen Aufschub, es muss jetzt gleich sein.«

»Mann, du hast aber Druck auf der Leitung. Ich werd sehen, ob ich sie so kurzfristig erreichen kann. Gib mir deine Adresse und die Kreditkartennummer, Kleiner. Dann geh auf die Toilette und beruhig dich erst mal, na, du weißt schon …«

Al machte die gewünschten Angaben und wiederholte nachdrücklich: »Es eilt, es ist außerordentlich wichtig.«

Nervös ging er auf und ab. Nach fünf Minuten läutete das Telefon.

»Gute Nachricht, Kleiner, Natascha ist soeben fertig geworden. In zwei Stunden kann sie bei dir sein.«

Al zog die Taschenuhr hervor. Schon vierzehn Uhr, das würde knapp werden.

»Sie soll ein Taxi nehmen, von mir aus ungeschminkt, in einer Stunde muss sie hier sein.«

»Das kostet aber extra, Schätzchen.«

Pünktlich fuhr Natascha eine Stunde später vor und stieg etwas gehetzt, aber geschminkt, die Treppe hoch. Al hatte sie vom Fenster aus gesehen und stand unter der geöffneten Tür. »Danke, dass Sie so schnell gekommen sind.«

»Mensch, sag doch du!«, meinte sie.

Kaum hatte er die Tür geschlossen, wollte sie sich ausziehen. Er hielt sie zurück, bat sie, Platz zu nehmen und hielt ihr einen soeben verfassten Text unter die Nase.

»Heute brauche ich deine Stimme, Natascha. Lies das laut vor.«

Etwas verdutzt gehorchte sie.

»Gut, prima machst du das.« Er griff zum Telefon, wählte, schaltete die Lautsprech-Funktion ein und drückte ihr den Hörer in die Hand. »Nun lies den Text nochmals, sobald jemand abnimmt.«

»Immo-Bill AG, Cattin«, meldete sich die Stimme. Natascha wollte eben zu sprechen beginnen, als ihr Al den Finger vor den Mund hielt und flüsterte: »Verlange Herrn Habegger!«

»Verlange Herrn Habegger«, echote Natascha. Al stöhnte.

»Ja, ich ... verlange ihn gleich«, stotterte die Sekretärin.

Habi nahm endlich ab. »Nun lies«, bedeutete ihr Al.

Der Text war folgenden Inhalts: Sie sei Frau von Hohenlohe und Tante des gleichnamigen Prinzen. Zurzeit weile sie in Gstaad in ihrem eigenen Hotel und brauche unverzüglich flüssige Mittel für Transaktionen. Sie biete ihm, wenn er heute noch zuschlage, ihr Hotel zu einem sensationellen Preis an.

Al war sicher, Habis leeres Schlucken gehört zu haben.

»Welches, wann, wo, wie viel?«

Al legte einen weiteren Text vor Natascha hin.

»Wir treffen uns um acht im Hotel Olden, ich trage einen Rotfuchs um den Hals und habe braune Haare, Sie werden mich nicht übersehen. Bis dann«, plapperte Natascha.

Al nahm dem Mädchen den Hörer aus der Hand, legte auf, sah sie eine Weile an und schlug sich dann begeistert auf die Knie: »Ha, das haben wir fabelhaft hingekriegt.«

Natascha streichelte Allans Knie. »Hat dir das nun den Kick gegeben? Ich meine, diese Art von Fetischismus ist mir noch nie untergekommen.«

Al offerierte ihr einen Whisky, stieß an und grinste: »Sagen wir es mal so: Es war ein Kick für meinen Freund. Nur leider in die falsche Richtung – für ihn.« Verschmitzt lächelnd drückte er ihr zwei Hunderternoten in die Hand und Natascha verabschiedete sich beglückt: »So leicht habe ich mein Geld noch nie verdient.«

Kurz darauf läutete das Handy. Habi war dran und erzählte die sensationelle Geschichte, die ihm soeben widerfahren war. Er sitze im Auto Richtung Gstaad und mache das Geschäft seines Lebens. Al hatte ein schlechtes Gewissen, amüsierte sich aber gleichzeitig über den gelungenen Streich. Für heute jedenfalls war die Sache geritzt – zwei Tage mussten noch überstanden werden.

Tags darauf erschien Habi ziemlich müde und verstört im Büro. »Na, wie war's?«, fragte Allan scheinheilig.

Martin erzählte, dass er im Speisesaal des Hotel Olden umhergeirrt sei und fünf Damen mit Rotfuchs angesprochen habe, was ihm verständnislose Blicke und am Schluss einen scharfen Verweis des Chef de Service sowie einen Rauswurf eingebracht habe. An der Rezeption habe er sich nach der Besitzerin erkundigt. Man teilte ihm mit, dass das Hotel einer Versicherungsgruppe gehöre und der Name von Hohenlohe hier nicht bekannt sei.

»Ich glaube, ich leide an Halluzinationen«, schloss er. »Wie soll ich das nur Nierlich beibringen, nachdem ich bereits, na ja, ziemlich dick aufgetragen habe?«

Deprimiert starrte er auf die Schreibtischplatte und murmelte: »Ich denke, ich nehme heute einen freien Tag, immerhin bin ich gestern durch die ganze Sache erst um drei Uhr früh ins Bett gekommen.«

Martin tat Al fast ein bisschen leid. Aber es gab Prioritäten. Die Idee mit den Halluzinationen war übrigens gar nicht schlecht.

»Weißt du was, vergiss die Geschichte ganz einfach. Komm doch heute zu mir, mein Schwesterchen wird uns ein Abendessen zubereiten. Sie hat heute ihren Haushaltstag bei mir.«

Habi wollte eigentlich den Besuch in der Galerie nachholen, aber Al überzeugte ihn, dass er in diesem desolaten Zustand keinesfalls gesellschaftsfähig sei. Schicksalsergeben sagte Habi zu, während Al ihn aus dem Büro entließ: »Und nun mach, dass du wegkommst, ich werde den Flop Herrn Nierlich schon irgendwie verklickern.«

Martin klopfte Al mit hängendem Kopf auf die Schulter und sagte: »Danke, du bist ein wahrer Freund.«

Kaum war er verschwunden, rief Al zu Hause an, um Melanie seinen Plan auseinanderzusetzen: »Du hast doch mal einen Rotfuchs gehabt, existiert der noch?«

Melanie überlegte. »Ja, doch, der liegt irgendwo im Dachboden, du weißt ja, Pelztragen ist ziemlich passé.«

»Fein«, entgegnete Al. »Also hör mal, du könntest mir einen großen Gefallen tun …«

»Du bist wohl nicht ganz dicht«, lachte sie und willigte ein, nachdem er ihr alles erklärt hatte.

Al hatte gewusst, dass sie mitmachen würde. Mit ihr konnte man Pferde stehlen. Sie war vier Jahre jünger als er, feingliedrig und ihre braunen Haare waren kurz und sportlich geschnitten. Mit seiner älteren Schwester Rosalinn hatte er weniger Kontakt. Sie war nach der Scheidung ihrer Eltern bei ihrer Mutter in New York aufgewachsen, wo sie noch immer eine Wohnung mit ihr teilte. Beide arbeiteten im World Trade Center bei einer Bank. Ab und zu telefonierte er mit ihr oder sie schrieben sich. Alle zwei bis drei Jahre besuchte er sie jeweils für ein paar Tage.

Nachdem sich Al in seinem roten Ford durch den stockenden Verkehr der Langstraße gekämpft hatte, erreichte er um sechs Uhr endlich seine Wohnung. Seine Schwester hatte bereits den Tisch in der Küche gedeckt und wusch Salat. Es roch nach Speck und Bohnen. Melanie wischte die Hände an der Schürze ab und begrüßte

Al mit schelmischem Lachen. Er küsste sie auf die Stirn, betrachtete sie von allen Seiten und sagte: »Perfekt, da blitzt überhaupt nichts. Bist ein Schatz, Schwesterchen.«

»Dich muss es ja ziemlich übel erwischt haben. Darf man fragen, wer die Angebetete ist, für die du den ganzen Zirkus veranstaltest?«

In kurzen Worten erzählte er ihr die Geschichte und seufzte: »Sie ist ein Engel von einem anderen Stern, ich muss sie einfach haben.«

Melanie nickte bedächtig, während sie sich wieder dem Salat zuwandte. »Nun ja, an der Zeit wäre es, dass du endlich mal unter die Haube kämst. Aber ihre Herkunft …«

»Ach, davon hängt es doch nicht ab. Liebe ist Liebe. Außerdem werde ich mich schon noch hocharbeiten. Eines Tages wirst du noch stolz sein auf deinen Bruder, wart's nur ab.« Er fischte eine Dose Bier aus dem Kühlschrank.

»So, und wie willst du das anstellen?«

»Nun, die Kunden mögen mich; da und dort findet sich bestimmt einer, der mit mir Geschäfte machen würde. Ich meine, Immo-Business auf eigene Rechnung, Makler. Damit kannst du eine goldene Nase verdienen, glaub mir.«

»Oder auf dieselbe fallen«, erwiderte Melanie skeptisch. »Im Übrigen ist das Kundenklau.« Sie schielte über ihre Schultern.

»Ach komm, denen bin ich nichts schuldig, im Gegenteil.«

»Und woher nimmst du das Kapital?«

Al zuckte die Achseln und wollte gerade etwas entgegnen, als es läutete.

»Das wird Habi sein, du weißt, was zu tun ist.«

Melanie zwinkerte: »Alles paletti, großer Bruder.«

Er drückte auf den Türöffner und sagte in die Gegensprechanlage: »Komm schon rauf, sonst wird das Bier warm und das Essen kalt.«

Kurz darauf stand Martin in der Küche und umarmte Melanie herzlich. Er mochte sie gern und hatte – typisch Habi – auch schon ein Geplänkel mit ihr gehabt. Ihr war er etwas zu großspurig, sie genoss aber seine Gesellschaft durchaus und freute sich immer über den Spaß, den sie zusammen hatten. Heute würde der Spaß wohl auf seine Kosten gehen und Melanie hoffte, er würde es ihnen im Nachhinein nicht allzu übel nehmen.

Al reichte Habi ein Bier und sah ihn besorgt an: »Na ja, besonders gut siehst du ja noch nicht aus.«

Kurz darauf entkorkte er eine Flasche Rotwein, Melanie stellte das Essen auf den Tisch und sie langten zu. Al erhob das Glas. »Zum Wohl, auf gutes Gelingen.«

»Gelingen von was?«, fragte Habi.

»Was immer es sei«, sagte Al verschmitzt und fügte, zu seiner Schwester gewandt, hinzu: »Melanie, zieh doch die Schürze aus, man könnte ja meinen, du seist das Hausmädchen.«

»Entschuldige, ganz vergessen«, entgegnete sie, entledigte sich der Schürze und hängte sie an den Haken.

Habi verschluckte sich und starrte ungläubig auf die Frau, die sich da vor ihm bewegte. Sie trug eine kurze Bluse, und um den Bauch gebunden – einen Rotfuchs. Dessen Ende baumelte zwischen ihren Lenden, ansonsten trug sie lediglich Strumpfhosen.

»Was …?«, fragte Habi ungläubig.

Verwirrt sah ihn Melanie an. »Ist etwas nicht in Ordnung?«

Sie spielte ihre Rolle großartig.

»Mann, du ziehst Mel ja förmlich aus mit deinem Blick. Was ist denn los?«, fragte Al betont verwundert.

Melanie verschwand im Badezimmer und kam, in einen blassblauen Mini gekleidet, nach kurzer Zeit zurück.

»Ich finde nichts Ungewöhnliches an mir, ist dir etwa mein Rock zu kurz?«

»Nein … nein«, stotterte Habi und rieb sich die Augen. Er schüttelte den Kopf, aß nachdenklich weiter und trank fast die ganze Flasche Wein allein.

Nach dem Essen wechselten sie ins Wohnzimmer, um Kaffee zu trinken. Al trat an die Bar und fragte Habi: »Ein Brandy gefällig?« Habi war nicht in der Lage zu antworten, sondern starrte an die Wand. In großen roten Buchstaben war darauf zu lesen: »Prinz von Hohenlohe grüßt den Versager von Gstaad.«

Habi fasste sich: »Was soll denn das, wollt ihr mich etwa verarschen?«

»Was soll was?«, fragte Al scheinheilig.

»Na, das da.« Habi wies mit dem Kopf zur Wand, während Melanie hinter seinem Rücken die Diaprojektion ausblendete.

»Jetzt ist's verschwunden!« Habi ließ sich in den Sessel fallen.

Melanie legte ihre Hände auf seine Schultern. »Du bist so seltsam, was ist denn los? Sprich dich aus, uns kannst du vertrauen.«

Martin goss den Brandy in einem Zug hinunter und erzählte, was er gesehen hatte.

Besorgt sah ihn Allan an: »Du arbeitest zu viel, lieber Freund, du hast den Bogen ganz einfach überspannt. Vielleicht solltest du mal einen Arzt aufsuchen. Auf jeden Fall brauchst du dringend ein paar Tage Ruhe.«

Ratlos kratzte sich Martin am Kopf und verstand die Welt nicht mehr. Melanie lud ihn ein, bei ihnen zu übernachten, aber davon wollte er nichts wissen.

Nach Mitternacht bestellten sie ein Taxi, Melanie begleitete ihn nach Hause, steckte ihn ins Bett, machte ihm einen heißen Tee und verabreichte ihm ein starkes Beruhigungsmittel. Sie versprach, nach der morgigen Vorlesung bei ihm vorbeizuschauen. Mit erhobenem Finger mahnte sie ihn, keinesfalls das Bett und schon gar nicht das Haus zu verlassen. Martin nickte matt.

»Und wenn du ausgeschlafen hast, entscheiden wir, was weiter zu tun ist.« Sie lächelte, aber Habi war bereits eingeschlafen, und, dessen war sich Melanie sicher, bis Samstag außer Gefecht gesetzt. Leise schloss sie die Tür hinter sich.

Am Samstagmorgen erwachte Allan um sechs Uhr mit tausend quälenden Fragen: Was sollte er heute anziehen? Waren Blumen angebracht – und wenn ja, nur für die Tochter, nur für die Mutter oder gar für beide? Mit zwei Sträußen vor der Tür zu stehen, das erschien ihm denn doch zu kitschig, zu aufdringlich. Gab es auch einen Herrn des Hauses? Hoffentlich nicht. Allan hatte wenig Lust, ihn kennenzulernen.

Und dann die Story, die lustige Geschichte, die sich Beatrice wünschte. Was sollte er zum Besten geben? Al zog die Decke über den Kopf und versuchte vergeblich, noch etwas zu schlafen.

Nachdem er sich mehr als eine Stunde in der Badewanne entspannt hatte, ging er in Trainer und Regenjacke aus dem Haus. Langsam überwog nun doch die Vorfreude und verdrängte seine Nervosität.

Draußen war es neblig, aber nicht kalt. Als Allan die Rolltreppe zur Bahnhofspassage hinabfuhr, schmunzelte er über sich selbst. Er, ein erwachsener Mann von dreißig Jahren, fühlte sich wie ein Pubertierender vor seinem ersten Rendezvous. Er war hoffnungslos verliebt, wie damals, als kleiner Junge. »Mann, nimms einfach locker«, redete er sich immer wieder ein.

Im »ShopVille« herrschte reges Treiben. Eine »Guggenmusik« schmetterte schon eine Woche vor Karnevalsbeginn den Eurovisions-Song in den hallenden Raum, dass Al die Ohren wackelten. Als er bei Mc Clean vorbeiging, zog sich ihm der Magen zusammen. Die Geschichte … Er betrat einen Blumenladen, sah sich lange um und suchte schließlich den Rat der Verkäuferin. Er brauche einen Strauß, diskret und doch beeindruckend. Für unkomplizierte, aber begüterte Damen so zwischen dreißig und sechzig Jahren …

»Sozusagen die Quadratur des Kreises?«, fragte die Verkäuferin leicht spöttisch. Am Ende verließ er das Geschäft mit drei langstieligen orangefarbenen Orchideen, die fast bis zum Boden reichten. Drapiert mit Farn und anderem Grünzeug verliehen sie dem Strauß – genauso wie der Preis – ein Volumen, das alles andere als diskret zu nennen war. Jedenfalls hatte die Verkäuferin gute Arbeit geleistet, nicht zuletzt im Hinblick auf ihren Umsatz.

In der Bahnhofstraße erstand er noch eine horrend teure Seidenkrawatte und fuhr dann, immer wieder geblendet vom diffusen Licht der Februarsonne, mit Tram und Bus nach Hause.

Bei einbrechender Dunkelheit schritt er im schwarzen Anzug, Lodenmantel, gelber Krawatte und dem monumentalen Strauß zum Parkplatz, wo sein Auto stand. Zähneknirschend zog er einen Strafzettel unter dem Scheibenwischer hervor. Schon der zweite diesen Monat. Es gab einfach keine vernünftigen Parkgelegenheiten in diesem lausigen Quartier. Er sollte sich doch endlich eine Wohnung in einer besseren Gegend suchen.

Mit Schmetterlingen im Bauch fuhr er den See entlang nach Küsnacht und fand auch bald das Anwesen der

Familie Flury. Zumindest die Toreinfahrt, hinter der es liegen musste. Da er zu früh war, fuhr er daran vorbei und parkte ein paar Hundert Meter weiter vorn. Er stieg aus, betrachtete den See, rauchte ein paar Zigaretten und sprühte sich einen Schuss Odol in den Rachen, bevor er auf seine Taschenuhr sah und sich zu Fuß auf den Weg zum Haus machte. Beim Tor angelangt schlug sein Herz so heftig, dass er sicher war, es sei meilenweit zu hören. Mutig drückte er auf die Klingel. Die Stimme einer Bediensteten ertönte und fragte, wer da sei. Al nannte seinen Namen, das Tor sprang auf und er betrat den Zufahrtsweg eines groß angelegten Parks, an dessen Ende eine Villa stand, deren Anblick Al an Melanies Worte über die »Herkunft« in Erinnerung rief. Gedankenfetzen wie »bin ich eigentlich verrückt …? Ich bin im falschen Film … Sofort weg hier …«, schossen durch seinen Kopf. Zu spät. Die Haustür öffnete sich, noch bevor Al sie erreicht hatte, und helles Licht überflutete ihn. Dann flog ihm, gar nicht vornehm, eine Fee namens Beatrice mit wehenden weißen Haaren entgegen. In Jeans, Pantoffeln und eng anliegendem Wollpullover. »Overdressed, ich bin völlig overdressed«, dachte er nur, bevor Bea lachend vor ihm stand und ihm die Hand drückte. »Hallo Al«, sagte sie. »Mann, du bist aber herausgeputzt. Wir sagten doch, ein lockerer, ungezwungener Abend. Und was ist denn das für ein Monstrum?« Sie deutete auf den Strauß in Allans Hand.

»Nun, äh, für dich und deine Mutter«, brachte er stockend heraus.

»Na komm rein, Mama wird sich freuen über so einen … gepflegten jungen Mann.« Sie hakte sich bei ihm unter und führte ihn in die Eingangshalle, in deren Mitte ein Brunnen plätscherte. Eine Bedienstete nahm ihm den Mantel ab. Durch eine Flügeltür betraten sie den Salon, in dem Frau Flury damit beschäftigt war, an einem langen, weiß gedeckten Tisch die Gedecke auszurichten. Es waren nur drei, wie Al erleichtert feststellte.

Frau Flury, auch sie sportlich gekleidet, trat auf ihn zu. »Oh, welch gepflegter junger Mann«, schmunzelte sie. »Schön, dass Sie zu uns gefunden haben.«

Al überreichte der Dame des Hauses seinen Blumenstrauß und es dauerte eine ganze Weile, bis das Dienstmädchen eine passende Vase dafür gefunden hatte. Die Blumen wurden gebührend bewundert, und als sie beim Apéro vor dem prasselnden Kaminfeuer saßen, fühlte sich Al schon so wohl, dass er sich seines Jacketts entledigte. Sie plauderten über dieses und jenes und immer wieder zog es Allans Blick magnetisch zu Bea. Er musste sich zusammennehmen, um sie nicht permanent anzustarren. Doch es schien ihm, als suche auch sie häufig intensiven Blickkontakt. Schließlich meldete das Mädchen, es sei angerichtet und man begab sich zu Tisch.

Ein Gang folgte dem anderen, vom Weißwein wechselte man zum Roten, dazwischen wurde geraucht. Frau Flury fragte nach dem Geschäftsgang der Immo-Bill und ob er sich dort wohlfühle.

»Nun ja«, entgegnete Al, »ein paar Sprossen höher dürfte es schon noch gehen, aber ob das in dieser Firma möglich ist, bezweifle ich.«

»Sie haben wenigstens einen festen Job, im Gegensatz zu meiner Tochter. Sie fängt dauernd etwas Neues an und macht es nicht fertig. Zwei Semester Biologie, ein Semester Kunstgeschichte, dann Pause …«

»Mama, bitte«, monierte Bea.

»Ich weiß, Kind, ich bin ja selbst schuld, ich habe dich eben zu sehr verhätschelt. Doch ich bin froh, dass wir die Galerie haben und du nun deine eigene Abteilung, in der du dich entfalten kannst.«

»Na ja.« Bea zog die Brauen hoch.

»Was heißt denn hier na ja?«

»Ist schon gut, Mama, du bist wirklich sehr lieb.« Und zu Al gewandt: »Mutter räumt mir immer alle Steine aus dem Weg, sie entscheidet für mich. Vielleicht müsste ich mal auf mich allein gestellt sein.«

»Wenn du dir nur mal darüber im Klaren wärst, was du willst. Soeben habe ich diesen Raum für dich dazugemietet, ich hoffe doch, dass du das auch zu schätzen weißt«, wandte die Mutter ein.

»Das ist doch eine tolle Sache, Bea«, schlichtete Al, dem vor einem Zwist graute. »Ich meine, wenn ich so eine Mutter und solche Möglichkeiten hätte …«

»Hilf ihr nicht auch noch«, trotzte Bea. »Du hast eben keine Ahnung, wie es ist, zeitlebens im goldenen Käfig zu sitzen.«

Bevor die Diskussion weitere Kreise ziehen konnte, nahm Gang Nummer vier die gesamte Aufmerksamkeit in Anspruch. Al zeigte sich begeistert – er habe schon lange nicht mehr so gut gegessen.

»Dann vermissen Sie also die Polenta nicht«, scherzte Frau Flury.

»Bea hat Ihnen wohl alles über mich erzählt«, erwiderte Al.

»Auf jeden Fall, dass Sie tolle Geschichten auf Lager haben, Sie sollten zum Showbiz wechseln.« Nachdenklich musterte sie ihn. »Sind Sie mal irgendwo aufgetreten, als Kind vielleicht? Ich werde einfach das Gefühl nicht los, Sie schon gesehen zu haben.«

Al verneinte und erwiderte: »Das muss wohl an meinem Dutzendgesicht liegen.«

Bea lachte, und mit einem Prickeln im ganzen Körper spürte er ihren Fuß, der kurz, fast unmerklich, über sein Bein strich, begleitet von einem lasziven Blick.

»Aber erzählen Sie doch etwas über sich, wo sind Sie aufgewachsen, wer sind Ihre Eltern?«

Er erläuterte in kurzen Worten, dass sein Vater aus Griechenland stamme, 1957 in die Schweiz nach Flums übersiedelt sei, wo er – Al schämte sich ein wenig – erst als Knecht auf einem Bauernhof gearbeitet und – ein Naturtalent – das Skifahren erlernt habe. Als der Tourismus in der Region zu boomen begann, habe er den Gästen das Skifahren beigebracht und so eine amerikanische Frau kennengelernt. Mit ihr sei er nach New York gezogen und habe drei Kinder gezeugt. Da ihm aber das Leben der Großstadt zu hektisch war, sei die Familie kurz nach seiner Geburt in die Schweiz, nach Zürich-Leimbach, zurückgekehrt.

»Sie sind also dort aufgewachsen?«, fragte Frau Flury und sah ihn wieder nachdenklich an.

Bea wollte etwas sagen, aber Al fuhr fort: »Nun ja, bei meinem Vater und der jüngeren Schwester Melanie. Meine Eltern ließen sich scheiden, als ich sieben Jahre alt war, meine Mutter zog mit der Ältesten wieder nach New York.«

»Also auch ein Scheidungskind, wie Beatrice.«

»Sie sind auch geschieden?« Während er redete, sah er ständig zu Bea und hoffte inständig, ihren Fuß noch einmal zu spüren.

Das Mädchen räumte ab und man entspannte sich zwischen Gang fünf und sechs mit einer Zigarette.

Al war zum Platzen voll, diese Art des Dinierens war er nicht gewöhnt. Schon bei der Vorspeise hatte er viel zu kräftig zugelangt.

»Und was macht Ihr Vater jetzt?«, wollte Frau Flury wissen.

»Er ist leider vor vier Jahren gestorben. Bis zu seinem Tod hat er ein Sportgeschäft geführt. Er ging regelmäßig auf Skitouren und ist bei einem Lawinenunglück umgekommen.«

Für kurze Zeit herrschte betretenes Schweigen, bis Allan fragte: »Und dein Vater, Bea? Lebt er noch?«

Der Wein hatte ihn mutig gemacht. Mit seinem Fuß streichelte er Beas Bein, die diese Berührung ebenfalls zu suchen schien.

»Ja, er lebt noch, aber ich habe nicht sehr viel Kontakt zu ihm. Er ist CEO eines Pharmakonzerns in Basel und ständig auf Geschäftsreisen. Außerdem ist er mir etwas zu konservativ, zu rechtslastig.«

»Immerhin finanziert er einen Teil unseres Lebens und hat uns dieses Haus vermacht«, wandte Frau Flury ein.

»Weil er musste, nachdem er mit einer zwanzig Jahre jüngeren Frau durchgebrannt ist. Typisch Mama, wehrt sich für den Chauvi.«

»Bea, bitte«, sagte Frau Flury etwas verlegen, »das interessiert unseren Gast bestimmt nicht.«

Als nach dem Dessert noch Käse aufgetischt wurde, lobte Al das Essen noch einmal in den höchsten Tönen, aber er könne beim besten Willen nicht mehr.

»Aber, aber, so ein sportlich gebauter, kräftiger Mann«, zwinkerte Frau Flury.

Bald darauf erhob sie sich mit den Worten: »Setzt euch in den Salon, nehmt einen Digestif, ich werde inzwischen in der Küche nach dem Rechten sehen.«

Plötzlich waren sie allein und Al war etwas überfordert mit der neuen Situation. Am liebsten hätte er Bea umarmt, geküsst und nie mehr losgelassen. Stattdessen stand er etwas verlegen im Raum, während Bea zwei Kelche mit Vieille Prune füllte und sie auf den Salontisch aus Granit stellte. Unvermittelt sagte sie: »Dreh dich mal um deine Achse.« Verdutzt gehorchte er.

»Weißt du was?«, lachte sie ihm ins Gesicht. »Du hast einen echt knackigen Arsch.«

»Du auch«, stammelte Allan, völlig überrumpelt. Bea

kam ihm ganz nahe, er spürte ihren Atem, roch den betörenden Duft ihrer Haare. Gleich würde er ihre Lippen auf seinen spüren – dann betrat Beas Mutter mit dem Kaffee den Raum.

»Na, krieg ich auch einen?«, sagte sie und fügte mit einem Augenzwinkern hinzu: »Einen Schnaps, meine ich natürlich.«

Bea reichte ihr ein Glas, sie setzten sich aufs Sofa.

»Sie sind uns noch etwas schuldig, Herr Filippos.«

Fragend sah er Frau Flury an.

»Na, die versprochene Geschichte.«

Al wurde heiß um die Ohren. »Ich weiß gar nicht …«

»Ach komm«, bettelte Bea, »irgendwas hast du bestimmt auf Lager – vielleicht eine Liebesgeschichte oder so was, vor Maman brauchst du dich nicht zu genieren, sie hat Humor.«

Mangels besseren Stoffs gab er ganz einfach zum Besten, was ihm selbst in den letzten Tagen widerfahren war und wie er Habi außer Gefecht gesetzt hatte. Natürlich mit geänderten Namen, Daten und Fakten; er wollte keinesfalls, dass die Frauen bemerkten, dass es sich um *seine* Geschichte handelte.

»Köstlich«, lobte Frau Flury, »und konnte der Mann die Dame seines Herzens erobern?«

»Ich … weiß es noch nicht.«

Bea lachte ihr helles Lachen. »Das ist doch nicht wirklich so passiert?«

»Doch, einem … Bekannten von mir«, schwindelte Al.

»Eigentlich ein Depp, der Verliebte.«

Allan sah sie verständnislos an.

»Typisch Mann. Nach dem Motto ›Wer zuerst kommt, mahlt zuerst‹. Eine Frau nimmt nicht den erstbesten Kerl, sondern den richtigen. Von daher eine völlig überflüssige Aktion.«

Allan kam sich ziemlich albern vor.

»Trotzdem süß, der Typ«, sagte Bea. »Er kämpft um die Frau mit allen Mitteln und beweist damit seine Liebe, das schätzen wir Frauen.«

Frau Flury nickte beifällig.

Wie es sich für einen gesitteten Mann gehört, verabschiedete sich Al zu christlicher Stunde und bedankte sich überschwänglich bei Madame Flury. Was für eine tolle Frau. Sie zur Schwiegermutter zu haben …

Beatrice begleitete Fil zum Tor. »Wie geht's eigentlich Habi?«

Al verspürte einen Stich. Musste sie ausgerechnet jetzt nach Martin fragen? »Bettlägerig, nichts Schlimmes, kleine Nervenkrise, er ist bestimmt bald wieder auf den Beinen«, antwortete er kurz angebunden.

Bea sah ihn von der Seite her an. »Etwa … Halluzinationen?«, schmunzelte sie.

Al schluckte leer. Beim Tor angelangt, gab ihm Bea einen flüchtigen Kuss. »Wiedersehen dann, war ein schöner Abend …«

Sie wollte sich abwenden, doch er hielt sie an der Hand zurück.

»Bea, du bist mir … sehr sympathisch, könnten wir …?«

»Wir könnten!«

»Wann?«

»Morgen.«

»Wo?«

»Bei dir, in deiner Bude«, hauchte sie, schmiegte sich an ihn und küsste ihn lang und intensiv.

Plötzlich löste sie sich und sagte: »Mensch, jetzt fällt der Groschen!« Sie schüttelte den Kopf: »Das gibt's doch nicht.«

»Was ist denn los?«, wollte Allan wissen.

»Du wirst es erfahren, bis morgen dann.«

Bevor er sie verließ, gab er ihr seine Adresse.

Trotz des reichlichem Alkoholkonsum fuhr Allan unbescholten nach Hause, warf sich aufs Bett und konnte sein Glück kaum fassen. Was Bea mit ihren letzten Worten gemeint hatte, war ihm schleierhaft, aber in diesem Moment auch unwichtig.

»Ich fange nie mehr was an einem Sonntag an«, plärrte es aus dem Radio. Al schaltete es aus. Er hatte keine Lust auf dümmliche alte Schnulzen, und außerdem passte der Text wie die Faust aufs Auge. Er wollte an diesem Sonntag nämlich sehr wohl »etwas anfangen«. Nur wusste er nicht genau was. Kam Bea zum Essen, sollte er etwas kochen? Gingen sie aus? Diesen Gedanken hing Allan nach, während er sich rasierte und im Spiegel sein Gesicht nach Falten und Mitessern untersuchte. Er benetzte sich mit Rasierwasser, feilte sorgfältig seine Nägel, durchquerte das Wohnzimmer und trat im Morgenmantel auf den kleinen Balkon, um frische Luft zu schnappen – sofern davon im verkehrsreichen Stadtkreis 4 die Rede sein konnte. Er zündete eine Zigarette an und sah auf die belebte Straße. Schon am frühen Nachmittag strichen dunkelhäutige Brasilianerinnen auf der Suche nach Freiern durch die Gassen. Weiter hinten wurden ein paar Junkies von der Polizei durchsucht. Nun, es war beileibe nicht das feinste Quartier der Stadt, aber dafür gab es immer was zu sehen. Al schnippte die Kippe in weitem Bogen auf die Straße. Er wusste nicht einmal, um welche Zeit Bea aufkreuzen wollte. Vielleicht sollte er anrufen …

Aber das war nicht nötig. Schon fuhr ihr silberner Audi vor und hielt genau vor Allans Haustür. Bea entstieg dem Wagen mit einer Tragtasche in der Hand. Ihr Blick streifte die Halteverbotstafel, die genau vor ihrem Auto stand, sie trat zur Tür und suchte die Namensschilder ab. Da er keine Chance mehr hatte, sich anzuziehen, rief er vom Balkon hinunter: »Ich öffne gleich.«

Kurz darauf betrat Bea die Wohnung. Al wollte sich wegen seines Aufzuges entschuldigen, kam aber nicht dazu, denn Bea hielt die Tüte hoch und legte los: »Ich hab gedacht, ich bringe das Frühstück gleich mit.« Sie sah sich um. »Hübsch hast du es hier, wo ist die Küche?«

»Äh, dort. Ich sollte vielleicht etwas anziehen.«

»Bleib, wie du bist, mir gefallen Männer im Morgenmantel. Lass uns das Frühstück machen.«

Spontan war sie zweifellos, unkompliziert dazu, und das gefiel Allan außerordentlich. Bald darauf saßen sie am Küchentisch. Bea löffelte ihr Frühstücksei, hob den Kopf und sah ihm lange in die Augen. »Willst du?«, fragte sie mit rauer Stimme, während ihre Hand seinen Oberschenkel streichelte. Al nickte.

Bea zerrte Allan aufs Bett, sie liebkosten einander und küssten sich leidenschaftlich. Bald waren beide nackt und liebten sich zärtlich und wild zugleich. Sie konnten kaum genug kriegen voneinander.

Am Abend zogen sie sich an und aßen in einem Thai-Restaurant in der Nähe. Al bezahlte und fragte: »Bleibst du heute Nacht bei mir?«

Bea schüttelte den Kopf. »Ein andermal. Ich muss das Ganze erst etwas verdauen, alles ist noch so frisch. Weißt du, Al, es hat mich schon ziemlich lange nicht mehr so … erwischt.«

Tausend Fanfarenstöße ertönten in Allans Kopf. »Und mich erst«, erwiderte er lapidar.

Sie lächelte: »Nun bin ich endlich ›die Deine‹, nach all den Jahren.«

»Wie meinst du das?«

Bea zog ein vergilbtes Papier aus der Tasche und hielt es ihm unter die Nase: »Ich habe den Brief aufbewahrt. Weißt du, ich bin auch in Zürich-Leimbach aufgewachsen.«

Auf dem Zettel stand in unbeholfener Kinderschrift geschrieben: »Liebe Bea, willst du die Meine sein? Dein Al.« Darunter ein rot ausgemaltes Herz, von einem Pfeil durchbohrt.

König Al begleitete seine Angebetete zum Auto (120 Franken Strafe), stieg die Stufen zu seinem Zweizimmer-Palast hoch und schmunzelte über das Chaos, das seine Geliebte in der Küche hinterlassen hatte. Sogar der kleine Küchenspiegel lag auf der Anrichte. Weshalb sie ihn von der Wand genommen und wozu sie ihn gebraucht hatte, war Allan nicht klar. Doch jetzt ließ er Chaos Chaos sein, ging zum Telefon und rief Habi an. Er hatte ihm etwas zu beichten.

Vor dem Einschlafen überdachte er seine Einstellung zu den Themen Zufall, Vorsehung und Schicksal. Jetzt, nach mehr als zwanzig Jahren, war er seiner ersten Liebe »zufällig« wiederbegegnet, und »zufällig« hatte es mächtig gefunkt. Bevor er das Licht ausschaltete, betrachtete er seine gepflegten Fingernägel und schlief dann mit einem Lächeln ein.

4

Erschöpft lagen sie beide nackt im Bett und rauchten. Durch das offene Fenster drangen Autolärm, das Klirren von Gläsern und die Stimmen aus den umliegenden Restaurants herein. Das warme, frühsommerliche Juniwetter trieb die Leute hinaus.

»Hat es dir gefallen?«, fragte Al.

Bea lächelte und streichelte seine behaarte Brust. »Es war wunderbar, Lieber, wie immer.« Dann wurde sie ernst. »Al, wir sind nun schon bald vier Monate zusammen. Wäre es nicht an der Zeit … ich meine … ich möchte mit dir zusammenleben.«

Al küsste sie. »Ich doch auch, aber hier?«

»Natürlich nicht hier, deine Bleibe ist viel zu eng, die Gegend zu schmuddelig. Wir werden etwas Hübsches suchen. Eine geräumige, helle Vierzimmerwohnung, in der ich ein Atelier einrichten könnte. Weißt du, ich möchte zu malen beginnen. Du vermittelst doch dauernd solche Objekte. Da sollte es ja kein Problem sein, so etwas zu finden.«

»Das Problem ist der Preis, wir haben doch schon oft darüber gesprochen.«

»Ich werde mir einen Job suchen, bei dem ich etwas verdiene.«

»Und die Galerie?«

»Die gebe ich auf.«

»Die habt ihr doch eben erst eröffnet, es war das Geburtstagsgeschenk deiner Mutter, was wird sie dazu sagen?«

»Wir reden nicht mehr miteinander.«

»Wie bitte?«

»Nun ja, wir hatten Streit.«

Sichtlich erregt verließ sie das Bett, hob ihren seidenen Morgenrock vom Boden auf und warf ihn über die Schultern. Den Tränen nahe, nestelte sie in ihrer Handtasche und zog Kleenex, Taschenspiegel und einen mit weißem Pulver gefüllten Minigrip-Beutel hervor. Sie schnäuzte, setzte sich auf den Bettrand und präparierte eine Linie.

»Bea, bitte, hör doch mit dem blöden Koksen auf.«

»Statt mir zu helfen, meckerst du ständig«, schniefte sie beleidigt. »Ich habe die Sache schon im Griff, wahrscheinlich besser als du das Saufen«, brachte sie noch hervor und brach in Tränen aus.

Hilflos saß er daneben, schmiegte schließlich seinen Kopf an ihre Schulter und sagte: »Verzeih, ich liebe dich doch. Was ist denn vorgefallen?«

Sie schnäuzte noch einmal, zog die Linie auf und legte sich dann wieder neben ihn. »Weißt du, Al, ich habe genug von diesem abgehobenen, langweiligen Luxusleben und die Nase gestrichen voll von dieser öden, dünnen Luft der Betuchten. Was ist denn die Galerie anderes als Beschäftigungstherapie? Sie wird nie etwas einbringen. Außerdem muss alles immer nach dem Willen von Mama gehen, sie kann nicht loslassen und sitzt immer noch auf mir wie eine Glucke auf dem Ei. Versteh mich doch, ich bin achtundzwanzig Jahre alt, es ist Zeit, dass ich mein Leben selbst in die Hand nehme. Unser Leben.«

Al nickte. Es war sonderbar. Wovon Millionen träumten – ein sorgenfreies, luxuriöses Leben –, das verwünschte Bea. Das Lumpenliedchen »Der Hans Dampf im

Schneckenloch hat alles, was er will, und was er hat, das will er nicht, und was er will, das hat er nicht« kam ihm in den Sinn.

»Du weißt, dass das Leben im Sumpf der Mittelschicht ziemlich hart ist?«, sagte er aber nur.

»Wir werden nicht versumpfen«, sagte sie eindringlich. »Wir werden etwas auf die Beine stellen, wir beide zusammen. Etwas, worauf wir stolz sein können. Und später vielleicht … ein Kind.«

»Wenn ich nur etwas Kapital hätte. Als Makler, oder mit Aktien, da wäre was zu machen. Hast du denn eine Ahnung, was du arbeiten könntest?«

Sie erzählte, dass ihr Vater, wie immer um ihren Geburtstag herum, ein paar Tausender geschickt und sie angerufen habe. Bei dieser Gelegenheit habe er erwähnt, dass ein Bekannter und Geschäftsfreund ihn angefragt habe, ob er jemanden kenne, der für drei, vier Tage die Woche eine Assistenzstelle suche.

Sie zündete eine Zigarette an. »Nun, das Gespräch sei auf mich gekommen und Vater habe versprochen, mich zu fragen. Ob er tatsächlich um meine Karriere besorgt ist oder damit nur Mutter eins auswischen will, weiß ich nicht. Jedenfalls wäre es eine ganz tolle Chance. Der Mann muss ein sehr bekannter und einflussreicher Forscher sein.«

»Das ist ja großartig.« Al umarmte sie. »Weshalb hast du das nicht gleich gesagt?«

Bea setzte einen gekünstelten Schmollmund auf: »Du lässt mich ja nicht ausreden.«

»Dann müssten wir ja nach Basel ziehen«, sagte Allan nachdenklich und sein Blick verdüsterte sich.

»Basel, wieso?«

»Dein Vater arbeitet doch dort.«

»Der schon, aber nicht sein Kollege. Der ist Professor an der ETH Zürich.«

Sie beschlossen, bald, sehr bald, alles in die Wege zu leiten und feierten diesen Beschluss mit einem Essen im gediegenen Lindenhof-Keller und einem Konzertbesuch im Kaufleuten, wo sich an diesem Abend allerlei Prominenz unter den Gästen befand. Bea berappte den Abend vom Geburtstagsgeschenk ihres Vaters.

Am nächsten Tag durchstöberte Allan im Geschäft alle Dossiers nach einem geeigneten Objekt und fragte auch Habi. Aber im Moment war nichts in Sicht.

Madame Flury tat ihm etwas leid, er war sicher, dass sie es gut meinte mit ihrer Tochter. Aber bestimmt würden sich die Wolken verziehen. Was war denn dagegen einzuwenden, dass ihre Tochter mit einem anständigen Mann eine Zukunft aufbauen wollte? Er würde sie nächstens anrufen und mit ihr reden.

Auf dem Nachhauseweg fühlte er sich voller Energie und Lebenslust. Wie ein Mann eben, der wusste, was er wollte, und der die beste Frau der Welt hatte.

Als er die Wohnung betrat, war Bea dabei, ihre Sachen in den Schrank zu stopfen. Neben ihr lagen drei Koffer und überall verstreut Blusen, Höschen, Strümpfe, Röcke.

Al stöhnte. Noch mehr Kleider! Ihr katastrophaler Ordnungssinn vertrug sich überhaupt nicht mit seiner Tendenz zur Pedanterie, darunter litt er gelegentlich. Da er aber Bea liebte, übte er sich in Toleranz.

Bea begrüßte ihn fröhlich mit einem Kuss. »Du könntest deine Wohn- und Lebenspartnerin ruhig etwas liebevoller empfangen als mit einem Stöhnen.«

»Das heißt, du ziehst schon *hier* ein?«

Sie nickte. »Ja, erstens schiebe ich die Dinge nicht gerne auf die lange Bank und zweitens ist das Zusammenleben mit Mama unerträglich geworden. Ich hoffe, du freust dich ein wenig.«

»Natürlich, mein Engel, aber wo sollen wir denn mit deinen ganzen Sachen hin?«

»Ich habe alles hier, was ich im Moment brauche, den Rest werde ich in die neue Wohnung mitnehmen.«

»Den Rest?«, fragte Al.

»Es wird schon irgendwie gehen. Wenn du mir nur da und dort ein kleines Fach im Schrank freimachst.«

Während er Schrank, Kommode und Gestelle umorganisierte und einräumte, nahm sie eine Nase voll Koks und schob eine Pizza in den Ofen. Danach besuchten sie den Jazz-Club Moods im Schiffbau-Theater. Bea zahlte. Geizig war sie beileibe nicht, und hierin glichen sich die beiden. Auch Al saß das Geld locker in der Tasche. Sie genossen das Leben in vollen Zügen und betrachteten dies auch als oberste Doktrin. Einzig der Morgen war für Al ein Problem – um nicht zu sagen eine Qual. Sie hatten im Schiffbau noch bis drei Uhr früh mit Freunden getrunken, sodass Al am nächsten Morgen entsprechend schlapp am Arbeitsplatz erschien. Habi war schon munter am Telefonieren, begrüßte ihn mit einem Winken und flüsterte ihm zu: »Good news, Mann!«

Im Austausch gegen ein gutes Abendessen hatte Habi Allans Winkelzüge längst verziehen und akzeptierte auch dessen Verhältnis mit Beatrice. Er war nicht verlegen gewesen und hatte sich bald darauf ein anderes Mädchen angelacht. Al ließ sich in den Sessel fallen und nippte, die Lider halb geschlossen, am Kaffee.

»Fein, Herr Koller, dann werde ich die Verträge für die Betreuung Ihres Objektes gleich ausfertigen lassen und die Annonce aufgeben. Ich freue mich, dass Sie sich entschlossen haben, die Partnerschaft mit Immo-Bill einzugehen. Wiederhören, danke nochmals …«

Wie immer, wenn Martin Habegger ein gutes Geschäft abschloss, dauerte es, bis er sein ganzes Repertoire von

Dankesfloskeln an den Kunden gebracht hatte. Endlich legte er auf, sprang hoch und klatschte mit der flachen Hand auf den Schreibtisch: »Ha, den Brüdern haben wir einen fetten Brocken weggeschnappt.«

Al hob den Kopf.

»Na, ein bisschen mehr Begeisterung dürftest du schon zeigen, ich habe soeben den Zürichberg-Immobilien ein 10-Millionen-Objekt abgeluchst.«

Al nickte: »Gratuliere, Habi, eine Spitzenleistung. Bin einfach noch nicht so ganz auf dem Damm. Na ja, es wurde etwas spät gestern.«

»Du wirst gleich auf den Damm kommen, lieber Freund, wenn du erfährst, was sonst noch dahintersteckt: Ein Appartement im dritten Stock. Vier Zimmer, Cheminée, Parkettböden, alle Zimmer mit eigenem Balkon und mit Sicht auf See und Alpen, dazu eine Terrasse, auf der du Partys feiern kannst, dass sich die Balken biegen. Vermietung sofort oder nach Vereinbarung, ich soll gleich eine Annonce lancieren.«

Al lief das Wasser im Mund zusammen.

»Genau das, was ihr beiden Turteltauben sucht, nicht wahr?«, schmunzelte Habi.

»Genau das«, sagte Allan, nun hellwach. »Wo ist es?«

»Zürichberg, oberhalb Toblerplatz.«

Die beste Gegend der Stadt! Al geiferte.

»Wie viel?«

»Drei.«

»Drei?« Al sackte zusammen. »Zu teuer.«

Habi zuckte die Achseln: »Dann werde ich mich mal um das Inserat kümmern.«

Al hielt ihn zurück. »Nun warte doch, lass mich überlegen. Wenn Bea den Job hätte, eventuell.«

Martin hielt den Daumen in die Luft: »Das kriegt ihr hin, da bin ich überzeugt.«

Allan lachte: »Bei wem soll ich mich denn nun bewerben, bei mir selbst?«

Sie vereinbarten, die Wohnung um vierzehn Uhr zu besichtigen und bei positivem Entschluss Nierlichs Segen einzuholen. Allan wollte Bea sofort anrufen, aber sie kam ihm zuvor und teilte mit, dass sie sich heute um zwei Uhr bei besagtem Professor, Herrn Dr. Furtwanger, vorstellen dürfe. Also wurden sowohl die Wohnungsbesichtigung als auch die Lancierung des Inserats verschoben.

Als Allan nach Hause kam, war er angenehm überrascht. Die Wohnung war aufgeräumt und frisch geputzt. In der Küche wurde hantiert und geplaudert. Melanie, die sich seit Beas Zuzug etwas zurückgezogen hatte, war wieder mal da und hatte gewirkt. Sie verstand sich recht gut mit Bea.

Schon von Weitem hörte er: »Lieber, bist du es?« Bea kam ihm aus der Küche entgegen, hinter ihr stand Melanie.

»Ich hab den Job«, sagte sie und fiel Al um den Hals.

Beim Essen erzählte Beatrice, Professor Furtwanger sei ein hagerer, aber stattlicher Mann um die fünfzig, mit viel Charisma und, wie sie es beurteile, ein Genie.

Sie lachte: »Oder zumindest hochintelligent. Zuerst war ich natürlich etwas nervös. Er stand vor mir, die Hände in die Taschen seines weißen Arbeitskittels gesteckt, und sah mich an. Förmlich geröntgt hat er mich mit seinem Blick. Endlich durfte ich mich setzen und wir hatten ein langes, offenes Gespräch. Er erklärte, dass er eigentlich nach einem männlichen Assistenten Ausschau gehalten habe, aber mich angesichts der Reputation meines Vaters zumindest kennenlernen wollte. Er schmeichelte mir: ›Sie sind eine äußerst gut aussehende Frau, und klug noch dazu, wie mir scheint. Eine solche Frau ist bestimmt nicht allein, ich meine, haben Sie einen Freund, einen Partner? Sind Sie verheiratet, Kinder?‹

Nun, ich erzählte von dir, legte unsere Situation dar und erklärte, weshalb ich den Job suche. Dr. Furtwanger befand, die Voraußetzungen seien nicht schlecht. Danach wollte er vor allem mehr über dich wissen. Eine halbe Stunde lang fragte er mich über dich aus. Das wunderte mich, und ich sprach ihn auch darauf an.

›Verstehen Sie mich nicht falsch, Frau Flury. Über Sie brauche ich weiter nichts zu wissen; ich habe Sie in Augenschein genommen und – Sie können mir glauben – richtig beurteilt. Bei dieser äußerst verantwortungsvollen Arbeit ist mir aber auch ein stabiles Umfeld wichtig, ich bin deshalb darauf angewiesen, mich darüber zu informieren.‹

›Und, wie fällt Ihr Urteil aus?‹, fragte ich, na ja, ziemlich bange. Der Professor lächelte kurz, wurde aber sofort wieder ernst. ›Positiv, es könnte nicht besser sein, wann können Sie anfangen?‹

Meine Lieben, ihr seht vor euch die Assistentin eines Professors der ETH Zürich«, beendete Bea stolz ihre Ausführungen.

Al und Melanie gratulierten. Auch Melanie freute sich aufrichtig, denn ihr lag viel am Wohlergehen ihres Bruders.

»Was springt dabei raus?«, fragte Allan.

»Fünftausend«, platzte Bea heraus.

Al pfiff durch die Zähne. »Fünftausend, und das für drei Tage pro Woche. Das ist ja – aufgerechnet – mehr, als ich verdiene.«

»Ich hoffe, Sie sind nicht neidisch, Herr Filippos«, hänselte Bea.

»Das ist in der Tat ein ungewöhnlich hoher Lohn für einen Assistenzjob«, sagte Melanie, die sich auch schon für solche Stellen beworben hatte. »Ist da wirklich nichts faul dran?«

»Na hör mal, wenn Papa das vermittelt, ist nichts faul. Und außerdem sagte Professor Furtwanger ja, es sei ein verantwortungsvoller Posten.«

Sie kramte in ihrer Tasche und legte einen Umschlag auf den Tisch: »Hier der Vertrag, überzeugt euch selbst. Anfang Juli werde ich beginnen.«

Das Papier mit dem offiziellen Briefkopf der Eidgenössischen Technischen Hochschule war korrekt. Al jubilierte. Alles lief wie am Schnürchen, das Schicksal meinte es gut mit ihnen. Nun konnten Sie mit links eine Miete von 3'000 Franken hinblättern.

Die Wohnungsbesichtigung dauerte nicht lange, denn das Paar verliebte sich auf den ersten Blick in dieses Appartement. Musste nur noch Herr Nierlich überzeugt werden. Mit Feuer und Flamme und dem Hinweis auf den Doppelverdienst gelang Al schließlich auch dieses Kunststück.

Al war euphorisch und rief endlich, da jetzt alles geregelt war, Beas Mutter an, die er seit seinem Besuch nicht mehr gesehen hatte. Er war überzeugt, den Streit schlichten zu können. Solche Dinge seien am Telefon schlecht zu besprechen, befand Frau Flury und lud Al zu sich nach Hause ein. Ohne Beas Wissen besuchte er sie und sie tranken zusammen ein Glas Wein. Frau Flury bedauerte, sich mit ihrer Tochter zerstritten zu haben, und war äußerst erfreut, zu hören, wie sich die Dinge entwickelten.

»Dann werde ich am Ende noch Großmutter«, schmunzelte sie.

»Nun, so weit ist es noch nicht«, antwortete Al.

Frau Flury erhob das Glas: »Als zukünftige Schwiegermutter, und da wir uns ja eigentlich schon gut zwei Jahrzehnte kennen, würde ich vorschlagen … Ich bin Claire, wenn Sie einverstanden sind.«

Natürlich war er das und das Du ermutigte ihn zu der etwas heiklen Frage: »Ist es wahr, dass die Galerie nichts einbringt?«

»Wer sagt das?«

»Beatrice.«

»Nun, nicht ganz. Zugegeben, ohne die Rente meines Exmannes wäre dieser Lebensstil nicht möglich, und meine Mittel sind nicht unerschöpflich. Aber die Galerie sichert mir jeden Monat, je nach Verkäufen, immerhin einen mindestens fünfstelligen Zusatzbetrag. Beatrice hat einfach zu wenig Interesse, zu wenig Initiative, ihr flatterhaftes Wesen steht ihr im Weg. Ich wollte ihr helfen, sie beraten, aber sie interpretiert das als Bevormundung – so kam es zum Streit. Nun, vielleicht hatte sie recht. Es sieht ja nun alles ganz prima aus. Einzig dieser Furtwanger …«

»Was ist mit ihm?«

Sie schüttelte den Kopf: »Ich weiß es nicht, irgendetwas an diesem Mann ist mir nicht geheuer. Er hat so einen stechenden Blick, so etwas Durchdringendes. Ich habe ihn allerdings nur einmal gesehen, an einem Kongress meines Mannes in Afrika. Sei's drum, schreiben wir es seinem Genie zu. Es wird bestimmt alles gut gehen, und ich gönne diese Stelle meiner Tochter von Herzen.«

Beim Abschied sagte Claire: »Wenn ihr Hilfe braucht, bin ich immer für euch da.«

Nachdenklich verließ Al das Haus. Diesen Furtwanger würde er gerne bei Gelegenheit kennenlernen.

Beatrice mochte flatterhaft sein, aber fehlende Initiative konnte man ihr beim besten Willen nicht nachsagen. Schon eine Woche nach Vertragsunterzeichnung hielt ein Möbelwagen vor dem modernen Appartementhaus am Zürichberg. Dahinter parkte Beas Cabriolet, dem nebst ihr und Allan auch Claire Flury entstiegen. Dank Allans Vermittlungen war der Hausfrieden wieder hergestellt, Mutter und Tochter mehr denn je ein Herz und eine Seele. Auch Melanie und Habi halfen mit, Beas immense Garderobe einzuräumen – um sie verstauen zu können, hatte sich das Paar extra einen fünftürigen Schrank zugelegt. Zudem hatten sie eine Möbelgruppe für den Wohnraum sowie ein Doppelbett angeschafft. Da Al nun ein eigenes Büro hatte, schenkte ihm Bea einen Schreibtisch und einen PC sowie eine Chaiselongue – falls sie einmal einen Gast hätten oder getrennt schlafen wollten. Er hingegen stattete ihr Atelier mit Staffelei, Leinwand, Farben, Pinseln aus. Nebst der großzügigen »Mitgift« von Claire über 15'000 Franken waren bei diesen Investitionen und der Kautionszahlung auch ihr Erspartes draufgegangen. Sie machten sich darüber jedoch keine Sorgen, denn nun kam ja regelmäßig der große Zahltag.

Am Abend sah alles schon recht wohnlich aus. Al ließ sich erschöpft in das fünfsitzige Design-Sofa fallen, betrachtete das nagelneue Wohnzimmer und rief euphorisch: »Das Leben ist schön!«

Bea gesellte sich zu ihm: »Meine Lieben, zum Dank für eure Hilfe spendiere ich das Abendessen. Wo ist der beste Laden in dieser Gegend?«

Claire schmunzelte: »Da gibt es einige. Aber ihr solltet euch nicht zu sehr verausgaben, die Einrichtung hat schon genug gekostet.«

»Mama, bitte fang nicht schon wieder mit deiner Bemutterung an.«

Claire hob abwehrend die Hände: »Wie ihr wollt, wie ihr wollt. Es gibt da einen ›Laden‹ namens ›Dolder Grand‹.«

Nachdem Claire, Melanie und Habi gegangen waren, um sich frisch zu machen und umzuziehen, stand das Paar auf der Terrasse und genoss mit einem Glas Martini in der Hand den Ausblick: Unter ihnen die Dächer und Kirchtürme der Stadt. Der mit Booten und Schiffen belebte See blinkte in der Sonne, dahinter zeichneten sich klar die noch schneebedecken Alpen ab. Im Garten vor dem Haus stand alles in Blüte und verschwendete betörenden Duft.

»Weißt du, was schade ist?«, gurrte Al.

Bea, die ihren Kopf auf seine Schultern gelegt hatte, sah ihn an.

»Dass wir nun zwei Badezimmer haben, jetzt müssen wir immer getrennt duschen.«

»Aber nein, Dummerchen, wir benützen heute dieses und morgen das andere«, zwinkerte Bea.

Sie duschten zusammen und liebten sich unter dem wohlig-warmen Strahl der Brause. Al war süchtig nach Beatrices glatter, blasser Haut, ihrem mädchenhaften Körper, ihren leichten X-Beinen und den perfekten Rundungen.

Schließlich drehte er den Hahn zu und hauchte: »Hat es dir gefallen?«

Sie lachte: »Das fragst du jedes Mal. Frag doch mal was anderes.«

»Willst du mich heiraten?«

»Was?«

»Ob du mich heiraten willst.«

»Und das fragst du so mir nichts, dir nichts unter der Brause?«

»Du sagtest doch, ich soll mal was anderes …«

»Spinner«, sagte sie, »wann?«

»Bald.«

»Okay.«

Beim Dinner im Dolder Grand verkündeten sie ihren Beschluss.

»Das geht ja zügig«, lachte Habi, der mit seiner Freundin Anita, einer schwarzhaarigen Frau, die ihm kaum zur Brust reichte, erschienen war.

»Allerdings«, ergänzte Claire. »Mir dreht sich der Kopf. Der kleine Nachbarsjunge aus Zürich-Leimbach hat mehr als zwanzig Jahre gewartet und nun geht alles Knall auf Fall. Fragt sich nur, wer das bezahlen soll.«

»Wir machen es schlicht und preiswert«, sagte Al.

»Nichts da«, protestierte Bea, »wir machen's mit Pauken und Trompeten, mit Prunk und Pomp, wie es sich gehört. Papa soll seine Börse zücken, das ist das Mindeste, was er seiner Tochter schuldig ist.«

Eine Woche später begann Beatrice ihre Arbeit bei Professor Furtwanger, und am 6. August 2000 heiratete das Paar im Hotel Uto-Kulm mit hundertfünfzig Gästen.

Papa hatte seine Börse gezückt und fand sogar Zeit, dabei zu sein. Auch Allans Mutter hatte – im Rahmen ihrer Möglichkeiten – etwas beigesteuert und war mit Rosalinn aus Amerika angereist. Die Flitterwochen wollte das Paar aufgrund von Beas neuem beruflichen Engagement sowie der begrenzten finanziellen Mittel später nachholen.

Allan war auf dem Zenit seines Glücks, und manchmal hatte er fast Angst davor, wie makellos sich die Dinge zu seinen Gunsten entwickelten. Angst, eines Morgens aufzuwachen und zu merken, dass alles nur ein Traum gewesen war …

5

Bewegungslos lag seine Hand auf dem Telefon. Er zögerte lange, bis er sich ein Herz fasste, den Hörer zum Ohr führte und intern 001 wählte.

»Nierlich«, tönte es.

»Hier Filippos, guten Tag, Herr Nierlich, ich hätte, äh … ein persönliches Anliegen und wollte fragen, ob Sie mir einen Termin geben könnten für ein kurzes Gespräch.«

»Na, dann kommen Sie gleich, ich muss in einer Viertelstunde weg.«

Al eilte durch den Korridor und klopfte beklommen an die Tür seines Chefs. Auf das forsche »Ja« betrat er dessen Büro und stellte sich vor Nierlichs Schreibtisch.

»Machen Sie es bitte kurz, Herr Filippos, was steht an?«

Allan räusperte sich: »Ich möchte um einen Vorschuss bitten, Herr Nierlich.«

»Schon wieder? Sie haben doch erst letzten Monat vorbezogen.«

»Nun ja, es ist halt ein bisschen eng. Die neue Wohnung, die Hochzeit, ich … brauche eine Weile, um die Balance wiederzufinden, nächsten Monat sieht es bestimmt besser aus.«

Nierlich sah auf den Wandkalender. »Wir haben Anfang November, Herr Filippos, noch fast drei Wochen bis zum Zahltag, sind Sie sich dessen bewusst?«

»Ich weiß, aber ich versichere Ihnen …«

Nierlich kratzte sich am Kopf: »Sie haben sich mit der Wohnung wohl doch etwas übernommen, nicht wahr?«

Al beschwor ihn, dass es daran nicht läge, und dass die Situation ganz bestimmt vorübergehender Natur sei.

»Wissen Sie, Herr Filippos, nur weil Sie der Schwiegersohn einer gut situierten Kundin sind, lasse ich mich noch lange nicht über den Tisch ziehen.«

»Natürlich, Herr Nierlich, das tut gar nichts zur Sache.«

»Offen gestanden, Ihre Leistungskurve zeigt in letzter Zeit auch nicht gerade nach oben. Denken Sie, Ihre Augenringe, Ihre ständige Abgespanntheit seien mir verborgen geblieben?«

»Ich werde es mal mit Vitamintabletten versuchen«, sagte Al lapidar.

»Die sind aber auch nicht gerade billig«, frotzelte Nierlich. »Na schön, wie viel?«

»Fünfhundert.«

Nierlich wollte zum Hörer greifen, um Frau Cattin anzuweisen, das Geld auszuzahlen, als der Apparat läutete. Frau Cattin meldete einen Kunden, der den Geschäftsleiter persönlich verlange. Al hörte eine aufgeregte, empörte Stimme und sah die Gesichtszüge seines Chefs düster werden wie die bleiernen Wolken vor dem Fenster.

»Eine halbe Stunde schon?«, sagte Nierlich. »Mit wem waren Sie denn verabredet?«

Allan glaubte, seinen Namen zu hören – nein – er war sicher. Vor lauter Vorschuss-Sorgen hatte er den Termin einer Übergabe verschlampt. Einer Übergabe, die in diesem Moment hätte stattfinden sollen. Stattdessen saß er im Büro seines Chefs wie der Vogel auf dem Leim. Al wäre am liebsten im Boden versunken. »Es ist mir überaus peinlich«, hörte er Nierlich sagen. »Wir haben einen Krankheitsfall, und scheinbar ist uns in der internen Kommunikation ein Fehler unterlaufen. Ich werde unverzüglich jemanden vorbeischicken. Ich bitte um Verzeihung.«

Ende, aus!

»Nun machen Sie, dass Sie zu der Übergabe kommen«, polterte Nierlich. »Und den Vorschuss stecken Sie sich sonst wohin. Zudem können Sie sich gleich auf einen Blauen Brief gefasst machen, wenn Sie Ihr Verhalten nicht schleunigst wieder ändern.«

Fluchtartig verließ Al das Büro und raste zu der zum Glück nahe gelegenen Übergabe-Adresse.

»Ich dachte, Ihr Chef sagte, Sie seien krank?«, wunderte sich der neue Mieter.

»Bin ich auch – Personalmangel – was will man machen«, entgegnete Al.

»Nun ja, man sieht es Ihnen an, die Augenringe …«

Nach dem Termin fuhr er nach Hause, er hatte keine Lust mehr, im Geschäft aufzukreuzen, was auch immer das für Konsequenzen hätte. Verwundert sah er, dass Beas Wagen vor dem Haus stand.

Sie spachtelte auf einer Leinwand herum, was selten vorkam.

»Bist du nicht bei der Arbeit?«, fragte Al.

»Und du, weshalb bist denn du schon hier?«

Er ließ sich in den antiken Ohrensessel fallen, den Bea erst vor Kurzem angeschafft hatte, und erwiderte schlapp: »Krank. Wir sollten nicht so viel ausgehen, Bea, es beeinträchtigt meine Leistungsfähigkeit, und außerdem liegt es finanziell einfach nicht mehr drin.«

Sie schien ihn gar nicht gehört zu haben und deutete statt einer Antwort auf die Leinwand: »Wie findest du es?« Sie wiegte den Kopf. »Es heißt ›Der einsame Kampf einer rastlosen Seele‹.«

Er gab sich Mühe, höflich zu sein und betrachtete das Bild, so interessiert es seine Stimmung eben zuließ. Das Gemälde musste durchaus als abstrakt gelten. Außen rot, dann gelb und innen grau. Es war ein Stil, den er wohl nicht verstand.

»Warum?«, fragte er.

»Siehst du das denn das nicht, du Banause? Der pulsierende graue Kern in der Mitte, stellvertretend für unsere dunkle Seite, die das Gelb einsaugen möchte, das nach Leben lechzt. Hin- und hergerissen zwischen dem äußeren Ring, dem totale Energie innewohnt, ist es rastlos … Weißt du, es soll eine Serie werden.«

Sie legte die Spachtel zur Seite, setzte sich auf die Lehne und legte den Arm um seine Schultern.

»Professor Furtwanger bat mich, ihn heute Abend zu einem Empfang in Berlin zu begleiten. Deshalb habe ich tagsüber frei.« Sie strahlte. »Wir fliegen mit seinem Privatjet.«

Al sah zu ihr auf und lächelte.

»Dann hast du einen besseren Tag erwischt als ich.«

»Nun ja, ich freue mich. Es ist so eine Art Aufstieg in die höhere Liga. Stell dir vor: ein Empfang in der Schweizer Botschaft. Ich hoffe nur, mein alter Herr kreuzt nicht auf.«

Sie stand auf und nestelte in ihrer Handtasche. »Zu dumm«, murmelte sie und ging zum Telefon. Während sie wählte, sagte sie in beiläufigem Ton: »Pump mir mal zwei Hunderter, ich muss was bestellen.«

Al warf ihr sein Portemonnaie hin: »Bediene dich.«

Sie fand nichts darin und forderte ihn, nachdem sie beim Kurier ein Gramm Koks bestellt hatte, auf: »Fahr doch schnell zum Bankomaten und lass was raus, damit ich den Kurier nachher bezahlen kann.«

»Geht nicht, ich bin am Limit«, erwiderte Al.

»Shit, woher nehme ich nun die zweihundert Franken?«

»Du hast doch auch eine Karte.«

Sie senkte den Kopf: »Bin auch am Limit.«

Al verzog den Mund. »Ich sagte dir ja: Wir – können

– es – uns – nicht – leisten. Nicht in diesem Stil. Jeden Tag gehen wir aus, jede Woche bringst du einen neuen teuren Fetzen nach Hause, kaufst antike Stühle, Möbel, Firlefanz, und dann die verfluchte Kokserei.«

Beatrice wischte ihm eine, dass es im Ohr sauste. Noch nie hatte er sie so rot gesehen, ihre Nasenflügel zitterten. Sie wandte sich ab und klammerte sich an das Fenstersims. Dann drehte sie sich um und sah ihn aus ihren wunderschönen grünen Augen an, die gefährlich funkelten. Sie zwang sich, ruhig zu reden: »Du bist ein kleiner Sachbearbeiter, ich habe dir mein Herz geschenkt und dir dieses Leben erst ermöglicht. Du wolltest Karriere machen, versprachst mir, mich auf Händen zu tragen. Und nun kriege ich nichts als Vorwürfe. Allan, du enttäuschst mich maßlos.«

Der Kurier klingelte. Nach einem kurzen Gespräch tauschte Bea ihre Rolex gegen ein gefülltes Minigrip-Säckchen, verzog sich und kam nach einer Stunde frisch geduscht im langen Schwarzen wieder.

Er saß noch immer wie ein geschlagener Hund im Atelier. Trotzdem konnte er nicht umhin, ihre Eleganz zu bewundern.

»Ich geh jetzt arbeiten«, sagte sie und verschwand.

Draußen stürmte es. Al lag auf der Chaiselongue in seinem Büro und starrte durchs Fenster auf den Lichtkegel einer Straßenlampe, die sich im Wind wiegte. Darum herum war alles schwarz. Er wollte heute *hier* die Nacht verbringen, wollte nicht neben Bea liegen. Aber er konnte nicht einschlafen. Dies war der erste handfeste Krach gewesen seit den knapp zehn Monaten, in denen sie nun zusammen waren. Er war zutiefst verletzt, fühlte sich schuldig, klagte sich an, war aufgekratzt. Sie hatte ja recht, nichts hatte er erreicht, nichts konnte er ihr bieten.

Das Klingeln des Telefons riss ihn aus seinen Gedanken. Habi fragte, ob er auf ein Bier in die Safari-Bar käme und wollte wissen, wo er denn den ganzen Tag über gesteckt habe. Nierlich sei ziemlich sauer – gelinde ausgedrückt. Al sagte, erstens sei er krank und zweitens ein Arschloch, dann knallte er den Hörer auf die Gabel. Fieberhaft dachte er nach. Als Bea um zwei Uhr noch immer nicht gekommen war, stieg er ins Auto und fuhr nach Küsnacht zu Claire.

Sie öffnete erst nach dem zweiten Läuten, erschien im Morgenmantel und war erstaunt, als sie den späten Gast erkannte. »Fil, du? Komm rein.«

Er ging zur Hausbar und kippte einen Brandy hinunter. Claire lief ihm aufgeregt hinterher: »Was ist denn passiert? So sag schon.«

Geknickt saß er im Sofa und erzählte ihr von dem Streit. Claire beruhigte ihn, irgendwann sei immer das erste Mal, das werde sich schon einrenken.

»Ich brauche deine Hilfe, Claire«, sagte Fil.

Bea war mit Professor Furtwanger in dessen Limousine zum Flughafen gefahren. Dort mussten sie der Wetterverhältnisse wegen mehr als eine Stunde warten, bis der Learjet abheben konnte. Gerade rechtzeitig kamen sie in Berlin an und wurden umgehend vom Botschafter-Ehepaar empfangen.

Beatrice hatte den Streit mit Al schon fast vergessen. Die Ohrfeige tat ihr etwas leid, aber sie war nun mal impulsiv. Vielleicht hätte sie ihm sagen sollen, dass sie in Berlin übernachtete. Aber das konnte er sich ja an den Fingern abzählen.

Im großen Bankettsaal der Botschaft waren die Spitzen aus Politik und Wirtschaft versammelt, viele Schweizer, auch Deutsche und ein paar Amerikaner. Der Erste, der ihnen entgegenkam, war Beas Vater. Erfreut begrüßte er seine Tochter, sah sie von oben bis unten an und sagte: »Eine richtige Dame bist du geworden. Der Umgang mit unserem geschätzten Professor scheint dir gut zu bekommen.« Dann begrüßte er auch diesen herzlich und, wie Bea schien, mit fast unterwürfigem Respekt.

Zu Bea gewandt sagte er: »Du musst wissen, der Professor ist nicht nur ein hervorragender Wissenschaftler, der der Welt schon viele wertvolle Medikamente geschenkt hat, er geht auch politisch neue Wege.«

»Der Welt und vor allem deinem Konzern«, dachte Bea, lächelte und sagte: »Oh ja, ich bewundere ihn sehr.«

Dann wurden sie anderen Gästen vorgestellt und übten sich, mit dem Sektglas in der Hand, im Small Talk. Der Professor wurde weitergereicht und Bea stand etwas verloren im Raum, bis sich eine ältere Dame zu ihr gesellte und belanglos drauflos plauderte. Um auch irgendetwas zu sagen, fragte Bea: »Was ist denn der Anlass dieses Empfangs?«

»Lesen Sie denn keine Zeitung, junge Frau? Professor Furtwanger wird heute für den Nobelpreis geehrt, den er erst kürzlich bekommen hat.«

»Oh, ich bin seine Assistentin, und er hat mir nichts davon erzählt, dass er hier die Hauptperson ist.«

»Er ist ja so bescheiden«, nickte die Dame.

»Aber weshalb hier, in Deutschland?«

»Sie kennen Ihren Vorgesetzten aber ziemlich schlecht. Er ist deutsch-schweizerischer Doppelbürger, da passt doch alles bestens.«

Allerdings war der Professor nie besonders gesprächig gewesen, was seine Person und vor allem seine Vergangenheit anbelangte. Bea hatte auch nicht gewagt, ihn auszufragen. Und dass er deutsches Blut hatte, war ihm, jedenfalls was die Sprache anbelangte, nicht anzumerken.

Er redete akzentfreies Zürichdeutsch und musste wohl schon lange in der Schweiz leben. Bea wusste nicht einmal genau, woran er forschte, welche Medikamente er entwickelte. Bei einem Blick durch sein Mikroskop hatte sie einmal nervös zuckende Würmer und faszinierende farbige Formen gesehen, die sie allerdings nicht deuten konnte. Furtwanger hatte gelächelt und unverbindlich gesagt: »Wir wollen ein gesundes, glückliches Volk, das lange lebt. Das ist das Ziel unserer Anstrengungen.«

Die Dame fragte Bea nach ihrem Namen und stellte sich selbst als die Mutter des Wirtschaftsministers vor. Dann ging sie einen Small Talk weiter.

Kurz darauf wurden die Gäste an die langen, mit Blumenarrangements verzierten Tische gebeten. Der Professor holte Bea, schob ihr galant einen Stuhl unter und setzte sich neben sie. Bea war stolz, Begleiterin der Hauptperson zu sein. So gefiel ihr das Leben: Keine langweiligen Galeriebesucher, sondern Jetset vom Feinsten. So was konnte ihr Al ganz einfach nicht bieten.

Botschafter Borner samt Gattin traten ans Rednerpult. Borner begrüßte die Gäste – zum Teil mit Namen – und hieß insbesondere den Professor willkommen. Weitere Redner folgten, bis endlich Furtwanger zum Pult gebeten wurde.

Bea erkannte seine Sprache nicht wieder. Sein Hochdeutsch war ebenso akzentfrei wie das Schweizerdeutsch. Was er sagte, imponierte ihr.

Forschung und Entwicklung im Dienst der Volksgesundheit sei nur eines seiner Anliegen. Ebenso wichtig sei ein gesunder Geist und eine starke Wirtschaft. Die Politik müsse mehr in die Wirtschaft eingebunden werden, ja, mit ihr verschmelzen. Es gehe in der heutigen Zeit nicht mehr an, dass die Regierungen fernab der Realität einsame Entscheidungen träfen, die an der Wirtschaft und am

Volk vorbeipolitisierten. Und die Realität sei, genau besehen, auch längst eine andere. Die Wirtschaft stehe als solider Eckpfeiler hinter der Politik und beeinflusse diese in einem Maß, das der Bevölkerung gar nicht bewusst sei. Er erinnerte an die Lobbys, gab einige Beispiele und schloss mit folgendem Plädoyer: »Meine Damen und Herren, sehr verehrte Gäste. Seien wir ab heute ehrlich. Ehrlich zum Volk, ehrlich mit uns selbst. Geben wir den Einfluss der Wirtschaft auf die Politik offen zu, räumen wir ihr den Stellenwert ein, den sie längst innehat, ja, mehr noch, verschmelzen wir die beiden Pole zu einem. Ohne Wirtschaft gibt es keine Politik, keinen Staat, keine sozialen Leistungen und Einrichtungen. Denn wer bezahlt letztlich alles? Jeder Einzelne von uns, die Volkswirtschaft. Ich danke für Ihre Aufmerksamkeit.«

Tosender Applaus.

»Bravo, bravo«, sagte Bea, als sich Furtwanger zu ihr setzte. Er lächelte selten, aber wenn, dann versprühte er einen unwiderstehlichen Charme.

»Danke, Beatrice, Sie sehen übrigens bezaubernd aus heute Abend.«

Dann schritt man zum reichhaltigen Buffet.

Während sich Beatrice in Berlin amüsierte und sich später in eines der eleganten Gästezimmer zurückzog, redete Al lange und ausführlich mit Claire.

»Es reicht einfach nicht. Uns fehlt das Geld an allen Ecken und Enden, um Beas ausschweifenden Lebensstil zu finanzieren.«

»Na, du trägst ja wohl deinen Teil auch dazu bei, schließlich bist auch du kein Kind von Traurigkeit«, wandte Claire ein.

Das gab Allan unumwunden zu, zudem wollte er Bea nicht unnötig anschwärzen. Er wusste nicht, ob Claire von Beatrices gelegentlichem Kokainkonsum Kenntnis hatte, der jeden Monat mindestens einen Tausender verschlang, und erwähnte ihn deshalb nicht.

Allan erklärte, dass er im Beruf einfach nicht weiterkomme, und es nun an der Zeit sei, dass etwas geschähe.

»Und wie kann ich dabei helfen?«, fragte Claire.

»Ich brauche Kapital«, sagte Al geradeheraus.

»Wie viel?«

»Fünfzigtausend.«

Claire hob die Brauen und wies darauf hin, dass diese Summe auch für sie kein Pappenstiel sei. Trotzdem fragte sie, wie er das Geld denn anlegen wolle. Allan erklärte, dass er seit einiger Zeit die Börse intensiv studiere und auch einen Freund habe, der als Broker arbeite und ihn beraten könne. Mit Aktienhandel sei Kapital zu machen.

»Wäre es nicht klüger, in Immobilien zu investieren? Das sind sichere Werte, und davon verstehst du etwas.«

Al lachte: »Du bist naiv, Claire, unter einer halben Million musst du an die Immo-Branche gar nicht erst denken.«

Claire nickte nachdenklich. »Ich weiß nicht …«

Al beschwor sie; es handle sich um ein kurzfristiges Darlehen. Nach sechs Monaten hätte sie ihr Geld zurück.

»Nun ja, es fällt mir auch nicht so einfach in den Schoß, gerade jetzt, mit der vergrößerten Galerie, ist auch für mich die Situation enger geworden.« Claire seufzte. »Und wer ist der Banker, der dich beraten soll?«

»Der Freund meiner Schwester Rosalinn. Ich könnte mit Bea an Weihnachten meine Familie in New York besuchen. Er würde mir bestimmt ein paar heiße Tipps geben.«

Es war fünf Uhr früh, als Claire einwilligte und versprach, das Geld in den nächsten Tagen zu überweisen. Mit überschwänglichen Dankesworten und tausend Entschuldigungen, weil er ihr den Schlaf geraubt hatte, machte sich Allan auf den Weg. Zu Hause angelangt, stellte er fest, dass Bea noch nicht da war. Er hätte es sich ja denken können, Berlin war immerhin fast zwei Flugstunden entfernt. Dass sie ihn über ihr sicherlich geplantes nächtliches Fernbleiben nicht informiert hatte, schmerzte ihn jedoch. Er ließ sich ins Bett fallen und schlief sofort ein.

Am anderen Tag kam Bea gegen Mittag zurück und weckte ihn. Er stöhnte auf. Verschlafen, auch das noch! Nierlich würde toben. Bea gab ihm einen Kuss, als ob nichts gewesen wäre. Sie war im Gegenteil besonders lieb, rief die Immo-Bill an, wo sie ihn krank meldete, brachte ihm einen Kaffee, setzte sich auf den Bettrand und erzählte in allen Details, wie toll der Abend gewesen sei und wie galant der Professor sie behandelt habe.

Allan freute sich für sie und noch mehr, dass sie ihm nicht mehr böse war. Darauf angesprochen, sagte sie: »Verzeih, Lieber, ich hab wohl etwas überreagiert, ich war vielleicht ein wenig ... auf Entzug. Gib mir doch die Ohrfeige einfach zurück.«

»Nicht auf die Gesichtsbacke«, sagte er, packte sie, zog ihren Rock hoch und versetzte ihr einen Klaps auf den Po, worauf sie sich auf ihn warf und ihn ins Ohr biss. Lachend balgten sie sich auf dem Bett und besiegelten den Frieden mit einem Liebesakt, der Al heute besonders schön vorkam.

Al machte Bea den Vorschlag, über die Festtage seine Familie in New York zu besuchen. Zunächst war sie begeistert, doch dann senkte sie den Blick: »Und woher nehmen wir das nötige Kleingeld?«

»Wir essen nur noch Suppe und gehen nicht mehr aus. Außerdem gibt's Gratifikation. Das kriegen wir schon hin«, ermutigte er sie. Von Claires Darlehen wollte er vorerst nicht sprechen, er wusste nicht, ob Bea damit einverstanden gewesen wäre – der Unabhängigkeit wegen. Zudem wollte er vermeiden, sie – und auch sich selbst – in Versuchung zu führen, das Geld zu verprassen. Bea versprach, sich beim Drogenkonsum auf ein Minimum zu beschränken, wenn nicht ganz aufzuhören damit.

Am Nachmittag ging er zum Arzt und ließ sich ein Krankheitsattest außtellen, das er am anderen Tag, ausgeruht und guter Dinge, seinem Chef vorlegte.

»Wieso sagten Sie nicht, dass Sie nicht auf dem Damm sind, Herr Filippos? Unser Kunde hat angerufen, hat sich für Ihren Einsatz bedankt und nach Ihrem Befinden gefragt. Na, heute sehen Sie jedenfalls schon viel besser aus.«

Al dankte und wollte Nierlichs Büro schon verlassen, als der Chef in zurückhielt. »Das mit dem Vorschuss, Herr Filippos, das geht in Ordnung.«

Mit der Begründung, dass das Problem sich anderweitig habe lösen lassen, lehnte Allan ab. Er nutzte jedoch die Gunst der Stunde, ein paar Ferientage über Weihnachten zu beantragen, was problemlos bewilligt wurde.

In der Tat mäßigten sich beide in der darauffolgenden Zeit. Sie genossen ihre Wohnung, kochten zusammen und erlebten so etwas wie trautes Beisammensein. Sie sprachen sogar von einem Kind.

Am 20. Dezember drängten sie sich durch die Passkontrolle des Flughafens und saßen bald darauf in der Maschine nach New York. Dort herrschte ein noch viel größeres Gedränge als in Zürich-Kloten. Sie standen eine geschlagene Stunde an, bis sie auf Herz und Nieren überprüft wurden und endlich den Zoll passieren durften. Allans Mutter Laure, Rosalinn und deren Verlobter Bob holten sie ab und winkten schon von Weitem, als sie sie entdeckten.

Bob lenkte seinen Chevrolet durch den zähen New Yorker Stadtverkehr. Endlich erreichten sie das Haus am East River, in dem Laure und Rosalinn in einem geräumigen Appartement lebten.

Bea bewunderte die Wohnung und den Weihnachtsbaum, der zwar nicht echt, dafür aber umso bunter und kitschiger war. Sie setzten sich, tranken heißen Punsch und aßen Cookies und sprachen über Ehe, Geschäft, tauschten Neuigkeiten und Erinnerungen aus. Al war besonders interessiert an Bobs Tätigkeit.

»Wenn du willst, nehme ich dich morgen mit ins World Trade Center und zeige dir meinen Arbeitsplatz«, bot Bob an.

Während die Frauen am anderen Tag die Stadt und insbesondere die festlich geschmückten Shopping Malls besichtigten, fuhren Allan und Bob zum World Trade Center. Bob war ein schlaksiger und gutmütiger Kerl mit einem breiten, gewinnenden Lachen. So ziemlich das Gegenteil von dem, was man sich gemeinhin unter einem Aktienhändler vorstellt. Er nahm alles gelassen und einer seiner Wahlsprüche war: »Time only runs away from you if you're chasing it.«

Allan war immer wieder beeindruckt von der Größe der Zwillingstürme und von der Monumentalität dieser Stadt im Allgemeinen. Er kam sich in New York vor wie eine Ameise, oder besser gesagt wie eine lahme Fliege, denn das Leben hier war ungemein hektisch. Zum Glück hatte Bob genug Zeit. Er zeigte Al seinen Arbeitsplatz in einem riesigen Großraumbüro, dann besuchten sie die Dachterrasse, die den Blick über die Wolkenkratzer freigab, die wie ein Heer Soldaten strammstanden, fast so weit das Auge reichte. Bald jedoch verließen sie das Dach, denn ein feuchter Wind, der die Knochen gefrieren ließ, blies vom Hudson River her durch die Stadt. In einem Bistro wärmten sie sich bei einer Tasse dünnen Kaffees auf. Al setzte Bob seine Anlagepläne auseinander und fragte ihn um Rat.

Bob wiegte den Kopf. 40'000 Dollar seien nicht gerade viel, meinte er, aber besser als nichts. Er riet ihm, vier, fünf verschiedene Titel ins Portefeuille zu packen, um das Risiko zu minimieren.

»In your country: Swissair, Roche, Nestlé and CS-Group«, sagte er.

»Can you buy it for me?«, (kannst du das für mich kaufen?), fragte Allan.

Schon Tags darauf hatte er sein Portefeuille. Mit der Begründung, er wolle Bea erst damit überraschen, wenn die Investition Früchte trage, bat er Bob um Stillschweigen.

Sie feierten Heiligabend mit vielen elektrischen Kerzen und einem blinkenden Weihnachtsmann aus rotem Plastik, der sich im Kreis drehte und auf Händeklatschen hin »Jingle bells« plärrte. Zu den Weihnachtsliedern einer CD wurden viele mehr oder weniger brauchbare Geschenke ausgetauscht.

Während der nächsten Tage gingen sie einmal auf der berühmten Eisbahn im Rockefeller-Center Schlittschuh laufen, und den Jahreswechsel verbrachten sie auf einer Party bei Freunden von Bob und Rosalinn mit Feuerwerk, Pappnasen und viel Champagner. Al und Beatrice stießen auf den Jahrestag ihrer schicksalhaften Wiederbegegnung an.

Nach ihren tollen Ferien ging es, zurück in der Schweiz, für Al wieder in den Alltagstrott. Aber er hatte eine neue Passion. Täglich studierte er die Börsenberichte und stellte erfreut fest, dass die Kurse seines Portefeuilles kontinuierlich stiegen. Beatrice war nun oft mit Professor Furtwanger auf Kongressen und Anlässen, was Al mit einer gewissen Skepsis zur Kenntnis nahm. Jedenfalls wollte er nicht allein in der Wohnung versauern. So zog es ihn, wenn er die Abende als Strohwitwer verbrachte, wieder mehr in verrauchte Bars. Statt dem Champagner sprach er dem Bier zu. Und da Beas Bedürfnis nach Jetset als Begleiterin des Professors auf Spesen befriedigt wurde, kamen sie mit dem Budget einigermaßen durch. Auf Kokain konnte Bea allerdings nicht ganz verzichten.

Nach zwei Monaten hatte Al zehntausend Franken Aktiengewinn gemacht. Er war euphorisch, und in seiner Euphorie bereit zum Risiko.

Es war ein Freitag, als Bea Dr. Furtwanger zu einer Diskussionssendung im Fernsehen begleitete, wo er über die steigende Lebenserwartung und die damit verbundenen Probleme der Überbevölkerung referierte.

Al hatte keine Lust, die Sendung anzusehen. Nicht wegen des Themas, sondern des Neides, vielleicht der Eifersucht wegen, die ihn stachen, obwohl er sich das nicht eingestand. Also ging er auf einen Drink ins »Old Inn« – wo zu seiner unangenehmen Überraschung die Sendung im Fernsehen lief. Er suchte sich einen Platz außerhalb der Sichtweite der Flimmerkiste und setzte sich an einen Tisch, an dem bereits drei Herren in Anzug und Krawatte saßen. Er wurde Zeuge eines höchst interessanten Gesprächs über New Economy, neue Firmen, vor allem im Elektronik- und Internetbereich, deren Aktien in schwindelerregende Höhen schnellen und fette Gewinne in kürzester Zeit versprechen würden. Allan mischte sich in das Gespräch der Banker ein und wollte Genaueres wissen.

Am nächsten Tag verkaufte er sein gesamtes Paket und

investierte 60'000 Franken in eines dieser New -Economy-Papiere.

Zwei Wochen später hatte er hundert Prozent Gewinn eingefahren. Al war begeistert. Eigentlich hätte er Claire schon heute ihr Geld zurückzahlen können, aber es wäre zu schade gewesen. Das Kapital arbeitete derart flott, dass es keinesfalls auf einem Sparkonto verrotten sollte.

Zufriedenheit machte sich breit. Wenn Bea das erführe! Aber noch war es nicht so weit. Erst wenn er Claire den Kredit zurückbezahlt hätte, wollte er sie mit dem neu erarbeiteten Vermögen überraschen. Vielleicht am ersten Hochzeitstag …

Wie jeden Morgen studierte Al auch heute den Börsenteil und stellte mit Genugtuung fest, dass sein Titel schon wieder zehn Prozent gestiegen war. Dann wandte er sich seinem eigentlichen Job zu. Martin hatte sich schon über die neue Gewohnheit gewundert, was ihm allerdings lediglich Allans lapidare Bemerkung »man ist halt allgemein interessiert« eingebracht hatte.

Als er am Abend nach Hause kam, staunte er nicht schlecht. Bei Bea war die Putzwut ausgebrochen. Er konnte sich nicht erinnern, das jemals bei ihr gesehen zu haben.

»Ich hoffe, es geht dir gut«, schrie er durch das Dröhnen des Staubsaugers. Sie schaltete ihn aus, wischte sich den Schweiß von der Stirn und lachte: »Blendend.«

»Was ist denn in dich gefahren?«

»Wir kriegen heute Besuch.«

»Besuch?«

»Hohen Besuch, Professor Furtwanger.«

»Oh, was verschafft uns die Ehre?«

»Nun, da ich mittlerweile eher seine Begleitperson

denn seine Assistentin bin, sind wir uns … ein bisschen nähergekommen.«

»Wie nahe?«, fragte Al.

»Al, sieh mich nicht so misstrauisch an. Ein gutes, kollegiales Verhältnis halt, ich habe ihm ein bisschen über mich, na ja, über uns erzählt, und da hat sich die Einladung so ergeben. Im Übrigen ist er sehr interessiert, dich kennenzulernen. Benimm dich also entsprechend und spiele nicht den Eifersüchtigen.« Damit ließ sie den Staubsauger wieder aufheulen.

Während Al den Tisch deckte, mühte sich Bea in der Küche ab. Mithilfe einer der zahlreichen Internet-Kochseiten zauberte sie ein Saltimbocca auf den Tisch, das, wie Allan später feststellte, erstaunlich gut gelang.

Um acht Uhr traf der Professor ein. Bea empfing ihn in einem, wie Allan schien, viel zu kurzen Minirock mit den Worten: »Willkommen, Professor, pünktlich auf die Minute.«

»Pünktlichkeit ist die Höflichkeit der Könige«, erwiderte Furtwanger und bedachte sie mit zwei Wangenküsschen. Al stand im schwarzen Anzug hinter ihr.

»Und das ist wohl der werte Gatte, von dem wir schon so viel gehört haben.«

Er trat auf Al zu, der ihm artig die Hand reichte. Der Professor verzog keine Miene, sein hageres, strenges Gesicht war ernst, der Blick stechend und gleichzeitig in weite Ferne gerichtet, als ob er mit seinen Gedanken ganz woanders wäre. Al musste an Claires Worte denken. Tatsächlich war der Mann irgendwie unheimlich, unnahbar.

Beim Apéro und dem nachfolgenden Essen hellte sich seine Miene dann doch etwas auf. Er verzog seinen Mund zu einem Lächeln und lobte Beas Kochkünste. Dann wandte er sich an Allan und fragte ihn aus. Wie die Geschäfte liefen, was er für Hobbys habe, ob sie ein Kind wollten, wie es mit der Karriereplanung aussehe. Allan konnte nicht umhin, ein bisschen mit seinem Aktienhandel zu prahlen. Bea konnte ihre Verwunderung nicht verbergen und machte große Augen: »Seit wann denn?«

»Och, seit ein paar Monaten«, antwortete er unverbindlich.

»Na, hoffen wir, dass das gut geht, so etwas ist ja immer mit einem gewissen Risiko verbunden«, sagte der Professor zwischen zwei Bissen.

»Bis jetzt läuft's prima, und ich gehe davon aus, dass es so bleibt.«

Al wischte den Mund ab und lehnte sich selbstzufrieden zurück. Er spürte, wie Bea vor Neugier fast platzte. Aber sie wagte nicht, in Anwesenheit des Gastes weiterzubohren.

Ermutigt durch die entspannte Miene des Professors fragte Al, welche Forschung er denn genau betreibe und wofür ihm der Nobelpreis verliehen worden sei.

Der Professor überlegte eine Weile. »Nun, nebst vielem anderem gilt mein Streben, sagen wir mal, der Verlängerung des menschlichen Lebens. Den Nobelpreis habe ich allerdings für ein Aids-Medikament erhalten, das ich eher zufällig, als Nebenprodukt, entdeckt habe. Es wird zurzeit getestet und im nächsten Jahr auf den Markt kommen.«

»Und Papa streicht damit die fetten Gewinne ein«, fügte Bea hinzu, bevor sie sich an Al wandte: »Liest du denn keine Zeitungen?«

»Ehrlich gesagt, vor allem den Börsenteil und den Sport«, grinste Al. Dann wurde er wieder ernst: »Doch, ich habe davon gehört. Es soll sensationell sein und dieser Krankheit endgültig den Garaus machen. Auf Kosten einer Nebenwirkung allerdings, wenn ich mich recht erinnere.«

»Sie meinen den Verlust der Zeugungsfähigkeit der Patienten?«

Al nickte.

»Ich hoffe, Sie sehen das nicht als Nachteil an. Meiner Meinung nach gibt es keinen Grund, diese Nebenwirkung zu eliminieren. Im Gegenteil.«

Al und Bea sahen ihn fragend an.

»Nun ja, wer sich mit dieser sündigen Krankheit ansteckt, hat meiner Meinung nach die Berechtigung auf Fortpflanzung verspielt.«

»Ist das nicht etwas … zu moralistisch?«, wandte Al ein.

Der Professor überging die Frage und fuhr fort: »Außerdem tummeln sich schon viel zu viele Menschen auf unserem Erdball. Die Hälfte würde vollauf genügen. Die bessere, notabene.«

Al fand, diese Einstellung sei ziemlich radikal und brachte dies auch zum Ausdruck – zum Unmut von Beatrice, die es nicht gerne sah, dass er ihrem Chef widersprach. Der schien die Diskussion jedoch zu genießen und erklärte in lehrerhafter Manier: »Sehen Sie, junger Mann: Wenn es mir gelingt, Ihre Lebenserwartung – sagen wir – auf hundertfünfzig Jahre anzuheben, würde das mathematisch gesehen zu einem Bevölkerungsanstieg von fünfunddreißig Prozent führen. Was wäre das Resultat? Das ökologische Gleichgewicht wäre nicht mehr gewährleistet. Im Klartext: Die Erde verkäme zu einem gigantischen Abfallhaufen. Hungersnöte, Seuchen, neue Krankheiten wären die Folge. Als verantwortungsbewusster Wissenschaftler muss ich dieses Faktum bereits bei meinen Forschungen und Entwicklungen mit einbeziehen.«

»Das hört sich ja an, als ob Sie die Nebenwirkung bewusst …«

Furtwanger schüttelte den Kopf. »Sie ist in der genetischen Zusammensetzung bereits eingebaut, die Natur ist klüger, als wir denken.«

»Und diese Nebenwirkung ist nicht zu eliminieren?«

»Selbstverständlich, aber ich werde es keinesfalls tun – und auch niemand anders.«

Bea trug das Dessert auf.

»Warum sind Sie sich dessen so sicher?«

Der Professor aß den Nachtisch und nahm den letzten Schluck Wein, bevor er antwortete: »Weil ich meine Forschungen streng geheim halte und – in aller Bescheidenheit – gegenüber dem Rest der Welt einen Wissensvorsprung aufweise, der nicht einzuholen ist, so lange ich lebe. Und das wird sehr, sehr lange sein.«

Al wandte ein: »Und wie wollen Sie die Menschheit auf die Hälfte reduzieren?«

»Eine kluge Frage, junger Mann, die ich Ihnen so einfach nicht beantworten kann. Eines aber ist sicher: Es wird weder durch Kriege, Naturkatastrophen und schon gar nicht durch Krankheiten geschehen. Wir wollen eine gesunde Menschheit. Etwas anderes hat auf diesem Planeten nichts zu suchen. Krebs, die größte Geißel der Menschheit, wird in zehn Jahren kein Thema mehr sein. Kinder mit Krebsrisiko werden gar nicht erst geboren.«

Als der Professor gegangen war, saßen sie noch eine Weile am Tisch. Bea schwärmte: »Ein hochinteressanter Mann – und diese Ausstrahlung …! Faszinierend, findest du nicht?«

Al wiegte den Kopf: »Na ja, Grips hat er zweifellos, und intellektuell ist ihm kaum beizukommen. Allerdings scheint er mir leicht faschistisch angehaucht.«

»Bist du etwa eifersüchtig?«, fragte Bea beleidigt.

»Auf den alten Knacker?«

»Na hör mal, viel mehr als fünfzig wird er nicht sein, und ich sage dir, er hat kein Gramm Fett. Straffe Haut, ein Waschbrett von Brust wie ein Zwanzigjähriger.«

Sie hatte diese Worte noch nicht zu Ende gesprochen, als ihr klar wurde, dass sie das nicht hätte sagen sollen.

»Woher weißt du das?«, forschte Al.

Bea seufzte. »Bitte, Al, wir waren halt mal in der Sauna, auf einer Geschäftsreise, was ist denn schon dabei?«

Al war müde, wollte nicht streiten und sagte: »Ist ja okay, mein Engel, komm, lass uns zu Bett gehen.«

Er machte sich daran, den Tisch abzuräumen, doch Bea hielt ihn sanft zurück und streichelte sein Knie. »Das machen wir morgen, es gibt Wichtigeres.« Sie lachte frivol. »Solange wir noch zeugungsfähig sind …«

Um vier Uhr früh weckte Bea ihren Mann, ihr war noch etwas eingefallen: »He, du bist mir noch die Aktiengeschichte schuldig.«

»Morgen«, nuschelte Al und drehte sich weg.

Es war Samstag. Bea schlief noch. Al stand im Morgenmantel in der Küche und räumte das Geschirr in die Maschine. Er beneidete ihre Fähigkeit, bis mittags oder darüber hinaus zu schlafen. Ihm gelang das selten. Gewöhnlich wachte er ohne Wecker um sieben Uhr auf, auch an Feiertagen und den Wochenenden. Heute hatte er bis neun Uhr gedöst, bis ihn die Lust auf einen Kaffee aus dem Bett getrieben hatte. Er ging ins Wohnzimmer, wo es nach abgestandenem Rauch stank, öffnete die Terrassentür und ließ die frische, feuchte Luft herein. Heute gab's keine Aussicht auf See und Berge, der Nebel stand wie eine Wand vor dem Haus und verschluckte den Rest der Welt.

Nachdem Allan aufgeräumt hatte, verzog er sich mit einem weiteren Kaffee nochmals ins Bett, schmiegte sich an seine warme Frau – und schlief wieder ein.

Er erwachte, als Bea mit einem turbanartigen Frottiertuch-Aufbau auf dem Kopf aus der Dusche kam und ihn hänselte: »Wie kann man nur so lange pennen, du Faulpelz, es ist zwei Uhr.«

Sie hatte ein Frühstück zubereitet und war besonders zuvorkommend – als ob sie etwas von ihm wollte.

»Nun?«, fragte sie, als sie bei Tisch saßen.

»Absolut spitze, das Dreiminuten-Ei, du entwickelst dich noch zur perfekten Hausfrau«, lobte er mit vollem Mund.

»Das wollte ich doch gar nicht hören.«

»Was denn?«

»Na komm, du hast es versprochen, rück endlich mit der Aktiengeschichte raus. Es ziemt sich nicht, dass Eheleute Geheimnisse voreinander haben.«

Al fühlte sich gut. Nun war er ein erfolgreicher Mann und in der Lage, seiner Frau dafür die Beweise auf den Tisch zu legen.

»Okay«, sagte er nonchalant und ging, von seinem Morgenmantel umweht, ins Büro. Mit dem Aktienpaket in der Hand kam er zurück und reichte es Bea mit den Worten: »Das sind hundertfünfzig Riesen.«

Ihr Blick hellte sich auf, bewundernd sah sie ihn an.

»Wie hast du denn das hingekriegt?«

»Claire hat mir das Startkapital zur Verfügung gestellt.«

»Claire?«

»Nun ja, sie hat uns ja ihre Hilfe angeboten. Da bin ich – nach unserem Streit – zu ihr gegangen.«

Davon war Bea weniger begeistert. Frustriert ließ sie die Hände auf die Schenkel fallen. »Das war's dann wohl, von wegen Unabhängigkeit.«

»Hör mal«, wandte Al ein, »vergiss die pubertären Altlasten. Claire ist meine Schwiegermama, wir sind eine Familie und müssen zusammenhalten. Nächste Woche werde ich ihr das Geld zurückzahlen.«

»Wie viel?«

»Fünfzigtausend, zinslos.«

»Dann bleiben hundert für uns?«

»Baby, du bist ein Rechengenie.«

Bea fiel ihm um den Hals und flüsterte: »Du hast recht, die Familie muss zusammenhalten. Komm, das wollen wir feiern. Wo ist denn heute etwas los?«

Al holte die Zeitung, überblätterte ausnahmsweise den Wirtschaftsteil und studierte die Ausgehtipps.

Hätte er den Wirtschaftsteil beachtet, hätte er am anderen Tag mit größter Wahrscheinlichkeit kein Alka-Seltzer gebraucht. Oder vielleicht erst recht.

Als er am nächsten Morgen erwachte, brummte ihm der Schädel. Nicht wegen des April-Föhns, der den Nebel vertrieben hatte und die Berge zum Greifen nahe erscheinen ließ. Al erhob sich schwerfällig, ging auf die Terrasse und kippte das salzige Medikament hinunter.

Sie waren im Hallenstadion bei einem Popkonzert gewesen und hatten danach in der Helvetia-Bar viel zu viele Cocktails getrunken. Lange hatten sie über die Verwendung ihres Vermögens gesprochen. Allan hatte sich erfolgreich gegen Beas vielfältige Vorschläge gewehrt, wie man das Geld lustbringend ausgeben könne. Immerhin hatte er sich damit einverstanden erklärt, im Sommer die Flitterwochen nachzuholen, vielleicht in Brasilien oder in Ägypten. Mindestens 80'000 Franken wollte Al weiterhin arbeiten lassen, um die Basis für den Einstieg ins Immobiliengeschäft zu legen.

Er erinnerte sich vage, dass sie in einem Taxi im Morgengrauen nach Hause gefahren waren und im Treppenhaus ungebürlich laut gelacht und geschäkert hatten.

Als sich die Kopfschmerzen gelegt hatten, suchte Al die gestrige Zeitung und wollte sehen, wie es um seine Aktien bestellt war. Er kam nur bis zur ersten Seite des Wirtschaftsteils – und erblasste, als er die Überschrift des Leitartikels las.

Klar und deutlich stand da, dass die junge Firma, deren Aktien den Löwenanteil seines Portfolios ausmachte, soeben bankrott gegangen war. Allan war fassungslos. Sein Vermögen war Altpapier, seine Träume von der eigenen Immo-Firma geplatzt, und das aus heiterem Himmel. Er saß am Küchentisch und starrte auf die Zeitung, die sich im »Kommentar« über das enorme Risiko ausließ, das der Erwerb von New-Economy-Papieren in sich barg.

Beatrice betrat verschlafen und halb nackt die Küche, sah ihn an und wusste sofort, dass etwas nicht stimmte. »Was ist los?«, fragte sie.

Anstatt zu antworten, holte er seine Aktien aus dem Schreibtisch, zerriss sie vor Beas weit aufgerissenen Augen, warf die Schnipsel zu Boden, deutete mit dem Kopf auf die Zeitung und sagte: »Da!«

Beatrice las, sah ihn an und brachte lange kein Wort heraus.

Endlich sagte sie mit monotoner Stimme: »Was bist du doch für ein Versager.«

6

Bea war verschnupft. Nicht nur wegen dem verlorenen Geld, sondern weil sich Allan seit dem Vorfall mehr und mehr gehen ließ. Er kam kaum mehr nüchtern nach Hause und wenn, saß er vor dem Fernseher, sah Sport und trank ein Bier nach dem anderen. Er mit seinen Vorwürfen wegen ihres Kokskonsums!

Sie hatten nicht eigentlich Streit, aber ihr Verhältnis war unterkühlt. Einen Teil davon musste Beatrice allerdings auf ihre Kappe nehmen. Auch sie zeigte sich nicht häufig zu Hause. Zwei, drei Mal die Woche gastierte sie irgendwo im Gefolge von Professor Furtwanger. Aber immerhin, sagte sie sich, war das ihr Beruf. Er war spannend, interessant und angenehm. Und letztlich kostete es sie nichts. Im Gegenteil, sie verdiente damit ihren Lebensunterhalt. Was konnte daran also schlecht sein?

Sie war gespannt, was heute passieren würde. Es war der 16. Juni, ihr Geburtstag. Würde Allan wohl daran denken? Sie saß mit dem turbanartig gewundenen Frottiertuch auf dem Kopf im Sofa und blätterte in einer Zeitschrift.

Nach der Arbeit kam Al mit einem duftenden Strauß Rosen und einer Flasche Champagner nach Hause – nüchtern. Er küsste Bea auf die Stirn und streckte ihr die Blumen hin: »Gratuliere zum Einunddreißigsten.«

Sie lächelte, nahm den Strauß entgegen und erhob sich. »Ich werde mal eine Vase suchen.«

Allan hielt sie zurück: »Entspann dich, ich mache das, du bist heute die Prinzessin.«

Er ging in die Küche und kam zurück mit einer Vase und zwei Gläsern, die er auf den Tisch stellte.

»Wir müssen reden, Bea, ich kann nicht mehr länger mit diesem verdammten schlechten Gewissen leben.«

Sie drehte das leere Glas in den Händen und sagte: »Schenk doch erst mal ein!«

Nachdem er die Flasche entkorkt hatte, stießen sie an, dann kramte er ein kleines Geschenkpaket aus der Tasche. »Es ist nicht viel, du weißt ja …«

Das Paket enthielt einen Minigrip-Beutel. Heute nahm auch Al eine Linie.

Von der Wirkung der Droge wurde Bea gesprächig – und sehr direkt: »Hast du es Mama schon gesagt?«

Al verneinte.

»Wann wird der Betrag fällig?«

»Ende des Monats.«

»Und sie weiß noch nichts von der Misere?«

Al schüttelte den Kopf: »Ich werde das Geld irgendwie auftreiben.«

»Sieh es nicht so eng, Mama wird Verständnis haben, du kannst da sicher was schieben.«

Doch davon wollte Allan nichts wissen, das ließ sein Stolz nicht zu. Sie gerieten sich in die Haare, und schon wieder war's aus mit der Harmonie. Bea hatte vor Wut ihren Turban auf den Boden geworfen und lautstark die Tür des Badezimmers hinter sich zugeworfen. Wenig später trat sie elegant gestylt wieder in Erscheinung.

»Ich habe noch eine Einladung«, sagte sie kurz angebunden und verließ das Haus.

»Bestimmt wieder von diesem Furtwanger«, dachte Al, sah noch ein wenig Sport und ging dann missmutig, aber mit dem festen Vorsatz, alles wieder zurechtzubiegen, ins Bett. Die ganze Nacht dachte er darüber nach, wie er in zwei Wochen fünfzigtausend Franken auftreiben könnte.

Als er am nächsten Tag müde aus dem Haus ging, traf er beim Eingang auf Bea, die beschwingt und beschwipst nach Hause kam.

»Hast du dich gut amüsiert?«, fragte er säuerlich.

»Blendend«, antwortete sie und hielt ihm ihre Hand hin. »Schau, das Geschenk des Professors.« An ihrem Finger blinkte ein Diamantring.

»Dann hat er also gewusst, dass du Geburtstag hast?«

»Natürlich, du wärst auch eingeladen gewesen, aber du hast dich so unmöglich aufgeführt gestern, dass ich keine Lust hatte, dich mitzunehmen.«

»Ich hätte sowieso keinen Bock gehabt, dich zu begleiten«, murrte Al und ging zur Arbeit. Im Geschäft machte er seine Arbeit, so gut es in seinem unausgeruhten Zustand eben ging. Er rief seine Bank an und vereinbarte einen Termin am Nachmittag.

Pünktlich betrat er die Halle und ging zum Empfang.

»Ich habe eine Verabredung mit Herr Mühlemann«, meldete er der Dame. Kurz darauf begrüßte ihn der Bankangestellte und führte ihn in ein kleines Konferenzzimmer nebenan. Er war etwa im gleichen Alter wie Al, im Gegensatz zu ihm war er jedoch groß gewachsen, hatte einen glatt rasierten Kopf und trug eine auffällig bunte Krawatte.

Höflich bot er Allan einen Stuhl an und fragte nach seinem Anliegen.

»Ich möchte einen Kredit beantragen, einen Konsumkredit«, sagte er geradeheraus.

»Um wie viel geht es?«

»Fünfzigtausend Franken.«

Nach diesen Angaben wollte Herr Mühlemann wissen, wie viel Al verdiene und wozu das Geld bestimmt sei. Al legte seine letzte Lohnabrechnung vor und schwindelte dem Mann vor, dass er an seinem ersten Hochzeitstag die

Flitterwochen nachholen wolle und endlich eine anständige Polstergruppe für sich und seine Frau fällig sei.

Herr Mühlemanns Stirn legte sich in Falten. »Etwas viel im Verhältnis zu Ihrem Einkommen. Bei einer Rückzahlung innerhalb von drei Jahren macht das rund fünfzehnhundert Franken pro Monat.«

»Das ist kein Problem«, sagte Al, »wir sind Doppelverdiener.«

Mühlemann blätterte in seinen Unterlagen und zog ein Formular hervor, das er ausfüllte und Al hinschob: »Senden Sie mir den Antrag unterschrieben zurück, die Überweisung wird innerhalb einer Woche erfolgen.«

Al unterzeichnete, schob Herrn Mühlemann das Blatt wieder zurück und sagte: »Ich brauche keine Bedenkfrist, bitte sehr.«

»Wir benötigen auch die Unterschrift Ihrer Frau und einen Nachweis *ihres* Verdienstes.«

»Ach so … muss das sein, ich meine, ich wollte meine Frau überraschen.«

Herr Mühlemann bedauerte und wies auf die Bestimmungen hin, die er leider nicht umgehen könne.

Nachdenklich verließ Al die Bank. Bea war unmöglich zur Unterschrift zu bewegen, das wusste Al. Und eigentlich hatte sie ja recht. Claire würde bestimmt Aufschub gewähren, zinsfrei. Aber Al wollte ganz einfach sein Gesicht nicht verlieren, er konnte nicht zugeben, dass er Fehler gemacht hatte.

Im Geschäft zurück, teilte ihm Frau Cattin mit, dass der Chef ihn sprechen wolle.

»Wo haben Sie denn gesteckt, Herr Filippos? Ich suche Sie seit einer Stunde«, sagte er, als Allan das Büro betrat. Al log etwas von einer Übergabe vor und setzte sich an den Tisch, an den ihn Nierlich bat.

Nierlich lächelte spitzbübisch. »Wir freuen uns ja immer,

wenn unsere Mitarbeiter Geschäftsinteresse zeigen. Aber in diesem Fall haben Sie wohl etwas übertrieben damit.«

Fragend sah ihn Al an.

Nierlich schlug ein Dossier auf und sagte: »Nun, Frau Schwendeler von der Buchhaltung ist da auf eine Ungereimtheit gestoßen.« Er hielt Al ein Blatt unter die Nase: »Diese Abrechnung ist nicht korrekt. Sie haben dem Vormieter tausend Franken zu viel von der Kaution abgezogen, für Malerarbeiten.«

»Oh, und der Mieter hat …?«

»Nein, hat er nicht. Wie gesagt, Frau Schwendeler ist darauf gestoßen. Rufen Sie den Kunden an und teilen Sie ihm mit, dass wir den Betrag umgehend erstatten.«

Al entschuldigte sich und beteuerte, dass keine Absicht dahinter gewesen sei. Erleichtert verließ er das Büro und war froh, dass Nierlich seinen Patzer gelassen aufgefasst hatte. Auch der Kunde war glücklich, diesen unerwarteten Batzen zurückzuerhalten, und bedankte sich für die Loyalität und Ehrlichkeit.

Als Allan nach Hause kam, saß seine Frau vor dem Fernseher und schaute die Sitcom »Gute Zeiten, schlechte Zeiten«.

Ausgerechnet heute ging sie nicht aus.

»Hast du denn keine Jetset-Verpflichtungen?«, fragte er.

Sie schüttelte den Kopf. Er holte ein Bier und setzte sich auf das Sofa gegenüber.

»Du scheinst dich ja gar nicht zu freuen, dass ich hier bin. Sonst meckerst du doch immer, ich sei abends zu viel unterwegs.«

Er zuckte die Achseln. »Natürlich freue ich mich, es ist nur etwas ungewohnt.«

Sie verbrachten einen langweiligen Abend vor dem Fernseher und gingen ungewöhnlich früh zu Bett. Beide hatten wenig geschlafen letzte Nacht, allerdings aus ganz verschiedenen Gründen.

Seit gut drei Wochen hatten sie keinen Sex mehr miteinander gehabt, obwohl Bea für Al noch immer sehr attraktiv war. Aber das Gezänk und das anhaltend gespannte Verhältnis waren ein schlechter Nährboden für die Liebe. Auch heute war nichts damit, Bea schlief sofort ein. Darauf hatte Allan gewartet.

Leise stand er auf, schlich in Beas Atelier, in dem immer noch das erste Bild ihrer geplanten Serie unvollendet in der Staffelei stand. Er durchsuchte den Sekretär und fand, was er suchte: Ihre letzte Lohnabrechnung und ihren Pass.

Beides nahm er mit in sein Büro. Er scannte die Lohnabrechnung sowie Seite drei des Passes mit Foto und Unterschrift ein, verstaute beide Dokumente wieder, nahm am Schreibtisch Platz und übte Beas Unterschrift. Als er zufrieden war mit dem Resultat, setzte er die gefälschte Unterschrift unter den Kreditantrag und verpackte ihn zusammen mit der Kopie der Lohnabrechnung in ein Kuvert, das er anderntags mit mulmigem Gefühl zur Post brachte.

Eine Woche später traf die Überweisung von fünfzigtausend Franken ein. Al schnippte mit dem Finger und gratulierte sich zu diesem gelungenen Streich.

Nun konnte er Claire das Darlehen pünktlich zurückzahlen. Die neue Schuld war zwar teuer, aber immerhin geregelt. Auch wenn er noch nicht genau wusste, wie er jeden Monat ohne Beas Hilfe tausendfünfhundert Franken auftreiben sollte.

Der Erfolg musste gefeiert werden. Mit Bea zusammen konnte er das allerdings nicht tun. Erstens war sie mit Furtwanger auf einem Kongress und kam erst am nächsten Tag zurück, zweitens hätte er ihr den Grund seiner Feierlaune nicht erklären können. So rief er Habi an und sie vereinbarten, sich in einer Stunde in der »Penalty Bar« zu treffen.

Der Abend war mild, und so ging Al die halbe Stunde zu Fuß. Beschwingt betrat er die von Zigarettenrauch vernebelte Bar. Stimmengewirr schlug ihm entgegen, denn an fast allen Tischen wurde Karten gespielt. Die Bar war bekannt dafür, dass unter den Spielteppichen die Löhne der Gäste, meist Italiener oder Spanier, lagen und die Hand wechselten. Wieso er Habi ausgerechnet diese Bar vorgeschlagen hatte, konnte Al nicht sagen, die Idee war ihm ganz spontan gekommen. Das letzte Mal war er vor rund einem Jahr hier gewesen und hatte beim Spiel ziemlich viel Geld verloren.

»He Al«, rief ihm Habi mit ausgestrecktem Arm entgegen. Er saß an einem Tisch und sah dem Pokerspiel zweier Männer zu. Al setzte sich zu ihnen und bestellte ein Bier. Schon bald gaben die beiden ihre Kommentare ab, bis ein kleiner Mann mit buschigen schwarzen Augenbrauen und südländischem Akzent sein Blatt enerviert auf den Tisch warf. Sein Gegenüber strich zufrieden dreihundert Franken ein. Habi verwarf die Hände. »Mann, mit diesem Tris hättest du weiterbieten müssen. Dein Freund hat dich geblufft und mit einem lausigen Paar erwischt.«

Pedro, so der Name des Mannes, wurde hitzig. »Und du hättest das wohl von Anfang an durchschaut, was?«

Al bestellte ein weiteres Bier.

Sie stießen an, der Gewinner stellte sich als José vor. Auch er war ein südländischer Typ mit spanischem Akzent.

Nach jedem Spiel war Habi mit gutem Rat zur Stelle und auch Al hielt sich, nach zwei weiteren Bieren, mit neunmalklugen Kommentaren nicht zurück.

»Nichtspieler Maul halten«, sagte José, und Pedro doppelte nach: »Wenn ihr alles besser wisst, beweist es doch und spielt mit.«

Habi war sofort dabei, Al zögerte. Nur jetzt nicht leichtsinnig werden. Der Kredit war für Claire reserviert. Allerdings, wenn er das Geld auf die Schnelle ein wenig aufstocken könnte … Allan wurde schwach.

Sie warfen ein Streichholz – Wert zehn Franken – als Grundeinsatz auf den Spielteppich. Pedro gab die Karten aus. Al hatte auf Anhieb eine große Straße.

»Ich bin gut«, sagte er, als es zum Kartentausch kam. Aber auch Pedro war »gut«.

Al überlegte. Wollte Pedro nun bluffen oder hatte er ein gutes Blatt? Besser als seins? Eine große Straße war ein Glücksfall, das bekam man nicht alle Tage in die Hand. Also wagte er und setzte. Pedro hielt hartnäckig mit. Habi und José waren längst ausgestiegen, als die Karten aufgedeckt wurden. Vierzig Streichhölzer lagen in der Mitte des Teppichs. Pedro legte ein Tris auf den Tisch. Triumphierend deckte Al seine Straße auf.

»Ich hab gedacht, du bluffst«, murrte Pedro. Al strich vierhundert Franken ein.

Er hatte Blut geleckt und kam ins Feuer. Um zwölf Uhr hatte er zweitausend Franken gewonnen, mehr als eine Monatsrate seines Bankkredites. Dann verebbte seine Glückssträhne, aber er wollte es nicht wahrhaben. Er spielte weiter bis morgens um vier und hatte am Ende dreitausend verloren. Dreitausend Franken von Claires Geld, das er mit Habi in Begleitung seiner Gläubiger namens Pedro und José aus dem Bankomat holen musste. Dann wankte er nach Hause und fiel aufs Bett, in dem niemand auf ihn wartete.

Am anderen Tag erwachte er mit einem Kater und dem schalen Bewusstsein, Mist gebaut zu haben. Zum Glück war Samstag, so konnte er noch einmal wegdämmern und die Welt aussperren. Die aber sah zwei Stunden später auch nicht besser aus. Nun wurde es eng. Noch immer konnte er Claire das Geld zurückzahlen, aber wegen der fehlenden dreitausend Franken war sein Monatsbudget schon kurz nach dem Zahltag erschöpft.

In Unterwäsche saß er auf der Terrasse, trank ein Bier und brütete vor sich hin, als Bea kam. Ausgerechnet jetzt fragte sie nach dem Stand der Dinge.

»Wie ist es nun, heute ist der Letzte, Mamas Geld wird fällig. Hast du mit ihr gesprochen?«

»Ich werde sie nächste Woche anrufen.«

»Wenn du es nicht tust, werde ich mit ihr reden.«

»Untersteh dich, das ist meine Sache«, wies er sie schroff zurück. »Und ich werde die Schulden bezahlen!«

»Wie denn?«

»Geht dich nichts an«, murrte er.

»Mann, bist du unausstehlich geworden in letzter Zeit, was ist denn los?«

»Gar nichts ist los. Außer dass meine Frau sich mit einem verrückten Wissenschaftler herumtreibt und mich im Stich lässt. Außer dass wir seit einem Monat keinen Sex mehr hatten. Aber das sollte einer Beziehung ja wohl keinen Abbruch tun.«

Bea blieb die Luft weg. Dann atmete sie tief durch und sagte mit gepresster Stimme: »Verlangst du etwa, dass ich mit einem Arschloch ins Bett gehe?«

Sie zog sich ins Wohnzimmer zurück und telefonierte. Al hörte, wie sie mit einem »Thomas« sprach und sich mit ihm für den Abend verabredete.

Frustriert holte er ein weiteres Bier aus der Küche und sagte im Vorbeigehen: »Aha, noch ein Verehrer.«

»Halt doch den Rand, das war Furtwanger.«

Per Du war sie also auch schon mit ihm. Egal, sollte sie

doch machen, was sie wollte, die dumme Kuh. Er trank sein Bier und brütete weiter.

Bea zog sich ins Badezimmer zurück und trat nach einer Stunde geschminkt neben ihn, um sich zu verabschieden. Sie öffnete den Mund, presste dann jedoch die Lippen zusammen, weinte schwarze Make-up-Tränen und rannte aus dem Haus.

Was war aus der großartigen Liebe, dem anfänglichen Glück geworden? Al war zutiefst betrübt. Wessen Schuld war es? Seine? Ihre? Oder die des Geldes.

Das verfluchte Geld! Alles drehte sich in dieser Gesellschaft ums Geld. Knüppelhart war das Leben, wenn man nicht auf der Sonnenseite stand. Dorthin wollte er sich mogeln, indem er Bea geheiratet hatte. Bis jetzt war das nicht gelungen. Er war biederer Mittelstand geblieben, sein Kampf hatte ihn in den Sumpf getrieben. Die Verlierer in dieser Gesellschaft waren nicht die Armen, die Arbeitslosen, die Alten oder die Invaliden, schon gar nicht die Ausländer. Für sie sorgte der Staat. Der wahre Verlierer war der Mittelstand. Gezwungen, ein Leben lang zu rackern ohne Aussicht auf Freiraum und Luxus. Die Sklaven der Wirtschaft, abgezockt vom Staat, abgezockt von den Begüterten, die den erarbeiteten Mehrwert absahnten. Er hatte mit Bea ein Leben eingerichtet, dass er nicht bezahlen konnte. Dabei wollte er ihr doch nur etwas bieten. Wollte sie auf Händen tragen. Nun war er bis über beide Ohren verschuldet. Er musste dem Zustand ein Ende setzen, schließlich wollte er sich mit Bea wieder vertragen und endlich diese verdammte Last loswerden. Und er wusste auch wie. Was war schon das kleinliche Pokerspiel in der verrauchten Bar. Andere Maßnahmen mussten getroffen werden.

Er zog seinen besten Anzug an, fuhr zum Bahnhof, wo

eine Bank geöffnet hatte, und hob vierzigtausend Franken ab.

Zwei Stunden später betrat er das Spielkasino von Konstanz und mischte sich unter die Gäste.

Zwei Stunden später verließ er das Kasino wieder – bankrott. Er hatte alles verspielt!

Auf dem Nachhauseweg überlegte er, ob er mit Vollgas gegen eine Hauswand fahren, den Wagen und sein wertloses Leben verschrotten solle.

»Nicht wegen des schnöden Mammons!«, dachte er trotzig, schaltete das Radio ein und versuchte, sein Gemüt aufzuhellen. Das gelang ihm sogar einigermaßen, nicht zuletzt wegen des Champagners, den er im Kasino in großen Mengen genossen hatte. Gefährlich unruhig schwankten die Lichtkegel der Scheinwerfer auf der schwarzen Autobahn hin und her. Aber Al schaffte es bis zur Stadt, wo eine Ampel auf Rot stand. Seine Reaktion war zu träge, der Bremsweg zu lang, er fuhr auf einen vor ihm stehenden Wagen auf. »Verflucht!«, schimpfte er vor sich hin und stieg aus. Auch beim Fahrer des vorderen Wagens öffnete sich die Tür. Ein großer, blonder langhaariger Typ stieg aus, wohl kaum zwanzig Jahre alt. Seine Gesichtsausdruck war weniger erbost denn ratlos. Al ging auf ihn zu und entschuldigte sich in aller Form. Der Mann war Holländer und hatte einen Joint in der Hand. Al war erleichtert. Der Junge war friedlich und ziemlich bekifft, bestimmt würden sie einen gütlichen Weg finden, ohne die Polizei einschalten zu müssen.

Al schlug vor, ins nächste Restaurant zu gehen und die Sache zu regeln. Er hätte die entsprechenden Formulare und übernehme selbstverständlich den ganzen Schaden. Bei ihrer gemeinsamen Begutachtung stellten sie am Auto des Holländers eine zerbeulte Stoßstange sowie ein defektes Rücklicht fest. Keine tragische Sache.

Sie tranken zusammen ein Bier – selbstverständlich auf Allans Kosten –, füllten die Formulare aus und verabschiedeten sich freundschaftlich.

»Nette Leute, diese Holländer«, dachte Al und bestieg sein Auto, froh, wenigstens in dieser Sache mit einem blauen Auge davongekommen zu sein. Er fuhr sehr vorsichtig, denn er wollte auf dem letzten kurzen Stück kein Risiko eingehen. Plötzlich merkte er, wie der Wagen zu eiern begann. Er hielt an, stieg aus und ging um das Auto herum. Der Vorderreifen war platt. Er war beim Aufprall leicht ramponiert worden und hatte die Luft verloren. Kaum einen halben Kilometer vor der Wohnung! Das Auto stand in einem Halteverbot. Und er hatte kein Pannendreieck dabei. Woher nehmen, um zwei Uhr früh? Wenn er langsam fahren würde, könnte er es in die sichere Garage schaffen. Er entschloss sich für den Weg des geringsten Widerstandes und holperte mit zwanzig Stundenkilometern durch die Straße, die ihm heute besonders düster erschien. Bis ihn von hinten ein Licht blendete. Ein grauer Ford Transit überholte ihn und ein roter Leuchtstab forderte ihn zum Halten auf.

Zwei Polizisten stiegen aus, Al ließ die Scheibe herunter und wusste, was es geschlagen hatte. Folgsam zeigte er die Ausweispapiere und sah die Polizisten mit Hundeaugen an.

»Wissen Sie, dass Sie ohne Licht fahren?«

Allan war perplex. Er wusste wohl, dass er mit einem Platten fuhr, er wusste, dass er betrunken war, aber dass er vergessen hatte, das Licht einzuschalten, das hatte er nicht bemerkt.

»Steigen Sie bitte aus«, forderte ihn der Beamte sachlich auf. Sie gingen ums Auto, Al schwankte hinterher.

Der defekte Reifen wurde entdeckt, und auch Allans Gang blieb nicht unbemerkt.

»Sie sind sicher so freundlich, uns zum Revier zu begleiten«, sagte der Polizist. Al war so freundlich. Sein Auto blieb stehen, im Fond des Fords ging's zur Hauptwache. Man nahm eine Blutprobe und entzog ihm den Führerschein mit sofortiger Wirkung. Dann entließ man ihn mit dem Hinweis, dass das Urteil und der Bescheid über die Höhe der Strafe in den nächsten Wochen bei ihm eintreffen würden.

Da er für ein Taxi kein Geld mehr hatte, ging Al zu Fuß nach Hause. Er fragte sich, wie er Bea das Ganze erklären sollte und wer nun das Auto nach Hause fahren würde.

Bea war noch nicht da. Auch in der folgenden Nacht blieb sie weg. So hatte Al Habi gebeten, sein Fahrzeug in die Garage zu stellen. Der übernahm den Freundesdienst, und bei dieser Gelegenheit wechselten sie gleich noch den Reifen. Habi hatte sich ob der Geschichte – die den Kasinobesuch ausklammerte – köstlich amüsiert, zu köstlich, wie Al schien.

Bea hatte auch nicht angerufen. Al war ziemlich aufgelöst und meldete sich im Geschäft krank. Die Kosten für Unfall und Strafe würden den Rest des verbliebenen Kredits auffressen. Das hieß im Klartext: Allan hatte seine Schulden verdoppelt! Hunderttausend Franken waren es nun. Er war am Boden zerstört. Was sollte er nur tun?

Er erinnerte sich des Versprechens, das er Bea gegeben hatte, und rief schweren Herzens Claire an.

Sie war erfreut, ihn zu hören, hatten sie doch schon länger keinen Kontakt mehr gehabt.

»Kommt doch mal zum Essen vorbei, ihr untreuen Seelen«, sagte sie scherzhaft. An die Schulden schien sie gar nicht zu denken. Al bat um ein Gespräch unter vier Augen.

Tags darauf besuchte er sie in der Galerie. Claire bot ihm Kaffee an, sie setzten sich. Al wusste nicht recht, wie er beginnen sollte. Claire musterte ihn eingehend, zündete eine Zigarette an und sagte: »Du siehst etwas … verlebt aus, wo drückt der Schuh?«

»Nun, die Schulden«, entgegnete er, »sie wären ja letzte Woche fällig geworden.«

Claire nickte.

Allan erzählte, was mit seinen Aktien passiert war und gab seinen Fehler offen zu. »Im Nachhinein ist man immer klüger. Es tut mir ja so leid, Claire.«

»Und Bea weiß nichts davon?«

»Doch, doch …«

»Weshalb wolltest du dann allein mit mir sprechen?«

Al erklärte, dass der Haussegen etwas schief hinge, und er die Suppe, die er ihnen eingebrockt hatte, auch allein auslöffeln wolle.

»Es hat alles so gut ausgesehen, wir haben uns schon auf die Hochzeitsreise gefreut. Und dann das!«

»Und deswegen habt ihr euch zerstritten? Bea sollte doch wissen, dass ich kein Unmensch bin, man kann doch reden.«

Sie lächelte und deutete auf ihre Rundungen: »Wie du siehst, bin ich nicht am Verhungern. Ihr könnt das Geld in kleinen Raten abstottern, es eilt nicht.«

Genau vor diesem Vorschlag hatte sich Al gefürchtet. Erst musste der Bankkredit bezahlt werden. Darüber und über seinen unseligen Ausflug nach Konstanz ließ er Claire gegenüber nichts verlauten. Er schämte sich zu sehr, und ihre Großzügigkeit machte sein schlechtes Gewissen noch schlimmer.

»Ich … danke dir, Claire, es ist nur so … ich weiß, es

ist unverschämt. Aber wir wollten erst ein kleines Polster für das Kind …«

Bei dem Wort Kind horchte Claire auf – wie von Al erhofft.

»Ist denn was unterwegs?«

Allan verneinte. »Wir sind noch am Üben, hoffen aber …«

Sie drückte die Zigarette aus und sagte: »Ich möchte keinesfalls, dass ihr wegen mir streitet. Nehmt euch die Zeit, die ihr braucht mit der Rückzahlung, es eilt nicht.«

Al bedankte sich tausendmal, beim Abschied sagte Claire augenzwinkernd: »Die Familie muss schließlich zusammenhalten. Übrigens, die Einladung gilt noch immer, ich würde mich freuen.«

Al versprach, mit Bea zu reden und in den nächsten Tagen anzurufen, um einen Termin zu vereinbaren.

Obwohl es nieselte, ging Al zu Fuß den See und die Limmat entlang. Er musste seine Gedanken ordnen. Sollte er Bea reinen Wein einschenken und alle Karten auf den Tisch legen? Sie würde ihn in der Luft zerreißen – falls sie sich überhaupt wieder mal blicken ließ. Drei Tage war sie nun schon weg, ohne ein Lebenszeichen von sich zu geben.

Den Führerscheinentzug konnte er ihr auf jeden Fall unmöglich verheimlichen, seine Fahrabstinenz würde ihr früher oder später auffallen.

Er mochte noch nicht nach Hause gehen. Er wusste nicht, vor was er sich dort mehr fürchten sollte: Vor Beas Anwesenheit oder vor dem Alleinsein mit all den Sorgen.

Er bog in die nächste Seitengasse ein und genehmigte sich im Niederdorf ein paar Biere. Inmitten dieses Getümmels war er froh, niemanden zu kennen und doch unter Leuten zu sein. Er starrte vor sich hin und dachte über die Sinnlosigkeit des Lebens nach, die all die schwatzenden und lachenden Gäste um ihn herum nicht wahrnahmen, oder genauso wie er mit Alkohol verdrängten. Den Kopf in die Hände gestützt, dachte er darüber nach, wie sich der Schuldenberg abtragen ließe. Vielleicht wäre es doch das Beste, Bea alles zu beichten, auf Sparflamme zu leben und mit ihrer Unterstützung den Schlamassel auszubaden. In zwei, drei Jahren wäre alles ausgestanden und ein Neubeginn möglich. Er liebte doch seine Frau! Wieso ständig seine stupide Eifersucht? Damit trieb er sie nur von sich weg. Es war ja gar nichts passiert zwischen Bea und dem Professor, er war ihr Arbeitgeber. Was fürchtete er also den Alten?

Er entschloss sich, reinen Tisch zu machen, vor Bea niederzuknien und sie um Verzeihung zu bitten. Das war der einzig gangbare Weg.

»Zahlen!«, rief er, beglich seine Zeche und machte sich dann mit dem festen Vorsatz, alles ins Lot zu bringen, auf den Heimweg.

Die Unordnung in Wohnzimmer und Küche verrieten, dass Beatrice zu Hause war. Es war gegen Mitternacht, sie schlief schon. Leise betrat er das Schlafzimmer und legte sich neben sie.

Als er am Morgen aus dem Haus ging, hinterließ er einen Zettel mit der Bitte, ihn im Geschäft anzurufen, sobald sie wach sei.

Um zwei Uhr läutete das Telefon.

»Ich möchte mit dir reden, Bea, bist du heute zu Hause?«

»Das trifft sich gut«, antwortete sie, »ich wollte genau das Gleiche vorschlagen.«

»Soll ich etwas kochen?«, fragte er.

»Gerne«, sagte sie, »hoffen wir, der Appetit vergeht dir nicht.«

Al wusste nicht, was sie damit meinte, vielleicht wollte er es auch gar nicht wissen.

Er kaufte zwei Entrecotes und einen »freundlichen«, schweren Rotwein.

Als er die Wohnung betrat, stand Bea am Fenster und betrachtete die Regentropfen, die an der Scheibe perlten.

»Was für ein Wetter, und das im Juli«, begrüßte er sie und bemühte sich um einen möglichst lockeren Ton.

Sie drehte sich um, lächelte und sagte: »Trüb, nicht wahr?«

Sie wechselten nicht viele Worte. Er ging in die Küche, sie deckte den Tisch, beide waren in Gedanken auf das bevorstehende Gespräch vertieft.

Schweigend nahmen sie ihre Mahlzeit ein; es herrschte knisternde Spannung.

Al stand auf, räumte ab und brachte den Kaffee.

»Nun, wer soll beginnen?«

Bea wies mit dem Kopf auf ihn. Stockend begann er, erzählte in allen Details, was vorgefallen war und schloss: »Bea, ich weiß, ich wollte zu viel, ich habe Fehler gemacht und habe mich gehen lassen. Aber ich wollte es für uns beide. Es ist noch nicht alles kaputt, mein Engel, lass uns neu anfangen, lass uns neues Vertrauen zueinander gewinnen. Gemeinsam werden wir es schaffen. Verzeih mir, verzeih mir auch meine Eifersucht; ich sehe jetzt ein, dass sie völlig unbegründet war. Kannst du mir verzeihen?«

Bea lachte auf. »So ist das also gelaufen, Mensch, bist du blöd.«

Al wiederholte: »Kannst du mir verzeihen?«

»Ich habe mit Thomas geschlafen!«

Das traf ihn wie ein Blitz aus heiterem Himmel. Al gefror das Blut in den Adern. Während er Höllenqualen durchlitt, vor Sorgen und schlechtem Gewissen fast krank war, vögelte sie mit dem alten Spanner. Er fand keine Worte, tigerte im Zimmer auf und ab und wäre am liebsten mit dem Kopf gegen die Wand gerannt. Dann ließ er sich ins Sofa fallen und murmelte: »Er ist wohl die bessere Partie als ich.«

»Ach komm, nimm's nicht tragisch. Es hat sich halt so ergeben. Schließlich war zwischen uns beiden ziemlich tote Hose in letzter Zeit.«

»Wie oft habt ihr's getrieben, und wo?« Al empfand unsäglichen Schmerz, er fühlte sich zutiefst verletzt.

»Soll ich dir vielleicht auch in allen Details erzählen, *wie* wir es gemacht haben? Al, das spielt doch keine Rolle, es ist halt einfach passiert.«

»Einfach passiert, einfach so, na ja, so was passiert halt einfach, so wie man einen Kaffee trinkt, ist ja klar, bei dir jedenfalls.« Er ging zur Hausbar und füllte ein Glas mit Whisky.

»Soeben hast du deiner Eifersucht abgeschworen, und nun spielst du die beleidigte Leberwurst.«

Al kippte den Whisky hinunter, sah zu Boden und murmelte: »Weil ich dachte, sie sei unbegründet.«

Plötzlich geriet sein Blut in Wallung, unbändige Wut stieg in ihm auf.

»Du Nutte«, schrie er sie an und knallte das Glas gegen die Wand.

Bea stand auf, ihre Lippen zitterten. »Weißt du, was du bist? Ein trauriger Waschlappen bist du, unfähig, dein Leben zu meistern, unfähig, eine Beziehung zu führen. Und soll ich dir noch was sagen? Ich bin froh, einen Mann wie Thomas Furtwanger zu kennen. Er hat Profil, er kann einer Frau etwas bieten.«

Damit verzog sie sich ins Schlafzimmer.

Allan saß eine Weile wie paralysiert da. Nun war alles zerstört. Kaum ein Jahr hatte das Eheglück gedauert, schon hatte es sich ins Gegenteil verkehrt. Er suchte nicht nach Fehlern, weder auf ihrer noch auf seiner Seite. Er fühlte nur Schmerz, Wut und Trauer. Am liebsten wäre er aus der Haut gefahren. Er hielt er es nicht mehr aus in der gemeinsamen Wohnung, klaubte die letzten fünf Hunderter aus der Haushaltskasse und ging.

Ziellos trieb er durch die Straßen, spürte nicht, wie ihn der Regen durchnässte, und landete schließlich in der Langstraße. Irgendwo Trost holen, sich zerstreuen, sich ablenken, vergessen, saufen, das war sein Ansinnen.

Angezogen von Punkmusik stieg er die Treppe zu einem illegalen Club hinunter. Beim Eingang hielten ihn zwei kettenbehangene Punks zurück. »Hör mal, Grufti, hier gibt's keine Ermäßigung für Rentner, geh doch lieber in einen anständigen Strip-Laden.«

Al zückte einen Hunderter und sagte: »Ich hab mit jemandem abgemacht.« Dann durfte er passieren.

Auf gewisse Weise hatten die Typen ja recht. Der Lärm und der Gestank nach Marihuana im Lokal waren kaum auszuhalten. Dicht an dicht hopsten Teenies unter rotem Licht zu wummernder Musik. Der Raum war so voll, dass Allan Mühe hatte, zur Bar durchzukommen. Aber das war es, was er jetzt brauchte. Betäubung mit allen Mitteln. Endlich beim Tresen angelangt, bestellte er einen doppelten Whisky und suchte sich einen Platz an einem der leeren Tischchen, die um die Tanzfläche gruppiert waren.

Bald rief der Discjockey zur Pause auf, sanfte Chillout-Musik ertönte, die Tanzfläche leerte sich. Dafür füllten sich die Tische, auch die Plätze neben Al. Ein blutjunges Mädchen mit blauen Haaren stupste ihn an und sagte: »He Mann, das ist mein Platz.«

Verstört stand er auf und murmelte eine Entschuldigung. Er ging zur Bar und ließ sich das Glas nachfüllen. Etwas verloren stand er neben der Tanzfläche, bis das Mädchen von vorhin auf ihn zukam und sagte: »He Mann, ich hab's nicht so gemeint, komm, setz dich, ich rück ein bisschen rüber.«

»Danke«, sagte er und und quetschte sich neben sie auf die Bank.

Er schlürfte seinen Whisky, während um ihn herum eifrig Joints gedreht und Pillen eingeworfen wurden. Auch seine Nachbarin nestelte in ihrer Tasche, holte ein Döschen heraus und entnahm ihm eine Tablette, die sie gleich schluckte.

Al musste sie angestarrt haben wie ein Idiot. Sie war leicht irritiert: »Möchtest du etwa was kaufen?«

»Was?«

»Na, Ecstasy.«

»Nein, keine Lust, noch nie gehabt«, antwortete er.

»Versuch's mal, es lässt dich alle Sorgen vergessen, garantiert. Du hast doch welche, oder?«

Al blickte auf. Alle Sorgen? Aber doch wohl nicht die seinen. Schließlich hatte er andere Probleme als diese Halbwüchsigen. Echte, schwerwiegende.

»Zwanzig«, sagte das Mädchen.

»Zwanzig?«

»He Mann, zwanzig Mäuse kostet der Trip, willst du nun oder nicht?«

Sie hielt ihm die Pille hin, die zwischen zwei blau lackierten Fingernäglen rot leuchtete.

Er nahm sie, zahlte und schluckte den Stoff.

»Wie heißt du?«, fragte das Mädchen.

»Allan, Al Filippos, und du?«

»Eveline – bist schon ein recht alter Knacker, was?«

»Und du ein junges Küken, noch nass hinter den Ohren«, lachte Al. Die Glückspille begann zu wirken.

Viel mehr Konversation hatte er nicht mit Eveline, aber er hüpfte mit ihr die ganze Nacht auf der Tanzfläche herum, trank maßlos – und landete zu guter Letzt im Vollrausch in ihrem Bett.

Als er gegen vier Uhr nachmittags erwachte, musste er sich

erst orientieren. Wo war er, was war geschehen? Er sah sich um. Im Zimmer herrschte ein Chaos, gegen das sich Beas Unordentlichkeit geradezu pedantisch sauber ausnahm. Die Decke lag am Boden, neben ihm das schlafende Mädchen. Nackt! Gott, er hatte sie gefickt, einen Teenager, kaum dem Kindesalter entwachsen. Langsam stieg die Erinnerung an den gestrigen Abend auf. Er fühlte sich elend und ausgelaugt – und beschämt. Wie hatte er sich bei Bea aufgeführt wegen dem Seitensprung, und nun tat er dasselbe wie sie.

Eilig zog er sich an. Einen Moment lang blieb er vor dem Bett stehen und betrachtete das Mädchen. Sie lag auf dem Rücken mit leicht gespreizten Beinen. Ihr weißer Körper war makellos, nur an der Wade hatte sie ein ungewöhnlich großes Muttermal. Ungewöhnlich auch wegen der Form, die an einen Schmetterling erinnerte. Er legte eine Hunderternote auf den Nachttisch und schlich wie ein Dieb aus der Wohnung, die, wie er aus dem aufgeräumten und bürgerlich eingerichteten Korridor schloss, wohl die von Evelines Eltern war.

Draußen ging er in ein Café und trank einen starken Espresso. Wie nur sollte er Nierlich seine neuerliche Absenz erklären?

Als er am anderen Tag im Geschäft erschien, atmete er auf. Dank Habi hatte Nierlich seine Abwesenheit nicht bemerkt. Mit der Lüge, Al sei bei einer Übergabe, hatte ihn sein Freund gedeckt. Da der Chef aber heute die Papiere einsehen wollte, müsse er diese Übergabe schleunigst nachholen, so Habi.

Mangels Führerschein fuhr er mit der Straßenbahn nach Seebach am Stadtrand. Pünktlich um elf Uhr erschien er in der Dreizimmer-Altbauwohnung, wo die Vormieter, ein pensioniertes Ehepaar, das in eine Alterswohnung zog, und die Nachmieter, ein homosexuelles Paar, bereits warteten.

Al kontrollierte die Wohnung und kreuzte die entsprechenden Punkte auf dem Protokoll an. Alles intakt, alles sauber, außer dass – wie meistens, vergessen worden war, den Filter der Dunstabzugshaube auszuwechseln.

»Den müssen Sie übernehmen«, sagte Al zu den Vormietern.

»Und die Wände?«, wandte einer der Schwulen ein. »Mein Gott, wie sind die schwarz, darin kann ja kein Mensch leben.« Sanft tippte er seinen Freund an die Brust: »Ach, Henri, sag doch was, findest du nicht auch?«

»Ja, Joe, grässlich. Aber regle du das, du weißt ja, ich bin in solchen Dingen so unpraktisch.«

Al lächelte: »Natürlich wird die Wohnung frisch gestrichen, das ist eine Sache von zwei Tagen, ich werde den Maler noch heute bestellen.«

Unsicher sah die Rentnerin Al an: »Müssen wir da noch etwas bezahlen?«

»Aber nein, da kommt überhaupt nichts mehr auf sie zu», wollte Al schon sagen, als ihn ein Geistesblitz traf. Der Tausender, den ein Mieter vor ein paar Tagen ohne Murren zu viel bezahlt hatte! Keine Ahnung hatte der gehabt von den Bestimmungen. Und diese beiden wohl auch nicht. Wäre das nicht die Gelegenheit …

Mit sorgenvollem Blick wandte er sich an die Rentner: »Nun ja, das Objekt wurde schon etwas stark übernutzt.«

»Aber wir haben ja nicht einmal geraucht, und Haustiere hatten wir auch nie«, war die unbeholfene Widerrede.

»Trotzdem«, sagte Al. »Sie sehen ja selbst, in welchem Zustand die Wände sind. Einen Teil muss ich wohl von der Kaution abziehen.«

»Ist das viel?«

»Ich denke, so um die fünfzehnhundert Franken.«

»Tausendfünfhundert?« Die Frau wurde blass. »Da kriegen wir ja von der Kaution fast nichts mehr.«

»Leider«, bedauerte Al. Und nach einer Pause: »Allerdings gäbe es eine Möglichkeit, den Betrag zu reduzieren. Wenn Sie bar bezahlen, sparen wir einen Haufen Administrationskosten. Tausend hier auf den Tisch – gegen Quittung natürlich – und die Sache ist für Sie geregelt, inklusive Abzugsfilter.«

»So viel hab ich nicht dabei«, sagte der Mann.

Al bedauerte, das Ganze müsse laut neuem Konzept der Verwaltung unkompliziert und umgehend erledigt werden, sonst sei leider nichts zu machen.

»Dann fahr doch schnell zum Bankomat, Albert, die zehn Minuten wird Herr Filippos bestimmt warten können.«

Albert beeilte sich wegzukommen, und auch die Neumieter verabschiedeten sich: »Für uns ist dann ja wohl alles erledigt, Herr Filippos. Wir freuen uns auf eine blütenweiße Wohnung. Komm, Henri, wir wollten uns doch das schnucklige Kanapee bei diesem Möbelhaus um die Ecke noch einmal ansehen.«

Albert kam zurück und drückte Al das Geld in die Hand. Der stellte eine Quittung aus und unterschrieb mit Beas Unterschrift. Nicht, weil er ihr eins auswischen wollte, sondern weil er nebst der seinen nur diese Unterschrift beherrschte. Und die eigene wollte er keineswegs daruntersetzen. So würde niemand herausfinden, woher die Quittung stammte. Al versicherte dem Ehepaar, dass die Kaution nun voll ausbezahlt würde, und alle waren zufrieden. Am meisten Al – allerdings mit dem Beigeschmack leichter Scham. So weit war er gekommen; er betrog arme kleine Rentner. Er beruhigte sein Gewissen mit dem Gedanken, dass diese ein sorgenfreies Leben führten, ganz im Gegensatz zu ihm, und dass er noch viele Jahre für ebendiese Alten zahlen würde.

Zwar war es nicht das große Geld, das Al auf diese Weise machte, aber immerhin gelang ihm alle paar Tage ein Coup ähnlicher Art. Er wunderte sich, wie unbedarft die meisten Leute waren. Dass er zum Kleinkriminellen avancierte, war ihm mit keinem Gedanken bewusst, und dass seine Machenschaften ans Tageslicht kommen könnten, schloss er gänzlich aus. Innerhalb weniger Wochen hatte Al zehntausend Franken auf die hohe Kante gebracht. Das war immerhin ein Lichtblick. Wenn das Geschäft so weiterliefe, würde die Schuldentilgung massiv verkürzt. Zudem brauchte er Bea dann nicht anzubetteln.

Mittlerweile herrschte zwischen ihnen eine Art Waffenstillstandsgemeinschaft, sie sprachen nur das Nötigste und lebten aneinender vorbei. Er schlief auf der Chaiselongue, sie im Ehebett. Abends war sie noch häufiger mit Furtwanger unterwegs, meist begegneten sie sich zwischen Tür und Angel. Dieser Zustand quälte Allan. Er hätte gerne wieder Frieden geschlossen, zumal Bea ja anklingen hatte lassen, dass die Affäre mit ihrem Chef eine einmalige und unwichtige Sache gewesen sei.

An einem heißen Samstag überwand er sich, brachte ihr um neun das Frühstück ans Bett und fragte, ob sie mit ihm Schwimmen käme. Es war ihr erster Hochzeitstag.

Sie verschluckte sich an ihrem Kaffee. »Schwimmen?«

Er zuckte die Achseln: »Es kann doch nicht ewig so weitergehen mit uns. Wollen wir nicht wieder auskommen miteinander?«

»Okay«, lächelte sie, »einen Versuch ist es wert.«

»Und außerdem möchte ich dich wieder mal im Bikini sehen, schließlich bin ich schon ganz schön lange auf Entzug«, sagte er fröhlich und packte das Badezeug ein.

Sie nahmen die Straßenbahn und machten zuvor einen Abstecher in die City, um sich aufzuheizen. Das war heute kein Problem. In der Stadt tanzten Hunderttausende zu dem immer gleichen Rhythmus der Technomusik. Die größte Party Europas wurde abgefeiert: die Street Parade. Sie schlenderten durchs Limmatquai und ließen sich im Strom halb nackter, mit Blumen und und Glimmer geschmückter Körper treiben. Auf der Quaibrücke zogen Lastwagen ohne Verdeck, die Lovemobiles, vorbei wie Schiffe in einem Meer wogender Menschen, die nur eines im Sinn hatten: Vergnügen, Konsum, Ausbruch aus dem Alltag. Getränke- und Essstände wechselten ab mit Dutzenden von Discos, die Bässe aus den Boxen schmetterten, die den Bauch zum Vibrieren brachten.

Bea lachte und schrie in den Lärm: »Die Stadt ist ein Tollhaus, was werden wohl die Touristen denken, die heute ahnungslos hierhergekommen sind?« Al lachte und nickte, während er einem bildhübschen Mädchen, dessen Brust nur mit einem weitmaschigen Netz bedeckt war, beim Tanzen zusah. Ihr gegenüber tanzte ein Schwarzer in Tanga. Sein Kopf war kahl geschoren, das Gesicht grün bemalt. Ein Junge bespritzte sie mit seiner Wasserpistole, was willkommene Erfrischung brachte. Für ein paar Franken stiegen sie den Turm der Großmünsterkirche hoch und betrachteten das Spektakel von oben. Kein Zentimeter Straße war zu sehen. Wie ein gigantischer Ameisenhaufen bewegte sich der Menschenstrom zwischen See und Limmat und teilte sich, wenn ein Lovemobile im Schritttempo vorbeifuhr, um dann wie eine zähe Masse wieder zusammenzufließen.

Bald hatten sie genug vom »Bum-Bum«, das selbst auf dem Turm noch lautstark in die Ohren drang. Sie gingen zur Uni und nahmen die Straßenbahn zum Dolder-Wellenbad.

Als Bea im weißen, knapp geschnittenen Badeanzug aus der Kabine trat, wurde Al bewusst, wie treffend sein lockerer Spruch bezüglich seines »Entzugs« gewesen war. Er bewunderte ihren Körper, ihre Bewegungen, ihren Sex-Appeal wie am ersten Tag und musste aufpassen, dass sich seine Badehose nicht zu sehr spannte.

Sie schwammen, sonnten sich und sprachen über belanglose Dinge. Es war der Versuch einer Annäherung, die Absicht, neues gegenseitiges Vertrauen aufzubauen. Keiner wollte ein heißes Thema berühren. Nur ja nicht noch mehr Geschirr zerschlagen, war ihrer beider Devise an diesem Tag.

Die Hitze, der Spaß, den sie miteinander hatten und die allgemein erotische Atmosphäre inmitten der vielen halb nackten Körper trugen dazu bei, dass sie über den Zaun kletterten und sich ins nahe Wäldchen absonderten. Sie liebten sich heiß, wild und hungrig wie zwei junge Tiger. Der Bann schien gebrochen.

Arm in Arm verließen sie spät, fast als Letzte, das Schwimmbad, ein Herz und eine Seele. Bea schmiegte sich an ihn und schlug vor, zum Hochzeitstag ein Candellight-Dinner zu kochen. Glücklich nahm Allan an.

Mangels besserer Alternative – sprich frischer Vorräte – gab's Sweet & Sour Chicken aus dem Gefrierfach. Liebevoll wie schon lange nicht mehr deckte Bea den Tisch. Sie breitete ein weißes Tuch darüber aus und fand sogar eine Kerze, deren romantisches Flackern auch die Mücken fernhielt, die durch die offenen Terrassenflügel hereinschwirrten. Es war eine zauberhafte, tiefblaue Nacht mit orange leuchtendem Mond. Al schob eine CD von Queen ein, entkorkte eine Flasche Champagner, füllte zwei Gläser und ging damit in die Küche zu Bea. Sie stießen an. »Es wird alles wieder gut, bestimmt wird alles wieder gut«, sagte er. Seine Augen waren feucht. Er liebte diese Frau und wollte alles dafür tun, sie nicht zu verlieren.

Bea küsste ihn auf die Stirn. »Ich hoffe es, ja, ich will es auch.« Mit den Worten »Trag doch schon mal den Reis hinaus und öffne eine Flasche Wein, wir essen in fünf Minuten«, wandte sie sich wieder dem Wok zu.

Al pickte mit den Stäbchen Parfümreis und schob ihn zwischen die Zähne. Er sah Beatrice lange schmachtend an. »Ich … fühle mich wie frisch verliebt«, sagte er endlich. »Hast du mich denn auch noch ein bisschen gern?«

»Aber natürlich, du dummer Junge.«

»Wirst du nun wieder etwas öfter zu Hause sein?«

»Wenn es geht. Du weißt ja, die gesellschaftlichen Verpflichtungen von Thomas sind enorm.«

»Aber das ist doch auf die Dauer kein Leben für uns, wir sollten wieder mehr Zeit zusammen verbringen können.«

»Iss jetzt, genieße den Abend, genieße das Jetzt. Vielleicht tut es der Beziehung ganz gut, wenn wir nicht zu sehr zusammenkleben. Ich meine, wir freuen uns dann umso mehr aufeinander.«

Al verstand – theoretisch. Trotzdem tat ihm ihre Aussage weh. Und obwohl er sich geschworen hatte, den Punkt heute nicht zu berühren, entwich ihm die Frage: »Schläfst du noch mit ihm?«

»Al, bitte, ist denn das jetzt wichtig? Ich bin doch bei dir, ich hab dich lieb und hab's dir auch gezeigt. Reicht denn das nicht?«

»Doch, mein Engel, doch, es reicht. Ich will auch nicht eifersüchtig sein, ich möchte ganz einfach wissen, woran ich bin und worauf ich mich einzustellen habe.«

Sie seufzte: »Na gut, wenn du es unbedingt wissen willst: Ja, wir gehen gelegentlich miteinander ins Bett. Er … ist halt ein faszinierender Mann.«

Al zog es das Herz zusammen. »Gebt ihr wenigstens acht – wegen einem Baby«, fragte er betont emotionslos.

»Das ist nicht nötig, er ist unfruchtbar«, antwortete sie ebenso trocken.

»Ach so«, murmelte er und schenkte Wein nach. Die CD klang aus. »Soll ich noch etwas Musik auflegen; was möchtest du gerne hören?«

»Was Romantisches, damit du deine dummen Gedanken vergisst.«

Er spielte Vivaldi ab.

»Seltsam, das ist Thomas' Lieblingskomponist«, sagte sie und hätte sich im gleichen Moment dafür auf die Zunge beißen können. Nun stach sie selbst ins Wespennest.

In Al stieg das Bild auf, wie sich Bea mit Furtwanger im Rhythmus von Vivaldis »Vier Jahreszeiten« im Bett wälzte.

Sie räumte den Tisch ab, und als sie zurückkam, konnte er sich die Frage nicht verkneifen: »Wie soll es denn nun weitergehen? Er oder ich? Wer ist denn nun die Nummer eins in deinem Leben?«

Sie setzte sich an den Tisch. »Oh, Allan, wenn alles nur nicht so schwierig wäre. Ich kann es nicht ändern, ich liebe euch beide, jeden auf seine Art. Verstehst du? Es gibt keine Nummer eins. Es sind zwei grundverschiedene Beziehungen. Jeder von euch gibt mir auf seine Art etwas ganz Besonderes.«

Schweigen.

»Al, schau nicht so traurig drein. Ich liebe dich doch auch.«

Er zündete eine Zigarette an, stand auf und ging zur Bar. »Möchtest du einen Cognac?«

Sie nickte.

»Ich liebe dich doch auch«, wiederholte er ihren Satz, mit Betonung auf auch. Er stellte ihr das Glas hin und setzte sich zu ihr. »Ich weiß einfach nicht, ob ich damit leben kann, mit dieser … Polygamie.« Er kippte sein Glas hinunter und starrte an die Decke.

»Verdammt, jetzt hast du es wieder geschafft. Erst sagst du, du seist nicht eifersüchtig, und jetzt machst du mit deinem Getue den ganzen schönen Tag, den ganzen Abend kaputt.«

»Ich? Kaputt? Weil *du* mit dem anderen rumhurst? Klar, klar bin ich schuld an allem. Rege mich wegen so einer Kleinigkeit auf. Schließlich bin ich ja nur dein Ehemann.«

»Allan, bitte, beherrsche dich. So was gibt es halt im modernen Leben, das ist das Resultat unserer liberalen Erziehung. Ich hab's mir jedenfalls nicht ausgesucht, es ist einfach so geschehen.«

Al presste die Lippen zusammen: »Weißt du, Beatrice, ich bin da halt ziemlich altmodisch. Bei mir geschieht so etwas nicht einfach. Weißt du überhaupt, dass ich deinetwegen, nur deinetwegen, seit fünfundzwanzig Jahren die Fingernägel …«

Er wurde durch ein Läuten an der Hausglocke unterbrochen. Fragend sahen sie sich an. Es war bald Mitternacht, wer mochte das sein? Beatrice ging zur Gegensprechanlage: »Wer ist da?«

Eine Frauenstimme antwortete. »Ich bin eine Bekannte von Allan Filippos, bitte lassen Sie mich rein, es ist dringend.«

Allans Stirn legte sich in Falten, er schüttelte den Kopf: »Keine Ahnung.«

Bea drückte auf den Türöffner und bald stand ein rothaariges, verlaustes Mädchen – um nicht zu sagen Kind – in der Stube.

»Mann, Allan, schön, dich mal wieder zu sehen, ich

wusste gar nicht, dass du Besuch hast. Hoffentlich störe ich nicht.« Das Mädchen streckte ihm die Hand entgegen.

»Wer sind Sie?«, fragte Al verwirrt, »Kennen wir uns?«

»Na komm, alter Knacker, du wirst dich doch wohl noch an mich erinnern: Eveline.«

»Eveline?« Er sah das Mädchen an. Sie trug einen zerknitterten Mini und grüne Strümpfe mit einer Laufmasche. Al entdeckte das Muttermal an ihrem Bein. Nun fiel der Groschen. Die Kleine aus dem Nachtclub. Das Herz sackte ihm in die Hose. Eveline, ausgerechnet jetzt.

»Äh, hallo, ja, jetzt erinnere ich mich, das letzte Mal hattest du blaue Haare, stimmt's?«

»Bingo, Mann, genau getroffen.«

Bea stand mit fragendem Blick daneben. »Dürfte ich vielleicht erfahren …?«

»Oh, entschuldige. Eveline, das ist meine Frau Beatrice, Bea, das ist Eveline, wir haben uns mal flüchtig getroffen …«

Und zu Eveline gewandt: »Entschuldige, es ist jetzt wirklich sehr ungünstig, wir wollten gerade zu Bett gehen. Gib mir doch deine Adresse, ich werde …«

»Wir wollten keineswegs ins Bett gehen, setz dich ruhig, Eveline, möchtest du etwas trinken?« Mit scharfem Blick sah Bea Allan an. »Du hast doch gehört, dass es dringend ist, du kannst doch die junge Dame nicht einfach so abblitzen lassen.«

Eveline zögerte. »Nein, wirklich, ich möchte nicht stören, ich wollte nur … ich brauche etwas Geld und wusste nicht, an wen ich mich sonst wenden sollte. Ich meine, Allan war so großzügig.«

Sofort zückte Al den Geldbeutel, Bea hielt ihn zurück und nötigte Eveline, sich zu setzen.

»Setz dich, vor mir brauchst du keine Angst zu haben. Ich bin sehr aufgeschlossen, mein Mann und ich haben absolut keine Geheimnisse voreinander. Erzähle, wo der Schuh drückt. Was möchtest du trinken?«

Eveline wollte Eistee. Scheu setzte sie sich. Während Bea in der Küche war, flüsterte Al Eveline zu: »Bist du verrückt, hierherzukommen, woher hast du überhaupt meine Adresse?«

»Na, woher wohl, Mann. Was meinst du, wie viele Allan Filippos es in der Schweiz gibt?«

Bea kam mit dem Eistee zurück. Sie setzte sich zu ihnen und lächelte freundlich.

»Du hast mir gar nie von Eveline erzählt, Al, woher kennt ihr euch denn?«

»Ach, zufällig, in einem Club, wir – haben etwas getanzt, ich hab ihr ein wenig Geld gegeben.«

»Na so ganz stimmt das nicht«, entgegnete das Mädchen.

»Eveline, wie viel brauchst du?«, wandte Al sofort ein, »ich bin wirklich müde.«

»Nun, für den Moment einen Hunderter, ich brauche dringend was zur Beruhigung. Später aber mehr.«

Al gab ihr hundert Franken. Harsch sagte er: »Hier, kauf dein Ecstasy. Und nun verschwinde, ich lass mich von dir nicht erpressen.«

»Erpressen?« Eveline sah ihn trotzig an, steckte den Hunderter ein und stand auf. »Du wirst zahlen müssen, wart's nur ab.«

Bea hielt sie zurück: »Nun raus mit der Sprache, wofür soll er zahlen?«

Eveline sah von Al zu Bea und von Bea zu Al, nestelte in ihrer Tasche und legte einen Schwangerschaftstest auf den Tisch. »Dafür! Er hat mich geschwängert, mich, ein fünfzehnjähriges Mädchen. Er soll die Abtreibung blechen und was obendrauf für den Ärger, den ich habe, sonst geh ich zur Polizei.«

Al brach zusammen. Auch das noch! Nahm denn sein Pech kein Ende mehr?

Bea lachte laut heraus. »Entschuldige, Al, du bist wirklich das Naivste, was mir je unter die Augen gekommen ist. Eben noch hast du mir Moralpredigten gehalten, und nun das. Ich wusste übrigens gar nicht, dass man vom Tanzen Kinder kriegt.«

»Quatsch, Mann, er war bei mir zu Hause, zwei Stunden haben wir's getrieben, der war ganz schön auf hundert. Nachher ist er abgehauen, ohne sich zu verabschieden, der Bock.«

»Ach so…« Bea sah Allan an. »Oh Al, was baust du nur für Mist, ein ums andere Mal trittst du ins Fettnäpfchen. Und mich bezichtigst du der Herumhurerei. Nun brauch ich was zur Beruhigung.«

Sie holte einen Minigrip-Beutel und bot Eveline auch eine Linie an, was diese gerne annahm. Der Frauenbund war geschlossen und Al stand auf verlorenem Posten. Es hätte keinen Sinn gehabt, Bea zu erklären, dass es sich bei seinem Ausrutscher um eine Verzweiflungstat gehandelt hatte, an eben dem Tag, an dem er erfahren hatte, dass Bea mit Furtwanger schlief, und dass er außerdem stockbesoffen gewesen war. Es gab keine Entschuldigung. Man ging ganz einfach nicht mit einer Minderjährigen ins Bett, betrunken hin oder her. Und ob sie nun schwanger war oder nicht, spielte auch keine Rolle. Sie hatte ihn in der Hand. So oder so. Ginge sie zur Polizei, wäre er seinen Job los, von aller Welt würde er als Kinderschänder geächtet, sein Leben wäre endgültig ruiniert.

»Bist du sicher, dass ich es war? Ich meine, du hattest doch bestimmt noch andere Kontakte«, fragte er kleinlaut.

Eveline schüttelte den Kopf. »Weder vorher noch nachher. Weißt du, in meinem Alter macht man das nicht jeden Tag. Du hast mich echt interessiert, weißt du, und du hast mich echt enttäuscht. Ich … ich hätte dich lieben können, ich habe dich geliebt in dieser Nacht.«

Bea fuhr ihn an: »Nun bade aus, was du angerichtet hast, versuch nicht, dich rauszumogeln, sei wenigstens einmal in deinem Leben ein Mann.«

Al senkte den Kopf. »Es tut mir leid, Eveline, ich hätte nicht gedacht, dass es dir mit … so einem alten Knacker … ernst ist. Ich werde für alles geradestehen. Ich werde dir eine Abfindung zahlen, eine einmalige, und dann bitte ich dich, alles zu vergessen und aus meinem Leben zu verschwinden. Wie viel möchtest du?«

Das Mädchen sah sich im luxuriösen Appartement um, überlegte eine Weile und sagte dann: »Zehntausend, und ich lass dich in Ruhe.«

Bea pfiff durch die Lippen. Au Backe, wo sollte Al zehntausend Franken hernehmen? Nun tat er ihr fast etwas leid. Die Schulden bei Mama und bei der Bank, und nun noch dies. Im Grunde war er ein guter Kerl, halt einfach ein Versager. Vielleicht müsste sie mal ihren Vater angehen, wenn auch ungern, oder Thomas …

Al ging ins Büro und holte die Zehntausend aus dem Schreibtisch, die er den Mietern abgeschwindelt und aus Vorsicht nicht zur Bank gebracht hatte. Vor dem erstaunten Blick Beatrices überreichte er Eveline das Geld.

Matt sagte er: »Ich hoffe, wir sind nun quitt. Nun geh, gute Nacht.« Er schob sie aus der Wohnung, sagte kein Wort zu Bea und verzog sich ins Büro. Bea lag noch lange wach und fragte sich, woher er das Geld gehabt hatte.

Al verweigerte aber hartnäckig jede Auskunft, das Verhältnis war unterkühlter als zuvor.

Einige Wochen später sollte sie es dennoch erfahren. Als sie um zehn Uhr aufstand, bemerkte sie, dass Al nicht zur Arbeit gegangen war, denn seine Jacke hing noch am Haken. Bea stand auf der Terrasse und trank Kaffee. Ihr seidener Morgenrock wehte leicht im Septemberwind. Sie wusste nicht, wo ihr der Kopf stand. Einerseits war sie besorgt um Al, sie sah, dass er auf allen Ebenen nahe dem Abgrund stand. Er war hoch verschuldet, trank, schwängerte minderjährige Mädchen und fehlte immer häufiger im Geschäft. Er tat ihr leid, und sie fragte sich sogar, wie viel Schuld sie selbst an der Misere trage. Hatte *sie* ihn mit ihren Ansprüchen ins Elend getrieben, war er aus Verzweiflung oder Rachsucht über ihre Beziehung mit Thomas mit diesem Mädchen ins Bett gegangen? Aber woher zum Teufel kam das Geld, das er Eveline in die Hand gedrückt hatte? Hatte er etwa ohne ihr Wissen Claire erneut angepumpt?

Sie zündete eine Zigarette an, holte noch einen Kaffee und setzte sich in den Salon, wo noch immer die klebrigen Gläser vom Vorabend und eine Batterie Bierflaschen auf dem Tisch standen.

Sie seufzte. Was sollte andererseits aus ihr werden? Sollte sie mit Al in diesem Schlamassel ersticken, nur weil sie seine Frau war? Hunderttausend Franken wären wohl aufzutreiben, ihre Familie hatte genug Geld. Aber damit wären die Probleme nicht gelöst. Nicht das Problem der havarierten Beziehung, und vor allem nicht das Problem »Eveline«. Wenn das Mädchen tatsächlich süchtig war, und das musste man annehmen, würde sie früher oder später wieder auftauchen und weitere Forderungen stellen, das war klar.

Wütend blickte Bea zur Tür von Allans Büro. Der miese Kerl schlief seelenruhig, während sie sich das Hirn zermarterte. Vielleicht sollte sie sich trennen, sich scheiden lassen von Allan. Wie anders doch war Thomas. Etwas kühl, unnahbar manchmal vielleicht. Aber gerade dadurch auch interessant, geheimnisvoll. Und Geld war bei ihm kein Thema. Man hatte es einfach und sprach nicht darüber.

Sie beschloss, mit Thomas über die Sache zu reden, ihn um Rat zu bitten und vielleicht zwischen den Zeilen herauszuhören, ob er sich für eine feste Bindung mit ihr interessierte. Bis jetzt hatte er nie Andeutungen in diese Richtung gemacht. Im Gegenteil, er hatte sich stets rege für die eheliche Beziehung und für Al interessiert. Manchmal hatte Bea die Anteilnahme Furtwangers an Allans Leben gar etwas irritiert, denn oft fragte er sie über ihn aus, hatte sogar sein Geburtsdatum notiert und Allans Horoskop erstellen lassen. Und vor nicht allzu langer Zeit hatte er sie gar um eine Schriftprobe gebeten. Da nichts anderes zur Hand war, gab sie ihm – mit leicht schlechtem Gewissen – einen von Allans wenigen Liebesbriefen. Davon ließ der Professor ein grafologisches Gutachten erstellen. Sie hatte nicht gewagt zu fragen, wofür er es brauche, auch weil sie wusste, dass der Professor sie nicht darüber informieren würde. Was er verriet, verriet er von sich aus, fragen war bei ihm sinnlos.

Das Läuten des Telefons unterbrach ihre Gedanken. Habi war dran.

»Sag deinem Schlammsack von Mann, er soll sich sofort ins Bett verkriechen und möglichst krank aussehen. Nierlich ist unterwegs zu euch, stinksauer. Er hat im Büro herumgetobt, dass die Wände wackeln.«

»Mist!«, antwortete Bea, während sie bereits die Türglocke hörte.

»Er ist schon da«, sagte sie. »Danke, Habi, und mach dir zumindest diesbezüglich keine Sorgen, im Bett liegt er sowieso und krank sieht er eh aus.«

Sie legte auf, riss Allans Tür auf und rief: »Al, dein Chef ist hier. Bleib liegen und stell dich krank.« Dann drückte sie auf den Türöffner.

Keuchend betrat Nierlich die Wohnung.

»Entschuldigen Sie, Frau Filippos, ich muss dringend mit Ihrem Mann sprechen.«

»Er … er ist krank«, antwortete Bea.

»Das kann ich mir denken«, sagte Nierlich mit einem Seitenblick auf die Gläser und Flaschen, die noch auf dem Salontisch standen. »Bitte, Frau Filippos!«

Allan trat im Pyjama aus dem Büro. Dass seine Zähne nicht klapperten, war das Äußerste an Selbstbeherrschung, was er zustande brachte.

»Setzen Sie sich, Filippos«, wies ihn sein Chef an, als ob nicht er, sondern Al der Besucher wäre. Al gehorchte.

»Entschuldigen Sie, aber … mir geht's gar nicht gut«, stammelte er.

»Das sehe ich. Sie stinken zehn Kilometer gegen den Wind nach Alkohol«, fuhr ihn Nierlich an. »Aber darum geht es nicht. Sie haben einen Dankesbrief erhalten.«

Al zog die Brauen hoch. Nierlich nahm das Papier aus der Tasche, übergab es Bea und bat sie, vorzulesen.

»Lieber Herr Filippos. Für die unkomplizierte Barzahlungsrechnung bezüglich der Malerarbeiten möchten wir uns noch einmal ganz herzlich bei Ihnen bedanken. Wir haben mit den gesparten fünfhundert Franken einen schönen Ausflug nach Tirol unternommen. Anbei Ihre Quittungskopie, die Sie wohl vergessen haben und sicher für die Buchhaltung benötigen.«

Wenn es möglich gewesen wäre, wäre Al noch blasser geworden. Bea verstand nicht, worum es ging.

»Dem Brief lag eine Flasche Wein bei, aber den benötigen Sie wohl im momentanen Zustand nicht«, fügte Nierlich sarkastisch hinzu. Er warf die Quittungskopie zwischen zwei Flaschen und wandte sich an Bea: »Ihr Mann hat einem Rentnerehepaar unrechtmäßig tausend Franken abgenommen und in die eigene Tasche gesteckt. So etwas nennt man Betrug.«

Mit offenem Mund starrte Bea auf die Quittung, die ihre Unterschrift trug.

Nierlich ging zur Tür und drehte sich noch einmal um: »Ich werde von einer Anzeige absehen, Filippos, weil sie ein armseliger Stümper sind. Sollte sich allerdings herausstellen, dass Sie dieses Spiel wiederholt betrieben haben … Und kommen Sie mir nicht mehr unter die Augen, Sie sind fristlos entlassen.«

Damit verließ er die Wohnung.

Stumm verharrte das Ehepaar Filippos im Salon. Bea fand die Worte als Erste wieder. »Daher also das Geld für Eveline. Wie viele Leute hast du denn auf diese Art hereingelegt? Allan, du tust mir unendlich leid.« Und das war ehrlich.

Die Lippen des muskulösen Mannes, der wie ein Häufchen Elend in sich zusammengesunken auf dem Sofa saß, zitterten. Er heulte los wie ein kleines Kind, ohne Hoffnung, heftig, verzweifelt. Bea heulte mit und drückte ihn an sich. »Es wird alles gut, du kleiner, dummer Junge. Wir werden das einrenken«, murmelte sie in sein Haar, während sie ihn streichelte und liebkoste. »Ich werde mit dem Professor reden, er ist sehr angetan von dir und wird uns helfen, da bin ich sicher, ganz, ganz sicher.«

Al schnupfte. »Danke, mein Engel. Aber vergiss es. Ich verschwinde besser aus deinem Leben … aus dem Leben überhaupt.«

Tränenüberströmt schüttelte Bea ihn. »Mach keinen Schwachsinn, Al. Ich brauche dich, ich liebe dich, verdammt noch mal. Lass uns neu beginnen, es wird alles gut.« Sie redete auf ihn ein, beruhigte ihn, verabreichte ihm ein Valium und steckte ihn ins Bett. Liebevoll streichelte sie sein Haar: »Schlaf nun, Lieber, morgen sieht die Welt ganz anders aus, ich verspreche es dir.«

Langsam spürte Al, wie ein wohliges Gefühl seinen

Körper und Geist durchströmte. Er fühlte sich wie einst als kleiner Junge, als er Grippe hatte, von seiner Mutter umsorgt und gepflegt wurde, aller Verantwortung enthoben, mit der einzigen Aufgabe, sich verwöhnen zu lassen und gesund zu werden.

Beatrice blieb bei ihm, bis er einschlief, und rief dann umgehend Furtwanger an, um mit ihm zu sprechen.

Kurz darauf steuerte sie den Wagen durch Zürichs verregnete Straßen Richtung Hardturm. Furtwanger hatte dort ein leer stehendes Industriegebäude gekauft und als Labor und Loft umgebaut. Darum herum verlief ein massiver, drei Meter hoher Aluminiumzaun mit Stacheldrahtverhau. Die Anlage erinnerte eher an eine Kriegsfestung denn an ein Wohn- und Arbeitsgebäude. Bea hielt vor dem Tor, eine Kamera erfasste sie, die Flügel schwangen auf. Ebenso die Tür zur Tiefgarage, die sie nach kurzer Fahrt durch den baumlosen, betongrauen Vorplatz erreichte. Sie parkte auf sieben, dem Platz, der für sie reserviert war. Dann schloss Beatrice eine Stahltür auf, die in das großräumige Labor im Erdgeschoss führte, und gelangte über eine Metalltreppe zur Galerie, die rund um den etwa fünfzig Meter langen Raum angelegt war. Dort erwartete sie Furtwanger bereits. »Komm rein«, begrüßte er sie und küsste sie auf die Stirn. Sie betraten ein Wohnzimmer, das den Namen »Halle« ohne Weiteres verdiente. Es war karg eingerichtet, aber was an Möbeln herumstand, war massiv, klotzig und schnörkellos. Nur zwei Bilder zierten die Wände: Ein fünf Meter langer Hodler und gegenüber ein ebenso großes Gemälde, das ein Kriegsszenario darstellte. Der deutsche Künstler war ihr unbekannt. Sie setzte sich in ein steifes, schwarzes Sofa, der Professor stellte zwei Gläser mit Tomatensaft auf den Salontisch und nahm neben ihr Platz.

»Danke, Thomas, dass ich so schnell kommen durfte«,

sagte Bea und nahm einen Schluck. Ein Lächeln huschte über Furtwangers Gesicht; sofort wurde er jedoch wieder ernst und sah Bea aufmerksam an.

»Wo drückt der Schuh, meine Liebe, erzähle.«

Schonungslos und in allen Einzelheiten berichtete Bea die Begebenheiten, die sie ihrem Chef und Liebhaber bisher nur bruchstückhaft oder gar nicht anvertraut hatte. Er unterbrach sie nicht, nickte nur ab und zu, zog die Brauen hoch und machte »Hmm ...«

Nach einer halben Stunde schloss sie mit den Worten: »Nun liegt er zu Hause und schläft – mit einem Tranquilizer im Kopf. Thomas, ich habe Angst, dass er sich etwas antut!«

Furtwanger stand auf, lachte kurz und trocken und sagte: »Er soll sich unterstehen, ich brauche den Mann, er ist reif.«

»Reif, wofür?«

»Äh ... ich meine, es ist an der Zeit, dass man ihm hilft.«

Bea stand ebenfalls auf, trat nahe zu Thomas, legte die Hände auf seine knochigen Schultern und sah ihn aus ihren grünen Augen flehend an.

»Kannst du uns helfen, Thomas? Wenn du es kannst, dann tu es, ich bitte dich inständig darum.«

Nun lächelte der Professor liebevoll, geheimnisvoll. Freude, Befriedigung sprachen aus seinem Blick.

»Du weißt doch, dass ich alles für dich tue, was in meiner Macht steht, meine Liebe. Ja, ich denke, ich kann euch helfen. Ich bin überzeugt, dass wir deinen Mann mit einem Schlag von allen Sorgen befreien können.«

Bea stellte sich auf die Zehenspitzen und umarmte ihn heftig. Sie drückte ihren Kopf an seine Brust und sagte: »Thomas, du bist ein großartiger und wundervoller Mensch.«

»Na, na«, erwiderte er und streichelte ihr Haar. »Kommt morgen vorbei, beide, ich werde ein Abendessen arrangieren.«

»Kannst du denn bis morgen so viel Geld …, ich meine, was gedenkst du zu tun?«

Er hielt den Zeigefinger auf ihre Lippen. »Du wirst es erfahren«, flüsterte er. »Nun komm, wir wollen uns … vereinigen.«

Als der Professor Beatrice eine Stunde später wie immer mit einem Kuss auf die Stirn verabschiedete, erinnerte er sie: »Und vergiss das Geschenk für deinen Mann nicht.«

»Das Geschenk?«

»Nun ja, das Geburtstagsgeschenk.«

Bea schlug sich an die Stirn. Morgen war der 10. September 2001, Allans dreiunddreißigster Geburtstag. Vor lauter Kummer hatte sie das völlig vergessen.

Mit vor Rührung und Dankbarkeit feuchten Augen fuhr sie nach Hause, nicht ohne vorher eine Besorgung gemacht zu haben.

Der Regen hielt immer noch an und das Wohnzimmerfenster hob sich hell gegen die mittlerweile einsetzende Dunkelheit ab. Allan war also wach. Und hoffentlich wohlauf.

Beas Herz pochte, als sie die Wohnung betrat. Allan saß im Wohnzimmer vor einer Tasse Tee. Er sah zwar todunglücklich aus, aber er lebte. Gott sei Dank!

Freudestrahlend ging Bea auf ihn zu und nahm ihn bei den Händen.

»Der Professor wird uns helfen, Al, ich habe mit ihm geredet.«

»Und wie will er das anstellen?«, murmelte Al matt.

»Ich weiß es nicht, mein Schatz, aber er hat es fest versprochen. Morgen wird er es uns verraten, wir sind zum Essen eingeladen.«

»Hast du ihm alles erzählt?«

Sie nickte und versicherte, dass er mit keinem Wort einen Vorwurf gemacht habe und beschwor Allan, dem wichtigen und einflussreichen Mann zu vertrauen.

Und dann gab sie sich zum zweiten Mal an diesem Tag hin, dieses Mal ihrem Ehemann.

Um Mitternacht überraschte sie ihn mit einem »Happy Birthday« und einem Glas Champagner.

Er lehnte ab. »Danke, mein Engel, das ist lieb von dir, ich trinke keinen Alkohol mehr. Ich muss endlich konsequent sein.«

»Du bist ein tapferer Kerl, aber heute ist nicht der richtige Tag. Verschieb es auf morgen. Jetzt müssen wir feiern und auf unsere schöne neue Zukunft anstoßen.« Sie streichelte ihn.

»Na gut, schon überredet«, lächelte er. »Ich bin ein labiles Weichei, aber das weißt du ja.«

Es blieb bei dem einen Glas und so erwachte Allan um sieben Uhr ausgeruht, ohne Brummschädel, und vor allem endlich wieder einmal im Ehebett. Heute wäre er pünktlich zur Arbeit erschienen, wenn … Lag wohl der Blaue Brief schon im Briefkasten? Die Vorkommnisse der letzten Tage stiegen mit ganzer Wucht in ihm auf, es war, als hätte man ihm die Brust mit einem eisernen Ring zugeschnürt. Reglos lag er neben Beatrice, mochte noch nicht aufstehen. Wozu auch? Ihr regelmäßiger Atem beruhigte ihn und ihr gestriger Liebesbeweis brachte ein wenig Licht in seine düstere Stimmung.

Wie wollte ihm der Professor helfen? Und weshalb sollte er? Geld allein genügte nicht, das musste auch Furtwanger klar sein. Al war gespannt auf den heutigen Abend. Gleichzeitig fühlte er aber auch Beklemmung bei dem Gedanken daran, wie ein kleiner Junge, der viele, viele Dummheiten angestellt hatte, sich diesem Mann zu stellen. Würde sein Geburtstag ihm ein Geschenk bescheren, das Geschenk eines neuen, geregelten Lebens mit einer rosigen Zukunft, einer Zukunft mit Kind und glücklicher Familie vielleicht? Er dachte an Claire und wieder stieg ein unangenehmes Gefühl in ihm auf. Dass er sein Versprechen, sie anzurufen, nicht eingehalten hatte, machte es ihm fast unmöglich, ihr unter die Augen zu treten. Jetzt konnte er die Schulden bei ihr erst recht nicht bezahlen. Vielleicht war dieser Geburtstag sein Todestag, denn er war sich keineswegs sicher, ob er mit all seinen Hypotheken weiterleben wollte.

Trotzdem befand er, dass es erst einmal Zeit sei für einen Kaffee und ein Stück Brot. Er rappelte sich auf und zog sich leise an, um Bea nicht zu wecken.

Während er in der Küche stand und ein Brot mit Konfitüre bestrich, dachte er an Eveline. Er hätte sich ohrfeigen können, sie nicht nach ihrer Adresse gefragt zu haben. Bestimmt würde er ihre Wohnung nicht mehr finden, er hatte nicht mal mehr eine Ahnung, wie sie im Rausch dorthin gekommen waren. Wo hatte er denn am anderen Morgen Kaffee getrunken? Ja, richtig, irgendwo im Stadtkreis 3 war es gewesen. Er wollte versuchen, Eveline zu finden, um mit ihr reden, ihr zu helfen, sie mit allen Mitteln vom Stoff wegbringen, sie fördern – und auf diese Weise seine Schuld bei ihr sühnen. Gleichzeitig war es der einzige Weg, die Gefahr der wiederholten Erpressung zu bannen.

Er biss ins Brot, als es läutete und er verschluckte sich vor Schreck. Wer mochte das sein, um neun Uhr früh? Allan glaubte, sich verhört zu haben, als durch die Gegensprechanlage die trockene Stimme der Sekretärin schnarrte: »Hier ist Cattin, ich muss mit Ihnen reden.«

Was wollte denn die? Brachte sie die Kündigung eigenhändig vorbei? Oder … Al erstarrte. War etwa eine weitere seiner Betrügereien aufgeflogen? Bange wartete er, bis die hagere Frau die Wohnung betrat. Er bat sie, sich zu setzen und bot ihr einen Kaffee an. Dankend lehnte sie ab. Er setzte sich ihr gegenüber ins Sofa und faltete die Hände im Schoß.

»Machen Sie es kurz und schmerzlos, Frau Cattin, was steht an?«

Sie lächelte das freundlichste Lächeln, das ihre schmalen Lippen hervorbrachten, und sagte: »Erst einmal alles Gute zum Geburtstag, Herr Filippos.«

Al war erstaunt, keinerlei Hohn aus ihrer Stimme zu hören.

»Ja … danke«, murmelte er.

Sie fuhr fort: »Ich komme im Auftrag von Herr Nierlich. Genauer gesagt, Herr Habegger und ich haben mit Herr Nierlich gesprochen.« Etwas verlegen fuhr sie fort: »Nun ja, jeder Mensch kann einmal ausrutschen, man sollte ihn deswegen nicht gleich so hart bestrafen. Und Ihre Gattin ist ja so nett, sie hat einen arbeitslosen Mann nicht verdient.« In ihren Augen lag so etwas wie Schalk. »Ich sage Ihnen, der Habegger hat unseren Chef nach allen Regeln der Kunst bearbeitet, ein echter Starverkäufer halt. Also, nun komme ich im Auftrag des Chefs, um mitzuteilen, dass er Ihnen eine Chance geben will. Er erwartet Sie morgen bei der Arbeit. Um acht sollen Sie sich bei ihm melden, bitte pünktlich.«

Al hätte die Frau, die hinter ihrer trockenen Art ein so gutes Herz verbarg, am liebsten umarmt. Stattdessen brachte er nur hervor: »Ich werde pünktlich sein. Danke, vielen Dank.«

Erst jetzt bemerkte er Bea, die das Gespräch unter der Schlafzimmertür stehend mitverfolgt hatte und strahlte. Unter ihrem Arm klemmte ein Geschenkpaket. Die Sekretärin sah auf die Uhr, erhob sich und verabschiedete sich: »Ich freue mich für Sie, Herr Filippos, Sie waren immer ein korrekter Mann und fleißiger Arbeiter. Bis morgen also.« Sie nickte Bea zum Abschied zu.

Kaum war sie aus der Tür, flog Beatrice in Allans Arme. »Hab ich dir nicht versprochen, dass alles gut wird? Da, dein Geschenk. Das beste hast du ja schon erhalten.«

Allan schälte ein paar elegante Schuhe aus dem Papier.

»Für heute Abend ... Der Professor wird sich sicher auch über die gute Neuigkeit freuen.«

Die Schuhe passten wie angegossen und Allans Geburtstag war einer der schönsten seines Lebens.

Pünktlich und in bester Garderobe fuhr Bea am Abend in die Tiefgarage des Professors. Allan saß im Smoking und den neuen Schuhen neben ihr. Seine Gefühle schwankten zwischen denen, die ein Kind vor Weihnachten hat und denen, die man im Vorzimmer des Zahnarztes empfindet.

Sie stiegen die Treppe hoch, ein Dienstmädchen öffnete die Tür zu Furtwangers Loft. Mit den Händen in khakibraunen Freizeithosen kam Furtwanger auf sie zu. Al fühlte sich overdressed. Furtwanger küsste Bea auf die Stirn, streckte Al die Hand entgegen und begrüßte ihn jovial: »Herr Filippos, es freut mich, Sie heute bei mir zu begrüßen. Ihre Frau hat mir erzählt, was Sie seit unserer letzten Begegnung – na, sagen wir – durchgemacht haben.« Er musterte ihn von oben bis unten. »Sie sehen ja trotz Ihrer Misserfolge nicht wie der Versager aus, den Beatrice mir kürzlich geschildert hat.«

Al wurde rot.

»Aber setzt euch doch.«

Furtwanger rief eines der Mädchen, die im hinteren Teil des Saales damit beschäftigt waren, einen langen Tisch zu decken. Es eilte herbei und nahm die Bestellung für den Apéro auf. Scheu saß Allan auf dem Sofa und bat um einen Orangensaft.

»Ach, kommen Sie, mir brauchen Sie nichts vorzumachen, ich weiß, wie gern Sie dem Alkohol zusprechen«, sagte der Professor. »Bringen Sie uns drei rote Martini, gut gefüllt, mit Eis und Zitrone«, trug er dem Mädchen auf.

Wieder errötete Al.

»Er wird morgen damit aufhören, er hat es sich fest vorgenommen«, sagte Bea.

Der Professor nickte vielsagend: »Oh ja, das wird er, daran zweifle ich keine Sekunde.«

Sie stießen an.

»Also trauen Sie es mir zu, Herr Professor, ich meine, dass ich mich ändere, bessere«, sagte Al und hoffte, dass sich seine Beklemmung endlich löse.

Der Professor war knallhart und direkt, er machte keinen Hehl daraus, dass er Allans Geschichte kannte. Als ob er Gedanken lesen könnte, sagte er: »Wenn Sie meine Hilfe annehmen wollen, junger Freund, wird Ihnen nichts anderes übrig bleiben. Des Weiteren hoffe ich, Sie sind damit einverstanden, dass wir die Zeit nicht mit diplomatischem Geplänkel vergeuden, sondern offen sind. Sie wissen, dass Ihre Frau meine Gespielin ist, und wir wollen auch kein Geheimnis daraus machen, dass ich Sie vielleicht besser kenne als Sie sich selbst.«

Erstaunt sah ihn Allan an.

»Ich habe Ihr Psychogramm eingehend studiert, Herr Filippos. Schauen Sie mich nicht als Liebhaber von Beatrice an, und schon gar nicht als Ihren Freund. Betrachten Sie mich als Arzt, als Therapeut – und entspannen Sie sich endlich.«

Obwohl Bea die scharfe, trockene Art von Furtwanger kannte, war sie beinahe verängstigt über seine Worte.

Der Professor schien dies zu bemerken, nippte an seinem Glas und fuhr fort: »Das heißt nicht, dass wir den Abend nicht genießen sollten. Nun genug geredet fürs

Erste, alles andere nach dem Dinner. Kommen Sie, ich zeige Ihnen mein Labor. Meine Arbeit, bei der mich Ihre Frau unterstützt, ist nicht uninteressant.«

Er führte die beiden hinunter in die Halle, in der, wie Bea Al erklärte, tagsüber oft bis zu zwanzig Forscher für den Professor arbeiteten. Überall standen Computer, Tomografen, Mikroskope, Reagenzgläser und Geräte aller Art.

Furtwanger erläuterte seine Arbeit, seine Forschungsgebiete. Vor der Vitrine, in der die Nobelpreis-Medaille stand, blieb er stehen.

»Eigentlich sollte ich stolz darauf sein, aber ich bin noch nicht zufrieden. Wir haben in der lebensverlängernden Medizin zwar große Ziele erreicht, aber trotzdem bleibt noch viel zu tun; viele Hürden sind zu überwinden, die Jahre in Anspruch nehmen werden. Außerdem ist das gesellschaftliche Problem nicht einmal im Ansatz gelöst, wenn die Menschen, sagen wir mal, hundertfünfzig Jahre alt werden. Sie verstehen, die ökologischen und ökonomischen Probleme. Altersüberhang, Ressourcenmangel, Umweltschutz. Die Weltbevölkerung wird ins Unermessliche wachsen, wenn keine rigorosen Maßnahmen getroffen werden.«

Allan war beeindruckt. Tatsächlich hatte er noch nie einen so scharf denkenden Mann gesehen. Er strahlte eine fast unmenschliche Überlegenheit und Professionalität aus, die ihn Beatrices Faszination verstehen ließ. »Und wie sollen diese Maßnahmen aussehen?«, wollte er wissen.

»Sie werden es erleben, hoffe ich. Nur so viel: Die Politiker sind unfähig, all die Probleme zu lösen; die Politik ist ein veraltetes Modell, das abgelöst werden muss.«

»Aber es kommt doch nur darauf an, wie gut die Politiker sind«, wandte Al ein.

Der Professor schüttelte den Kopf. »Sehen Sie es im

geschichtlichen Kontext. Die Herrschaft der Pfahlbauer wurden von der der Römern abgelöst, die der Römer von den Christen, die Kirche von den Monarchien und Diktaturen, und diese endlich von der demokratischen Staatsform. Diese aber weiß nichts Besseres, als selbst fünf Minuten *nach* zwölf noch zu diskutieren, zu lamentieren und nach Kompromissen zu suchen. Ein paar wenige sind halbwegs brauchbar, durchwegs Männer der Wirtschaft, die kein Blatt vor den Mund nehmen. Nein, es ist Zeit für etwas Neues, für eine Endlösung – äh, endgültige Lösung. Dieser, der gesellschaftliche Teil, ist der wichtigste Aspekt meiner Arbeit, nebst Forschung und Chemie.«

Sie gingen weiter. Auf einem Metalltisch lagen reglos Hunde, Katzen und Ratten herum, sogar ein Schwein streckte alle viere von sich, daneben lag ein Affe auf dem Bauch.

Allan drehte sich der Magen um. »Haben Sie die alle für Ihre Forschung getötet?«, fragte er.

Der Professor nahm eine Ratte am Schwanz und hielt sie Allan unter die Nase. »Riechen so tote Tiere?«

Al schnupperte zögerlich. Tatsächlich stieg weder Modergeruch in seine Nase, noch war die Totenstarre eingetreten.

»Ich töte keine Tiere«, sagte der Professor. »Ich verlängere ihr Leben. Sie schlafen nur.«

Damit war die Besichtigung beendet, man ging zum Loft zurück und schritt zum Dinner, das ebenso exzellent war wie die Bedienung der Cateringfirma, die Furtwanger bei solchen Anlässen aufzubieten pflegte.

Beatrice eröffnete dem Professor, dass Allans Kündigung zurückgezogen worden war. Der zeigte ob dieser Mitteilung aber wenig Freude. Im Gegenteil. Mit scharfem Blick sah er die beiden an und wandte ein, dass die Probleme damit keineswegs gelöst seien, allein schon der

Gefahr wegen, dass noch mehr von Allans Delikten aufgedeckt werden könnten.

»Selbstverständlich«, ereiferte sich Bea, »sind wir nach wie vor auf dich angewiesen, Thomas.«

Ihre Worte schienen den Professor zu beruhigen, fast, als ob er befürchtet hätte, sie würden nun auf seine Hilfe verzichten.

Zum Dessert gab es Vanillepudding. Allan wollte gerade seinen Löffel hineintauchen, als der Professor ihn zurückhielt.

»Warten Sie, wir kommen nun, zum Abschluss des Dinners, zum therapeutischen Teil des Abends.«

Er zog einen ledernen Beutel aus der Tasche und streute daraus ein Pulver auf Allans Pudding.

»Dies ist das Medikament, das Sie von Ihren Sorgen befreien wird. Essen Sie nun, und Ihnen wird die gewünschte Hilfe zuteilwerden.«

Al war perplex. Ein Medikament sollte seine Probleme lösen – die Schulden, die Sache mit Eveline, seine Eifersucht, begangene Delikte und die Sucht nach Alkohol?

»Wie wirkt es denn?«, fragte er, nun doch etwas verunsichert.

Auch Bea machte große Augen.

»Wenn Sie heute zu Bett gehen, werden Sie schlafen wie ein Engel, und wenn Sie erwachen, sieht die Welt ganz anders aus. All Ihre Probleme werden nicht mehr existieren. Sie beginnen ein … neues Leben.«

Furtwanger blickte Beatrice an. »Das ist es doch, was ihr euch so sehnlichst wünscht?«

Beide nickten. »Aber wie soll denn das funktionieren?«, fragte Bea.

»Es wäre zu kompliziert, alle Einzelheiten zu erklären. Es ist ein uralter, nur mir bekannter Wirkstoff, den ich in jahrelanger Arbeit erforscht und aufbereitet habe. Er ist noch nicht oft erprobt, Sie sind also in gewisser Weise … ein Experiment.«

Ängstlich sah Allan zunächst auf das bräunliche Pulver auf dem Pudding, dann zu Furtwanger.

»Es wirkt todsicher, Sie haben mein Wort darauf.«

»Woher wissen Sie das?«

Der Professor wurde ungehalten. »Ich habe es an mir selbst ausprobiert, und ich sehe weiß Gott nicht wie ein Versager aus. Greifen Sie nun zu, Sie Angsthase, oder lassen Sie es bleiben. Sie haben diese Chance nur einmal, und wenige, sehr wenige Menschen kriegen sie.«

Al sah zu Bea, sie nickte aufmunternd, dann aß er Pudding samt Pulver auf.

Bald darauf verabschiedeten sie sich vom Professor, denn Allan wollte am nächsten Tag ausgeruht und pünktlich zur Arbeit erscheinen.

Furtwanger sah dem davonfahrenden Auto vom Fenster aus nach. Alle, wirklich alle Sorgen würden für den Mann auf einen Schlag nichtig. Nicht einmal die Tatsache, dass am nächsten Tag zwei Flugzeuge ins World Trade Center von New York krachen und die Türme in sich zusammenfallen lassen würden, könnte Allan Filippos erschüttern.

Der Professor lächelte zufrieden und schloss das Fenster.

2. Teil
Der Untote

7

Al erwachte am nächsten Tag, ohne den Wecker gehört zu haben. Wahrscheinlich hatte er noch gar nicht geläutet, denn es war stockdunkel. Ungewöhnlich dunkel, wie Al schon im Halbschlaf feststellte. Hatte Bea vielleicht die Jalousien heruntergelassen? Al erinnerte sich nicht mehr genau, wann und wie er eingeschlafen war, obwohl er am Abend zuvor kaum etwas getrunken hatte. Bea schien nicht hier zu sein, jedenfalls hörte er ihren Atem nicht. Aber so viel wusste er noch: Gestern hatte er sich neben seine Frau ins Ehebett gelegt. Allan wollte die Augen öffnen, aber das gelang ihm nicht. Eigentlich war es gar nicht dunkel, sondern gleißend hell, oder beides, oder gar nichts. Eine so eigenartige, undefinierbare Dunkelheit hatte Al noch nie erlebt. Aber wieso konnte er die Augen nicht öffnen? Al versuchte, nach dem Wecker zu tasten. Auch das war nicht möglich. Er konnte seinen Arm nicht bewegen, ja, er fühlte ihn nicht einmal. Er konnte sich nicht zur Seite drehen und er konnte nicht aufstehen. Was auch immer er versuchte, nichts gelang, er spürte seinen Körper nicht mehr und war nicht in der Lage, Wärme oder Kälte wahrzunehmen. Er atmete nicht, sein Geruchssinn war verschwunden, nicht mal den üblen Geschmack zu viel gerauchter Zigaretten spürte er auf der Zunge. Aber Lust auf eine Zigarette, die hatte er, und langsam wurde er nervös. Was war los mit ihm? Noch einmal machte er den Versuch, den Arm zu bewegen, Richtung Zigarettenpäckchen, das wie immer auf dem Nachttisch liegen musste. Keine Chance! Sein Körper war ganz einfach nicht mehr da. Angst stieg in Allan auf, aber auch das Pochen des Herzens blieb aus. Er versuchte, sich zu beruhigen. Sicher war er gar nicht wach. Es gab ja diese Träume, in denen man überzeugt war, hellwach zu sein, obwohl man schlief. Erst kürzlich hatte er voller Angst geträumt, das Licht nicht mehr anmachen zu können. Er war überzeugt gewesen, nicht mehr zu schlafen, bis er mit einem Ruck schweißgebadet aufwachte.

Nun wollte Allan sich diesen Weckruck selbst geben. Wieder und wieder versuchte er es mit aller Kraft. Vergeblich. Diesmal war es anders, alles passierte nur im Kopf, aber nichts, was mit dem Körper zu tun hatte, funktionierte. »Keep cool«, sagte sich Allan und beschloss, liegen zu bleiben und zu warten, bis der Wecker ihn aus dem Schlaf holte und diesem unseligen Traum ein Ende setzte. Bestimmt war es eine erste Entzugserscheinung. Die letzten zwei Tage hatte er so wenig getrunken wie seit Monaten nicht mehr. Das würde sich geben.

Je länger er allerdings so dalag, desto bewusster wurde ihm, dass er nicht schlief, sondern wach war – und zwar hellwach und bei glasklarem Bewusstsein. Aber eben nur noch körperloser Gedanke, eingeschlossen in einen Zustand des Nichts, den er nirgends einzuordnen vermochte. Er fühlte eisige Einsamkeit in dieser hell-dunklen Un-Welt. Langsam, fast unmerklich, schlich Panik in seine Gedanken und wurde immer stärker. Allan war, als sei er bei lebendigem Leib eingemauert. In seinem Kopf schrie es, die Gedanken purzelten durcheinander, unbeschreibliche Angst befiel ihn. »Was ist los, wo bin ich, was geschieht mit mir?«, dachte er immer wieder. Er wollte Beatrice zu Hilfe rufen, wollte den Kopf gegen die Wand schlagen, wollte ohnmächtig werden, nur um endlich dieser Qual, diesem Horror zu entfliehen. Raus, einfach raus aus diesem Gefängnis der Gedanken, der Verdammung, diesem ekelhaften, unheimlichen Vakuum. Er erschrak. War er etwa tot? Aber nein, das war nicht möglich, Tote konnten nicht denken. Auch das Gehirn hörte ja mit dem Tod auf zu existieren, wurde nicht mehr durchblutet. Oder etwa doch? Vielleicht war dies eine Art Vorhölle, der Hades, den er durchlaufen musste, all seiner Schandtaten wegen. Vielleicht war er eine dieser ruhelosen Seelen, von denen man ab und zu hörte oder las. An solche Dinge hatte er bisher niemals geglaubt. Aber was sonst konnte denn dieser unerklärliche, schreckliche Zustand sein? Plötzlich schoss ein neuer böser Gedanke in seinen Kopf: Wie spät war es? Er musste doch zur Arbeit. Keine Minute durfte er zu spät kommen. Nierlich würde ihn hochkant rauswerfen, noch bevor er wieder angefangen hatte. Wie sollte er nur die Uhrzeit herausfinden? Er hatte keine Ahnung, wie spät es sein mochte. Was war gewesen gestern? Um elf Uhr waren sie zu Bett gegangen. Sie hatten noch ein wenig geplaudert und geschmust. Als Bea schlief, hatte er eine Zigarette angezündet und geraucht. Aber er erinnerte sich nicht mehr, wie er sie ausgedrückt hatte, er musste schlagartig eingeschlafen sein. Wieder erfasste ihn Panik. War es möglich, dass er das Bett angezündet hatte und verbrannt war – und Bea mit ihm? Oder halt: Furtwanger! Das Pulver! Der fiese Kerl hatte ihn mit dem Pulver vergiftet, um Bea für sich zu haben. Das ganze Theater mit dem Dinner, das Versprechen, ihm zu helfen, Lug und Trug? Kalt und berechnend war der Mann. Hatte er nicht gesagt, Al solle ihn nicht als Freund betrachten? Aber weshalb hatte sich Furtwanger so für Allan interessiert? Diese Mühe würde sich ein Mörder mit diesem Motiv nicht machen. War er also nun ein Geist geworden, war dies der Zustand ruheloser Seelen, die, weshalb auch immer, den ewigen Frieden nicht finden konnten? Wenn dem so war, müsste es möglich sein, mit den Lebenden Kontakt aufzunehmen, das las man immer wieder. Aber wie? Er hatte ja keine Möglichkeit, sich irgendwie bemerkbar zu machen. Er war nur noch Hirn, erfüllt von Schrecken, Angst und Panik. Die Gedanken rotierten, verloren jeglichen Zusammenhang, wie Metallkugeln schlugen sie an die Schädeldecke, die Hirnwindungen brannten lichterloh, der Kopf drohte zu platzen.

Endlich, nach unendlich langer Folter, schienen die Zellen zu ermüden, das Gedankenkarussell drehte sich langsamer, bis es stillstand. Allans letzter Gedanke war: »Habe ich nun den ewigen Frieden gefunden, darf ich nun endlich sterben?« Dann erlosch das Bewusstsein. Al hörte auf zu existieren.

Er hatte sich zu früh gefreut. Irgendwann regten sich seine Gedanken, sein Bewusstsein wieder. Erst wurde er der seltsamen Dunkelheit gewahr, hatte Lust auf eine Zigarette, wollte zum Päckchen greifen, und erst, als dies nicht gelang, schlug die Erinnerung wie ein Hammer auf das Erlebte ein. Er hatte keine Ahnung, ob Sekunden, Minuten, Stunden oder Jahre vergangen waren. Sein Zeitgefühl exisitierte nicht mehr. Wieder fühlte er diese eisige, unendliche Einsamkeit, die dunkle, böse Gefangenschaft in sich selbst, in der er weder agieren noch reagieren konnte. Er schrie nach Beatrice, er schrie nach seiner Mutter, seinem Vater – doch ungehört verhallten die Hilferufe in seinem eigenen Ich. Wie ein Leichentuch lag die Angst über ihm.

Mit aller Kraft stemmte sich Allan gegen die Panik, versuchte, klar zu denken. Was war geschehen, wo war er? War er tatsächlich verbrannt? Hatte ihn Furtwanger umgebracht oder, eine neue These: War das Experiment missglückt? Hatte das Pulver diese Wirkung hervorgerufen, anstatt richtig zu funktionieren? Aber wie hätte es denn funktionieren sollen? Dies war Allan nach wie vor unklar. Klar jedoch war: Wenn er nicht tot war, sondern das Medikament ihn auf diesen unseligen Trip geschickt hatte, dann würde früher oder später die Wirkung nachlassen wie bei jeder anderen Droge auch. Er würde in die Realität zurückkehren, in sein mieses, kaputtes Leben. Wenn er nur wüsste, wie viel Zeit verflossen war. Wäre er handlungsfähig, hätte er vielleicht noch die Chance, alles einzurenken. Doch wenn auch nur ein Monat vergangen war, konnte sich alles bereits zum Schlimmsten entwickelt haben. Bestimmt lebte und schlief Bea mit diesem Schwein von Professor und wollte nichts mehr von ihm wissen. Und mit ihr auch Claire. Gnadenlos würde sie das Geld zurückfordern, eine Lohnpfändung wäre die Folge. Lohnpfändung? Welcher Lohn? Der Lohn, den er für die Arbeit im Knast erhielt? Evelines Forderungen würden weder von Furtwanger noch von Bea noch von sonst jemandem bezahlt werden. Also Anzeige und Gefängnis. Und zwar nicht zu knapp. Kinderschänder wurden knüppelhart angefasst. Die Betrügereien im Geschäft kämen noch dazu. Und danach, nach sechs, sieben Jahren vielleicht, ging's ans Blechen. Bankkredit, die Schulden bei Claire, Abfindung für Eveline, vielleicht gar Alimente, wenn sie das Kind nicht abgetrieben hatte. Bestimmt hatte sie das nicht getan, sondern das Geld für Drogen verprasst, während er hier in der Klemme saß. Wieso hatte er nicht längst ihre Adresse ausfindig gemacht, die Sache früher geregelt? Zeit wäre genug gewesen. Was hatte er für ein Leben geführt! Dumm, verantwortungslos, haltlos. Und es gab keine Chance, das Rad zurückzudrehen und alles besser zu machen. Im Gegenteil, die Zeit rann an ihm hinunter, ohne dass er irgendetwas tun konnte. Nun hatte er gleichermaßen Angst vor dem erneuten Einstieg in die Realität wie vor diesem Zustand der Leere. Er wollte nicht mehr leben! Hysterisches Gelächter hallte durch seinen Kopf. »Nicht mehr leben!« Ja, lebte er denn? Er versuchte, sich mit dem Gedanken zu beruhigen, dass Bea vielleicht zu ihm halten würde. Am Schluss hatte sie ja auf seiner Seite gestanden, hatte ihm ihre Liebe gezeigt und gesagt, dass sie ihn brauche und ihm helfen wolle. Bea! Sehnsucht stieg in ihm auf. Oh, wäre sie jetzt da und würde ihn trösten, streicheln, liebkosen. Könnte er sie sich wenigstens vorstellen! Aber es gab keine Bilder in diesem Dasein, nicht einmal damit konnte er sich ablenken. Was bisher so selbstverständlich gewesen war, was er täglich achtlos genossen hatte, war ihm auf einen Schlag genommen worden: Seine Sinne. Jetzt empfand er sie als göttliches Geschenk, als das höchste Gut, das ein Mensch besitzen konnte. Hätte ihn doch nur eine Fliege, eine winzige Fliege, an der Nase gekitzelt, wäre ihm der kleinste Seufzer, wenigstens ein leises Rülpsen gelungen.

Immer weiter drehte sich die Spirale seiner Gedanken im Kreis, immer wieder ackerte er die gleichen Fragen durch: War er tot, untot, oder durchlebte er einen unsäglichen Horrortrip? Warum half ihm denn niemand? Was kam auf ihn zu, wenn er aufwachen würde? Und was, wenn er nicht aufwachen würde? Wenn er auf alle Ewigkeit dazu verdammt war, in diesem Zustand zu verharren? Die Furchen in seinem Gehirn brannten sich immer tiefer, bis ihn schließlich wieder ein traumloser Schlaf, eine glückselige Ohnmacht erlöste.

Immer wieder erwachte er aufs Neue, litt Höllenqualen, sehnte sich nach der ewigen Ruhe, wollte richtig tot sein. Schlief wieder ein, um sich im gleichen Zustand wiederzufinden. Und immer wieder erwachte er nach dem erneuten Schrecken mit dem Verlangen nach einer beruhigenden Zigarette.

Langsam wurde er mürbe und unendlich müde. Müde seiner Sorgen im Leben, müde der Folter dieses Zustandes. Er hörte auf, nach Erklärungen zu suchen, seine Probleme im Leben wurden gegenstandslos, er ergab sich in sein Schicksal …

Allmählich verebbte die Angst, die Panikerscheinungen verschwanden, Allan schien einen gewissen Rhythmus zwischen »Wach- und Schlafzustand« zu finden. Die Gedanken perlten wie Seifenblasen ziellos im Kopf, gingen ihre Wege, ohne dass Al sie lenkte, sie waren bedeutungslos geworden. Er dachte an alle möglichen Dinge, schemenhaft, bruchstückhaft, kaum einer Erinnerung wert. Auch unter der Einsamkeit litt er nicht mehr. Allein die unsägliche, tödliche Langeweile plagte ihn. Es gab keine Zerstreuung, kein Fernsehen, keine Partys, keinen Alkohol, keine Zigaretten, und schon gar nicht Sex. Nicht einmal handfesten Streit, Stress oder Sorgen. Alles, was im »normalen« Leben zur Verfügung stand, sich vom gähnenden Abgrund der Langeweile abzulenken, existierte hier nicht. Unendlich schien die Zeit, und die Vorstellung, dass sie es tatsächlich auch war, ließ Allan erschauern. Vielleicht war dies die wahre Strafe für sein Versagen, die wahre, ewige Hölle. Es blieb nur das Warten auf den erlösenden Schlaf, in dem er für eine Weile aufhören durfte zu existieren.

Wieder einmal hatten sich die Zellen müde gedacht, das Bewusstsein erlosch …

8

Doch diesmal war sein Schlaf anders. Ein Wunder geschah: Allan hatte einen Traum.

Er stand mit Beatrice auf dem Turm des Großmünsters und sah auf die Street Parade hinunter. Alles um ihn herum war schön, traumhaft schön. Er flog davon und winkte Beatrice zu, die lachend zurückwinkte und immer kleiner wurde. Er schwebte über die wogende Menschenmasse, über die dröhnenden Lovemobiles, vorbei an der Quaibrücke über den tiefblauen See, wo göttliche Ruhe herrschte. Hoch und höher stieg er, fühlte sich frei, losgelöst von allem irdischen Ballast. Es gab kein Gestern und kein Morgen, keine störenden Gedanken, er war im Hier und Jetzt. Immer näher kam er der gleißenden, weißen Sonne, die ihm Ziel der Glückseligkeit zu sein schien, Rückkehr in den Mutterleib, absolute und endgültige Geborgenheit. Er schrumpfte zusammen zu einem Punkt ohne Ausdehnung, glitt dahin am seidenen Faden der Zeit. Plötzlich riss der Faden. Hinauskatapultiert aus dem Zustand der Harmonie fiel er in ein Luftloch, war wieder sich selbst. Wind kam auf, dunkle Wolken brauten sich zusammen, unter ihm kräuselten sich die Wellen des nun grauen Sees. Al wollte aufsteigen, über die Wolken, dorthin, wo er in Sicherheit war, der Welt enthoben. Aber die Kraft reichte nicht, er spürte, wie er flügellahm wurde. Mit einem lang gezogenen Schrei stürzte er ab und zerschellte auf der betonharten Wasseroberfläche.

Und erwachte. Kehrte zurück in seine Welt der Langeweile, in sein Dasein der nackten Gedanken. Allan war aufgeregt wie ein Junge an Weihnachten. Was war das gewesen? Bilder, Farben, Lärm, Ereignisse. Nach langer, unendlich langer Zeit endlich wieder Bilder. Ein wunderbares, zauberhaftes Erlebnis, Action wie im Kino. Und das Schönste: Er hatte Beatrice gesehen. Gelacht hatte sie, gewinkt, ihr weißes Haar war im Wind geflattert.

Sein Unterbewusstsein existierte also noch. Wenigstens das hatte ihn nicht verlassen. Es war da, hatte sich ihm gezeigt, sich dammbruchartig geöffnet. Allan fühlte nichts mehr und nichts weniger als Erleuchtung. Und Hoffnung. Hoffnung auf Erlösung von der Langeweile.

Seine Gedanken begannen erneut zu rotieren. Aber nicht mehr in der schmerzhaften, angstvollen Art wie vor der Resignation, sondern scharf und logisch, zielgerichtet und auf das Geschehene fixiert.

Ja, vielleicht war er eine ruhelose, untote Seele. Aber möglicherweise hatte er ihren Sitz entdeckt: Das Unterbewusstsein. Der Traum hatte ihm gezeigt, dass er Bilder in sich hatte, dass er ein Wesen war. Wenn nicht aus Fleisch und Blut, so doch mit den Tiefen der Fantasie und der Vorstellung. Sein Dasein hatte wieder Essenz. Warum, so fragte er sich, hatte es so lange gedauert, bis er dieses Wunder entdeckt hatte? Er kannte die Antwort genau. In dem Moment, als er seinen Widerstand aufgegeben hatte, die Hoffnung auf einen Ausbruch, als er seine Gedanken in die Freiheit entließ, ohne sie lenken zu wollen – in diesem Moment konnte dieser Zugang erst freigelegt werden. Hätte er doch schon in seinem Leben gelernt, mehr loszulassen, weniger egoistisch, begierig und eifersüchtig zu sein, es wäre bestimmt alles anders verlaufen.

Der Traum klang nach, Allan genoss die Gedanken daran, und allmählich, verschwommen erst, konnte er die Bilder wieder abrufen. Der See, die Stadt, der Aufprall,

Beatrice. Bei ihr, bei ihrem Gesicht, verharrte er lange, lange Zeit. Wenn auch fotografisch starr, so wurde es immer klarer, immer schärfer. Ihre grünen Augen leuchteten ihn an. Sie waren tief, unendlich tief. Er näherte sich ihnen, wollte darin eintauchen, ertrinken. Er bebte. Wäre es möglich …?

Er versuchte, sich seine Lippen vorzustellen. Es brauchte einige kleine Ewigkeiten der Übung, bis es gelang. Nun war dafür Beatrices Gesicht verschwunden. Allan gab nicht auf, natürlich nicht, er hatte ja nichts Besseres zu tun. Schließlich gelang es ihm, die beiden Bilder gleichzeitig zu visualisieren, er näherte sich ihrem Mund und küsste sie. Das war zu viel. Die Vision platzte. Aber Al glaubte, den Geschmack ihrer Lippen wahrgenommen zu haben – und noch etwas viel Wichtigeres: Liebe. Liebe zu Beatrice, aber nicht nur. Selbstlose, ich-befreite Liebe. Nicht zu einem Menschen, nicht zu einer Sache, einem Zustand, und schon gar nicht zu sich selbst. Liebe zu einer inneren Ordnung, die ihm im Leben stets gefehlt hatte und deshalb auch nicht nach außen strahlen konnte. Warum hatte er sterben müssen, um dies zu entdecken? Aber wozu leben? Jetzt, wo er das Paradies vor Augen hatte.

Andere Träume hatte er nicht mehr. Aber diesen einen Traum ließ er in allen Einzelheiten vorüberziehen wie einen Film. Wieder und wieder, bis er dessen überdrüssig war. Er wollte mehr, anderes. Es müsste doch möglich sein, in sein Unterbewusstsein abzusteigen und neue Träume hervorzubringen. Mit der nötigen Übung könnte er vielleicht eine Welt erschaffen, Bilder, Töne, Gefühle. Vielleicht konnte er seinen Bildern Leben einhauchen, Leben, das nur er ihnen geben konnte, weil nichts anderes als er existierte in dieser Welt. Und vielleicht … Allan wagte kaum, daran zu denken: War es möglich, dass von seinem Unterbewusstsein ein Weg, ein Tunnel in die Welt der Lebenden führte, er mit Bea Kontakt aufnehmen könnte? Gleichzeitig fragte sich Al, welchen Sinn das hätte. Er würde Bea damit nur erschrecken. Als Geist in ihr Leben einzudringen …?

Die Zellen waren müde, Al trat ein in die Welt des Vergessens.

Beim nächsten Erwachen versuchte er, sich einen Lift vorzustellen. Es gelang nicht auf Anhieb. Endlich, viele Ohnmachten und Imaginationen später, formte sich vor seinem geistigen Auge eine Gittertür, erst unscharf, dann immer klarer. Er stand im Korridor eines alten, reich verzierten Jugendstilhotels. Er hörte Schritte auf dem Flies. Ein Page kam um die Ecke. Wortlos und scheinbar ohne Allan zu bemerken, drückte er auf den Liftknopf. Die Kabine schwebte an, der Page zog das Gitter auf. Al stieg ein, der Page schloss die Tür. Der Lift hatte keine Knöpfe, nur zwei kahle, weiß getünchte Wände und einen Spiegel, in dem sich das Gitter reflektierte. Sich selbst sah Allan nicht darin, was ihn allerdings nicht verwunderte. Diese Tatsache schien ihm mittlerweile logisch und normal. Al wünschte mit der ganzen Kraft seiner Gedanken, der Lift möge losfahren. Und tatsächlich: Mit einem Ruck bewegte er sich und fuhr abwärts. Vorbei an unzähligen Stockwerken, bis keine Gittertüren mehr kamen. Die Wände verfärbten sich erst blutrot, dann violett und schließlich wurde es dunkel. Allan hatte ein mulmiges Gefühl. Wieder dunkel, wieder ohne Vorstellungen. Oder war da doch etwas? Ja, er spürte die Schwerkraft, fühlte, wie er absank. Je tiefer er sank, desto wohler wurde ihm. Endlich blieb der Lift stehen und gleißendes Licht strahlte herein. Al trat ins Freie, in nichts als weißes Licht. Er wusste nicht einmal, ob er Boden unter den Füßen hatte oder schwebte. Aber er bewegte sich vorwärts. Angestrengt sah er sich um und hoffte, irgendetwas zu sehen. Da, da war etwas! In der Ferne entdeckte er einen kleinen roten Punkt, der sich beim Näherkommen als faustgroße rote Kugel entpuppte. Verführt von ihrem geheimnisvollen Glitzern griff er danach. Mit einem Aufschrei ließ er sie jedoch sofort wieder los, sie war glühend heiß. Sie fiel auf das Trottoir, auf dem Allan plötzlich stand, und verwandelte sich in eine halb verfaulte Birne. Und dann lagen da noch viele weitere Birnen. Sie waren vom Baum gefallen, der neben dem Trottoir stand, und viele Wespen schwirrten herum, um den süßen Saft der Früchte zu trinken. Es war ein milder Altweibersommertag. Al war ein kleiner Junge, barfuß und in kurzer Hose. Auf dem Rücken trug er seinen Schulranzen. Ratlos stand er vor den wespenumschwirrten Früchten, die ihm den Weg zur Schule versperrten. Allen Mut zusammennehmend, ging er auf Zehenspitzen behutsam darum herum. Er suchte die wenigen freien Flecken, machte mal einen großen, mal einen kleinen Schritt und gelangte schließlich ohne Wespenstich durch die Gefahrenzone. Er war stolz. Er war ein Held! Wenn das die weißhaarige Bea sähe, in die er verliebt war, würde sie sich ihre Antwort auf seinen Liebesbrief vielleicht noch einmal überlegen …

Allan war ein kleiner Junge, gleichzeitig aber war er sein erwachsenes Bewusstsein, die Gedanken liefen parallel zu der Vision. Und er wusste, es handelte sich hier um eine Erinnerung. Eine echte, richtige Erinnerung aus seinem Leben. Er war aufgeregt, zu aufgeregt für die zarte, zerbrechliche Welt des Unterbewussten. Der Traum platzte wie eine Seifenblase und Allan wurde zurückgeworfen in den Zustand des Nichts.

Lange dachte er nach über seine Vision und weshalb gerade diese Erinnerung in sein Bewusstsein geschwappt war. Es machte ihm nichts aus, dass die Bilder ihm wieder entglitten waren, denn stets war er nun begleitet von diesem Gefühl der Liebe und der Gelassenheit. Dankbar für das Geschenk schlief er ein.

Als er aus der Bewusstlosigkeit wieder in die Gedankenwelt aufstieg, spürte er wie immer das Verlangen nach einer Zigarette. Neugierig unternahm er einen Versuch: Er stellte sich eine Zigarette vor. Daneben ein Feuerzeug. Aus der Fantasie erschuf er seine Hand, führte damit die Zigarette zum Mund, zündete sie an. Allan zog, gespannt, was passieren würde. Tatsächlich: Er spürte den scharfen Rauch, seine Lungen öffneten sich, er hustete. Die Zigarette schmeckte scheußlich. Aber er hatte den Rauch gespürt. Seine Vorstellungskraft ließ sich also auch auf seinen Geruchs- und Geschmackssinn erweitern und war nicht beschränkt auf optische Eindrücke. Lust auf eine Zigarette verspürte Al von da an nie mehr, aber etwas Neues stellte sich ein: Hunger. Allan versuchte, sich etwas Essbares vorzustellen. Ein Teller mit Austern entstand vor seinem geistigen Auge, aber immer wenn er das schleimige Fleisch aus dem Perlmutt kratzen wollte, platzte das Bild. Dasselbe passierte mit Pommes frites, Steaks und anderen seiner Lieblingsspeisen. Von da an plagte Allan permanenter Hunger, wenn er bei Bewusstsein war. Durst kam auch dazu, doch er konnte in seiner Vorstellung weder Bier noch Wasser trinken. Kaum griff er nach seinen Visionen, verschwanden sie. Wie sollte er dieses Problem nur lösen? Musste er nun elendiglich verdursten und verhungern, jetzt, wo er dem inneren Glück so nahestand? Verdursten? Verhungern? Er war ja tot. Es konnte sich höchstens um eine weitere Höllenqual handeln. Ja, das musste es sein. Eine weitere Strafe für sein sündiges Leben.

Er konnte sich mittlerweile vieles vorstellen. Figuren und Landschaften, bekannte und unbekannte, erstanden und verschwanden. Aber alles war starr und leblos. Nur seine Kindheitserinnerung hatte gelebt, nur da hatte er Hitze gespürt. Es reichte also nicht, sich kraft der Gedanken die Dinge vorzustellen. Er musste eintauchen in sein Unterbewusstsein, er musste den Lift wiederfinden. Dort geschahen die Dinge, ohne dass er Einfluss nahm, dort war sein wahres »Leben«. Das Leben eines Untoten.

Nach einigen Versuchen gelang ihm der Einstig in den Lift, die lange Fahrt in die Tiefen seiner selbst begann erneut. Wieder schwebte er im weißen Nichts und sah sich um. Und wieder war da der rote Punkt in der Ferne. Al näherte sich, zögerte, die Kugel anzufassen, da sie ja heiß war. Würde sich seine Kindheitserinnerung wiederholen, wenn er danach griff? Doch schließlich: Heiß hin oder her, er langte zu. Die erwartete Hitze blieb aus, dieses Mal wurde die zuerst harte Kugel weich, fruchtig. Sie war ein Apfel geworden. Al biss hinein. Welch wunderbares Gefühl, das Knacken beim Biss, das Kauen des Fruchtfleisches. Zuckersüß rann der Saft in seine Kehle – wie lange hatte er so etwas nicht mehr erlebt. Unendliche Zeit war es her. Und genau genommen war es eine neue Erfahrung. Was war im realen Leben ein Apfel schon gewesen? Ein kleiner, beiläufiger Genuss. Aber das hier, das war unendliche Lust. Er aß den Apfel samt Kern auf, Hunger und Durst wichen. Also war das keine Strafe gewesen. Es war ganz einfach nur hier, in der Tiefe seines Selbst, es war möglich, zu essen, zu riechen, Körperwärme zu fühlen und zu atmen. Es war fast, als ob er – lebte!

Zack, nun hatte er es wieder verdorben, saß wieder in seinem Gedankenkorsett. Er durfte sich da unten nicht zu viele Gedanken, nicht zu viele Emotionen leisten, sonst wurde er umgehend wieder ins Bewusstsein geschleudert.

Die Dinge geschahen nur, wenn er sie einfach geschehen ließ. Sobald er in irgendeiner Form kontrollierte oder analysierte, platzte der Traum. Das war Allan nun klar. Aber auch etwas anderes hatte er gelernt: Er war mit dem Wunsch hinuntergestiegen, Hunger und Durst zu stillen, und der Wunsch war in Erfüllung gegangen. War es also möglich, Gedanken zu fokussieren, die dann, in welcher Form auch immer, Realität wurden? Könnte er am Ende vielleicht – Bea treffen, Kontakt aufnehmen mit ihr? Mit der richtigen, lebenden Bea, nicht mit einer Figur seines Unterbewussten?

Ja. Auf diese Weise wollte er versuchen, einen Einstieg in die äußere Welt zu finden. Er wusste nicht weshalb, aber er hatte das Gefühl, damit etwas Verbotenes zu tun. Also wollte er sein Selbst überlisten, indem er den Lift lediglich mit dem Wunsch betrat, Bea als Figur seiner Einbildung zu treffen. Alles Weitere würde sich geben.

Diesmal schien die Fahrt mit dem Lift länger zu dauern, vor allem die Phase der Dunkelheit wollte nicht enden. Allan schien in tiefere Schichten vorzudringen. Endlich hielt der Lift an. Aber statt des gleißenden weißen Lichts empfing ihn nun gelbliches, diesiges. Frostige Kälte umgab ihn. Al hatte ein ungutes Gefühl. Er wollte es verdrängen und beruhigte sich damit, dass er nur ein bisschen »laut« denken musste, um zurückzukehren. Diesmal schwebte nicht er, sondern etwas Undefinierbares, eine unförmige große Masse, schwebte auf *ihn* zu. Beim Näherkommen bemerkte er, dass die Masse in Bewegung war, als ob auf ihrer Oberfläche Wasser brodelte oder Insekten krabbelten. Nein, jetzt sah er, was es war. Plötzlich stand er am Rand einer feuchten Grube, in der es von Schlangen wimmelte. Al schauderte. Was für ein Bild! Nicht auszudenken, hier hineinzufallen. Doch: Gedacht, geschehen! Nackt lag er inmitten der züngelnden, zischenden Tiere, die ihn ein ums andere Mal bissen. Al schrie aus Leibeskräften, wünschte sich weg, wollte denken, analysieren, um sich in sein Gedankenkorsett zurückzukatapultieren. Es half nichts. Er strampelte, rappelte sich auf, versuchte wild um sich schlagend die Schlangen abzuschütteln und krallte sich in die steilen, lehmigen Wände. Blutüberströmt konnte er sich endlich aus der Grube retten und setzte sich erschöpft an deren Rand. Dann weitete sich sein Blick, Schrecken durchfuhr ihn. Beatrice! Statt seiner lag nun sie im Loch und schrie nach Hilfe. Ihre Haare waren rot von Blut, sie ertrank fast in der wilden Masse der Tiere.

»Ich muss hinunter!«, dachte Al. »Sofort!« Er machte einen großen Satz, fasste Bea am Arm, zog sie auf und befreite sie von den Tieren. Immer wieder krochen sie hoch und bissen zu. Der Kampf dauerte lange, bis er Bea endlich befreit hatte. Al war erschöpft, zerschunden, die Bisse brannten wie Feuer.

Keuchend hockten sie auf einer Wiese. Die Sonne schien, Das Schlangennest war verschwunden, die Wunden verheilt. Beas blutverschmierte Haare entpuppten sich bei näherem Hinsehen als pink gefärbt. Sie trug ein kurzes Sommerkleid, er selbst war mit Jeans und einem leichten Hemd bekleidet. Ungläubig starrte er auf ihr Haar. Noch vor Sekunden hatte er um ihrer beider Leben gekämpft, und nun saßen sie ohne jede Blessur inmitten der Blatterwiese am Zürichsee.

»Findest du es übertrieben?«, fragte Bea, die Allans Blick bemerkte.

Sein Herz raste. Sie hatte gesprochen, erstmals seit seiner Verdammung hörte er die Worte eines Menschen. Eines geliebten Menschen.

»Nur keine Emotionen, keine Gedanken, alles einfach

geschehen lassen, tun, als ob nichts wäre«, schoss es Allan durch den Kopf.

»Warum sagst du denn nichts, ich hab dich was gefragt?«

»Wie bitte?«, antwortete Al.

»Na, die Haarfarbe, ob du sie übertrieben findest. Es ist ja nur wegen der Street Parade. Ich wollte auch mal ein bisschen mitmachen, tanzen und so.«

»Ich finde sie großartig«, lachte Al, den Sinn ihrer Worte kaum beachtend. Er genoss den Klang ihrer Stimme, die schöner war als tausend Weisen. Unendliches Glück durchströmte ihn.

»Na dann komm, gehen wir.«

Sie standen auf und schlenderten Hand in Hand Richtung Bellevue. Die Menschenmasse wurde dichter, bunter, der Lärmpegel schwoll an.

Allan spürte Beas warme Hand in der seinen. Er verdrängte die Frage, ob er mit ihr – mit der richtigen Bea – in Kontakt treten könnte, aus Angst, der Tagtraum würde platzen.

An einem Stand kaufte er eine Bratwurst, dann warfen sie sich ins Getümmel. Allan stand am Rand einer Disco, biss in seine Bratwurst und sah Bea zu, die im Gewühl tanzte.

Plötzlich wurde Allan traurig. »Also auch sie«, dachte er, ohne zu wissen, warum. Aber je länger er dem Treiben um sich herum zusah, desto klarer wurde ihm der Grund für dieses Gefühl: All diese fröhlich wirkenden jungen Menschen waren nur Hüllen, aufgesaugt von der Wirtschaft, die den Leuten den letzten Rest von Sensibilität und Bewusstsein aus der Seele trieb, indem sie den Konsumrausch anpeitschte, die Oberflächlichkeit mit allen Mitteln förderte. Und das allein im Bestreben nach Wachstum und Gewinn. Gerade die Masse, die Nähe dieser Menschen, schien Einsamkeit in sich zu tragen. Man konnte ja unmöglich miteinander sprechen bei dem Lärm, es konnten keine Kontakte entstehen. Was hier geschah, war Exhibitionismus pur – und vielleicht das Vergessen einer tristen Realität. Müsste man da nicht gegensteuern, vonseiten der Regierung Maßnahmen ergreifen, Bewusstseinstraining vielleicht anstatt Militärdienst?

Al war verwirrt über seine eigenen Gedanken. Was taten ihm denn diese fröhlichen Menschen leid? Es war doch alles bestens. Es gab keinen Hunger, man lebte in Saus und Braus, man vergnügte sich. Doch trotz dieser Argumente wurde Allan das Gefühl nicht los, dass sich die Welt auf einen Abgrund zubewegte.

Bea tanzte auf ihn zu und wischte ihr verschwitztes Gesicht an seinem Hemd ab. Er küsste sie. Der Geschmack ihrer samtenen Lippen ließ ihn die trüben Gedanken vergessen.

»Komm, wir trinken ein Bier«, sagte Bea und zog ihn mit sich.

Bald darauf saßen sie im Pier 7 an einem Tischchen vor ihren Gläsern. Die Kneipe gehörte zu einer Bootsvermietung und die sanften Wellen der Limmat kräuselten sich am Ufer.

»Und, wie geht's so?«, fragte Al, wie einer eben fragt, der sein Gegenüber lange nicht mehr gesehen hat.

Bea zog die Brauen hoch: »Was soll denn diese Frage? Du siehst es ja, blendend.«

»Ach, war nur Geplapper.«

Natürlich, für sie war er nie weg gewesen, nur für ihn war alles anders – sie war ja das Produkt seines Unterbewussten.

»Was macht Furtwanger denn so?«, wollte er wissen.

»Furtwanger, wer ist denn das?«

»Na, Furtwanger, der Professor.«

Bea sah Al verständnislos an.

»Na komm, nimm mich nicht auf den Arm, du wirst mir doch nicht weismachen wollen, dass du den Nachnamen deines verehrten Thomas vergessen hast«, sagte Al.

Bea war entrüstet. »Hör mal, Allan, es gibt diesen Mann nicht, bitte erwähne also den Namen nie mehr.«

»Bea, was ist los?« Allan war besorgt.

Aber je länger er bohrte, desto ungehaltener wurde Bea. Endlich riss ihr der Geduldsfaden: »Allan, Furtwanger existiert nicht in deiner Welt, und ich bin ein Produkt deiner Fantasie, eine Seifenblase, die bald platzen wird. Und nun hör auf, mich zu löchern, sonst verschwinde ich auf der Stelle.«

Allan war, als hätte man ihm eine Ohrfeige verpasst. Mussten sie auch hier wieder streiten, ging es denn nie ohne?

Ohne Vorwarnung wurde er wieder in sein Bewusstsein zurückgeschleudert. Er war verwirrt. Wie konnte Bea wissen, dass sie nur Fantasie war? Und Furtwanger, wieso existierte er nicht? In seinem Unterbewussten lebte doch alles, woran er sich erinnerte, und dazu noch vieles mehr. Und überhaupt: An Furtwanger erinnerte er sich klar und deutlich. Als er jedoch versuchte, sich dessen Gesicht vorzustellen, sah er lediglich die Umrisse des Kopfes und den grauen Bürstenschnitt. Der Rest blieb als hautfarbener Fleck im Nebulösen verborgen. Nach langer Zeit und vielen erfolglosen Versuchen schlief er ein.

Für längere Zeit unternahm Al daraufhin keine Trips mehr in sein Selbst, das Erlebnis mit Bea hatte ihm Angst eingeflößt. Aber die Sache mit Furtwanger beschäftigte ihn unentwegt, sodass er sich endlich doch entschloss, Beatrices These zu widerlegen. Also wünschte er sich, Furtwanger zu Hause aufzusuchen. Er nahm den Lift und landete beim Zürcher Hauptbahnhof. Dort bestieg er die Straßenbahn und fuhr Richtung Hardturm zu Furtwangers Haus.

Aber da war kein umgebautes Haus, kein Drahtzaun. Auf dem Gelände stand lediglich ein altes, schmuddeliges Haus, auf dessen Dach der Schriftzug einer ausgedienten Seifenfabrik thronte. Hatte Beatrice also recht gehabt? Existierte der Professor in seiner Welt gar nicht, obwohl sich Allan doch genau an ihn erinnerte? Das war ihm zu hoch. Er ging auf den Eingang des Hauses zu und wollte eintreten. Als er die Tür berührte, explodierte das Gebäude mit einem ohrenbetäubenden Knall. Eine Feuersäule schoss in die Höhe, Gebäudeteile flogen in die Luft, und mit ihnen Al.

Er fand sich wieder in seinen Gedanken und brauchte eine ganze Weile, um sich halbwegs zu beruhigen. Der Schock saß tief.

Schluss mit diesen Experimenten! Vielleicht sollte er seine Vergangenheit ganz aus dem Spiel lassen, ohne Wunsch und Erwartung in den Lift steigen und seine innere Welt unvoreingenommen betrachten und erleben.

Aber da war noch eine Sache, die ihn beschäftigte. Nicht etwa seine Arbeit, auch nicht Habi. Sondern Eveline. Er wollte wissen, ob sie in seiner Fantasie ein Kind hatte und wie es ihr ging. Den Wunsch, Kontakt mit der Außenwelt aufzunehmen, hatte er aufgegeben. Er war der Geistergeschichten leid und akzeptierte sein neues Dasein, ohne es weiter zu hinterfragen.

Einige Erwachen später betrat er den Lift trotzdem mit dem Vorsatz, Eveline zu finden. Wieder landete er beim Bahnhof. Obwohl, oder gerade weil es regnete, ging er zu Fuß. Wie lange hatte er keine Tropfen mehr auf seiner

Haut gespürt, keine nassen Haarsträhnen im Gesicht. Er ging in Richtung Kreis 3, wo er ihren Wohnort vermutete, und fand sie an einer Ecke stehend, mit aufreizend kurzem Rock und Netzstrümpfen. Ihr junges Gesicht war eingefallen, sie war spindeldürr. Allan zog es das Herz zusammen. Eveline ging auf dem Drogenstrich anschaffen! Das konnte er nicht zulassen. Er ging auf sie zu und sprach sie an.

»Eveline, was tust du denn hier, bist du von allen guten Geistern verlassen?«

Sie spuckte ihn an. »Gerade du musst mir das sagen, du, der schuld ist an meiner Misere. Wart's nur ab, ich werde dich in den Knast bringen.«

Er wischte die Spucke mit einem Taschentuch weg.

»Eveline, du weißt doch, wie leid es mir tut. Ich möchte dir helfen.«

»Dann lass die Kohle rüberwachsen.«

»Was ist mit dem Kind?«

»Abgetrieben, ich wäre fast draufgegangen dabei. Was ist nun mit dem Geld?«

Er hatte keines dabei. Er versprach, etwas aufzutreiben, bat um ihre Anschrift und flehte sie an, um alles in der Welt mit der Prostitution aufzuhören. Noch während er auf sie einredete, näherte sich ein kettenbehangener Typ.

»Hast du Probleme, Baby, belästigt dich dieser Spanner?«, fragte er Eveline.

Sie nickte.

Er baute sich vor Al auf: »Verpiss dich, Arschloch, sonst gibt's Haue.«

»Wissen Sie überhaupt, wie alt das Mädchen ist? Sie machen sich strafbar«, sagte Al.

»Was denn, was denn, maulen auch noch?«

Evelines Zuhälter zog eine Kette hervor und schlug sie ihm mit voller Wucht auf den Kopf. Al sackte zusammen.

Immer wieder drosch der Mann auf ihn ein, Eveline half mit Fußtritten in Rücken und Gesäß nach. Irgendwann wurde der Schmerz unerträglich, Allan wurde schwarz vor Augen und verschwand in alles verschluckender Dunkelheit.

Schmerzfrei fand er sich in seinem Gehirn wieder. Er war schockiert über seine schrecklichen Vorstellungen, hatte gehofft, seine innere Welt sähe friedvoller aus.

Tatsache aber war, dass es immer schlimmer wurde. Immer wenn er hinunterfuhr, auch ohne Vorsatz und Wunsch, passierten schreckliche Dinge. Menschen wurden erschossen, Tiere gequält, Unfälle geschahen an jeder Ecke. Flugzeuge stürzten in Häuser, Brände wüteten, er wurde von Überschwemmungen fortgespült. Es war nicht mehr wie am Anfang, es gab keine schönen Momente mehr, keine realen Kindheitserinnerungen. Bosheit, Schmerz und Chaos regierten seine Welt.

Al war am Boden zerstört. Jetzt begann die Höllenqual erst recht. Er saß in seinem Gedankenkorsett und wusste um den Zugang zu seinem Unterbewussten, zu den Bildern. Aber wehe, er betrat diesen Teil seiner selbst! Jedes Mal wurde er dafür hart bestraft, litt Schmerzen und sah Unglück. Das also war seine Welt. Wo war das Gefühl der Liebe geblieben, das er am Anfang gespürt hatte? Warum war es entglitten, wohin hatte es sich verkrochen? Nun begann das Gedankenkarussell sich wieder zu drehen. Immer um die gleiche Sache, die eine Frage: Was konnte er tun, um eine bessere Welt zu erschaffen? Er versuchte, sich das leichte, unbeschwerte Gefühl vorzustellen, das er früher gehabt hatte, die harmonische Ordnung zu spüren, die er tief in seinem Inneren erahnte.

Und plötzlich stand die Lösung klar vor ihm: Die

Schweinerei war seine Welt, sein Selbst. Da war keine Putzfrau, die alles in Ordnung brachte, er allein musste das erledigen. Aber wo beginnen, und wie? Wieder einmal war der Gedanke, sein Wunsch, das einzige Instrument, das er zur Verfügung hatte. In die tiefsten Tiefen wollte er steigen, auf den Grund seiner Seele, um dort allen Dreck zu beseitigen, den er in seinem Leben angehäuft hatte, wie auch immer er sich präsentieren würde. Es war der einzige Weg.

Allans Knie zitterten, als er den Lift bestieg. Die Sache schien zu funktionieren. Lange, lange dauerte die Fahrt, Al stand sich die Füße in den Bauch.

Nach einer gefühlten Ewigkeit hielt der Lift. Es stank bestialisch nach Exkrementen, dunkles, unheimliches Licht beleuchtete schwach ein gespenstisches Kellergewölbe. Al trat aus dem Lift und sank erst einmal knietief in Fäkalien ein. So sah das hier also aus, eine Jauchegrube war seine Seele. Ekel stieg in ihm hoch, als er durch die stinkende, dampfende Masse watete. Endlich fand er festen Boden unter den Füßen. Mit zugehaltener Nase sah er sich um. Das Steingewölbe war um die vier Meter hoch, entfernt erinnerte der Bau an ein Kirchenschiff – oder dessen Ruine. Statt der Fenster hingen überall Spinnweben. Der steinerne Boden war übersät mit toten Ratten, verschimmelten Lebensmitteln, alten, kaputten Möbeln, zerschlagenen Flaschen, Pappbechern, Autoteilen. Auch zerschundenes Spielzeug lag herum, ein Teddy ohne Kopf, eine Puppe ohne Beine. Er war perplex. Er, der im Leben immer so ordentlich gewesen war, hatte eine solche Schweinerei in seinem Innern. Achtsam machte er einen kleinen Schritt nach dem anderen, um nicht auf etwas Spitzes zu treten. Mit bloßen Füßen unterwegs, war er besonders empfindsam für das, was unter ihm lag. Sein Blick fiel auf ein Stück blaues Papier. Er hob es auf und sah seinen Führerschein. Al lachte verbittert. Da war er nun also wieder, der Führerschein, den man ihm entzogen hatte. In der Rumpelkammer seines Selbst fand er ihn wieder. Hier würde er ihn bestimmt nicht brauchen, hier bräuchte er ganz andere Dinge. Er warf das Papier zu Boden. Deprimiert ließ er sich in ein Sofa fallen, Staub wirbelte auf, es knackte, einer der morschen Füße brach.

»Ordnung schaffen!«, dachte er. Aber wie sollte ein Mensch allein das alles aufräumen können? Und wohin mit dem ganzen Unrat? Es gab hier keine Besen, keine Abfallsäcke und bestimmt auch keine Verbrennungsanlage, wo man den Schutt einfach abladen konnte. Was sollte er tun? Wieder hinaufsteigen? Al warf einen Blick in Richtung Lift und stellte fest, dass dort mittlerweile eine Tür war. Um dorthin zu gelangen, blieb ihm nichts anderes übrig, als wieder durch den Kot zu waten. Egal, an den Gestank hatte er sich gewöhnt, er musste wissen, was sich hinter der Tür verbarg. Dort angekommen, drehte er den rostigen Schlüssel im Schloss und zog die knarrende Pforte auf.

Sein Atem stockte: Welch ein Bild des Grauens! Ein Zimmer voller halb verwester Leichen. Kinder, junge Menschen, Greise. Ihre Gesichter waren entstellt, das Fleisch hing in Fetzen von den Knochen, verschimmelte Kleiderreste klebten an ihnen. Al musste sich übergeben. Der süßliche Leichengeruch war mehr, als er ertragen konnte.

Und wieder fand er sich in seinen Gedanken wieder. Hier gab es wenigstens keinen Gestank, keine Leichen, keine Unordnung. In diesem Moment war er froh um die Neutralität seines Ichs. Erschöpft schlief er ein.

Doch sein Chaos ließ ihm keine Ruhe, schließlich wusste er: Wollte er je wieder schöne Bilder sehen, das Gefühl von Gelassenheit und Liebe erleben, musste er wieder hinunter, musste ein Mittel finden, Ordnung zu schaffen. Andernfalls war er für alle Zeiten in seinem Gehirn gefangen. Es brauchte viel Überwindung, bis Al den Schritt erneut wagte und den Lift betrat.

Zwar hatte er sich, bevor er den Lift betrat, noch schnell ein Paar Schuhe gewünscht, aber der Wunsch blieb unerfüllt.

Unten angelangt, präsentierte sich das gleiche Bild, derselbe Gestank wie beim letzten Mal. Wieder stand Al in den Fäkalien vor der Tür zum Leichenzimmer. Er holte tief Luft. »Es hilft nichts, ich muss da durch«, sagte er sich, öffnete die Tür und trat ein. Diesmal ging es besser. Er betrachtete die toten Körper und stellte fest, dass keiner dabei war, den er identifizieren konnte. Wo noch ein Gesicht zu erkennen war, war es ihm fremd. Er überwand seinen Brechreiz und sah sich um. Wo war der Ausgang bei diesem schrecklichen Ort? Irgendein Weg musste doch ins Freie führen. Aber er entdeckte keine weitere Tür, nur da und dort einen Spalt zwischen den Steinquadern in der Mauer. Angeekelt stieg er über die Leichen zu einer dieser schmalen Öffnungen, ertastete sie und spähte hinein. Hoffnung keimte in ihm auf, als er ein schwaches Licht zu erkennen glaubte. Eilig kehrte er in den anderen Raum zurück und untersuchte das Gerümpel. Eine verbogene Stange und das verrostete Blatt einer Sense schienen ihm das richtige Werkzeug für sein Vorhaben zu sein. Er machte sich daran, den Stein zu lösen. Ritzte am Mörtel und versuchte, mit der Stange den Quader herauszubrechen. Er arbeitete, bis er Blasen an den Händen hatte, umwickelte sie mit dem Kleidungsstück eines Toten und machte weiter. Er wollte nicht aufgeben, musste wissen, was für ein Licht das war. Stunden vergingen, Al war der Erschöpfung nahe. Mit letzter Kraft stach er in den Spalt und stemmte sich gegen die Stange. Da, der Stein hatte sich bewegt. Ein paar Millimeter nur, aber Al hatte es deutlich gespürt. Neue Kraft durchflutete ihn. Verzweifelt kratzte er weiter, stocherte immer wieder in der Luke. Nach und nach löste sich der Brocken, bis er schließlich mit dumpfem Aufprall vor Allans Füße fiel. Beißender Rauch stieg ihm in die Nase. Hinter der Öffnung loderte ein Feuer, darum herum herrschte Dunkelheit. Bewusstlos brach Al zusammen.

Dieses Mal jedoch erwachte er nicht in seinem Gehirn. Noch bevor er die Augen öffnete, wusste er, dass er immer noch im Kellergewölbe war, denn der Leichengeruch stach ihm penetrant in die Nase. Wie gerädert stand er auf, die zerschundenen Hände brannten, die Muskeln waren hart wie Granit. Egal, er musste noch mehr Steine entfernen, musste einen Zugang zum Feuer freilegen. Wieder nahm er das Sensenblatt und kratzte. Der Stein zerrann wie Sand, mit bloßen Händen buddelte er ein mannshohes Loch frei.

Nun konnte die eigentliche Arbeit beginnen, das grausige, schwere Werk. Er bückte sich, die Hände vorgestreckt. Lange verharrte er in dieser Stellung, zögerte, überwand seinen Ekel und langte zu. Er nahm einen der Toten, schleppte ihn durchs Mauerloch und warf ihn ins Feuer. Der Körper brannte wie Stroh und stank wie die Pest.

Wieder langte er zu, wieder und wieder, bis endlich die letzte Leiche verglüht war. Langsam verzog sich der Modergeruch, Allan atmete erlöst auf und sank in einen tiefen Schlaf.

Er erwachte mit frischer Energie und setzte seine Arbeit fort. Das Feuer erstickte fast, nachdem er einen löchrigen Eimer durch den Kot gezogen und ins Feuer geleert hatte. Nur noch kleine blaue Flämmchen zitterten im Dunkel.

Al erschrak. Nur das nicht! Eilig suchte er Möbelstücke, Puppen, Pappbecher, einen alten Besen zusammen und nährte die Flammen damit. Von nun an mischte er den Kot mit Brennbarem und kam auf diese Weise gut voran.

Viele Male schlief er noch, bis alles entsorgt war.

Endlich, endlich war es geschafft. Als Letztes warf er seinen Fahrausweis, das einzige Relikt, das ihn hier an die Existenz seines früheren Lebens erinnert hatte, in die Flammen. Er sah zu, wie das Papier verbrannte. Mit dem letzten Lodern stürzte das Feuer ab, als ob man den Boden weggezogen hätte. Wie ein Komet sauste es in unendliche Tiefen und verschwand aus seinem Sichtfeld, ohne dass Al einen Aufprall gehört hätte.

Befreit staunte er über den Kosmos, der nun vor ihm lag und sein eigener war. Und er wusste: Hier war seine Grenze, hier hatte kein Gedanke, kein Bild, kein Gefühl, auch keine Vorstellung etwas zu suchen. Hier war – vielleicht – der ewige Friede, der wahre Tod, den er so oft herbeigesehnt hatte. Sollte er … springen in diesen unendlichen Raum?

Er wagte es nicht. Außerdem war seine Arbeit noch nicht beendet. Der Boden musste von der dicken Staubschicht, die Wände von den Spinnweben befreit werden. Erst dann konnte er zufrieden sein, erst dann war sein Werk vollendet. Und erst dann würde er weitersehen.

Aber womit sollte er den Boden reinigen? »Oh nein, dachte Al verzweifelt, warum habe ich nur den Besen in die Flammen geworfen?« Er schüttelte den Kopf, setzte sich auf den Boden und schluchzte. Es gab nichts Begehrenswerteres als einen Besen. Warum war denn alles so schwierig? Selbstmitleid hatte er keines, ein Versager war er schon immer gewesen. Er fühlte nur unendliche Trauer, weil er sein Werk nicht beenden konnte. Das Lebenswerk eines Untoten.

Da er hier nichts mehr tun konnte, war es wohl das

Beste, in seine Gedanken zurückzukehren. Aber war dies überhaupt noch möglich? Wie oft hatte er hier geruht und war doch immer wieder hier aufgewacht. Unbemerkt waren ihm seine Gedanken nachgeschlichen, hatten sich vereint mit seinem Selbst, waren nicht mehr isoliert von seiner Seele. Diese Erkenntnis ließ Allan erzittern. Vor Freude, vor Genugtuung. Es war fast wie leben, nein, viel mehr war es. Eine nie gekannte Einheit. Kein Streit zwischen Kopf und Bauch, eine verwobene, absolute Harmonie.

Beim nächsten Erwachen stand ein Besen in der Ecke. Er schmunzelte, hatte geahnt, dass er nun Herr seiner selbst werden würde, und Hilfe kam, wenn er sie brauchte.

Kraftvoll und mit leichter Hand führte er den Besen durch den Schmutz und schob Schicht um Schicht durch das Loch. Nach vielen, vielen Durchgängen glitzerte ihm etwas entgegen – ein Kristall. Und immer mehr der Edelsteine legte er frei. Und mit jedem neuen Kristall wurden die Räume heller, transparenter, gläserner.

Der Boden glänzte, das Gewölbe strahlte in smaragdenem Grün, er glaubte, in Beas Augen zu schwimmen. Und endlich war es so weit: Er spürte wieder dieses Gefühl umfassender Liebe. Und dieses Mal war er bereit dafür, dieses Mal sollte es ihn nicht mehr verlassen.

9

Allan fühlte sich wohl in seinem gereinigten Selbst, es gab keine Zeit, keine Langeweile, nur erquickenden Schlaf und angenehme Aufenthalte im Kristallzimmer. Manchmal ließ er die Gedanken fließen, manchmal döste er gedankenlos wie eine Katze in der Sonne.

Einmal, als er erwachte, hatte sich das schwarze Loch in der Wand in eine gläserne, blau schimmernde Wendeltreppe verwandelt.

Vergnügt lächelte er, es war wohl Zeit, wieder einmal in eine höhere Schicht aufzusteigen. Obwohl das nie sein Wunsch gewesen war – Wünsche gab es in diesem Raum nicht, nur Zeichen, denen er folgte –, machte er sich auf den langen, aber unbeschwerlichen Weg.

Kilometer um Kilometer stieg er hoch, Tausende von Treppenstufen. Das hatte er früher also alles in dem holprigen, dunklen Lift zurückgelegt, faul und unfähig, wie er gewesen war.

Langsam verfärbte sich das Blau Treppe. Licht drang ein und umspielte das Glas in Regenbogenfarben.

Er trat ins Freie auf eine Wiese. Allan wusste, wo er war. Dort, wo früher Furtwangers Haus gestanden hatte, wo die Seifenfabrik explodiert war. Es interessierte ihn nicht mehr. Entspannt schlenderte zur City und sah den Menschen zu. Die Luft roch fein und frisch, obwohl er sich in der Stadt befand. Er half einer Frau, den Kinderwagen in die Straßenbahn zu schieben, warf den Leuten freundliche Blicke zu, aß im

»blutigen Daumen« ein Kotelett und trank Rotwein dazu.

Unvermittelt trat Eveline ein. An ihrer Hand ging ein Junge von etwa drei Jahren. Strahlend sah sie ihn an und setzte sich zu ihm.

»So gefällst du mir schon viel besser«, sagte er lächelnd.

»Wie denn?«, fragte sie. »So bin ich doch immer, seit du mich aus dem Sumpf gezogen hast.«

Er nickte. »Natürlich.«

Er lud sie zum Essen ein. Sie plauderten, während der Kleine mit seinem Spielzeugauto auf dem Tisch herumfuhr und sich beim Essen der Spaghetti Gesicht und Hände mit Tomatensauce verschmierte. Der Kellner brachte ein Bündel Papierservietten und noch etwas Wein.

Eveline stand auf. »Ich muss jetzt gehen.« Mit dem Kopf deutete sie auf ihr Kind. »Boris hat heute seinen ersten Tag im Kinderhort.«

Sie verabschiedeten sich, Al bezahlte und machte sich dann auch auf den Weg.

Beim Großmünsterplatz angekommen, setzte er sich auf eine Bank und ließ die Atmosphäre auf sich wirken. Überall freundliche, fröhliche Menschen, blitzblanke Straßen, strahlende Häuser. Stoisch ragten die Türme des Münsters in den stahlblauen Himmel. Allan war eins mit sich, hatte Ordnung geschaffen, und so reagierte auch seine Umwelt. Er sah auf die Limmat, die Rudolf-Brun-Brücke, wo Touristen mit Fotoapparaten stehen blieben, Leute mit Tragtaschen von der Bahnhofstraße kamen. Auf dem Limmatquai floss zäher Verkehr. Ein ungeduldiger Motorradfahrer wollte ein Auto überholen und raste auf die Straßenbahn zu, die ihm entgegenkam. Bremsen quietschten, der Motorradlenker verlor den Halt und wurde unter die Straßenbahn geschleudert. »Weg mit der Tram«, dachte Al. Und plopp – verschwand sie, war nie da gewesen, ebenso wie die

Szene nicht passiert war. Der Motorradfahrer schwenkte in den Verkehr ein und fuhr weiter.

Allans Herz pochte. Ging es so weit, dass er seine Welt lenken konnte, war er Herr über sein Unterbewusstes, seine Fantasie und Tagträume geworden? Welch tolles Spiel könnte das werden, was für Möglichkeiten eröffneten sich ihm da! Aufgeregt machte er einen Versuch. Als Kind hatte ihn der Flug der Schwäne stets fasziniert. Das würde er gern wieder einmal sehen. Prompt schwang sich über dem See ein Schwanenpaar auf, das mit elegantem Flügelschlag himmelwärts stieg und ein paar Runden drehte, bevor es auf ihn zuflog und neben seiner Bank landete. Er zauberte ein Stück Brot in seine Hand.

Während er mit kleinen Bröckchen die Tiere fütterte, dachte er über diese neue Situation nach. Hatte er dem Wünschen nicht entsagt, wollte er nicht einfach annehmen, was sich ihm darbot? Andererseits, sollte er Unfälle geschehen lassen, Trauer und Unglück, wenn es in seiner Macht stand, dies zu verhindern?

Nein, es war nicht das gleiche Wünschen wie früher. Es war leicht und spielerisch, ohne jeden Hintergedanken an Gier oder Eifersucht. Zudem war er nicht mehr in der Lage, Schlechtes zu tun, selbst wenn er die Macht dazu hatte. Es gab keinen Hass, keinen Neid mehr in seinem Dasein. Nein, es konnte nicht schaden, es war rechtens, wenn er die Welt gestaltete, wie es ihm gefiel. Es war schließlich die seine. Er war Zauberer, Gott geworden über sein Reich. Überheblichkeit kannte er deswegen nicht, aber Spaß durfte es durchaus machen, ein wenig Schalk gehörte dazu.

Schmunzelnd stand Allan auf und fokussierte seine Gedanken darauf, am Bellevue auf Nierlich zu stoßen. In Gegenwart von Frau Cattin trafen sie einander an der Tramstation. Geschäftig redete Nierlich auf Frau Cattin ein, bis er Allan entdeckte.

»Oh, welche Überraschung, Herr Filippos«, sagte er erfreut, und Frau Cattin begrüßte ihn mit ihrem säuerlichen Lächeln.

»Wie geht's Ihnen denn? Es dürften ja fast vier Jahre sein, seit wir uns das letzte Mal gesehen haben.«

»Vielen Dank, mir geht's prima«, antwortete Al.

»Was machen Sie so, beruflich, meine ich?«

Allan wurde etwas verlegen. »Nun, sagen wir, ich bin spezialisiert auf Aufräumarbeiten.«

Nierlich stutzte. »Aufräumarbeiten? Sie sind doch nicht etwa in der Reinigungsbranche gelandet? Das wäre ja ein böser Abstieg. Hören Sie, Filippos, Sie können jederzeit wieder einsteigen bei der Immo-Bill. Die kleinen Ungereimtheiten sind längst vergessen und wir würden Ihre wertvolle Mitarbeit sehr schätzen. Nicht wahr, Frau Cattin?«

Sie nickte eifrig. »Oh ja, und blendend sehen Sie aus, Herr Filippos, richtig glücklich und kerngesund.«

Allan schmunzelte.

»Kommen Sie, gehen wir was trinken«, forderte ihn Nierlich auf.

»Haben Sie denn Zeit?«

»Die nehm ich mir, und wenn es mich das Geschäft des Lebens kostet«, lachte er.

Sie setzten sich in den Garten des Restaurants »Terrasse«, das eben wiedereröffnet worden war und auf Lifestyle machte. Emsig schwirrten die Kellner umher, Nierlich spendierte ein Glas Champagner.

»Franz ist mein Name«, sagte er und bot beiden das Du an.

»Nun, wie denkst du darüber, über mein Angebot, meine ich. Es ist mir ernst.«

»Vielen Dank, Franz, aber ich fühle mich sehr wohl da, wo ich gerade bin.«

»Schade, aber erzähle doch ein wenig, was tust du genau?«

Gespannt sah ihn Frau Cattin – nun Hanna – an.

Al kratzte sich am Kopf. »Ich … es ist etwas schwierig zu erklären. Ich beschäftige mich mit der Reinigung des Menschen, innerlich, meine ich, therapeutisch.«

»Ach so«, entgegnete Franz, »im Pflegebereich also.«

Al nickte.

»Und Kinder, hast du Kinder? Und wie geht es deiner Frau?«

»Nun ja, ein uneheliches. Und Bea, wir haben uns lange nicht mehr geschehen. – Doch, ja, ich glaube, wir sind noch zusammen.«

Nicht nur Nierlich war leicht verwirrt über diese Aussage. Al war es ebenfalls, aber er hatte Bea ja noch nicht getroffen und wusste nicht genau, ob und in welcher Art er dies tun würde.

Schnell überging er deshalb das Thema und fragte nach Habi. Franz teilte mit, dass er immer noch der gleiche Haudegen sei, aber ein guter Verkäufer halt. Hanna Cattin nickte und sagte »Ja«, ansonsten war sie wie immer wortkarg.

Bald war das Glas leer und Allans Neugier befriedigt. Scheinbar war hier alles in bester Ordnung. Er verabschiedete sich.

»Schau doch einfach mal rein, Habegger würde sich bestimmt freuen«, sagte Nierlich. Dann trennten sich ihre Wege.

Es war Abend geworden. Al saß noch eine Weile am See, genoss den Sonnenuntergang und sah den hübschen Mädchen nach. Seine Libido hatte er nicht verloren. Wie wäre es, wieder einmal … Wären ihm diese Geschöpfe willig, wenn er es sich wünschte? Er beließ es bei der Gedankenspielerei und dachte an Bea, zu der er noch immer große Liebe und Zuneigung empfand. Sollte er nach

Hause gehen? Bestimmt wohnte sie immer noch in der früheren Wohnung. Natürlich, er brauchte es sich ja nur vorzustellen. Aber für heute war es genug. Er beschloss, sich im Hotel »Eden au Lac« einzuquartieren, einem noblen Kasten ganz in der Nähe von Claires Galerie. Auch sie wollte er besuchen, er war gespannt, wie sie sich ihm präsentieren würde.

Al wollte das Hotel betreten, doch der Page hielt ihn zurück.

»Es tut mir leid, in dieser Aufmachung kann ich Sie nicht einlassen, die Geschäftsleitung …«

Allans Jeans waren ziemlich zerknittert und voller Grasflecken und das T-Shirt hatte Spritzer von Boris' Spaghettisauce abbekommen.

»Natürlich, verstehe«, sagte Al und verschwand um die Ecke. Er verpasste sich einen eleganten Anzug und eine Reisetasche und kehrte zurück.

Der Page machte große Augen: »Wie haben Sie das denn so schnell hingekriegt?«

Al zwinkerte ihm zu: »Sehen Sie den Zirkus da drüben?« Er zeigte auf die Sechseläutenwiese, wo der Zirkus Roncalli seine Zelte aufgeschlagen hatte. »Dort arbeite ich, ich bin Verwandlungskünstler.« Er drückte dem Pagen fünf Franken in die Hand und begab sich zur Rezeption.

Kurz darauf streckte er sich auf dem großen Bett seiner Suite mit Blick auf den See aus. Er genoss den Luxus, den er sich im »richtigen Leben« nie hätte leisten können.

Und nun standen ihm alle Türen offen. Ein Gedanke, und schon war da, was er begehrte. Sollte er vielleicht Hunger kriegen und hinuntergehen, um etwas zu essen? Aber er war zu faul, im Bett war es einfach zu gemütlich. Also ließ er den Hunger beiseite und dachte noch eine Weile nach.

Als er am nächsten Tag aus dem Fenster sah, regnete es. Er drehte sich noch einmal um und schlief ausgiebig aus. Dann nahm er ein Bad und stieg in die Hotelhalle hinunter. Die Frühstückszeit war längst vorbei. Also setzte er sich in ein Café in der Nähe, aß ein Croissant, trank Kaffee und las die Zeitung. Darin fand er Kriegsberichte, Artikel über Hungersnöte, politische Schlammschlachten und Knatsch im Sport. Er war perplex. Das war doch nicht seine Welt. Er hatte gedacht, hier sei alles friedlich und gut, und nun das. Nachdenklich legte er das Blatt zur Seite. Das war die Welt, die er früher gekannt hatte. Seine Erinnerung, die sich im Geschriebenen spiegelte, alles, was sich in sein Gehirn gebrannt hatte. Was früher normal und selbstverständlich gewesen war, ihm kaum eine Emotion entlockt hatte, machte ihn heute traurig. Er empfand Mitleid mit den Hungernden, Abscheu gegen die blutigen Kriege, Ekel vor den Lügen der Politiker, der Gier der Wirtschaft und – Angst um das Überleben der Menschheit. Die Kaffeetasse zitterte in seiner Hand.

Er zahlte und machte sich durch den strömenden Regen auf Richtung Zürichberg. Er wollte Bea aufsuchen, Trost und Ablenkung finden.

Durchnässt kam er bei der gemeinsamen Wohnung an. Er zog den Schlüssel aus der rechten Jackentasche, wo er ihn immer zu verstauen pflegte, und betrat die Wohnung. Bea war nicht zu Hause.

Er ging ins Schlafzimmer, das Bett war nicht gemacht. »Typisch Bea«, dachte er schmunzelnd, frottierte das Haar und zog einen Trainer an.

Dann setzte er sich ins Wohnzimmer, um auf Bea zu warten. Zwar hätte er sie auch auf der Stelle herzaubern können, aber er wollte die Dinge geschehen lassen, wie sie eben geschahen. Nur so konnte er herausfinden, wie es in ihm selbst ohne sein Zutun in dieser Beziehung aussah.

Sein Blick fiel auf den Fernseher. Er bestaunte ihn wie ein kleines Kind. Wie lange hatte er schon nicht mehr in die Flimmerkiste geschaut. Und wie sehr hatte er sich das in seiner unsäglichen Leidens- und Langeweilezeit gewünscht. Neugierig geworden, zappte er herum. Bereits am frühen Nachmittag wurde eine Diskussionssendung ausgestrahlt, wohl eine Wiederholung vom Vortag. Man sprach über die Gräueltaten im Irak. Ein Filmausschnitt zeigte fünf, sechs verschleierte Frauen, die von Soldaten in ein Fußballstadion getrieben wurden. Das Stadion war brechend voll. Dann mussten die Frauen unter die Torumrandung stehen und wurden vor dem jubelnden Publikum erschossen.

Al erinnerte sich. Aber so grausam, so barbarisch wie jetzt, hatte er das früher nie empfunden. Zorn stieg in ihm auf. Was hatte die Menschheit alles verbrochen. In welch abtrünniges, wüstes Fahrwasser war sie geraten.

Er versuchte, sich zu beruhigen. Das alles waren Reste seiner Erinnerung, er hatte mit all dem nichts mehr zu tun. Er war tot, untot oder was auch immer, jedenfalls war das nicht mehr seine Realität.

Aber die Erinnerung war da und sie machte ihn traurig. Wäre es ihm möglich, dies alles kraft seiner Fantasie zu ändern, aufzuräumen auf diesem kaputten Planeten? Wie viele Tausende solcher Eindrücke steckten noch in seinen Hirnwindungen? Musste er nun, da er sein Selbst entschlackt hatte, auch noch all diese Erinnerungen ausbügeln? Ihm graute davor. Er schaltete den Fernseher aus und tigerte unruhig umher.

Als wenig später die Tür aufging und Bea eintrat, klopfte Allans Herz bis zum Hals.

»Puh, was für ein Sauwetter, die Scheibenwischer sind bei dem strömenden Regen fast nicht nachgekommen mit putzen«, begrüßte sie ihn und drückte ihm einen

Kuss auf den Mund. »Schön, dass du schon da bist. Trinken wir was, bevor wir gehen?«

Wohin gingen sie wohl? Er streichelte ihr übers Haar und küsste ihren Hals.

»Gern, Liebes, was möchtest du denn trinken?«

»Einen Martini, weiß, mit Eis und Zitrone bitte.«

Al mixte die Cocktails. Diesmal fragte er nicht: »Wie geht es dir denn so?« Diesmal wollte er cleverer sein.

»Wie war dein Tag?«

Würde sie wohl nun etwas von Furtwanger erzählen? Existierte er wieder?

Er brachte ihr den Drink, sie stießen an.

»Nicht übel. Da keine Besucher da waren, habe ich zwar heute nichts verkauft in der Galerie, aber ich bin mit meinem neuen Bild gut vorangekommen. Mindestens fünf Stunden habe ich gemalt.«

»Wo denn?«

»Na, wo schon, wie immer im Hinterraum. Weißt du, ich hab jetzt endlich die Farbe hingekriegt, dieses zarte Blau, nach dem ich so lange gesucht habe.«

»Und was ist das Sujet?«

»Aber Al, das solltest du doch wissen. Eine byzantinische Vase. Wie oft haben wir schon darüber gesprochen. Dein neues Amt als Stadtrat nimmt dich wohl sehr in Anspruch.«

Al verschluckte sich. Ach so, Stadtrat war er geworden. Schnell fasste er sich und sagte: »Entschuldige, mein Engel, du hast wohl recht, es war ein bisschen viel in letzter Zeit.«

»Du schaffst das schon, der Einstieg ist immer schwer. Wie war's denn heute?«

»Och … ganz nett«, sagte er lapidar. Zum Glück schien sie sich für die Antwort gar nicht zu interessieren, sondern sah auf die Uhr und trank aus.

»Ich werde mich zurechtmachen, wir wollen pünktlich

bei Maman sein, wenn wir sie schon so lange nicht mehr gesehen haben.«

Sie verschwand ins Bad und er rief ihr nach: »Wann denn?«

»Um sieben«, tönte es hinter der Tür.

Bei Maman war alles bestens. Auch Melanie war gekommen, die sie ebenfalls, wie Al erfuhr, schon lange nicht mehr gesehen hatten. Sie genossen ein exzellentes Dinner und konnten über die sorgenvolle alte Zeit, in der Al in Geldnöten steckte, nur noch lachen. Claire betonte, dass es wirklich nicht nötig gewesen wäre, Zins auf das Darlehen zu bezahlen. In angeregter Plauderei verbrachten sie einen gelungenen Abend.

Sie fuhren in einem BMW Cabriolet nach Hause und Bea hatte ihren Kopf an seine Schulter gelehnt, etwas müde vom schweren Roten.

»Regen ist romantisch«, sagte sie verträumt.

Er streichelte ihr Knie, atmete tief durch und sagte mit gebrochener Stimme: »Bea, ich möchte … ich habe schon so lange nicht mehr …«

»Dann gib Gas, du Spinner, damit wir in die Spielwiese kommen«, lachte sie. Schelmisch sah sie ihn an: »Schon so lange nicht mehr … was war denn gestern, und vorgestern?«

Für sie war es gestern, für ihn eine Ewigkeit.

Sie hatten es beide eilig, ins Bett zu kommen. Al entlud seine ganze, aufgestaute Männlichkeit bei ihr und sie nahm ihn bereitwillig in ihrem Schoß auf.

Später lagen sie nebeneinander, Bea zündete eine Zigarette an, er nicht.

Bea staunte. »Seit wann rauchst du denn nicht mehr? Sonst konntest du doch keine Minute ausspannen, ohne eine Zigarette anzuzünden.«

»Doch, doch«, schwindelte er, »nur etwas reduziert.«

Sie steckte ihm den Glimmstängel in den Mund. Die Zigarette schmeckte wunderbar würzig. Na klar, wenn er das wünschte …

Er blies den Rauch aus. Es war wunderschön gewesen. Genau, wie er es herbeigesehnt hatte. Was würde er wohl morgen mit ihr anstellen? Wonach gelüstete es ihn? Sollte er sie als Sklavin nehmen? Sollte er Präsident von Amerika werden und sie die First Lady? Alles, alles war möglich, – er musste es nur wollen.

Allan konnte nicht schlafen. Der Morgen dämmerte bereits, als er in sein Büro ging und sich an den Schreibtisch setzte. Sein Blick fiel auf ein Dossier, dann auf den Terminkalender. Fein säuberlich waren da die Stadtratssitzungen eingetragen. Die nächste für den heutigen Tag. Al zuckte die Achseln. Nun ja, warum nicht? Er sah auf die Uhr. Es war bereits sieben. In sechs Stunden musste er im Stadthaus sein. Er studierte das Dossier, bevor er sich wieder hinlegte und endlich neben seiner warmen, wohlriechenden Frau einschlief.

Bald darauf läutete der Wecker. Es war Zeit für seinen Auftritt.

Al machte sich sorgfältig zurecht und fuhr zum Stadthaus. Beim Eingang begegnete ihm Stadtpräsident Ehrsam. Sie begrüßten sich höflich und stiegen gemeinsam die Treppe hoch. »Nun, schon eingelebt im Haus des Schreckens?«, fragte Ehrsam.

Al schmunzelte: »Ganz ordentlich, nur die vielen lärmigen Vermählungen am Samstag stören mich.«

»Sie arbeiten am Samstag?«

»Aber nein, wo denken Sie denn hin, das war doch nur ein Scherz.«

Der Stadtpräsident lachte und sagte: »Wir sehen uns.«

Er steuerte auf sein Büro zu und verschwand hinter der schweren Tür. Etwas verloren stand Al im Korridor des vierten Stocks. Wenn Ehrsam ein Büro hatte, müsste er als Stadtrat wohl auch irgendwo untergebracht sein. Er ging die Türen entlang und las die Namensschilder. Auf einem davon stand tatsächlich »Allan Filippos«. Darunter das SVP-Signet. Allan verzog den Mund. Was zum Teufel … Er befahl seinem Unterbewussten, das unselige Parteiemblem sofort zu entfernen. Umgehend war es verschwunden.

Seine Fantasie hielt doch immer wieder Überraschungen bereit. Dass er Sympathien für diese Partei empfand, war ihm jedenfalls nie bewusst gewesen.

Al betrat das Büro, in dem noch einige Bilder und Schachteln herumstanden, wie sich das wohl gehörte für einen frischgebackenen Stadtrat. Er setzte sich an den Schreibtisch, sah sich kurz in dem hohen Raum um und studierte dann noch einmal das Dossier, um sich auf die Sitzung vorzubereiten. Kurz darauf klopfte es an die Tür und eine Männerstimme sagte: »Herr Filippos, die Sitzung beginnt in fünf Minuten.«

Al beeilte sich, hinauszukommen. Er folgte dem Mann, der an jede Bürotür klopfte und seine Aufforderung wiederholte. Bestimmt würde er ihn zum Sitzungszimmer lotsen. Als er Ehrsam durch eine offene Flügeltür in einen Saal eintreten sah, überholte er den Mann und trat ebenfalls ein.

Die Stadträte nahmen an dem langen Tisch Platz und begannen zu debattieren und zu beraten. Stadtrat Wenger machte ein Nickerchen. Allan verfolgte die Voten. Es drehte sich fast alles um die Wirtschaft. Während er die Diskussionen verfolgte, kam Al sich vor, als wäre im Verwaltungsrat einer Firma.

»Nun möchten wir auch mal Ihre Ansicht hören«, wandte sich Ehrsam an ihn. Aus seinen Gedanken gerissen, wusste Al nicht recht, was er sagen sollte und gab unverblümt zum Besten, was ihm durch den Kopf ging: »Ich finde, hier wird zu viel über Wirtschaft lamentiert.«

Diese höchst undiplomatische Aussage brachte ihm konsternierte Blicke und peinliches Schweigen ein.

Ehrsam räusperte sich: »Nun, dann bringen *Sie* doch mal was ein.«

Dazu ließ Al sich nicht lange bitten und hielt einen kritischen Diskurs querbeet durch Gesellschaft und Politik, gespickt mit vielen Ratschlägen und Ideen. Als er nach zehn Minuten schloss, erntete er frenetischen Applaus. Die Sitzung wurde beendet mit dem Beschluss, Allans Vorschläge in den nächsten Wochen Punkt für Punkt zu prüfen. Beim Verlassen des Zimmers wurde ihm auf die Schulter geklopft, man gratulierte zu seinem Mut für Neues und dem frischen Wind, den er in die Politik bringe. Ehrsam sagte: »Jakob ist mein Name, wenn's recht ist«, und fügte hinzu: »Ich denke, du wirst es noch weit bringen, Allan, vielleicht gar bis zum Bundesrat.«

Trotz all der Streicheleinheiten verließ Al das Stadthaus nachdenklich. Er freute sich auf Beatrice und fuhr schnurstracks nach Hause, wo sie ihn, wie er es sich vorgestellt hatte, bereits mit einem Drink im Negligé erwartete. Sie schmiegte sich an ihn und reichte ihm das Glas. So gefügig war sie in der »realen« Welt nie gewesen. Al genoss die Zuwendung, und nach einem Essen, das sie vorbereitet hatte, lagen sie bald wieder im Bett. Bea tat alles, was er wollte. Sie las seine Gedanken und erfüllte jeden seiner Wünsche.

Am Morgen erwachte Al früh und hatte schon wieder Lust auf seine Frau. Also streichelte er sie und dachte: »Wach auf!« Bea wandte sich ihm zu und umarmte ihn. »Spreiz die Beine«, dachte er weiter und sie folgte sofort seinem nicht ausgesprochenen Befehl. Er lenkte sie mit seinen Gedanken, schickte sie nackt im Raum umher und sie tat alles, als ob es aus eigenen Stücken geschehen würde. Obwohl sie sich zweimal geliebt hatten, überfiel Allan kurz darauf eine Leere, die ihn an die Anfangszeit seines neuen Daseins erinnerte. Er hatte gedacht, das sei alles ausgestanden. Weshalb nun dieses Gefühl? Es war doch alles in Butter. Er war erfolgreicher Stadtrat, jedermann respektierte ihn, er hatte ein tolles Auto. Kurz: Sein ganzes Umfeld war harmonisch. Und Bea liebte ihn über alle Maßen. Sie kroch auf Knien vor ihm, erfüllte ihm jeden Wunsch und gehorchte wie ein Roboter. Auch Ehrsam und der Rest des Stadtrates taten, was ihm beliebte. Doch sie alle waren nur Puppen, Figuren seiner Einbildung, eine Art Hologramm wie in einem Science-Fiction-Film. Das war es, was diese Leere auslöste. Er konnte die Welt zwar betasten, riechen, schmecken, alles war wie echt. Und trotzdem nicht wahr. Es gab hier keine Widerstände, alles war Lüge und Selbstbetrug, fad und sinnentleert. Al zog sich an und verließ das Haus mit der Gewissheit, dass er es nie mehr betreten würde. Er wollte nicht länger Herr über ein Puppenreich sein. Vielmehr war es an der Zeit, sich aus der Erinnerung an sein früheres Leben zu verabschieden. Hier gab es nichts für ihn zu tun. Weshalb nur hatte er sein Kristallzimmer verlassen? Er spürte, wie sich sein Geist und seine Gedanken wieder auseinanderzuleben begannen, wie er neuen »Psycho-Dreck« ansammelte. Al überfiel tiefe Trauer. Am liebsten wäre er weit weggeflogen, so wie in seinem ersten und einzigen Traum. Wegfliegen … warum eigentlich nicht …? Was sollte ihn daran hindern?

Kräftig stieß er ab und schwang über die sonnenbestrahlte Kuppel der Universität. Er flog über den See, begleitete eine Weile ein Schwanenpaar. Bei Rapperswil stieg er höher und überflog die schneebedeckten, glitzernden

Alpen. Ganz ohne Anstrengung flog er stundenlang, überquerte Italien und gelangte zum Meer. Hier, über der unendlichen Weite des Wassers wich die Trauer, er fühlte sich frei, entbunden von seinem alten Ich. Die Farbe des Meeres erinnerte ihn an sein smaragdenes Zimmer und zog ihn unwiderstehlich an. Er stach hinab und tauchte ein in diese stumme Welt, in eine Tiefe, die kein Fischernetz erreichen konnte, in die kein Sonnenlicht mehr eindrang. Trotzdem sah er alles hell und klar. Er schwamm vorbei an bizarren Korallenriffen, deren Polypen sich im Wasser wiegten. Myriaden von Fischen in schillernden Farben begegneten ihm, er sah exotische Tiere und Pflanzen, von deren Existenz er bisher keine Ahnung gehabt hatte. Dagegen war die Artenvielfalt auf dem Festland geradezu ärmlich. Und vor allem: Hier funktionierte unbeeinträchtigt vom Menschen ein jahrmillionenaltes, perfektes ökologisches System. Wie lächerlich erschien hier die Bemühung der Menschheit, sich die Erde untertan zu machen.

Al wusste nicht, wie lange er das Meer durchkreuzt hatte, als er an ein Felsenriff gelangte, wo es nicht mehr weiterging.

Er tauchte auf und fand sich an einem einsamen Strand. Al hatte keine Ahnung, wo er sich befand. Vermutlich aber in einem südlichen Land, denn die Sonne brannte heiß auf ihn nieder.

Er machte sich auf, das Land zu erkunden und war gespannt, was ihn erwartete. Tagelang marschierte er, ohne einer Menschenseele zu begegnen. Einem Fluss folgend, gelangte er endlich zu einem kleinen Dorf, das aus ein paar Holzhütten bestand. Eine Schar halb nackter, dunkelhäutiger Kinder beäugte ihn neugierig und rannte davon, als er näher kam. Von diesem ungewohnten Treiben aufmerksam geworden, trat eine Frau aus einer der Hütten. Sie war in buntes Tuch gehüllt und hatte einen roten Punkt auf der

Stirn. Ihrer Bekleidung nach schien er in Indien gelandet zu sein. Indien? Dieses Land hatte er zeit seines Lebens nie besucht. Warum also Indien? Was wollte er hier, was hatte sein Selbst wieder ausgeheckt? Er fragte die Frau, ob er sich irgendwo verpflegen könne. Sie verstanden einander, obwohl sie nicht die gleiche Sprache redeten.

Die Frau bat ihn in ihre Hütte und lud ihn ein, mit ihrer Familie zu essen. Bald kamen die Kinder nach Hause – die, die vorhin vor ihm weggerannt waren, nun nicht mehr so scheu. Der Mann kehrte vom Feld zurück. Als alle versammelt waren, wurde Wein gebracht, der Hausherr erhob das Glas und sagte: »Es ist uns eine große Ehre, Sie hier zu haben, Herr Filippos. Ihre Wundertaten sprechen sich ja wie ein Lauffeuer herum.«

Anschliessend nahmen sie ein scharfes Gericht zu sich. Al war verwirrt. Was war denn das nun wieder? Fragend sah er den Bauern an. Der senkte den Kopf und murmelte: »Nun ja, wir wissen, das Sie inkognito reisen. Aber man erkennt Sie ja schon von Weitem. Bleiben Sie doch über Nacht, seien Sie unser Gast und gehen Sie dann gestärkt nach Kalkutta. Meine Frau wird Ihnen einheimische Kleidung geben.«

Al kratzte sich am Kopf. »Und was tue ich in Kalkutta?«

»Na, Sie helfen doch den Armen und Kranken«, sagte das kleine Mädchen.

»Ja, natürlich«, murmelte Al.

Gemeinsam schliefen sie in dem Raum, der gleichzeitig Küche, Wohnraum und Schlafzimmer war.

In indischen Kleidern verabschiedete sich Al am nächsten Morgen von der Familie. Er ging einige Meter, machte nochmals kehrt und erkundigte sich bei seinem Gastgeber: »Ähm, wo geht's denn hier nach Kalkutta?«

»Sehen Sie den Fluss da? Das ist der Ganges. Folgen Sie ihm, er führt Sie zu Ihrem Ziel.«

Al trottete davon und ging schon den Fluss entlang, als der Bauer ihm nachrief: »Nach rechts, nicht nach links, Herr Filippos. Es sind etwa dreihundert Kilometer.«

Dreihundert Kilometer! Nachdem er zuvor schon tagelang zu Fuß unterwegs gewesen war, schien Al die Strecke zu lang und er wählte den Wasserweg.

Bald entdeckte er ein Motorboot, dessen Schlüssel er – wie sollte es anders sein – in seiner Tasche fand. Er genoss die Flussfahrt und legte nach einigen Tagen in Kalkutta an, einer riesigen, lärmigen und chaotischen Stadt. Dort streifte er durch die Quartiere und sah unsägliche Armut. Menschen verhungerten, Bettler und Krüppel klammerten sich an Allans Hosenbein fest und flehten um ein Almosen. Krankheit und Elend, wohin man blickte. Er sah Leprakranke und Tote. Weder die Autofahrer noch die Radfahrer, Fußgänger oder Marktfahrer kümmerten sich um dieses Elend, das hier den Alltag bestimmte. Al konnte kaum glauben, dass all diese Informationen in ihm gespeichert waren. Er zauberte Rupien in seine Hand und verteilte sie, wieder und wieder. Am Ende wurde er von den Bettlern verfolgt wie von einem Rudel hungriger Wölfe. Er kam nicht mehr nach mit dem Verteilen von Almosen, er musste eine Zuflucht finden. Da, da war eine Toreinfahrt, die einen Spaltbreit offen stand. Al schlüpfte hindurch, schloss eilig das Gitter hinter sich und sperrte die Meute aus. Er betrat einen Park, eine grüne Oase mitten im staubigen Slum, in dessen Zentrum sich ein langer, flacher Bau befand. Eine einfache Baracke, aber solide gebaut. Im dem Park waren viele Rollstuhlgänger unterwegs, Kinder saßen im Kreis auf der Wiese und wurden von einer Nonne unterrichtet. Pflegerinnen in weißem Sari mit blauer Borte eilten umher. Al befand sich in einem Krankenhaus.

Freudestrahlend eilten ihm zwei Schwestern entgegen.

»Herr Filippos, wie gut, dass Sie da sind, wir haben Sie schon sehnsüchtig erwartet.«

Bald scharten sich Personal und Patienten um ihn und bestaunten ihn wie ein Wundertier. Scheu fassten sie ihn an, als gälte es zu prüfen, ob er wahrhaftig sei.

»Kommen Sie«, sagte eine der Schwestern, eine kaum zwanzigjährige Frau. »Bestimmt sind Sie müde von der Reise und wollen sich etwas frisch machen.«

Sie verscheuchte die Umstehenden und führte ihn in ein Gästehaus hinter dem Hauptbau. Dort wies sie ihm ein Zimmer zu, dessen Mobiliar aus einer Pritsche und einem Tisch mit Stuhl bestand, brachte ihm Wasser und Kernseife und sagte bedauernd: »Mehr können wir Ihnen hier leider nicht bieten.« Anschließend forderte sie ihn auf, sich auszuziehen und wusch ihn mit hochrotem Kopf.

Al lächelte: »Sie brauchen nicht verlegen zu werden, die Pflege ist mir sehr angenehm.«

»Wir … sehen hier kaum einmal einen gesunden Mann. Eigentlich nie …«, entgegnete das Mädchen, noch mehr errötend. Bevor sie verschwand, legte sie ihm ein Tuch über die Schultern und teilte ihm mit: »Wenn Sie sich ausgeruht haben … Mutter Teresa erwartet Sie zum Essen.«

Al rief ihr nach: »Und wo finde ich diese … Mutter?«

»Ich hole Sie in einer Stunde ab.«

Allan legte sich auf die knarrende Pritsche. Mutter Teresa? War das wohl die berühmte Nobelpreisträgerin, die »Heilige der Gosse«? Al erinnerte sich der ausführlichen Berichte und Ehrungen in den Medien, als die Frau vor einigen Jahren im hohen Alter gestorben war. Also konnte es sich nicht um sie handeln, da sie ja nicht mehr lebte. Andererseits war er ja losgelöst von allen Naturgesetzen, weshalb nicht auch von jenen der Zeit? Wenn er fliegen konnte, unter Wasser atmen, wenn Situationen nach seinem Willen entstanden und sich veränderten, war es wohl logisch, dass er sich auch in den Zeiten frei bewegen konnte. Aber was sollte er hier, was war seine Bestimmung?

Er döste ein wenig, bis die Schwester kam und ihn in ein Büro führte, wo eine greise Frau mit weiß-blauer Haube hinter einem Schreibtisch saß. Ihre Haut war faltig, das Gesicht hatte harte, fast männliche Züge, aber ihre Augen strahlten sanften Glanz aus. Ja, das war die berühmte Mutter Teresa.

Nachdem sie ihn herzlich begrüßt hatte, betraten sie zusammen den Speisesaal, wo das ausschließlich weibliche Personal bereits an einem Holztisch Platz genommen hatte und ihn erwartete. Sie setzten sich, man betete, dann wurde Reis mit Curry und Huhn aufgetragen.

»Zu Ihren Ehren«, sagte Teresa. »Sonst leben wir hier ohne Fleisch und es gibt nur am Vormittag eine Mahlzeit.«

Während sie schweigend aßen, streiften ihn immer wieder scheue Blicke.

Bevor sie den Tisch verließen, um sich zur Ruhe zu legen, sagte Mutter Teresa: »Wissen Sie, Männer haben hier sonst keinen Zutritt. Aber Sie sind kein Mann, Sie sind ein Heiliger.«

Am anderen Morgen wurde Al um fünf Uhr geweckt. Nach dem Frühstück ging's an die Arbeit. Allan wusch Leprakranke, bezog Betten, verpflegte Kinder mit der spärlich vorhandenen Nahrung und spielte mit ihnen.

Nach einer Woche rief ihn Mutter Teresa zu sich.

Er saß ihr gegenüber am Schreibtisch.

»Nun, wie haben Sie sich eingelebt?«, fragte sie.

»Es ist nicht einfach, all das Elend zu sehen«, antwortete er, »sonst geht es ganz ordentlich.«

»Haben Sie keine Angst, sich anzustecken oder krank zu werden von diesem verseuchten Wasser, leiden Sie keinen Hunger?«

Al lächelte. Nein, davor fürchtete er sich nicht, ihm konnte ja nichts passieren.

Mutter Teresa räusperte sich: »Sie machen Ihre Sache gut, Sie sind ein mutiger, hilfreicher Mann, aber …«

»Aber?«

»Nun ja, Ihr Ruf spricht von ganz anderen Taten, zu denen Sie fähig sind.«

Al erfuhr, was man hier von ihm erwartete. Nichts Geringeres als ein paar Wunder, als da wären: Todkranke heilen, verseuchtes Wasser trinkbar zu machen, die oberen Zehntausend dazu zu bringen, Geld zu spenden und Ähnliches mehr. Auch sollte der Spitalbau mit seiner Hilfe um ein Stockwerk erweitert werden.

»Ich verstehe«, sagte Al.

Also wollte sein Unterbewusstes, dass er aktiv mitmachte und seine – besser gesagt Mutter Teresas – Vorstellungen realisierte.

»Kommen Sie mit«, bat er die Frau. Sie gingen durch die Krankenzimmer, wo die Patienten dicht gedrängt, auf Wolldecken zusammengekauert, am Boden lagen. Insekten schwirrten umher und setzten sich auf die blutigen, nur notdürftig verbundenen Wunden der Kranken.

Al ging auf einen röchelnden Mann zu, fasste ihn an der Hand und sagte: »Stehen Sie auf und seien Sie gesund.«

Vor den Augen der Mutter schlossen sich die Wunden, der Mann erhob sich und war geheilt. Ein Raunen ging durch den Saal, die Schwestern waren herbeigeeilt und bestaunten das Wunder. Unruhe machte sich breit. Die Kranken, die in der Lage waren, sich zu bewegen, kamen auf Al zu, klammerten sich an sein Hosenbein und baten um Heilung. Einer nach dem andern kam an die Reihe. An diesem Tag verließen über hundert Patienten das Spital als gesunde Menschen.

Am nächsten Morgen versammelte Al das Personal um die Zitadelle, die nicht viel mehr als eine braune, stinkende Kloake war. Unter dem staunenden Ah und Oh der Schwestern begann das Grundwasser zu sprudeln, der Brunnen füllte sich mit klarem, sauberen Wasser.

Al erfüllte alle Wünsche von Mutter Teresa. Eines Morgens war plötzlich eine Treppe da, die in den neuen zweiten Stock führte. Sauber bezogene Betten standen in genügender Anzahl zur Verfügung.

Dann machte sich Al auf zu einer Promotionstour. Mithilfe der Medien und der Politiker brachte er vierzehntausend wohlbetuchte Kalkutter dazu, tief in die Tasche zu greifen, um den Straßenkindern der Stadt Obdach, Nahrung und Bildung zu geben.

Schulhäuser wurden gebaut, die Stadt mutierte innerhalb weniger Monate vom Fünf-Millionen-Slum zu einer prosperierenden Metropole.

Mutter Teresa hatte kaum mehr Arbeit, die Betten ihres Hospitals waren nur noch spärlich belegt.

Man saß beim Frühstück. Mittlerweile gab es keinen Grund mehr, spartanisch zu leben. Es wurde üppig aufgetragen, die Schwestern speisten, plauderten und lachten fast ausgelassen.

Al hatte neben Mutter Teresa Platz genommen, die schweigend aß und, wie ihm schien, betrübt vor sich hinblickte.

»Nun, sind Sie zufrieden mit der Entwicklung der Dinge?«, fragte Al.

»Oh ja«, antwortete sie, »oh ja, es gibt keinen Grund, es nicht zu sein.«

»Sie sehen traurig aus.«

Teresa lächelte: »Es ist seltsam. Alles, was ich mir nur wünschen konnte, hat Gott in Ihrer Person zu uns geschickt, ich müsste selig sein. Und doch … ich fühle mich plötzlich unnütz. Worum ich fünfzig Jahre gekämpft und gerungen habe, erreichten Sie in kürzester Zeit. Ich bin überflüssig geworden.«

»Nun, dann genießen Sie das Leben, Ihren Ruhm, die Früchte Ihrer Arbeit.«

»Ja, Sie haben recht«, sagte Mutter Teresa.

Am nächsten Tag war sie tot.

Ihrer Beisetzung wohnten Staatsmänner aus aller Welt, höchste religiöse Würdenträger und viele Prominente bei. Bevor die Zeremonie zu Ende war, verließ Allan die Abdankung. Auch er war überflüssig geworden. Er hatte einen Teil der Welt in Ordnung gebracht, die Aufgabe war erfüllt. Sollte er nun in andere Regionen gehen, gar in andere Zeiten, um Ordnung zu schaffen? Was hatte das für einen Sinn? Das Spiel war langweilig geworden, seine Pflicht in dieser Schicht seines Unterbewussten erfüllt. Er sehnte sich nach dem Kristallzimmer zurück, nach der Harmonie, der Zeitlosigkeit und Gelassenheit, die er nur dort empfinden konnte.

In einem neuen, gepflegten Park setzte er sich auf eine Bank und dachte nach. Er wollte zurückkehren, aber sosehr er es sich wünschte, sosehr er sich anstrengte, es passierte nichts. Er war zu verkrampft, auf diese Art konnte das Unterfangen nicht gelingen.

Al schloss die Augen und nahm sein Schicksal an.

Als er sie öffnete, fand er sich in einer Steppe wieder, am Boden sitzend und an einen Baum gelehnt.

Vor seinen Augen spielte sich eine seltsame Szene ab: Eine Gruppe kleinwüchsiger, grauhaariger Eingeborener und ein paar Deutsche standen um ein altes Flugzeug herum. Es war eine Junkers 52. Genauer betrachtet war sie nicht alt, sondern brandneu. Allan folgerte daraus, dass er einen Zeitsprung in die Vierzigerjahre gemacht haben musste, aus der dieser Flugzeugtyp stammte. Auch die Bekleidung der Deutschen wies darauf hin.

Die beiden Gruppen stritten sich. Ein Eingeborener griff einen Deutschen an, worauf ihn dieser mit dem Gewehr bedrohte. Ein anderer Deutscher, ein drahtiger Mann von etwa dreißig Jahren, scheinbar der Anführer, hielt seinen Untergebenen davon ab, den Eingeborenen zu erschießen, worauf der Eingeborene grinste und ein paar hämische Worte sprach, die Al nicht verstand. Dann bestiegen die Deutschen die Maschine und flogen los. Sie hatten ein Fass und einen Sack voller Glasperlen zurückgelassen. Die Eingeborenen sahen dem Flugzeug nach, bis es sich in der Weite des diesig-blauen Himmels verlor. Dann setzten sie sich neben Allan ins Gras und diskutierten heftig. Seltsam. Die Männer beachteten ihn überhaupt nicht. Auch die Deutschen hatten keine Notiz von ihm genommen. Das war Allan noch nie passiert. Überhaupt war das ganze Szenario anders als sonst. Als ob es nicht seiner Fantasie, seinem Unterbewusstsein entsprungen wäre, sondern aus einer anderen Realität zu ihm hindurchgedrungen sei. Al empfand etwas wie Unruhe, fast Angst. Wohl auch, weil ihm der drahtige Anführer bekannt vorkam. Er glich Furtwanger! Furtwanger in jungen Jahren. Aber das war ja wohl nicht möglich. Der Professor wäre in den Vierzigerjahren höchstens zehn gewesen, außerdem war er ihm in dieser Welt ja noch nie begegnet.

Al entschloss sich, dem Flugzeug zu folgen und schwang sich auf. Er flog bis in die Nacht hinein und entdeckte über Italien endlich einen blinkenden Lichtpunkt. Er näherte sich dem Flugzeug bis auf ein paar Meter. Als er hineinspähen wollte, um den Anführer näher in Augenschein zu nehmen, öffnete sich plötzlich die Luke, zwei Männer mit Fallschirm sprangen ab und veschwanden im Dunkel. Dann explodierte die Maschine mit einem gewaltigem Knall. Allan wurde von einem Metallteil getroffen und verlor das Bewusstsein.

Er erwachte in seinem Kristallzimmer, der Kopf schmerzte leicht, aber er war überglücklich. Endlich, endlich Ruhe. Alles war so, wie er es verlassen hatte. Einzig ein wenig Staub hatte sich angesetzt, da und dort lag eine tote Ratte herum. Er räumte auf, warf die Ratten durch das Loch, das er seinerzeit freigeschlagen hatte, in den schwarzen Schlund und wischte den Boden. Lange stand er am Rand der Öffnung und überlegte, was wohl passieren würde, wenn er hinausspränge. Einerseits zog ihn die dunkle Ungewissheit an, andererseits war er nicht in der Lage, auch nur einen Schritt hinaus zu tun.

Er wandte sich ab und setzte sich mit der Gewissheit in die Ecke, nie mehr in eine obere Schicht auftauchen zu müssen. Seine Aufgabe dort war erfüllt, auch diese Welt war geordnet. Ohne Zeitgefühl saß er im Kern seines Selbst. Es gab keinen Unterschied zwischen Gedanken und Gefühl, zwischen Intellekt und Unterbewusstem. Es existierte nur noch das reine Sein. Al sah an sich hinunter und beobachtete, wie sich sein Körper langsam auflöste. Aber das erschreckte ihn nicht. Auch ihn, der ja genauso das Produkt seiner Fantasie war, sein sichtbar gemachtes Ego, brauchte er nicht mehr. Er war nicht mehr Al, er war das Kristallzimmer, bis in alle Ewigkeit.

Aber irgendwann, inmitten dieser Ewigkeit, geschah etwas Ungeheuerliches.

3. Teil, 2084
Schöne neue Welt

10

Ein höllischer Schmerz traf Allan. Ihm war, als hätte man mit einem Vorschlaghammer sein Knie zertrümmert.

Er schrie auf und erschrak über den gellenden Lärm, den er selbst verursachte und der ins Ohr donnerte wie ein Paukenschlag. Was war geschehen? Was störte ihn in seiner Ruhe? Weshalb spürte er plötzlich seinen längst abgestreiften Körper wieder, die Lunge, die schwer atmete, den Brustkorb, der sich hob und senkte? Das Herz raste und pumpte hektisch Blut durch die Adern. Obwohl der Schmerz langsam verebbte, zitterten seine Knie. Langsam hob Al die Lider und wurde von einem gleißenden Licht geblendet, an das er sich erst gewöhnen musste. Er sah an sich herunter. Eine Ratte saß auf seinem Knie. Hatte dieses kleine, mickrige Tier den unsäglichen Schmerz ausgelöst? Sie schnupperte an Al herum. Aber da gab es nichts zu riechen, denn Al war bis zum Hals eingepackt in transparente Plastikfolie. Darunter war er nackt. Nur der Kopf war frei, und in seinem Hals steckte eine Infusionsnadel, die seinem Körper Tropfen für Tropfen einer Flüssigkeit zuführte. Er lag auf einem langen Eisentisch. »Weg, weg mit dieser Situation«, dachte er, gewohnt, Herr über seine Fantasien zu sein. Doch nichts geschah. Außer, dass er plötzlich ein Grunzen hörte. Ein Schweinekopf erschien über seinem Gesicht und betastete es mit seinem feuchten Rüssel. Die Belästigung durch das Schwein wurde unerträglich. Dazu kam ein Affe, der auf Al herumhüpfte und quietschte. Er erkannte das Tier. Er hatte es bei der Besichtigung des Labors bei Furtwanger gesehen, schlafend neben den anderen Versuchstieren. Al strampelte und versuchte mit aller Kraft, die Hülle zu zerreißen, was ihm schließlich unter Einsatz der Ellbogen gelang. Er schälte sich aus der Folie, riss die Infusionsnadel aus dem Hals und rollte sich mühsam vom Metalltisch. Wie gerädert saß er auf der Tischkante, konnte sich kaum regen und bewegte mühsam die klammen Finger. Er fror. Und hatte Hunger und Durst. Und fühlte sich verunsichert. Wo war er nur gelandet, was geschah mit ihm? Warum war er eingesperrt in einem Raum, in dem nur dieser Tisch stand, in Gesellschaft von Ratten, Schweinen und Affen? Und warum hatte er plötzlich keine Macht mehr über sich und seine Umgebung? Al rieb sich die Augen, versuchte, einige Schritte zu gehen und wankte zum einzigen Fenster in dem kahlen, weiß getünchten Raum. Als er hinaussah, wurde ihm schwindlig: Er befand sich in riesiger Höhe, mindestens zwei Kilometer über dem Erdboden. In einem Haus, das aussah wie eine gigantische Zuckerstange und einen bunten Kontrast zu dem bleiernen Grau des verhangenen Himmels bildete. Gegenüber stand dieselbe Konstruktion und in der Mitte des Zwillingsturmes war auf einer großen, goldenen Inschrift zu lesen: »We never forget september 11 2001«.

Elfter September 2001? Am Tag zuvor, an seinem Geburtstag, war er doch ins Jenseits geschickt worden. Hatte die Inschrift wohl etwas damit zu tun? Wie lange war er weg gewesen und wo war er jetzt?

Sein Blick schweifte über die Stadt, die unter ihm lag. Die meisten Häuser waren bunt bemalt, einige der neueren erreichten fast die Höhe der »Zuckerstangen«, aber Al interessierte sich mehr für die kleineren. Obwohl rosa angepinselt, erkannte er das Empire State Building. Es fuhr im kalt über den Rücken. Er musste in New York sein. In einem New York, das nicht das Gleiche war, das er kannte.

Allan sah sich im Raum um und suchte den Ausgang. Er musste hier raus, und zwar schnell. Aber es gab keine Tür. Vier kahle Wände und das Fenster waren alles, was er in dem schlauchartigen Zimmer entdecken konnte.

Al setzte sich wieder auf den Tisch und verscheuchte mit einem Fußtritt das Schwein, das sich an seinem Bein zu schaffen machte. Gänsehaut überzog seinen Körper, und das nicht nicht nur, weil ihm kalt war, sondern weil er Angst hatte. Angst, wie er sie nur noch aus längst verblasster Erinnerung kannte. Warum, warum war er hinauskatapuliert worden aus seiner Welt? Al war verzweifelt. Wieder ging er zum Fenster und versuchte, es zu öffnen. Doch der Versuch misslang, er fand keinen Fenstergriff. Egal, es wäre sowieso nackter Wahnsinn gewesen, hier hinauszusteigen.

Plötzlich verfärbte sich die Wand und geriet in wabbelnde Bewegung. Ein mannsgroßer Wasserfleck bildete sich, die Wand wurde immer transparenter, bis sie an dieser Stelle schließlich nur noch aus Wasser bestand. Dahinter erkannte Al die Umrisse einer Person – eine Hand durchdrang die Flüssigkeit, dann ein Arm, ein Fuß, ein Kopf, und schließlich stand ein Mann im weißen Arztkittel vor ihm. Dann schloss sich die Wand sofort wieder hinter ihm und wurde hart.

Al sprang auf. Vor ihm stand Professor Furtwanger, die Hände lässig in die Kitteltaschen gesteckt.

»Furtwanger, Sie?«, stammelte Al. »Sie … Sie existieren doch gar nicht?«

Der Professor grinste: »Wie Sie sehen, mit Leib und Seele. Na, junger Freund, haben Sie gut geschlafen?«

»Geschlafen …?«, stotterte Al. »Wie lange hab ich denn …?«

»Nun ja, geschlafen, oder eine Weile im Koma gelegen, oder wie man es nennen will. Aber nun sind Sie glücklicherweise wieder unter den Lebenden, genau zum richtigen Zeitpunkt. Und dazu gratuliere ich mir, heute ist ein Freudentag.«

Al wollte etwas erwidern, aber der Professor fuhr ihm ins Wort: »Für Erklärungen ist später noch Zeit. Erst einmal bringen wir Sie wieder in einen menschenwürdigen Zustand. Kommen Sie mit.«

Der Professor berührte mit seinem Finger die Wand, die sich wieder verwässerte, und schritt mühelos durch sie hindurch. Auch Allan konnte problemlos passieren.

Er wusste nicht, wie ihm geschah. In welche Fantasiewelt hatte es ihn nun verschlagen, welcher Trip wartete jetzt auf ihn? Ungläubig sah er, wie sich die Wand wieder verfestigte.

Als ob der Professor seine Gedanken gelesen hätte, sagte er: »Eine kleine technische Errungenschaft, auf Molekularbasis. Sie werden sich daran gewöhnen.«

Über einen dicken rosaroten Teppich gingen sie einen Korridor entlang, Al war noch immer ziemlich wacklig auf den Beinen und fühlte sich schwach. Irgendwo schwenkte der Professor in die Wand ein und Al folgte ihm. Sie traten in ein mondänes Büro.

»Setzen Sie sich«, sagte der Professor, während er zwei Drinks mixte. Er reichte Al ein Glas und erhob das seine. »Willkommen in unserer wundervollen Welt, Filippos.«

Al sah ihn skeptisch an: »Sie sind mir eine Erklärung schuldig.«

»Später«, sagte Furtwanger. »Trinken Sie nun, das wird Sie stärken.«

Kurz darauf betrat eine junge Dame, ganz in hellblaues Plastik gekleidet, das Büro. An ihrem Finger glänzte ein hübscher Ring. Al wurde rot, es war ihm peinlich, so splitternackt vor ihr zu sitzen. Sie jedoch zuckte mit keiner Wimper, sondern befahl ihm nur kurz angebunden: »Kommen Sie mit.«

Al zögerte.

»Gehen Sie nur, machen Sie sich frisch, wir sehen uns dann nachher«, ermunterte ihn der Professor.

Die Frau führte ihn in ein Zimmer, genauer gesagt in einen großen Duschraum, in dem Seife, Frottiertuch und ein hellgrüner Anzug frei im Raum schwebten.

»Wie kann denn das sein?«, entfuhr es Al.

»Was denn?«, fragte die Frau.

»Na die Kleider, die schweben ja, alles schwebt hier?«

»Na und, was ist denn daran Besonderes?«

»Ich meine, wie funktioniert das?«

Sie schüttelte den Kopf: »Sind Sie denn nie zur Schule gegangen? Nehmen Sie nun eine Dusche und machen Sie sich fertig. Der Professor erwartet Sie.« Damit verschwand sie.

Al stellte sich unter die Brause, angenehm warmes Wasser berieselte ihn. Er griff nach der Seife und wusch sich. Da keine Ablagefläche vorhanden war, wusste er nicht recht, wohin damit, und ließ das Stück einfach los. Es blieb, wo es war, schwebend im Raum. Nachdem er sich nochmals abgeduscht hatte, frottierte er sich, warmer Wind umwehte sein Haar und trocknete es. Er griff nach einer Bürste, die im Raum schwebte, kämmte sich und zog sich an. Dann wollte er durch die Wand gehen, wie es hier üblich war, aber die blieb hart und undurchdringlich. Gleich darauf betrat der Professor die Dusche, die sich wie von Geisterhand gereinigt und getrocknet hatte.

»Entschuldigen Sie«, sagte der Professor, »ich vergaß, Ihnen den hier zu geben.« Er steckte ihm einen Ring an den Finger, ähnlich dem, den die Frau getragen hatte.

»Damit können Sie alle Bereiche passieren, zu denen Sie legitimiert sind. Im Übrigen hat der Ring noch weitere, sehr praktische Eigenschaften. Jedermann trägt ihn heutzutage.«

Nun gelang der Durchgang problemlos, sie traten wieder ins Büro des Professors.

»Und Sie?«, fragte Al mit Blick auf die Hand von Furtwanger.

»Ich hab mir das Ding implantieren lassen, wegen der Diebstahlgefahr. Zu viele Befugnisse, zu viele Funktionen für falsche Hände. Und nun, junger Freund, lade ich Sie zu mir zum Essen ein. Es wird auch eine Bekannte von Ihnen anwesend sein.«

»Wer …?«, fragte Al.

»Lassen Sie sich überraschen«, zwinkerte der Professor.

Furtwanger zog seinen Kittel aus und schlüpfte in einen Mantel. Wieder gingen sie den Korridor entlang, an dessen Ende öffnete sich auf Fingerdruck die Wand und gab den Blick frei auf einen gelblich beleuchteten Schacht, der so tief war, dass sein Ende nicht zu sehen war.

»Bitte nach Ihnen«, sagte der Professor mit einer jovialen Handbewegung.

»Sie sind wohl nicht ganz bei Trost«, erwiderte Al. »Sie glauben doch nicht allen Ernstes, dass ich mich da hinunterstürze.«

»Aber klar doch«, schmunzelte Furtwanger und stieß Allan durch die Öffnung. Einen Moment lang stockte sein Atem, bis er merkte, dass er in schnellem, aber kontrolliertem Tempo hinuntersauste. Der Professor flog neben ihm, er hatte es sich im Schneidersitz bequem gemacht.

»Na, ist das etwa kein Spaß?«, fragte er.

»Doch, das ist es zweifellos«, erwiderte Al, als sie kurz darauf sanft im Erdgeschoss landeten.

Sie betraten eine riesige Halle, in der geschäftiges Treiben herrschte. Viele Leute gingen durcheinander, betraten durch eine Glaswand, die bis zur Decke des Raumes reichte, das Haus oder verließen es wieder. Einige saßen auf weichen Polstersesseln, plauderten oder blätterten in Magazinen. Wieder andere betraten einen der vielen »Lifte« und schwebten nach oben oder kamen unten an. Die Kleidung der Menschen war auffallend bunt und hatte einen seidenen Glanz. Und ausnahmslos alle trugen einen Ring mit der gleichen Fassung, nur der Stein, oder was auch immer in der Fassung steckte, war unterschiedlich geschliffen, von anderer Farbe und Form.

Als Allan mit dem Professor das Haus verließ, sah er die Zuckerstangen-Türme von unten. Er wies mit dem Kopf nach oben und fragte Furtwanger mit Blick auf die Inschrift: »Was bedeutet das?«

»Das war die Wende.«

»Die Wende?«

»Ein Terroranschlag, der die Wende zum Guten brachte und die Menschheit zur Vernunft.«

»Und genau einen Tag zuvor haben Sie mich ins Jenseits geschickt – oder was haben Sie überhaupt mit mir angestellt?«

»Sie werden es erfahren, kommen Sie jetzt.«

Al staunte, dass auf den Straßen kein Autoverkehr herrschte. Die Leute saßen auf bunten Gummiringen oder großen Kissen und flitzten durch die Gegend. Andere bewegten sich mit Schwimmzügen ohne Vehikel wie schwebend fort. Al sah schwebende Schaukelpferde, Gummienten und andere Spielzeugtiere, die zur Fortbewegung genutzt wurden. Auch ein paar herkömmliche Fahrräder und Roller kurvten herum. Der Professor bat Al, auf einem Plüschsofa Platz zu nehmen, das am Straßenrand stand, und setzte sich neben ihn. Sie fuhren los und kreuzten gleich darauf einen überdimensionalen Einkaufswagen, in dem vorne ein Paar saß und dessen hinterer Teil mit Einkaufstüten und Schachteln vollgestopft war.

Al fand Gefallen an der Fahrt. Trotz der Wolkendecke war die Temperatur angenehm und es war nicht auszumachen, in welcher Jahreszeit sie sich befanden. Die Straßen blitzten vor Sauberkeit, bereits im Haus war ihm eine nahezu sterile Atmosphäre aufgefallen. Da und dort tanzten Leute an den Ecken der kitschig bemalten Häuser oder standen an Straßenbars zusammen und sogen an verschiedenartig gewundenen, röhrenähnlichen Glasgefäßen. Es schien, als ob hier jedermann nur seiner Freizeitbeschäftigung nachging, nichts deutete auf arbeitende Menschen hin. Al und Furtwanger bogen auf ihrem Gefährt um die Ecke und durchquerten einen Park, in dem die Leute picknickten oder spielten. Ohne Zutun des Professors wich ihr Sofa allen Hindernissen aus; entweder umkurvte es sie oder stieg höher und flog darüber.

Al kam aus dem Staunen nicht heraus. Was war das für eine Welt, und in welchem Jahr befanden sie sich? Es konnte nicht viel Zeit vergangen sein, denn der Professor sah keine Spur älter aus als das letzte Mal, als er ihn gesehen hatte. War es möglich, dass er sich gar nicht in der Zukunft, sondern in einer anderen Dimension oder Daseinsebene befand?

Auch der Park war sehr gepflegt, kein Fetzen Papier, keine Flasche lag herum. Das Einzige, was Al auf der Fahrt nicht sah, waren Tiere.

Sie überflogen den Hudson-River, vorbei an der Freiheitsstatue, die in lila Licht getaucht war. Ihre Krone war golden bemalt. Auch auf dem Wasser herrschte reger Verkehr von allerlei fliegenden Fortbewegungsmitteln. Weiter ging die Fahrt, sie ließen die Stadt hinter sich. Nur noch vereinzelt standen – nun niedrige – Häuser in der Landschaft. Sie flogen über Felder und Wiesen und über eine zugewuchterte, nicht mehr benützte Autobahn. In einem Park vor einem Schlösschen setzte das Sofa schließlich auf. Vor dem Eingang standen zwei hellblau gekleidete Bedienstete, begrüßten sie freundlich und öffneten die Torflügel.

Als sie in die Empfangshalle traten, erkannte Al als Erstes die beiden Bilder, die er schon in Furtwangers Loft gesehen hatte.

Auch sonst hatte die Einrichtung Ähnlichkeit mit Furtwangers früherem Wohnsitz. War das Schlösschen außen verspielt und verschnörkelt, herrschte innen Furtwangers karger, strenger Stil vor und bildete einen seltsamen Gegensatz zu dieser ganzen bunten Welt, die sich Allan bis jetzt präsentiert hatte.

Er wurde in den Salon geführt, wo man ihm eines der gewundenen Glasröhrchen zum Aperitif servierte. Es war mit einer silbernen Flüssigkeit gefüllt.

»Zum Wohl«, sagte der Professor und setzte sein Röhrchen an die Lippen.

Al zögerte. Erstens erinnerte ihn der Inhalt an Quecksilber, und zweitens hatte Al den Pudding noch nicht vergessen, der ihm seinerzeit das Bewusstsein raubte.

»Keine Angst«, schmunzelte der Professor. »Es schmeckt wie Sherry, ist appetitanregend und hat eine angenehm belebende Wirkung. Man nennt es Flip Kick. Es ist in verschiedenen Geschmacksrichtungen erhältlich und verursacht im Gegensatz zum Alkohol keinen Kater.«

»Und man fällt dabei nicht ins Koma?«, fragte Al.

»Keineswegs«, lachte Furtwanger. »Da brauchen Sie keine Angst zu haben. Das Experiment mit Ihnen ist endlich vollendet und vortrefflich gelungen.«

Al trank den Saft. Der Geschmack war dem von Sherry tatsächlich ähnlich, der Effekt beruhigend und stimulierend zugleich. Al fühlte sich herrlich leicht und verspürte

Lust, etwas zu sich zu nehmen. Vor allem aber verstärkte es den Bärenhunger, den er hatte.

»Sie haben mich reingelegt, damals, mit dem Pulver, das werde ich Ihnen nie vergessen«, sagte er, mutig geworden vom Flip Kick.

»Nun ja, der Versuch hat etwas länger gedauert, als ich vorgesehen hatte. Aber reingelegt? Mitnichten, lieber Freund. Habe ich mein Versprechen, dass Sie all Ihrer Probleme ledig sind, etwa nicht eingehalten?«

»Allerdings«, sagte Al, »auf Kosten anderer, viel gravierenderer.«

»Na«, beruhigte Furtwanger, »Sie haben es überstanden und sind nun privilegiert, in den Genuss einer viel besseren Welt zu kommen.«

»Es gibt keine bessere Welt als die, aus der Sie mich gerissen haben«, entgegnete Allan trotzig.

Furtwangers Gesichtsausdruck wurde streng. »Ich habe meine Gründe. Im Übrigen sollten Sie mir dankbar sein. Ich habe Ihnen etwas gegeben, das außer mir sonst bisher niemandem zuteilwurde. Aber ich werde es Ihnen wieder entziehen, denn Sie sind dessen nicht würdig.«

Al sah Furtwanger fragend an, als ein Dienstmädchen eintrat und meldete, dass angerichtet sei. Sie wechselten in den Speisesaal, wo an den Kopfenden eines weiß gedeckten Tisches feines Porzellan und Silber standen. Anschließend wurden delikate Speisen und Wein aufgetragen und Al verlangte immer und immer wieder Nachschlag – auch dann noch, als der Professor schon längst die Serviette neben den Teller gelegt hatte und eine Zigarette rauchte, oder was das rauchlose Röhrchen, an dem er zog, auch immer war.

Allan fraß – anders konnte man es nicht bezeichnen –, als ob er jahrelang nichts in den Magen bekommen hätte. Plötzlich öffnete sich die Tür und eine ältere Frau trat ein.

Allan verschluckte sich: »Claire, du hier, welch eine Freude, dich zu sehen.«

Der Blick der Frau senkte sich. »Ich bin nicht Claire, Allan, Claire ist tot.«

»Wer …?«, stammelte er.

»Sieh mir in die Augen.«

Er tat, wie ihm geheißen, und senkte seinen Blick in ihre Augen, um die sich Falten gebildet hatten. Sie lagen tief, sie waren traurig, aber es waren ohne Zweifel die smaragdgrünen Seen, in denen er gebadet hatte und in die er einst so verliebt gewesen war.

»Beatrice!«, entfuhr es ihm. Wie war das möglich – vor ihm stand eine ältere Frau?!

Sie nickte fast unmerklich.

»Ich bin es, Al.«

»Setz dich, Beatrice«, befahl Furtwanger.

Allan fand kaum Worte: »Du … du bist so alt …«

Bea lächelte. »Ich freue mich unendlich, dich wieder zu sehen, Allan. Wenn du wüsstest, was geschehen ist in all den Jahren, in denen du … schliefst. Ja, ich bin gealtert, du hingegen nicht.«

»In wie viel Jahren?«, fragte Allan.

»Du feierst heute deinen 117. Geburtstag, wir schreiben den 10. September 2084. Der Professor wollte dich genau an diesem Tag ins Leben zurückholen.«

Al war der Appetit vergangen. Er wusste nicht, wo ihm der Kopf stand. Da passte einfach nichts zusammen. Weder er noch Furtwanger waren gealtert, Bea hingegen war eine betagte Dame. Wo blieb da die Logik?

Gestärkt vom üppigen Mahl und gelöst vom Wein wurde Al mutig und schlug auf den Tisch. »Nun raus mit der Spache, Furtwanger, ich will eine Erklärung, und zwar auf der Stelle!«

»Nicht so heftig, junger Freund, habe ich Sie nicht gut

behandelt bisher? Selbstverständlich werde ich Ihnen alles erklären.«

Die Ellbogen auf den Tisch gestützt, senkte er leicht den Kopf, hielt die gespreizten Finger an Nase und Kinn und überlegte kurz, bevor er anhob: »Wie Sie wissen, forsche ich seit Jahren an lebensverlängernden Medikamenten und neuen Gesellschaftsstrukturen. Diese Forschung hat Früchte getragen. Eine Expedition nach Afrika im Jahr 1945 hat ein Elixier zutage gefördert, das das Leben – nun, sagen wir mal – stark verlängert.«

»Wie das?«, fragte Al.

»Wir haben ein Tier entdeckt, eine Stabheuschrecke, deren genetischer Code die Erneuerung der Zellen ohne jegliche Abnützungserscheinungen erlaubt. Nebst anderen Auswirkungen. Die Anwendung und Umsetzung war allerdings nicht einfach. So forschte ich fast fünfzig Jahre lang, bis ich Sie entdeckte. Sie waren ein ideales Versuchskaninchen, wie meine intensiven Studien Ihrer Person im Vorfeld erbracht haben, und kamen so in die bevorzugte Situation, das Elixier in seiner konzentrierten Rohform testen zu dürfen. Das Problem dabei war, dass Sie zwar lebten, aber nicht geweckt werden konnten. Erst vor Kurzem, aber zur rechten Zeit, fand ich die Lösung des Problems. Deshalb sind Sie nicht gealtert.«

»Und Sie?«, fragte Al.

»Auch ich habe den Stoff getestet, noch während der Expedition. Eine Gruppe Eingeborener kannte das Rezept zur Wiederbelebung, sodass ich nur zwei Tage im Koma lag.«

Al staunte: »Und wieso haben Sie die Eingeborenen nicht einfach gefragt, wie es funktioniert?«

»Die sturen Kerle wollten nicht mit dem Geheimnis herausrücken. Erst jetzt, hundertvierzig Jahre später, habe ich Wege gefunden, diesem Geheimnis auf die Spur zu kommen und Sie wiederzubeleben. Während meiner Forschung habe ich die Zusammensetzung des Stoffs so verändert, dass er in geringen Dosen für jedermann verträglich und ohne diese Nebenwirkung ist. Die Lebenserwartung von Beatrice wie auch die der übrigen Menschheit beträgt zurzeit rund 150 Jahre.«

Bea sah zu Al, unsicher, ob er alles verstanden hatte.

Dem schwirrte der Kopf. »Das heißt, Sie sind mehr als 140 Jahre alt?«

Der Professor nickte. »171, um genau zu sein.«

Allan schluckte leer und rechnete fieberhaft nach. Schon im Jahr 2000 musste Furtwanger demnach etwa neunzig Jahre alt gewesen sein. Es war unheimlich und Al wusste nicht, ob er das alles genial finden oder ob ihm davor grauen sollte. Aber wie dem auch sei, jedenfalls war er wieder in der alten Welt zurück. Genauer gesagt, in der Welt der Zukunft, von der er nicht wusste, was ihn erwartete. Ein Gefühl des Unbehagens, der Furcht stieg in ihm auf. Sie schwiegen eine Weile, dann sagte der Professor: »Nun, noch Fragen, junger Freund?«

»Seid ihr verheiratet?«

Bea lächelte und schüttelte den Kopf. »Ich bin nach wie vor die Assistentin von Thomas, ich bewohne ein Appartement in der Stadt.«

»Sind wir in New York?«

»Es war New York«, erklärte der Professor. »Im Jahr 2040 wurde es im Zuge der neu eingeführten Weltordnung umgetauft in Big Bang.«

»Big Bang«, murmelte Al. »Und wo werde ich hausen in diesem … Big Bang?«

»Nun, wenn es Ihnen recht ist, werden Sie eine Wohnung mit Beatrice teilen. Sie wird Sie auch in Ihr neues Leben einführen.«

»Oh ja«, antwortete Allan erfreut. Und zu Bea gewandt

meinte er: »Du bist ja immer noch meine Frau, nicht wahr?«

Sie wurde verlegen. »Nun, eigentlich bin ich Witwe.«

Al erstarrte. Witwe? Das hieß ja, dass er tot war. Also doch?

Furtwanger zuckte mit den Achseln. »Nun ja, da wir Sie nicht wachgekriegt haben, blieb nichts anderes übrig, als Sie für tot zu erklären. Aber seien Sie beruhigt, Sie sind so lebendig wie jedermann auf diesem Planeten. Und Sie werden an dieser neuen Welt Ihren Spaß haben.«

»Was soll ich denn eigentlich tun in dieser neuen Welt, ich meine, gibt es Arbeit, habe ich eine bestimmte Aufgabe?«

»Sie kommen einmal die Woche zu einer Untersuchung zu mir, Ihr Job ist nach wie vor der eines Versuchskaninchens. Außerdem lagen Sie Jahrzehnte unter der Erde. Ihr Gesundheitszustand muss überwacht werden. Darüber hinaus können Sie Ihr Leben nach Gutdünken genießen. Wissen sollten Sie nur eins: Oberste Devise in unserer Zeit ist Konsum, denn so läuft die Wirtschaft wie am Schnürchen.«

Damit erhob sich der Professor und verabschiedete die beiden.

11

Als Beatrice und Allan Furtwangers Haus verließen, war es bereits dunkel. Draußen bestiegen sie eine große transparente Kugel, die außer den beiden Sesseln, in denen sie es sich bequem machten, keinerlei Inneneinrichtung aufwies. Die Kugel schwebte los, und Allan hatte schon fast aufgehört, sich darüber zu wundern.

»Ferngesteuert?«, fragte er.

Bea nickte. »Eine Funktion des Ringes. Er wandelt Gehirnströme in die entsprechenden Befehle um.«

Allan besah seinen Ring. »Kann ich das auch?«

»Wenn er so programmiert ist, bestimmt.«

»Sind denn nicht alle gleich?«

Bea antwortete: »Nein, es gibt verschiedene Modelle für die verschiedenen Gesellschaftsschichten. Zudem werden sie laufend dem individuellen Entwicklungsstand angepasst.«

»Von wem?«

»Von den Zentralen, den sogenannten Control Centers, mit denen die ganze Bevölkerung permanent verbunden ist. Dort arbeitet die ›Crew‹, eine ziemlich mächtige Kaste.«

Während des Gesprächs flogen sie in die Stadt ein. Überall flimmerten Leuchtschriften, auf der Straße waren Partys im Gange, es wurde getanzt, gelacht und getrunken. Bei einem Wolkenkratzer, der die Form einer lang gezogenen Pyramide hatte, stieg die Kugel hoch. Al bewunderte das Lichtermeer unter ihnen.

»Schön«, sagte er, »wirklich eine schöne, fröhliche Welt, die da geschaffen wurde.«

Bea erwiderte nichts, sie schien seine Meinung nicht in allen Belangen zu teilen.

Als sie wohl an die hundertfünfzig Stockwerke hochgeschwebt waren, durchdrang die Kugel die Wand und sie landeten in Beas Wohnzimmer. Sie stiegen aus, die Kugel entfernte sich.

Al staunte. Das Zimmer war geräumig, hübsch eingerichtet, und vor allem blitzsauber. Scheinbar hatte sich Beatrices Ordnungssinn mit den Jahren grundlegend geändert.

Sie setzten sich auf ein purpurnes Sofa, das eigentlich mehr einem großen Kissen glich und ohne Unterbau im Raum schwebte. Einen Salontisch gab es nicht dazu.

»Möchtest du etwas trinken?«, fragte Bea.

»Hast du ein Bier?«

Sie lächelte und nickte. »Eigentlich ist es fast nicht mehr zu bekommen, das ist passé. Aber als ich erfuhr, dass du … zurückkommst, hab ich ein Sixpack aufgetrieben, weil ich wusste, wie sehr du es immer gemocht hast.«

Bea ging hinaus und kam mit einer Flasche und zwei Gläsern zurück, schenkte ein und reichte Allan das Glas. Die Flasche stellte sie vor sich im Raum ab. Sie stießen an. »Wie ordentlich du geworden bist«, sagte er.

»Ich, ordentlich? Wie kommst du denn darauf?«

»Na, alles hier ist aufgeräumt und sauber.«

Sie lachte. »Ach so. Das geht heute von selbst, genauso wie das Fliegen.«

Al genoss das Bier, stellte sein Glas ebenfalls in der Luft ab und sagte scherzend. »Na, das Bier werde ich in der neuen Zeit wohl vermissen.«

»Keine Angst«, erwiderte Bea, »mit Furtwanger als Bekanntem wird es dir an nichts mangeln – sofern er es erlaubt. Er ist sehr einflussreich.«

»Wie einflussreich?«, fragte Al.

»Er ist der ranghöchste Regent des ›WUC‹.«

Allan sah sie fragend an.

»WUC steht für World Union Center, dem weltweiten Firmenkonglomerat, das nach dem schrecklichen elften September gebildet wurde und seither die offizielle Weltregierung ist. Die Regenten sind der Verwaltungsrat, das, was man früher Regierung nannte. Furtwanger hat an dieser ›Wende‹ wesentlich mitgearbeitet, genauer gesagt, hat er sie initialisiert.«

»Was geschah denn an diesem ominösen elften September?«, erkundigte sich Al.

»Ein paar Wahnsinnige sind mit Flugzeugen ins World Trade Center gedonnert, sodass es in sich zusammengefallen ist. Fünftausend Menschen kamen bei diesem Anschlag ums Leben, der zudem eine große Verunsicherung in der westlichen Welt hervorgerufen hat. Das war auch der Grund, weshalb – damals aus Sicherheitsgründen – die durchlässigen Wände entwickelt wurden, die heute vor allem in den Städten als Eingang dienen.«

»Aus Sicherheitsgründen?«

»Ist doch klar: Heute würde ein Flugobjekt durch die Türme fliegen, ohne dabei auf irgendeine Art von Widerstand zu stoßen. Man müsste nur den Kopf etwas einziehen.«

Sie lachte und fuhr fort: »Jedenfalls führten daraufhin die Regierungen, allen voran die tief gekränkten Amerikaner, blutige und teure Kriege gegen den ihrer Meinung nach arabischen Terrorismus. Erfolglos. Die Welt rutschte ins Chaos. Furtwanger hat sich für eine Globalisierung stark gemacht, hat der Menschheit ein langes Leben geschenkt und mit den Kriegen aufgeräumt. Er hatte wesentlichen Anteil am Abkommen von Davos, das 2035 besiegelt wurde und die Welt geeint hat.«

»Sozusagen der neue Messias, der der Welt endlich Glück und Frieden brachte«, sagte Al und gähnte.

Sie wiegte den Kopf: »Es geht uns nicht schlecht, Allan.

Lass uns nun schlafen, du wirst müde sein, es war sehr viel für dich heute.«

»Soll ich … in deinem Bett schlafen?«

»Aber Al«, sagte sie. »Was willst du denn mit einer alten Frau wie mir im Bett, nein, ich hab dir ein Zimmer zurechtgemacht.«

Sie führte ihn in ein Schlafzimmer mit angrenzender Dusche. Zu Allans angenehmer Überraschung stand das Bett auf vier Füßen am Boden und war ganz so, wie er es gewohnt war. Sogar ein Nachttisch mit einer Kerze darauf stand daneben.

Bea drückte ihm einen Kuss auf die Stirn und sagte: »Schlaf gut, mein Lieber.« Beim Hinausgehen drehte sie sich um und lächelte ihn an: »Ich bin ja so froh, dass du wieder bei uns bist, Allan. Ich hab dich sehr vermisst all die Jahre.«

Im Kleiderschrank seines Zimmers lag auch ein Pyjama für ihn bereit. Er zog ihn an, wollte zu Bett gehen und das Licht löschen. Aber er fand den Schalter nicht. Also verließ er das Zimmer und klopfte bei Bea an, die »Herein« rief. Sie saß in Unterwäsche am Schminktisch und machte sich für die Nacht zurecht. Al fand, dass sie keineswegs wie eine alte Frau wirkte, sondern immer noch sehr attraktiv war.

»Wo ist denn der Lichtschalter?«, fragte er.

»Ach so, natürlich, das habe ich ganz vergessen. Du musst einfach denken: ›Licht aus!‹.«

Er ging und folgte ihrer Anweisung, aber es funktionierte nicht. Also kehrte er zurück zu Bea, die nun bereits im Bett lag.

»Es klappt nicht.«

»Das kann nicht sein.« Sie sah auf seine Hand. »Wo hast du denn deinen Ring?«

»Na, auf dem Nachttisch. Den brauche ich ja nicht zum Schlafen.«

Sie lachte. »Nein, aber zum Lichterlöschen. Übrigens, trage ihn besser auch nachts.«

Al ging zurück, zog den Ring an, und tatsächlich ging das Licht per Gedankenbefehl aus.

»Das ist ja fast wie in meiner inneren Welt«, dachte er, ließ den Ring am Finger und stieg ins Bett.

Schlaf fand er aber noch lange nicht. Tausend Fragen, tausend Gedanken schwirrten in seinem Kopf herum. Hundertsiebzehn Jahre alt war er also, und weitere dreißig sollte er noch leben. Ein alter junger Mann. Wollte er das überhaupt? Sicher, im Moment war alles spannend und neu. Aber später? Würde nicht alles fad und langweilig werden, würde er die Hektik und den permanenten Rummel ertragen? Und was hatte er für ein Ziel hier, was war der Sinn seines Daseins? Versuchskaninchen spielen und ansonsten das Leben genießen? Wie machte man das? Allan ließ den Tag Revue passieren; Wort für Wort erinnerte er sich an alles, was gesagt worden war. Ein flaues Gefühl beschlich ihn. Wöchentlich sollte er den Professor aufsuchen, weil er – wie hatte es Furtwanger formuliert? – Jahrzehnte unter der Erde gelegen hatte. Unter der Erde? Er schauderte. Und dieser Ring, was konnte man wohl noch alles mit ihm bewirken? Man war immer verbunden mit der Zentrale – schloss das nicht auch ständige Kontrolle mit ein? Er zog das Ding aus.

Ein weiterer Gedanke quälte ihn: Hatte Beatrice noch Sex mit Furtwanger? Er wälzte sich hin und her, die Frage ließ ihm keine Ruhe. Schließlich nahm er allen Mut zusammen und schlich vor Beas Tür. Scheu klopfte er an und fragte: »Bea, schläfst du schon?«

»Nein, komm rein«, tönte es von der anderen Seite. Er setzte sich auf den Bettrand und druckste verlegen herum. »Ich … wollte dich noch etwas fragen.«

»Was denn?«

»Nun, der Professor, hast du … hast du noch Kontakt mit ihm, ich meine, körperlich?«

Bea sah ihn mit großen Augen an: »Wieso interessierst du dich denn für das Sexualleben einer alten Frau?«

Allans Stimme bebte. »Darf ich bei dir schlafen?«

Sie errötete. »Wenn dir … etwas daran liegt, schlüpf rein.«

Er kuschelte sich an sie, legte seinen Kopf auf ihre Brust. »Du bist mir noch eine Antwort schuldig, Bea.«

Sie streichelte über sein Haar. »Seit dem Tag, an dem er mir dich weggenommen hatte, war Schluss damit. Er kann alles von mir haben, beruflich, aber das andere ist endgültig vorbei.«

Er umarmte sie heftig und sie schliefen miteinander, doch es klappte nicht wie früher. Er empfand ihr gegenüber nun eher Freundschaft, er fühlte sich bei ihr geborgen, sie war mütterlich geworden.

»Mach dir nichts draus, Lieber, es ist gut so, wie es ist«, sagte sie. »Und nun schlaf, morgen werde ich dir die Stadt zeigen.«

Als er erwachte, schien ihm die Sonne ins Gesicht. Bea lag nicht mehr im Bett, er hörte sie in der Küche hantieren.

Er stand auf und ging zum Fenster, bei dem er dieses Mal auch einen Griff zum Öffnen fand. Tief atmete er die frische Herbstluft ein. Nicht weit entfernt reckten sich die beiden »Zuckerstangen« in die Höhe, deren Dach er von hier aus gut sehen konnte. Auf einem der beiden drehte sich eine gigantische Weltkugel, versehen mit der Inschrift »World Union Center«.

Spiralförmig wanden sich bis zum Boden rote, gelbe und schwarze Streifen den Gebäuden entlang, die ihm bereits am Vortag aufgefallen waren, die aber erst jetzt, aus der Ferne, so richtig zur Geltung kamen. Die Farben erinnerten an die deutsche Flagge. Etwas war allerdings am Tag zuvor noch nicht da gewesen: Dutzende von Fahnen, die an dem Gebäude hochgezogen waren und im Wind flatterten. Sie sahen alle gleich aus: in der Mitte ein Adler auf schwarzem Grund, rechts davon rechteckartig angeordnete rote Sterne, links davon dasselbe in Gelb. Es mochten ein paar Hundert sein, wohl einer für jedes Land.

Er sah die rund tausend Meter hinunter auf die Straße, die übersät war von Menschen. Fetzen von Lärm und Musik drangen sogar bis in diese Höhe hinauf. Riesige Ballone, alle mit aufgedrucktem Globus, schwebten in der Luft. Unvermittelt musste Al an den legendären Chaplin-Film »Der große Diktator« denken.

In seine Betrachtungen versunken, hatte er Bea nicht kommen sehen. Sanft legte sie die Hand auf seine Schulter. Er drehte sich zu ihr um, sie lächelte.

»Gut geschlafen?«

Er nickte und gab ihr einen Kuss.

»Komm, das Frühstück ist fertig.«

Während er ihr in die Küche folgte, fragte er: »Ist hier immer so viel los? Da tummeln sich ja gewaltige Menschenmassen auf der Straße.«

Sie setzten sich an einen beinlosen roten Plastiktisch, auf dem ein üppiges Frühstück angerichtet war.

»Heute ist ein besonderer Tag, heute ist Volksfest.«

»Zu welchem Anlass?«

»Kannst du es dir denn nicht vorstellen?«

Al zog die Brauen hoch und verneinte.

»Heute ist der elfte September, der Jahrestag des Terroranschlages, der überall in der Welt als Tag der Freiheit gefeiert wird, als globaler Nationalfeiertag sozusagen. Wir nennen ihn ›Day of the Big Turn‹.«

Al sah sie ungläubig an: »Ein Terroranschlag wird gefeiert? Das ist doch eine Katastrophe und kein Anlass, sich zu vergnügen.«

»Es war der Beginn der Wende, mein Lieber, letztlich müssen wir dankbar sein für diese Katastrophe.«

Beim Essen wurde Bea plötzlich stutzig, wies auf seine Hand und fragte, wo er seinen Ring gelassen habe.

»Ach, der liegt wahrscheinlich noch auf dem Nachttisch in meinem Zimmer.«

»Fühlst du dich gut?«, fragte sie besorgt.

»Weshalb sollte ich mich denn nicht gut fühlen?«

»Ach, nur so«, antwortete sie leicht irritiert und mahnte ihn mit ernster Miene: »Du solltest das Ding wirklich *immer* tragen.«

Besorgt brachte sie ihm den Ring. Er drehte ihn in der Hand und bestaunte den geschliffenen Stein. Das Kleinod war schön, sonst aber konnte Al daran nichts Außergewöhnliches erkennen. »Wo ist denn all die Technologie versteckt?«, fragte er.

»Na im Stein«, sagte Bea. »Ein ziemlich kompliziertes Gebilde aus biochemischen, mikroelektronischen und genetischen Formeln.«

Al bemühte sich, im Stein einen Chip oder etwas Ähnliches auszumachen.

Bea lächelte: »Da ist nichts zu sehen, da gibts keine Drähte und Chips mehr. Die Masse des Kleinods selbst ist die Zusammensetzung aller Funktionen.«

Er zog den Ring an und fragte: »Wie spät ist es eigentlich?«

»Beim nächsten Ton ist es genau zehn Uhr dreißig Minuten und fünfzehn Sekunden – piep«, tönte es in seinem Kopf.

Bea lächelte. »Solche Fragen gibt es in unserer Zeit nicht mehr. Manchmal fast schade. Ein Anlass weniger, miteinander zu sprechen. Aber komm, ziehen wir uns an, gehen wir mitfeiern und ausgiebig konsumieren.«

Während sie aufstand, lösten sich Speisereste und Schmutz von Geschirr und Tisch auf, die Utensilien verstauten sich von selbst.

Al duschte und entdeckte zu seiner Freude eine ganz normale Zahnbürste und einen Rasierapparat. In seinem Schrank fand er eine große Auswahl an Anzügen, alle etwas zu bunt für seinen Geschmack. Er zog den diskretesten davon an, band eine silberne Krawatte um und setzte sich ins Wohnzimmer, um auf Bea zu warten. Sie erschien in einem knallroten einteiligen Lederkleid, das hauteng anlag. Eigentlich nicht angemessen für eine Dame ihres Alters. Aber er musste attestieren, dass ihre Figur nach wie vor tadellos war.

Bewundernd betrachtete er sie.

»Na ja, bedenke, auch ich habe noch ein paar Jährchen vor mir«, schmunzelte sie, als sie seinen Blick bemerkte. »Komm, lass uns gehen.«

Sie schwebten ins Erdgeschoss und verließen das Haus. Draußen war fast kein Durchkommen. Die Leute drängten sich in Straßendiscos und Bars, tanzten zu fremdartiger Musik, am ehesten noch vergleichbar mit Techno-Sound. All das erinnerte Al an die Street Parade, nur dass hier alles noch greller und verrückter war. Während des Tanzens spielten halb nackte Leute jeden Alters mit den Ballonen. Hinter den Bartheken standen blau gekleidete Frauen und reichten Röhrchen mit Säften in allen Farben. Al fiel auf, dass niemand bezahlte.

Bei einer Disco, aus deren stangenartigen goldenen Boxen gewaltiger Sound donnerte, blieb Bea stehen und tanzte ausgelassen. Verwundert stellte Al fest, dass sie keinerlei Müdigkeitserscheinungen zeigte. Wenig später gingen sie ein paar Straßen weiter, wo sich der Andrang endlich ein wenig lichtete und der Lärmpegel abebbte.

Al atmete auf. Ihm war nach seinem langen, isolierten Dasein das alles etwas zu viel.

»Komm«, sagte Bea, »hier wird es dir gefallen.« Sie zog ihn in ein kleines Restaurant, das fast leer war. Einzig in einer Ecke saß ein alter, blau gekleideter Mann mit stumpfem Blick vor einem Glas Wein.

Sie setzten sich an einen Tisch. Hier sah alles noch aus wie früher. Tische und Stühle aus echtem Holz, ein steinerner Boden, an den vergilbten Wänden kitschige Blumenbilder.

Bei einer ebenfalls blau angezogenen, rundlichen Frau bestellten sie einen Flip Kick. Al mit Orangengeschmack, Bea etwas Grünliches.

»Nachher werde ich dir ein Warenhaus zeigen, ein Konsum-Center, wie es heute heißt«, sagte Bea, während sie in kleinen Schlucken tranken.

»Sind denn die Läden an einem Feiertag nicht geschlossen?«, wunderte sich Al.

Bea verneinte. »Die Blue Works kennen außer dem Sonntag keine Freitage.«

»Die Blue Works?«

»Na ja, die Arbeiterklasse. Alle, die blau angezogen sind. Ist dir das noch nicht aufgefallen? Irgendjemand muss ja die Konsumgüter herstellen und die Dienstleistungen erbringen.«

»Geht denn nicht jeder einer Arbeit nach?«

»Nein, diese Zeiten sind vorbei. Erstens braucht es immer weniger Arbeitskräfte, und zweitens muss ja jemand die Güter konsumieren.«

»Und wer ist das?«

»Die Konsumenten. Alle, die du da draußen siehst. Es entspricht der früheren Mittelschicht. Ihre einzige Aufgabe besteht darin, zu konsumieren und so die Wirtschaft in Schwung zu halten.«

»Ach so«, murmelte Al. »Dann bist du auch eine Konsumentin.«

Bea wiegte den Kopf. »Nicht ganz. Ich gehöre zum Stab der Regenten, das entspricht etwa der Stellung der Crew. Man hat gewisse Privilegien.«

»Und die wären?«

»Ich genieße eine Art Diplomatenstatus. Ich kann zum Beispiel konsumieren, was ich will. Bis zu einer gewissen Obergrenze, die zu überschreiten den Promis und den Regenten vorbehalten bleibt, aber die Untergrenze ist frei.«

»Was heißt, die Untergrenze ist frei?«

Bea überlegte eine Weile und sagte: »Nun, jeden Monat wird der Ring mit einer bestimmten Anzahl Konsum-Einheiten geladen, mit den sogenannten Bucks. Meine Freiheit besteht darin, diese Einheiten *nicht* aufbrauchen zu müssen. Bei den Konsumenten hingegen wird eine Strafe verhängt, wenn sie ihr Budget nicht aufbrauchen.«

Al war verwirrt. »Das verstehe ich nicht. Es besteht eine Konsumpflicht, weshalb denn das?«

»Nun ja, nur bei den Konsumenten. Weil es eben ihre Aufgabe ist, den Konsum hochzuhalten, das Räderwerk der Wirtschaft am Laufen zu halten.«

»Und was arbeiten die Konsumenten?«

»Nichts, es ist ihnen verboten. Ein weiteres Privileg der Promis und der Crew. Sie dürfen, müssen aber nicht. Bei den Blue Works hingegen gilt das nicht. Sie müssen arbeiten und können am Konsum nur in einem sehr beschränkten Umfang teilhaben.«

Al stutzte. So toll und so frei, wie es auf den ersten Blick den Anschein machte, war diese Gesellschaftsordnung also doch nicht.

»Gibt es denn da kein böses Blut, bei den Arbeitern, meine ich?«

»Wenn sie zu viel Flip Kicks trinken, die den Konsumrausch ja anregen, leiden sie manchmal ein wenig unter ihrem Schicksal. Ansonsten sind ihre Ringe darauf programmiert, dass sie zwölf Stunden am Tag arbeiten, am Abend etwas fernsehen und sonntags schlafen. Sie sind mehr oder weniger zufrieden damit.«

Al wies auf den alten Mann in der Ecke. »Der hier scheint aber nicht sehr zufrieden.«

Bea nickte. »Er wird nicht mehr lange leben, er hat etwas ausgefressen.«

»Woher weißt du das?«

»Er trägt keinen Ring.«

»Na und?«

Bea seufzte. »Na gut, ich werd's dir erklären: Nach dem Abkommen von Buck City, dem früheren Davos, wurde weltweit ebendiese Ring-Kampagne durchgeführt. Jeder, der wollte, erhielt das Wunderwerk. Und alle wollten. Denn zuvor wurde überall das Salz mit einem Gen-Medikament angereichert – vom Professor entwickelt notabene. Dieses Medikament entzieht dem Menschen den Überlebenstrieb, der vom Ring wieder zugeführt wird – immer vorausgesetzt, man trägt ihn.«

»Und was passiert ohne Überlebenstrieb?«

»Nun, du kannst es dir ja vorstellen. So nach fünf, sechs Stunden verfällst du in eine Depression. Angstzustände, innere Unruhe, Trauer und was so alles dazugehört. Es ist kaum auszuhalten. Spätestens nach einem Tag ziehst du den Ring wieder an. Wenn nicht, erkennst du plötzlich den Sinn des Lebens nicht mehr und hast auch keine Lust dazu, es weiterzuführen. Du begehst über kurz oder lang Selbstmord, weil dir das Leben völlig schnuppe ist.«

Sie schwieg eine Weile. »Deshalb habe ich mich heute gewundert, dass du ohne Ring keinerlei Beschwerden hattest. Ich meine, seit du wieder bei uns bist, hast du ja auch Salz konsumiert. Es steckt überall drin. Weshalb also ist dein Überlebenstrieb noch intakt?«

»Na ja, das ist er nicht immer, aber das hat andere

Gründe«, murmelte Al. Und mit Blick auf den Alten fuhr er fort: »Und wofür wird man so hart bestraft?«

Bea zuckte die Achseln. »Vielleicht hat er etwas gestohlen, vielleicht ein Kind missbraucht. Oder er hat sich an einem für ihn verbotenen Ort aufgehalten. Ich weiß es nicht.«

»Verbotenen Ort?«

»Na ja, im WU-Center vielleicht, in einer Promi-Bar oder so ähnlich.«

Der Alte hatte aufgehorcht und sah zu den beiden hinüber. Er brach in Tränen aus und sagte flehend: »Helft mir, so helft mir doch bitte.«

»Ruhe«, keifte die Wirtin, »was fällt dir ein, mit der Herrschaft zu reden!«

Al zog seinen Ring vom Finger und sagte: »Ich brauche dieses Teufelsding nicht, ich werde ihm meinen schenken.«

Bea lächelte traurig. »Man sieht, du bist noch ein Mensch vom alten Schrot und Korn, mit Mitleid für die anderen, aber es nützt nichts. Der Ring ist nicht übertragbar. Er funktioniert nicht an einer fremden Hand.«

Plötzlich richtete sich der alte Mann auf, grinste übers ganze Gesicht und sagte: »Wisst ihr, mir ist das alles scheißegal, ihr könnt mir alle gestohlen bleiben. Anna, bring mir einen Flop Kick.«

Die Wirtin zuckte die Achseln und sagte: »Wie du willst, es ist deine Entscheidung.« Sie brachte ihm ein Röhrchen mit schwarzer, öliger Flüssigkeit. Der Mann kippte die Brühe in einem Zug hinunter. Kurz darauf verfiel er in Krämpfe und starb. Wie selbstverständlich und ohne mit der Wimper zu zucken kam die Wirtin mit einer Spraydose hinter dem Buffet hervor und besprühte den Alten. Innerhalb weniger Sekunden löste er sich in Nichts auf.

Al starrte entsetzt auf den Platz, an dem der Mann gerade noch gesessen hatte. Er fand keine Worte für das eben Gesehene.

Bea streichelte seinen Arm. »Es tut mir leid, ich wollte dir so etwas eigentlich ersparen. Wir hätten nicht an diesen Ort kommen sollen.«

»Lass uns gehen, Bea«, sagte Al, »irgendwohin, wo wir allein sind, weg von dieser Stadt.«

Sie verließen das Lokal, setzten sich auf das Sofa, das Bea geordert hatte, und flogen Richtung Süden.

Der Fahrtwind tat Allan gut, langsam fand er seine Fassung wieder. Lächelnd sagte er: »Vor lauter Selbstmord haben wir das Zahlen vergessen.«

»Ich habe die Konsumation von meinem Konto abgebucht«, antwortete sie.

Sie schwiegen eine Weile, dann fragte Al: »Wie funktioniert das mit dem Spray?«

»Ach, das ist nur eine einfache Umwandlung der Molekularstruktur, man braucht ein ähnliches Mittel auch zum Abstauben. Ein paar Spritzer in der Wohnung, und der gesamte Staub löst sich in Nichts auf.«

»Mann«, antwortete Al, »das ist ja eine Mordwaffe. Ich meine, man könnte jedermann besprühen und somit auflösen.«

Bea lächelte: »Das Mittel wirkt natürlich nur bei toter Materie, du Dummerchen.«

Den Rest der Fahrt schwiegen sie.

Nach einer Weile landeten sie an einem Waldrand auf einer Wiese.

»Hier können wir uns etwas erholen«, sagte Bea. »Nimm es nicht so tragisch, irgendwas hat der Mann angestellt und wurde dafür mit dem Ringentzug bestraft.«

»Also Todesstrafe!«

»Furtwanger behauptet immer, er töte keine Leute.

Und das stimmt in gewissem Sinne auch, es war ja Selbstmord.«

Unvermittelt fragte Al: »Weshalb hat Furtwanger den Ring implantiert, wenn er sowieso nicht gestohlen werden kann?«

»Das war geschwindelt. Der Professor braucht den Ring nicht zu tragen, er wirkt bei ihm nicht so wie bei den anderen. Meistens hat er ihn in der Manteltasche oder lässt ihn auf dem Schreibtisch liegen.«

»Und weshalb wirkt er bei ihm nicht?«

»Ich weiß es nicht, vermutlich ein Sonderprivileg.«

Nach einer Pause sagte Bea: »Nun ist dir wohl die Lust aufs Konsumieren vergangen, ich meine, ich wollte dir ja ein Warenhaus zeigen.«

»Ein anderes Mal«, antwortete Allan. »Lass uns ein wenig hier sitzen. Der Herbst ist so mild, die Landschaft beruhigt mich.«

Sie nickte und drückte seine Hand.

»Diese Welt, diese neue Ordnung ist nicht so schön, nicht so friedlich, wie es den Anschein macht, nicht wahr?«

Bea sah zu Boden. »Ich hab dir gesagt, es geht uns so weit gut, es ist alles geregelt.«

»Und kontrolliert.«

Sie nickte. »Bis ins letzte Detail. Es gibt keine Möglichkeit, auszubrechen.«

»Gibt es denn keinen Fleck mehr auf dieser Welt, der nicht dem System angehört, wohin man entfliehen kann? Gibt es keine Menschen mehr, die ohne den Ring leben können?«

»Man munkelt von einem Einsiedler, der sich in der Schweiz versteckt hält. Und von ein paar Eingeborenen in der afrikanischen Steppe. Aus Gründen, die mir nicht bekannt sind, hat man sie am Leben gelassen.«

»Am Leben gelassen?«

»Nun ja, es wurde niemand getötet, ein Teil der Welt hat überlebt, der andere ist halt krepiert.«

»Woran?«

»Hunger, Durst, Krankheiten, Seuchen wie Aids und Lepra, Bürgerkriege.«

Allan wurde immer mulmiger zumute. Was war alles geschehen in der Zeit, in der er im Koma gelegen hatte? Die Menschheit musste Schreckliches durchgemacht haben.

Plötzlich fing Bea an, in die Luft zu sprechen. »Aber natürlich habe ich es nicht vergessen, ich werde gleich da sein. Ja, die Rede habe ich gespeichert.«

Verdutzt sah Allan sie an.

»Der Professor hat angerufen. Wir müssen jetzt gehen, die Arbeit ruft.«

»Du musst arbeiten, heute?«

»Ja, mein Boss wird in Buck City eine Rede halten zum ›Day of the Big Turn‹, da muss ich dabei sein.«

»Buck City? Du meinst Davos, in der Schweiz?« Er fragte gedanklich nach der Uhrzeit, es war 14 Uhr. »Da bist du doch viel zu spät dran.«

Während Bea das Sofa aktivierte, sagte sie: »Der Privatjet des Professors ist ziemlich schnell. Wir sind in einer halben Stunde dort.«

In Beas Wohnung angelangt, zog sie sich um, behändigte einen Aktenkoffer und ihre Handtasche und verließ ihn mit den Worten: »Wir sehen uns dann, geh doch einen Sprung raus und zerstreue dich. Oder sieh fern.«

Allan hatte keine Lust, noch auszugehen, erst recht nicht allein, in diese fremde, für ihn noch immer unbekannte Welt, und fragte: »Wo ist denn die Flimmerkiste?«

Bea lachte: »In deinem Ring. Denk einfach: ›Fernsehen, Kanal wechseln – Spielfilm – Wirtschaft – Sex …‹

oder was immer dich interessiert, und ›Next‹, wenn du neue Kanäle zum gleichen Thema abrufen willst. Das Programm wird dann in den Raum projiziert.«

Sie drückte ihm einen Kuss auf die Stirn, stieg in die hereinschwebende Glaskugel und verschwand.

Al suchte in der Küche nach einem Bier, fand aber keines. Er setzte sich aufs Sofa und dachte: »Bier!« Sofort kam eine Flasche angeflogen. Er fühlte sich ziemlich verloren und allein; ihm gefiel diese auf den ersten Blick so freie, aufs Beste geregelte Welt nicht. Auch wenn man mit Gedanken Dinge bewegen, verändern, ein- und ausschalten konnte; sie hatte nichts gemein mit der Welt seines Selbst, in der er so friedvoll existiert hatte. Hätte man ihn doch dort gelassen. Wut gegen Furtwanger stieg in ihm auf. Er war Spielball dieses Mannes, der mit ihm anstellte, was ihm beliebte. Immer noch war er, laut Furtwangers eigenen Worten, dessen Versuchskaninchen. Was hatte der Professor wohl noch alles mit ihm vor? Al beschloss, es herauszufinden. Die wöchentlichen Konsultationen sollten ihm die Gelegenheit dazu bieten.

Mit dem Glas in der Hand pirschte Al in der Wohnung umher und sah sich genauer um.

Die Küche war, bis auf den schwebenden Nierentisch, der aussah wie ein Relikt der Fünfzigerjahre des 20. Jahrhunderts, denen aus seiner Zeit nicht unähnlich. Ein Herd in Form einer ovalen Glasplatte, Schränke aus schön gearbeitetem Holz, ein transparenter Kühlschrank, der in seiner ungeschliffenen kubischen Form wohl einen Eiswürfel darstellen sollte. Bad und Toilette waren ebenfalls im herkömmlichen Stil konstruiert, außer dass sich darin keine Ablageflächen befanden; selbst das Toilettenpapier schwebte frei im Raum.

Ihm fiel auf, dass keinerlei Kabel gezogen waren. Das Licht strahlte nicht aus Glühbirnen, sondern stand irgendwo im Raum und leuchtete aus sich selbst heraus. Woher kam wohl diese Energie, und welcher Art war sie?

Allan setzte sich wieder und probierte den »Fernseher« aus. Es klappte: Mitten im Raum stand ein etwa zwei Meter großer, flimmernder elektronischer Kubus. Allan dachte: »Politik« – doch statt irgendwelcher Informationen darüber belehrte ihn eine sanfte Stimme: »Dieses Wort ist altdeutsch, Alternative: Wirtschaft.« Er versuchte es mit »Religion«. Der Kubus zerbröselte und ein dreidimensionaler Frauenkopf erschien. Eine freundliche Dame sprach über die Geschichte der Religion, über deren Vielfalt und vor allem über deren Unsinnigkeit und Grausamkeit. Religion habe unzählige Kriege und Leiden provoziert und sei daher nicht mehr zeitgemäß. Allan staunte. Das war ja eine richtig kritische Sendung. Aber sie langweilte ihn. Also schaltete er auf Wirtschaft. In einer der Tagesschau ähnlichen Sendung wurde als Hauptthema der heutige Gedenktag behandelt. Die Bilder zeigten ausgelassene Straßenfeste in aller Welt, wie sie heute auch in Big Bang gefeiert wurden. Reden von Politikern – oder wie es heute hieß: Wirtschaftsführern – spielten sich lebensnah vor Allan ab.

Er sah genauer hin. War da nicht soeben Beatrice vor einem blumengeschmückten Podest vorbeigehuscht? Schon war sie wieder von der Bildfläche verschwunden. Das Podest stand auf einer Bühne, auf der viele Fahnen wehten. Die gleichen wie auf den Zwillingstürmen. Dahinter war die Kulisse der verschneiten Alpen zu sehen, bestrahlt von gigantischen Scheinwerfern in allen Farben. Auf den Hängen kreisten Lichtsterne. Al wusste, woher die Übertragung stammte. Aus Davos. Er würde Furtwangers Rede mitkriegen. Das Programm wurde mit Musik und Kanonendonner eröffnet, dann kamen einige Vorredner, bis schließlich Professor Furtwanger mit großem Applaus begrüßt wurde.

Furtwanger, dessen Auftritt an eine Bergwand projiziert wurde, stand hinter dem Rednerpult und blickte in das tosende Publikum. Dann hob er den rechten Arm senkrecht in die Höhe, der Applaus verstummte.

»Bürger der Weltunion«, hallte es über den Platz. »Wir haben uns hier versammelt, um des Tages zu gedenken, der die Wende herbeigeführt hat, die uns allen ein besseres Leben ermöglicht hat. Am 11. September 2001 trieben es die Untermenschen zu weit. Mit ihrem niederträchtigen Angriff auf die zivilisierten Völker haben sie das Fass zum Überlaufen gebracht. Die Welt hatte genug! Doch alle Bemühungen der Politiker scheiterten – und zwar deshalb, weil sie halbherzig waren. Es war zu viel des immerwährenden Blutvergießens, das sich seit Alters her vermeintlich als das Mittel der Wahl bewährt hatte. Doch die Menschheit hat endlich erkannt, dass diese Zeit vorbei ist. Die Unfähigkeit der Politiker, das Problem zu lösen, wurde offenkundig, die Schlamperei musste endlich ein Ende nehmen. Beim Abkommen von Buck City beschloss die Welt, sich zusammenzutun. Die überholte, träge Politik wurde in die Wirtschaft integriert, die nun mit aller Konsequenz und Härte ihre Aufgabe wahrnahm. Wer nicht mitmachte, war unser Feind. Aber« – und dieses »Aber« zog der Professor in die Länge – »wir haben keine Kriege mehr geführt, wir haben keine Kugel mehr vergeudet – das blutrünstige Gesindel kam nicht mehr zum Zug. Wir haben den Feind ganz einfach nicht teilhaben lassen an unserem Frieden und Wohlstand und ihn am ausgestreckten Arm verhungern lassen. Denn er hatte es nicht besser verdient.«

Tosender Applaus.

»Dass sich die Menschheit dank der Medizin nun fast doppelt so lange auf unserem Planeten tummelt wie noch vor ein paar Jahrzehnten, bedeutet nicht nur eine Erhöhung der Lebensqualität. Diese Tatsache hat bewirkt, dass Forscher länger forschen, Wirtschaftsführer länger managen, Ärzte länger praktizieren können und so weiter und so fort. Es sind uns daher auf allen Gebieten Errungenschaften gelungen, dank derer die Welt in wenigen Jahrzehnten ein anderes Gesicht erhielt. Auf allen Gebieten sind Fortschritte in nie da gewesenem Tempo und Umfang erfolgt. So konnte eine neue Weltordnung entstehen, in der jeder, der sich an die Regeln hält, seinen gerechten Platz hat und ein menschenwürdiges Dasein fristen kann.«

Der Professor machte eine Kunstpause, das Publikum applaudierte. Wieder erhob er den Arm.

»Bürger der Welt! Unsere Ordnung soll auf ewig Bestand haben, darum wird jeder, der sie zerstören will, aus ihr ausgeschlossen. Er soll sich selber richten oder dorthin gehen, wo er von ihr nicht geschützt und behütet wird.«

Bei diesen Worten horchte Allan auf. Also gab es doch noch Gebiete, Freizonen vielleicht, wo keine Macht und Kontrolle ausgeübt wurde.

Der Professor fuhr fort: »Die Erfindung des Ringes, der gleichzeitig Personalausweis, Kreditkarte, Telefon, Fernseher, Medikament, Spielzeug und vieles mehr ist, aber auch Verbindung zur Crew und damit zu den Regenten bedeutet, hat uns unendlichen Segen gebracht. Lasst uns dankbar sein für unsere schöne, neue und geeinte Welt, in der es keine Grenzen mehr gibt. Lasst uns nun zur Bekräftigung dieser unserer Gesellschaftsordnung gemeinsam die Welthymne singen. Ich habe geschlossen, vielen Dank.«

Nach einem weiteren, lang anhaltenden Applaus erscholl das Lied »We are the Champions« von Queen über den Platz. Dabei streckten alle Anwesenden ihren rechten Arm senkrecht in die Höhe. Die Stimmengewalt aus tausend Kehlen, die Masse, die fast wie hypnotisiert schien, machte Allan Angst.

Danach hielt Berloni, ein agiler Greis, eine Rede auf Italienisch. Er hob vor allem die Verdienste des Professors hervor, pries ihn als Retter der Menschheit und schloss mit den dröhnenden Worten: »Evviva il popolo, evviva la regenzia, evviva il professore.«

Die Projektionen an den Bergwänden erloschen, es wurde dunkel. Punkt Mitternacht Ortszeit zündete ein bombastisches Feuerwerk. Dann wurde auf der Bühne und auf dem Platz angestoßen.

»Abschalten«, dachte Al und sofort verschwand der Kubus und wohltuende Ruhe kehrte ein.

Er wusste nicht recht, was er von diesem ganzen Brimborium halten sollte. Scheinbar war ja alles in bester Ordnung, und doch war ihm mulmig zumute. Er hatte eine geballte Ladung von Macht und Autorität gespürt: Die Macht von Furtwanger und seinen Regenten und – wie eine Auferstehung des längst vergangenen Tausendjährigen Reichs – die Macht dieser hybriden Menschheitsfantasie. Er beschloss, doch noch etwas nach draußen zu gehen, um sich zu zerstreuen.

Mit Einbruch der Dämmerung schlenderte er, so gut dies bei der Menschenmasse eben ging, durch die Stadt. Er bestaunte die vielen Getränke- und Verpflegungsstände, die die unterschiedlichsten Formen hatten. Eine Bar präsentierte sich als Flasche, eine andere als riesiges Glas, das man betreten konnte, um im Inneren zu trinken und zu feiern. Bei einer überdimensionalen Sau blieb er stehen und betrachtete die angebotenen Speisen auf dem Grill, die ihm zum großen Teil fremd waren. Zum Glück entdeckte er auch ein paar Hotdogs.

Als er gerade seine Bestellung aufgeben wollte, sprach ihn ein Fremder in rosarotem Tanga und Federhut an:

»Entschuldigen Sie, darf ich Sie einladen?« Bevor Allan etwas sagen konnte, mischte sich eine ältere, gepflegte Frau ein. »Sie sollten sich was schämen, den armen Mann einzuladen. Hören Sie auf mit dem Betteln und konsumieren Sie gefälligst selbst.«

»Das geht Sie gar nichts an«, erwiderte der Mann gehässig, fügte jedoch gleich darauf etwas kleinlaut hinzu: »Ich hab mich heute vollgefressen und vollgepumpt mit Flip Kicks. Ich habe gespielt, bin Achterbahn gefahren bis mir schlecht wurde, ich kann einfach nicht mehr.«

Allan sagte: »Wenn Ihnen danach ist, laden Sie mich ruhig ein.«

Bevor ihm klar wurde, was er da gesagt hatte, war er umringt von einer drängelnden Menschentraube. Jeder wollte ihm plötzlich einen Drink spendieren, lud ihn zum Spielen ein und bot ihm rauchfreie Zigaretten an.

»Sehen Sie, junger Mann, das kommt davon, wenn man zu weichherzig ist. Wenn Sie den kleinen Finger geben, will das Pack die ganze Hand. Als Promi sollten Sie solche Angebote strikt ablehnen, sonst werden Sie überall belästigt.«

Tatsächlich konnte sich Al der Angebote kaum erwehren. Er war verwirrt. War es etwa anrüchig, jemanden einzuladen? Und wieso wusste die Frau, dass er ein »Promi« war, wo er doch selbst nicht einmal wusste, was das bedeutete?

Er wandte sich an den Tangaträger und sagte: »Darf ich Ihnen an einem ruhigen Ort ein paar Fragen stellen?« Einer plötzlichen Eingebung folgend, schob er schnell noch nach: »Ich nehme Ihnen pro Frage, die Sie mir beantworten, zwei Bucks ab.«

»Zwei Bucks? Yeah Mann, mit dem größten Vergnügen.« Die Tunte strahlte übers ganze Gesicht.

Gemeinsam verließen sie die neidisch blickende Menge. Die Dame zuckte die Schultern und murmelte: »Es gibt immer noch Leute, die sind viel zu gutherzig.«

»Wo kann man denn hier in Ruhe reden?«, fragte Al.

»Am besten in der blauen Zone, wenn es Sie nicht anekelt.«

Al schüttelte den Kopf: »Nein, das ist kein Problem. Hauptsache, wir können dort ungestört miteinander sprechen.«

Sie gingen eine Weile, bis sie zu einer Kirche galangten. Al glaubte, seinen Augen nicht zu trauen: Der ehrwürdige Bau war über und über mit Sexszenen, Präservativen, Dildos und Ähnlichem bemalt.

Sie betraten das Kirchenschiff. Auf langen Tischen tanzten ausgelassene Menschen, andere tranken schäumende Flip Kicks. Einige saßen keuchend am Boden, bevor sie sich aufrappelten und sich wieder ins Getümmel stürzten.

Al und sein Begleiter drängten sich durch die Menge und gingen eine breite, steinerne Treppe hinunter in die Krypta, die menschenleer war. Der Mann öffnete eine schwere Tür. Eine weitere Treppe führte in den Untergrund. Sie liefen einen schwach erleuchteten Gang entlang, bis sie zu einer weiteren Tür kamen, an der ein Schild hing mit der Aufschrift: »Blaue Zone, betreten auf eigene Gefahr.«

Nachdem sein Begleiter geöffnet hatte, blickte Allan verwundert auf das, was sich da vor seinen Augen auftat: Sie waren in einer U-Bahn-Station gelandet, die er kannte und die noch genauso aussah wie das letzte Mal, als er in New York gewesen war, nur vom Zahn der Zeit verwahrlost. Anscheinend war sie in den vergangenen achtzig Jahren kaum renoviert worden. Al wurde fast übel von diesem Schmutz und Gestank. Züge fuhren ein und aus, Massen von Menschen bewegten sich in der Station, alle in blauen Kunststoff-Overalls.

Wie sollte man denn in dieser Umgebung in Ruhe reden können?, fragte sich Allan, hier tummelten sich ja fast mehr Leute als auf der Straße.

Er bemerkte, dass ihn die Menschen hier anstarrten wie einen roten Hund. Sobald er aber in ihre Nähe kam, senkten sie den Blick und wichen aus.

Die Tunte bat Al mitzukommen. Er folgte dem Mann in eine alte, schmuddelige Bar, die in eine der weiß gekachelten Tunnelwände eingelassen war. Kaum hatten sie das Lokal betreten, verließen die anwesenden »Blauen« den Ort wie begossene Pudel.

Sie setzten sich auf einen Barhocker, dessen knallrote Kunstlederbezüge abgescheuert und zerschlissen waren.

»Haben die etwa Angst vor uns?«, fragte Al.

Verständnislos sah ihn die Tunte an: »Was soll die Frage?«

»Ach, wissen Sie, ich bin äh … fremd hier und kenne mich schlecht aus.«

»Okay, buchen Sie zwei Bucks von mir, dann antworte ich.«

»Wie mache ich das?«

»Mann, Sie sind ja wirklich vom Mond. Halten Sie Ihren Ring in meine Richtung und denken Sie: ›Zwei Bucks auf mich.‹«

Allan tat, wie ihm geheißen, und vor seinem Auge flimmerte eine Leuchtschrift auf: »Zwei Bucks von Charlie Smith gebucht. Saldo 10 002 Bucks.« Sofort erlosch die Information wieder.

Charlie erklärte, dass die Blue Works gehalten waren, die höheren Schichten weder anzusprechen, noch ihnen im Weg zu stehen, sofern sie nicht irgendeinen Dienst versahen, der dies nötig machte. Eine Beschwerde, egal ob gerechtfertigt oder nicht, habe eine saftige Buße zur Folge. Deshalb gehe man ihnen geflissentlich aus dem Weg.

»Ach so«, murmelte Al. »Und weshalb dann das ›Betreten auf eigene Gefahr‹, wenn hier alle den Schwanz einziehen, kaum dass sie deiner ansichtig werden?«

»Zwei Bucks.«

Al buchte.

Charlie erklärte, dass es Konsumenten gebe, die sich einen Spaß daraus machen, Blue Works zu bestrafen. »Es kann schon mal vorkommen, dass ein Blue ausflippt und dich zusammenschlägt oder umbringt, wenn du es übertreibst. Auch wenn er das mit Verbannung bezahlt.« Unwillkürlich hatte er zum Du gewechselt.

Langsam spielten sie sich ein und Al buchte, von nun an unaufgefordert, zwei Bucks vor jeder Frage.

»Verbannung, wohin?«

»Na, in verlassene Zonen, nach Indien zum Beispiel, oder nach Afrika.«

»Und was ist daran schlimm?«

»Schlimm? Mann, dort gibt es nichts. Nichts außer schmutziges, verseuchtes Wasser und abgebrannte Wälder. Man überlebt höchstens ein paar Tage.«

Er überlegte kurz und fragte dann seinerseits Al: »Wie heißt du überhaupt, und woher kommst du, dass du fragst wie ein Kind?«

»Zwei Bucks«, sagte Al.

Charlie entrüstete sich: »So war das aber nicht abgemacht, du bist ein Promi und hast es nicht nötig, Bucks loszuwerden.«

»War nur Spaß«, antwortete Al, obwohl ihm eigentlich nicht nach Scherzen zumute war.

Diese ganze Gesellschaftsordnung wurde ihm immer unheimlicher.

Er sagte offen: »Ich werd's dir sagen, Charlie. Ich bin Al. Ich lag viele Jahre im Koma, für mich ist das alles neu hier.«

»Ach so«, wunderte sich Charlie und strich seinen Federhut nach hinten. »Na, dann gibt's ja noch viele Fragen, nur zu.«

»Weshalb willst du unbedingt Bucks loswerden? In meiner Zeit war jedermann darauf erpicht, sich solche anzueignen.«

»Ja, das war vor der Wende. Man sagt, deshalb habe es Kriege und Streit gegeben. Heute bekommt man Bucks zugeteilt und muss sie innerhalb eines Monats loswerden, sonst folgt die Strafe auf den Fuß. Ist manchmal ziemlich anstrengend, kann ich dir sagen.«

Al wollte wissen, welcher Art denn diese Strafen seien.

Da gäbe es verschiedene Variationen. Sonderzuteilungen von zwanzig bis zweihundert Bucks seien eine, Stromstöße, Hirnschläge, Fieberkrämpfe oder Albträume eine andere.

Al glaubte, seinen Ohren nicht zu trauen. »Wie ist denn das möglich?«

Charlie hob die Hand und streckte ihm den Ring entgegen. »Hier drin steckt alles, das Gute und das Schlechte, was dir in deinem Leben so widerfahren kann.«

»Und du kannst ihn nicht ausziehen, nicht wahr?«

»Können schon, aber es ist ekelhaft. Du wirst total depressiv.«

»Ich weiß«, sagte Al, deprimiert, auch ohne den Ring ausgezogen zu haben. Je mehr er erfuhr, desto elender fühlte er sich in dieser vermeintlich schönen neuen Welt. Es drängte ihn, den Ort so schnell wie möglich zu verlassen.

»Komm, lass dir zum Schluss noch einen Drink offerieren«, bat Charlie. Al nahm an und nach dem Drink fühlte er sich etwas unbeschwerter.

Eine letzte Frage hatte er allerdings noch an Charlie: »Weshalb kaufst du nicht einfach ein Haus, ein tolles

Flugzeug oder sonst was Teures? So wirst du deinen Saldo auf einen Schlag los und brauchst dich nicht zu überfressen oder ›betteln‹ zu gehen.«

»Ist nix«, antwortete dieser. »Wir Konsumenten haben auch Beschränkungen, genauso wie die Blue Works, nur weiter gesteckt. Die wirklichen Reichtümer ... Na ja, du kannst dir ja denken, wer sie besitzt.«

Die Bahnsteige hatten sich gelichtet, der Feierabendverkehr war am Abflauen. In Gruppen standen die Leute herum und starrten in die Luft. Charlie erklärte, dass sie fernsähen, bis der Zug käme, die einzige ihnen erlaubte Freizeitbeschäftigung nebst dem Konsum von Flips und gewissen Mengen Alkohol.

»Nehmen wir die U-Bahn?«, fragte Al.

»Du bist wohl übergeschnappt. Niemand außer den Blauen fährt in diesen stinkenden Klapperkisten aus der Steinzeit.«

Durch lange, verrußte Nebengänge und über eine nicht funktionierende Rolltreppe gelangten sie wieder ins Freie, in die saubere, moderne Stadt. Sie befanden sich ganz in der Nähe der Zwillingstürme, wo emsig Vorbereitungen getroffen wurden für den offiziellen Festakt, der, wie Charlie erklärte, bald beginnen würde und um Mitternacht mit einem Feuerwerk seinen Höhepunkt fände.

»Ähnlich wie in Buck City?«, fragte Al.

Charlie nickte. »Noch etwas gigantischer, es werden zwei Millionen Menschen erwartet. Der CEO des WUC wird eine Ansprache halten.«

»Hm, und wer ist das?«

»Na, Professor Furtwanger, kennst du den etwa auch nicht?«

»Oh doch, den kenne ich nur zu gut«, antwortete Allan nachdenklich.

Charlie sah in die Luft und war hocherfreut. Er hatte

seinen Kontostand geprüft. Sein Saldo war restlos aufgebraucht.

»Was tust du denn jetzt, Charlie, ganz ohne Geld? Du musst doch was essen, bis das Konto aufgestockt wird.«

»Dumme Frage«, antwortete dieser. »Ich lasse mich einladen oder kassiere eine kleine Geldbuße.«

Bevor er sich verabschiedete, bat Charlie, ihn nicht zu denunzieren, weil er ihn, einen Promi, geduzt habe. Es sei ihm einfach so rausgerutscht, Al sei so natürlich und überhaupt nicht eingebildet wie die meisten dieser Kaste.

Nachdem Al ihm dieses Versprechen gegeben hatte, trennten sie sich. Al schlenderte in Richtung Zwillingstürme, der riesige Platz davor füllte sich bereits mit buntem Volk. Auch hier war eine Bühne mit Rednerpulten aufgebaut. Er näherte sich der Bühne und entdeckte Beatrice, die damit beschäftigt war, Blumenbuketts zurechtzuzupfen. Erfreut winkte er ihr zu. Sie stieg die Treppe hinunter und begrüßte ihn.

»Schon wieder im Land?«, fragte er.

Sie nickte: »Viel Arbeit an einem Tag wie diesem.«

»Ich hab Furtwangers Ansprache gesehen, im äh, Fernsehen.«

»Und?«

»Na ja, das Ganze erinnerte mich etwas an die Nazizeit.«

»Aber Al, ich bitte dich. Furtwanger mag etwas streng und eigenwillig sein, aber er hat der Welt Frieden und Wohlstand gebracht.«

»Hm, vor allem den Blauen, nicht wahr?«

Bea senkte den Kopf. »Du warst unten, in der Zone?«

Al nickte.

»Nun ja, es ist eine kleine Bevölkerungsgruppe. Jemand muss ja die Drecksarbeit machen, ich meine, das hat es ja früher auch schon gegeben.«

»Früher hatte man die Möglichkeit, sich hinaufzuarbeiten – oder auszusteigen.«

Scheinbar wollte sich Bea nicht auf Diskussionen einlassen. »Ich muss jetzt weitermachen«, sagte sie kurz angebunden. »Wir sehen uns später, komm doch ins VIP-Zelt nach der Feier, Furtwanger wird auch da sein.«

Damit stieg sie wieder auf die Tribüne und zupfte weiter an ihren Blumen.

Al wünschte sich in seine Welt zurück und wusste gleichzeitig, dass dies nicht möglich war. Plötzlich fand er sich im Gedränge festgeklemmt und konnte sich weder vorwärts noch rückwärts bewegen. Er musste an seinem Platz bei der Bühne ausharren und das ganze Programm über sich ergehen lassen. So blieb er, bis der letzte Böller gezündet war und der Professor seine Rede gehalten hatte, die praktisch identisch war mit jener in Buck City. Sie war ledigich etwas amerikabezogener gehalten – auch wenn es scheinbar keine Landesgrenzen mehr gab.

Es war zwei Uhr, als sich die Leute endlich ein wenig verliefen. Al suchte Bea und fand sie im Promi- und Regentenzelt. Sie stand bei Furtwanger mit einem Glas Champagner in der Hand. Daneben ihr Vater, mit Berloni ins Gespräch vertieft. Neben ihnen entdeckte Al einen ebenfalls älteren Herrn, der ihm bekannt vorkam. Ja, natürlich, es war Christian Bochsler, ehemaliger Bundesrat und Wirtschaftsmagnat. Der musste mittlerweile über hundertvierzig Jahre alt sein.

Allan trat zu der Gruppe und wurde von Furtwanger freudig begrüßt mit den Worten: »Ah, unser Wunderknabe. Ich hoffe, Sie haben sich gut amüsiert heute.«

Er stellte Al den beiden ehemaligen Politikern und aktuellen Wirtschaftsführern vor und sagte, vom Champagner beschwingt: »Nun ehrlich, Christian, würdest du dem jungen Mann seine fast hundertzwanzig Lenze ansehen?«

Bochsler war beeindruckt. »Neue Ergebnisse der Forschung?«, fragte er.

»Nun ja, neu und gleichzeitig Resultat der ersten Tage. Sagen wir es so: ein langfristiges, endlich erfolgreiches Experiment.«

»Erzähle«, forderte ihn Berloni auf.

»Zum gegebenen Zeitpunkt werdet ihr mehr erfahren«, antwortete Furtwanger geheimnisvoll. Beas Vater schmunzelte, er wusste wohl etwas mehr. Schließlich war Al sein Schwiegersohn.

Im Zelt befanden sich nebst vielen Al unbekannten Leuten auch Größen aus früherer Zeit wie Antony Blur, Will Grates, die CEOs von Nestlé, Sony und anderen Firmenimperien. Alle gealtert, aber durchaus agil. Zu Allans Erstaunen fehlte jedoch Gregory W. Bish. Dafür entdeckte er den ehemaligen Kinderstar Heitle, der etwas abseits stand und eine kitschige Puppe im Arm trug. Beim Anblick der Puppe fiel Allan auf, dass er den ganzen Abend nur sehr wenige Kinder gesehen hatte. Er nahm sich vor, später Bea zu fragen, warum dem so war. Vor allem aber war ihm in dieser Gesellschaft nicht wohl. Er trank den inzwischen gereichten Champagner aus und bat Bea, ihn nach Hause zu begleiten, da er müde sei und den Weg nicht kenne.

Sie sah fragend zu Furtwanger, der heute in Sonntagslaune zu sein schien, denn er scherzte: »Mann, jetzt haben Sie so lange geschlafen und sind schon wieder schlapp?« Schallend lachte er über seinen Witz. »Geht in Ordnung, Beatrice, du hattest einen strengen Tag, ihr dürft euch verabschieden.« Und zu Al gewandt: »Übrigens, wir sehen uns am nächsten Freitag um sieben Uhr in meinem Büro zu einer ersten Konsultation. Seien Sie pünktlich!«

Mittlerweile war es drei Uhr morgens. Es war kühl geworden, die Straßen fast menschenleer. Bea erklärte, dass man nun in Kirchen oder Sportstadien an sogenannten

In-House-Partys weiterfeiere. Sie bestiegen ein zigarrenförmiges Fahrzeug mit getönten Scheiben, das mit bequemen weißen Ledersesseln und einer Bar ausgestattet war.

»Willst du etwas trinken?«, fragte Beatrice.

»Nur keinen dieser ... Flips. Gibt es auch Whisky?«

Es gab. Bea mixte den Drink.

»Lebt Ex-Präsident Bish noch?«, fragte Al.

»Ich glaube, er lebt in einer Feriensiedlung«, antwortete sie.

»In einer Feriensiedlung?«

»Na ja, so etwas Ähnliches wie früher die Irrenanstalten.«

»Was hat er denn?«

»Aber Al, ich kann dir doch nicht alles erzählen. Ich stehe unter Schweigepflicht.«

»Er ist Furtwanger vor der Sonne gestanden, nicht wahr?«

»Nun ja, so ähnlich. Er wurde für verrückt erklärt, weil er von seiner kriegerischen Linie nicht abweichen wollte.«

»Furtwanger ist der mächtigste Mann der Welt, stimmt's?«

Sie nickte.

»Was ist mit den Kirchen, wer hat sie so verschandelt?«

»Verschandelt?«

»Na ja, mit diesen ... Porno-Schmierereien.«

»Ach so.« Sie lachte. »Das ist doch alles Fun. Nach dem Tod des Papstes und Furtwangers weltweiten Interventionen war der Weg endlich frei, mit diesen idiotischen Religionen aufzuhören. Sie wurden verboten. Nun, da hat man die Gotteshäuser eben umfunktioniert, zu Festzelten, Kinos, Konzertsälen und so.«

»Und es gibt keinerlei Religionen mehr?«

»Nein, einzig als Vertreterin der ehemaligen Kirche sitzt die Tochter des Papstes im Regentenhaus.«

»Die Tochter des …?«

»Nun ja, man sagt es wenigstens. Vielleicht war es auch nur Propaganda, um der Kirche eins auszuwischen. Aber möglich wäre es, so heilig war der Herr ja nun auch nicht. Und wenn er sich nicht so vehement gegen die Stabilisierung der Weltbevölkerung eingesetzt hätte, wäre er wohl noch am Leben und mit von der Partie im Gremium. Wirtschaftlichen Interessen war er ja nicht abgeneigt.«

Al trank den Whisky aus und seufzte: »Ach Bea, es ist so unheimlich viel passiert die letzten achtzig Jahre, ich weiß nicht, wie ich das alles auf die Reihe kriegen soll.«

Erschöpft legte er seinen Kopf auf ihre Schulter. Sie küsste ihn sanft auf den Schopf und sagte: »Ich verstehe dich. Hab Geduld, du bist ja erst seit zwei Tagen wieder bei Bewusstsein. Du wirst noch lernen, mit dem Fragen und dem Denken aufzuhören. Es ist das Beste in unserer Zeit.«

Er lachte auf: »Mit dem Denken aufhören. Das habe ich bestens gelernt in all den Jahren, aber auf andere Art.«

»Wie meinst du das? Du hast doch einfach geschlafen, ich meine, du lagst im Koma. Da denkt man doch nicht.«

»Hast du eine Ahnung«, erwiderte er.

»Wie war es, Allan, bitte erzähle mir alles.«

»Weißt du das denn nicht? Du hast Furtwanger doch unterstützt bei seinem Experiment, du warst doch informiert.«

Bea wurde blass. »Du denkst also …? Allan, ich habe nicht mehr gewusst als du, ich wollte dir helfen und habe dem Professor geglaubt. Ich wollte ihn nach deinem ›Tod‹ sogar vor Gericht bringen.«

Sie waren in Beas Wohnung angekommen, die Front der »Zigarre« senkte sich lautlos und sie traten ins Wohnzimmer.

»Und, ist es gelungen?«, fragte Al und zog die Krawatte aus.

Resigniert schüttelte sie den Kopf, umfasste seine Hüften und schmiegte sich an ihn.

Sie kuschelten sich ins Bett. Ihren Kopf auf seine Brust gelegt, erfuhr Bea Allans Odyssee durch sich selbst, hörte von den Höllenqualen, die er durchlitten und schließlich vom Frieden, den er gefunden hatte.

Am Schluss weinte sie wie ein kleines Kind – Worte fand sie keine.

Al streichelte sie: »Schon gut, mein Engel, es ist ja vorbei.«

Sie schnupfte: »Möchtest du zurück in diese innere Welt?«

Er gab keine Antwort mehr, er war eingeschlafen.

Bea zog die Vorhänge zu, denn die Sonne stand schon hoch am Himmel. Auch sie war müde und dankbar, dass sie heute nicht arbeiten musste und schlafen konnte, so lange sie wollte.

Stunden später saß Al am Küchentisch und trank Kaffee. Bea schlief noch. Er weckte sie nicht, er war froh, eine Weile allein zu sein und seine Gedanken ordnen zu können. Wirre Träume hatten ihn verfolgt. Riesige leuchtende Ziffern waren im Raum gestanden, Kontostände. Al war von hässlichen Blue Works gejagt worden, flüchtete vor ihnen in der U-Bahn. Plötzlich stand ein Blauer mit rußverschmiertem Gesicht vor ihm. In seiner Hand blitzte ein Messer. In die hinterste Ecke des Waggons gedrängt, saß er in der Falle. Die Hand mit dem Messer erhob sich gegen ihn, und in dem Moment, als es zustach, schob sich, wie aus dem Nichts gekommen, seine Schwester Rosalinn zwischen ihn und den Mörder. Das Messer bohrte sich in ihre Brust, die weiße Bluse verfärbte sich blutrot und sie brach mit einem Stöhnen zusammen.

Rosalinn – und seine Mutter! Wieso hatte er noch nicht an sie gedacht? Wenn sie noch lebten – und wieso sollten sie nicht –, war die Chance groß, dass sie nach wie vor in New York wohnten. Der Gedanke daran ließ ihn nicht mehr los, er musste sie ausfindig machen.

Allan wagte den Versuch, sah auf den Ring und dachte: »Auskunft«. Eine Stimme antwortete: »Guten Tag, Allan Filippos, ich hoffe, Sie haben gut geschlafen. Dieses Gespräch wird mit drei Mini-Bucks belastet. Womit kann ich dienen?«

»Wo lebt Rosalinn Filippos?«

»Es gibt weltweit zweiunddreißig Personen mit diesem Namen, wünschen Sie die Liste oder wollen Sie die Anfrage eingrenzen?«

Al nannte das Geburtsdatum seiner Schwester.

Die Stimme bedauerte, diese Person sei nicht registriert. Auch Laure Miller, seine Mutter, war nicht aufzufinden.

Bea betrat im Morgenrock die Küche, ließ einen Kaffee anschweben und fragte: »Mit wem hast du eben telefoniert?«

»Ach, nichts«, erwiderte Al, »ich wollte das Ding nur mal ausprobieren.«

»Na komm, mit wem hast du gesprochen, du kennst doch niemanden hier.«

»Doch, und die habe ich gesucht.«

Fragend sah Beatrice ihn an.

»Rosalinn – und Mutter. Was ist aus ihnen geworden, leben sie noch in New York – ich meine Big Bang? Ich möchte sie sehen.«

Bea verschluckte sich.

»Es tut mir leid, Al. Deine Schwester und deine Mutter, sie sind beide – tot.«

Sie schwiegen.

Al fragte: »Woran sind sie gestorben?«

Bea senkte den Kopf. »Ich denke, du hast ein Recht darauf, die Wahrheit zu erfahren. Komm, lass uns einen Spaziergang machen, dann können wir reden.«

Sie zog ihm den Ring vom Finger und ließ auch ihren in der Küchenschublade verschwinden. Erstaunt sah Al sie an.

»Ich möchte sicher sein, dass niemand mithört.«

»Du meinst den Professor?«

Sie nickte. »Ich weiß nicht, ob er damit einverstanden wäre, obwohl er mir nicht ausdrücklich untersagt hat, dich darüber aufzuklären.«

»Wirst du es denn aushalten ohne Ring, ich meine, wegen den Depressionen?«

Sie nickte: »Für vier, fünf Stunden geht es.«

Bald darauf schlenderten sie durch den Central Park. Es war dunstig, die Sonne drückte durch und spendete diesiges Licht. Nur wenige Leute waren unterwegs, viele erholten sich wohl noch von der durchzechten und durchtanzten Nacht. Eine mollige Schwarze stand einsam auf der Wiese und schwang eine Art Hula-Hoop-Reifen – in Form einer elektronischen Projektion – um ihre wabbeligen Hüften. In grellgelben Trainingssakkos hopste ein älteres Ehepaar auf etwa dreißig Zentimeter hohen Sprungschuhen an ihnen vorbei. Auf einer nahe gelegenen Bank saß ein Blauer, der einen kleinen Jungen hütete. Der Junge bewegte aufgeregt Händchen und Finger, zappelte und starrte konzentriert vor sich hin. Offensichtilich beschäftigte er sich mit irgendeinem Game, das er aufgerufen hatte.

Bei seinem Anblick fingen Beas Augen an zu leuchten: »Oh, schau mal, ein Kind«, sagte sie entzückt.

»Warum gibt es davon so wenige?«, fragte Al.

»Kannst du es dir denn nicht vorstellen?«

Allan runzelte die Stirn.

»Was denkst du, würde geschehen, wenn jeder einfach Kinder in die Welt setzte, bei der heutigen Lebenserwartung? Die Weltbevölkerung würde explodieren.«

»Also alles kontrolliert?«

Bea nickte und erklärte, dass es keine natürlichen Geburten mehr gäbe. Die Frauen seien dank einer weiteren Zugabe im Salz unfruchtbar.

»Du auch?«, fragte Al.

Sie lächelte. »Natürlich, auch ich.«

Ein Anflug von Trauer streifte Al. Er erinnerte sich, wie sehr sie sich ein Kind gewünscht hatten. Gleichzeitig verspürte er Angst. Angst vor dieser Macht, die sich hier gebildet hatte, die alles komplett im Zügel zu haben schien.

»Wie werden sie geboren, wo erzogen?«

»Al, du fragst mir ein Loch in den Bauch, ich denke, du wolltest deine Geschichte hören. Bedenke, wir haben nur wenig Zeit. Ich spüre bereits ein leichtes Gefühl von Leere.«

Sie setzten sich auf eine Bank in der Nähe des Kindes und Allan erfuhr, was nach dem 10. September 2001 geschehen war.

12

Nach dem Besuch bei Furtwanger an seinem dreiunddreißigsten Geburtstag war Allan mit der Zigarette in der Hand eingeschlafen. Bea hatte sie aus seinen Fingern gelöst und ausgedrückt, das Licht ausgeknipst und sich an ihn gekuschelt. Schon nachts hatte sie sich gewundert, wie sein Atem immer flacher wurde und wie reglos er dalag. Aber sie schlief ein im festen Vertrauen, dass ihnen der Professor mit der Behandlung helfen würde.

Am anderen Tag versuchte sie verzweifelt, Al zu wecken, da er ja zur Arbeit gehen musste. Aber alles zureden, küssen, schütteln und schlagen half nichts. In ihrer Not eilte sie zum Telefon und rief Furtwanger an, der kurz darauf in Begleitung einer Ambulanz erschien. Furtwanger schien weder überrascht noch erschreckt zu sein.

»Sei unbesorgt«, sagte er, als sie zusah, wie Al auf einer Bahre ins Fahrzeug geschoben wurde. »Er wird eine Weile in einem komaartigen Zustand bleiben und dann erfrischt aufwachen.«

Beatrice setzte sich zu Al in den Krankenwagen, Furtwanger wurde in seiner Limousine chauffiert.

Statt in ein Krankenhaus fuhren sie zu Furtwangers Labor, wo der Patient neben das Schwein, den Affen und die anderen Versuchstiere auf den Metalltisch gelegt wurde. Bea stand verzweifelt neben ihm und weinte. Der Professor nahm ihre Hand: »Nun beruhige dich, meine Liebe, es verläuft alles wie geplant. Ich werde ein paar harmlose Experimente an ihm durchführen, danach bekommst du ihn unversehrt wieder zurück. Er wird als neuer Mensch erwachen.«

Bea schluchzte auf: »Experimente? Mit meinem Mann? Thomas, wann wird er erwachen?«

»In ein paar Tagen.«

Aber Bea konnte sich nicht beruhigen. Sie streichelte Al, küsste ihn und weinte unaufhörlich. »Er ist ja wie tot, er atmet nicht, was hast du Furchtbares mit ihm angestellt?«

Der Professor wurde ungehalten: »Nun hör endlich mit dem Geflenne auf, ich habe zu arbeiten, und außerdem« – er sah auf die Uhr – »außerdem kommt bald eine wichtige Sendung im Fernsehen. Geh nach Hause, erhole dich morgen und komm am Donnerstag wieder.«

»Niemals«, erwiderte sie. »Ich werde bei ihm bleiben, bis er aufwacht.«

Mit stechendem Blick sah Furtwanger sie an. Sie wusste, dass er keinen Widerspruch duldete und sie notfalls mit Gewalt hinausschaffen lassen würde.

Also nahm sie ein Taxi und fuhr nach Hause, wo Habi bereits vor der Tür stand und sich nach dem Verbleib des Arbeitskollegen erkundigte. Mit verweinten Augen stotterte Bea etwas von einer Krankheit und dass sie nicht wisse, wann ihr Mann wieder arbeiten könne. Sie bat Habi nicht einmal ins Haus. Da er sah, wie aufgelöst sie war, wollte er nicht nachbohren. Er versprach, sie anzurufen und sich nach Al zu erkundigen.

»Und wenn du etwas brauchst, Bea, weißt du ja, wo du mich findest«, rief er ihr noch nach, aber sie war bereits im Haus verschwunden.

Sie ließ sich ins Sofa fallen und starrte wie paralysiert vor sich hin. So hatte sie sich das nicht vorgestellt. Furtwanger hatte von Experimenten gesprochen. Kein Wort mehr von der versprochenen Hilfe. Al war das Versuchskaninchen des Professors, das wurde ihr nun immer klarer. Würdelos lag er neben diesen Tieren auf dem Labortisch, dem Professor wehrlos ausgeliefert. Aber welche Experimente hatte

Thomas im Sinn? Sie wusste es nicht. Kalt lief es ihr den Rücken hinunter, Hass gegen Furtwanger flammte auf. Sollte sie die Polizei anrufen? Es hatte keinen Sinn. Zu mächtig war der Professor, zu bestechend stets seine Argumente.

In ihrer Verzweiflung suchte sie ihre Mutter auf und fand sie mit entsetztem Blick im Hinterraum der Galerie vor dem Fernseher.

»Etwas Grässliches ist passiert, Kind, setz dich«, begrüßte sie ihre Tochter und starrte weiter in den Kasten.

Gemeinsam sahen sie an diesem elften September den unfassbaren Terroranschlag auf das World Trade Center.

Bea wusste nicht, wo ihr der Kopf stand. Die Welt schien komplett verrückt zu sein, ein Unglück das andere zu jagen. Ihre persönliche Katastrophe und diese Weltkatastrophe passierten am gleichen Tag. Schicksalhaft, unausweichlich, hatte sich das Leben mit einem Schlag komplett verändert. Es war der Tag, der später als »die Wende« bezeichnet und gefeiert werden sollte.

Vor lauter Gram über das Gesehene dauerte es eine ganze Weile, bis Bea mit ihrer Mutter über Al reden konnte.

Auch Claire war fassungslos und kaum in der Lage, klar zu denken. Innerhalb kürzester Zeit war zu viel Schreckliches passiert, als dass es noch verarbeitet werden könnte. Sie saßen da und schwiegen konsterniert. Claire erhob sich und holte Whisky für sie beide. Bea leerte das Glas in einem Zug.

»Maman, was soll ich nur tun, du weißt doch sonst immer Rat.«

Claire presste die Lippen zusammen. »Dieser Professor war mir schon immer suspekt. Ich möchte Allan sehen, und zwar jetzt gleich. Komm, lass uns gehen.«

Es dämmerte bereits, als sie zusammen Richtung Hardturm zu Furtwangers Wohnung fuhren. Eine Bedienstete öffnete und bedauerte, der Professor wolle nicht gestört werden.

»Halten Sie den Mund!«, fuhr Claire das Mädchen an

und schob sich, Bea in ihrem Windschatten, an ihr vorbei ins Haus. Das Mädchen versuchte, die beiden zurückzuhalten – ohne Erfolg. Metallen hallten ihre Schritte auf den Stufen, als sie die Treppe hocheilten. Sie fanden den Professor in seinem Loft vor dem Fernseher, wo immer noch über den Anschlag berichtet wurde.

Er schien keineswegs überrascht von dem Besuch und erhob sich lächelnd aus seinem Sessel.

»Na, meine Damen, wohl keinen Respekt vor der Privatsphäre anderer Leute. Nun gut, setzt euch. Darf ich etwas zu trinken anbieten?«

Claire fuhr ihm harsch ins Wort: »Was geht hier vor, Professor Furtwanger, was führen Sie mit meinem Schwiegersohn im Schilde?«

Furtwanger zeigte keinerlei Gemütsregung, wies mit dem Kinn zum Fernseher und erwiderte: »Während sich in der Welt die größte globale Veränderung seit Jahrhunderten abzeichnet, stehen Sie da und denken an nichts anderes als an Ihre eigenen kleinen Sorgen.«

Bea wurde rot und zitterte am ganzen Leib.

»Es ist mir egal, was sich global abzeichnet, ich möchte Allan sofort sehen und wissen, was hier gespielt wird. Sonst werde ich eine strafrechtliche Untersuchung in die Wege leiten.« Claire war gefasst und bestimmt und schien den Professor zu beeindrucken.

Trocken entgegnete er: »Es sollte Ihnen aber nicht egal sein, Madame Flury, was auf globaler Ebene passiert, denn diese Vorkommnisse stehen in direktem kausalen Zusammenhang mit ihrem Schwiegersohn. Aber kommen Sie, selbstverständlich dürfen Sie ihn sehen.«

Sie stiegen die Treppe hinunter zum Labor und standen kurz darauf vor dem Tisch, auf dem Allan lag.

Er war splitternackt. Claire erschrak. »Um Himmels willen, so decken Sie ihn doch wenigstens zu.«

»Das ist nicht nötig, Madame, er spürt weder Wärme noch Kälte.«

»Woher willst du das wissen?«, brachte Bea heraus, die neben ihrer Mutter stand.

Der Professor sah sie mit stechendem Blick an: »Weil ich das Experiment an mir selbst durchgeführt habe. Und nun bitte ich euch, etwas sachlicher zu werden.«

»Was haben Sie im Sinn, Professor?«, fragte Claire.

»Kommt erst mal rauf, trinkt etwas, dann werde ich es euch erklären.«

Ein weiterer Whisky konnte nicht schaden.

Sie kehrten ins Wohnzimmer zurück, wo immer noch der Fernseher lief. Furtwanger schaltete ihn aus, Bea und Claire setzten sich und schauten ins knisternde Kaminfeuer, während der Professor die Getränke brachte.

Er erklärte, dass Bea eigentlich wissen müsse, worum es ihm bei seinen Forschungen gehe, nämlich um die Verlängerung des menschlichen Lebens. Ebendieses Ziel verfolge er im Fall Filippos.

»Bea, Frau Flury«, sagte er fast leutselig, »ich versichere euch, dass Allan Filippos in vier, fünf Tagen gesund und vor allem sorgenfrei aufwachen wird.«

»Aber warum er?«, fragte Bea.

»Weil sein Leben keinen Pfifferling mehr wert war. Gebt doch zu, dass er am Abgrund stand, beruflich, finanziell und, na ja, mit der Beziehung stand es auch nicht zum Besten.«

Die Frauen wurden verlegen. Das konnte man allerdings nicht ganz in Abrede stellen.

Furtwanger ging zu einem Schrank, entnahm ihm ein Kuvert und stellte sich vor Claire und Beatrice auf.

»Allan war ein Versager und in dieser Gesellschaft definitiv gescheitert. Aber er ist, medizinisch und von gewissen anderen Konstellationen her gesehen, die ideale Person für meine Forschung. Das war sein Glück. Ich habe ihm versprochen, dass seine Probleme und Sorgen nichtig würden. Und das halte ich ein, denn er wird fortan unter meiner Obhut stehen.« Er klopfte mit dem Kuvert auf seine Handfläche.

»Seine Schulden werde ich begleichen, und seine einzige Aufgabe wird fortan sein, unter meiner Beobachtung ein langes und erfülltes Leben zu führen.« Er warf Frau Flury den Umschlag hin und sagte: »Hier, die Fünfzigtausend, die er Ihnen schuldig war.«

Der Professor hatte ganze Arbeit geleistet. Kurze Zeit später entließ er zwei verdutzte Frauen, die nicht recht wussten, was sie denken sollten. Erst hatte Claire das Geld vehement abgelehnt, es dann aber auf charmantes Zureden des Professors angenommen.

Unter der Tür stutze Claire und fragte: »Worin besteht der kausale Zusamenhang, Professor? Ich meine, zwischen dem Attentat und Allans Schicksal?«

Er lächelte: »Na endlich, mal eine sachliche Frage. Wenn ich Herr Filippos' Leben, und damit das der gesamten Menschheit verlängere, bedingt dies enorme gesellschaftliche und politische Veränderungen. Ich habe dies schon oft gepredigt. Diese Katastrophe, dieser Terroranschlag von heute, birgt eine große Chance, denn der Menschheit werden endlich die Augen geöffnet. So kann es nicht weitergehen, das ist nun klar. Die Menschheit ist bereit für eine radikale Veränderung, denn sie ist erschreckt und verunsichert. Dankbar wird sie Zuflucht nehmen zu einer neuen Ordnung, einer wirklichen, endgültigen Lösung. Daran arbeite ich. Und nun wünsche ich eine gute Fahrt.«

Diese verlief schweigend. Bea dachte über die Worte des Professors nach. Fast hatte sie den Eindruck, er sei glücklich über den Anschlag. Oder – sie wagte kaum, den Gedanken zu Ende zu bringen. Wie war das: Die Fernsehsendung, die Furtwanger am Morgen angesprochen hatte und die er unbedingt zu sehen wünschte. Hatte er damit etwa diesen Anschlag gemeint? Dann wäre er schon vorher darüber im Bild gewesen. War er etwa Drahtzieher dieses schrecklichen Ereignisses? Aber warum? Bea war zu müde und zu verwirrt, um sich weiter mit der These auseinanderzusetzen.

Sie mochte an diesem Abend nicht nach Hause gehen und schlief bei ihrer Mutter. Vorerst aber nahmen sie in der Küche noch einen Imbiss. Man konnte ja trotz der Umstände nicht verhungern.

»Hör mal, Kind«, versuchte Claire, die gedrückte Stimmung zu heben. »Bisher hat Furtwanger nicht gelogen, ein bisschen geschummelt vielleicht, na ja.«

Bea entgegnete: »Wie Al so dalag ... verstehst du, es zieht mir das Herz zusammen.«

Claire nickte. »Aber du hast die Gelegenheit, die Entwicklung aus nächster Nähe mitzuverfolgen. Du bist ja seine Assistentin. Wenn alles gut geht, ist Allan bald wieder wohlauf. Wenn nicht, kannst du immer noch das Nötige veranlassen.«

»Das Nötige?«

»Na ja ...«

»Eine Anzeige, meinst du?«

»Wenn es sein muss, ja. Aber seien wir jetzt erst mal optimistisch, findest du nicht auch?«

»Ja, Maman, danke. Danke für die aufmunternden Worte. Bestimmt hat Furtwanger nur Gutes im Sinn.«

Am anderen Tag saß Bea schon früh an ihrem Arbeitsplatz in Furtwangers Labor. Alles war wie sonst. Ein paar Wissenschaftler waren bei ihrer Arbeit, diskutierten in Gruppen vor einem Reagenzglas, schauten in ihren Computer und gaben Daten ein. Der Professor betrat den Raum und stutzte, als er Bea am Schreibtisch sah.

»Du hier? Ich habe dir doch freigegeben.«

Verlegen zuckte sie die Schultern. »Ich dachte, es gäbe viel zu tun, mit den … Experimenten.« Sie sah ihn ernst an: »Ich vertraue dir, Thomas.«

»Danke«, erwiderte er und ging weiter.

Sie rief ihm nach: »Darf ich dabei sein, Thomas?«

Er drehte sich um und lächelte: »Ich werde dich rufen, wenn es so weit ist.«

An diesem Tag geschah nichts, was Allans Zustand irgendwie verändert hätte. Den ganzen Tag am Telefon sitzend, musste Bea für den Professor einen Termin nach dem anderen mit hochkarätigen Politikern und Wirtschaftsführern vereinbaren. Er schien irgendeine Großoffensive zu starten.

Nach Feierabend setzte sich Bea vor den Fernseher und versuchte, sich zu zerstreuen. Fast auf allen Kanälen wurde von dem Anschlag berichtet. Gregory W. Bish schwor Rache und Genugtuung, man sprach von dreitausend bis fünftausend Todesopfern.

Plötzlich beschlich Beatrice ein ungutes Gefühl. Sie hatte Allans Schwester Rosalinn und deren Mutter zwar nur drei, vier Mal gesehen, aber sie wusste, dass beide in den zerstörten Gebäuden gearbeitet hatten.

Mit schweißnassen Händen griff sie zum Telefon und rief Allans Schwester Melanie an. Als sich diese mit brüchiger Stimme meldete, wusste Bea sofort, was los war. Melanie schluchzte und erklärte, sie habe soeben erfahren, dass die sterblichen Überreste ihre Mutter und der Schwester identifiziert worden seien.

Der Junge auf der Bank hatte aufgehört zu spielen und verschlang mit ketchupverschmiertem Mund einen Hamburger. Al sah traurig zu Boden.

»Du kannst dir denken, wie mir zumute war. Ich glaubte, die Welt würde jeden Moment zusammenbrechen«, sagte Bea und fuhr fort: »Noch am gleichen Abend flogen Maman, Melanie und ich nach New York, um die Verstorbenen zu bestatten. Selbstverständlich musste ich Melanie auch über dein Schicksal informieren, da sie natürlich erwartet hatte, du würdest uns begleiten. Ich rief Thomas an und unterrichtete ihn in kurzen Worten über die Todesfälle. ›Das … wollte ich nicht, ich meine, das tut mir sehr leid. Lass dir die Zeit, die du benötigst‹, antwortete er.

Der ›Ground Zero‹, wie man den Schuttplatz nannte, bot einen grässlichen Anblick. Wir blieben eine Woche, um alles Nötige hinter uns zu bringen. Rein zufällig trafen wir Thomas, der hergekommen war, um Gespräche mit der amerikanischen Regierung zu führen. Er war wortkarg und schlecht gelaunt, da seine Vorschläge scheinbar auf taube Ohren stießen. Auf meine Frage nach deinem Befinden wurde er noch brummiger und verabschiedete sich kurz angebunden; er müsse den nächsten Flug nach Zürich erwischen.«

Al vergrub sein Gesicht in den Händen. Dann sah er Bea an: »Und Melanie, ist wenigstens sie wohlauf?«

Bea nickte.

»Wie hat sie es verkraftet?«

»Nicht besonders gut. Denn das war erst der Anfang, es kam faustdick. Aber komm, lass uns langsam zurückgehen, ich erzähle dir auf dem Weg weiter. Mir ist schon etwas mulmig, so ohne Ring.«

Der Junge neben ihnen war aufgestanden und jonglierte mit drei schwabbeligen Bällen, oder Tropfen, oder was die giftgrün leuchtende Masse auch immer sein mochte.

Auch Al und Bea erhoben sich. Sie hakte sich bei ihm unter, als sie zu Fuß nach Hause gingen. Bea erläuterte, was weiter geschehen war.

Als sie wieder zur Arbeit ging, machte sich Bea sofort auf den Weg ins Labor, um nach Allan zu sehen. Er lag noch immer in der gleichen Position da, reglos, blass und ohne zu atmen.

Vor ihm stand Furtwanger und sah ihn gedankenverloren an.

Er hatte Bea nicht kommen gehört und zuckte zusammen, als er ihre forsche Stimme vernahm.

»Warum ist er nicht wach, Thomas, du hast versprochen ...«

Er drehte sich nach ihr um und antwortete gereizt: »Weil ich nach New York musste und weil ... irgendetwas funktioniert nicht so, wie es sollte.«

Ohne sie anzusehen, ging er zum Computer und starrte hinein. Dann schüttelte er den Kopf und murmelte: »Ich kann es mir nicht erklären, die Rezeptur müsste stimmen. Wir werden es noch einmal versuchen, bitte bereite eine Infusion vor, Beatrice.«

Er mischte verschiedene Ingredienzien, gab die Flüssigkeit in einen Teilchenbeschleuniger und goss ihn dann sorgfältig in die Flasche, an die er die Infusion anschloss. Tropfen um Tropfen floss das Elixier in Allans Körper, und als sie nach einer Stunde leer war, hatte sich nichts geändert, Allan reagierte nicht einmal mit einem Wimpernschlag. Furtwanger riss den Schlauch aus Allans Arm und warf ihn mitsamt der Flasche unter lautem Fluchen zu Boden. Noch nie hatte ihn Beatrice so aufgebracht und unkontrolliert gesehen.

Mit schreckverzerrtem Blick sah sie Furtwanger an. »Thomas, um Himmels willen, was ist los?«

»Geh nach Hause«, zischte er, »ich möchte jetzt niemanden sehen.«

Kaum dort angelangt, klingelte ihr Telefon und der Professor entschuldigte sich für sein Benehmen.

Er müsse mit ihr reden und käme, wenn es ihr genehm sei, sofort vorbei.

Eine halbe Stunde später stand der Professor vor der Tür. Bea bat ihn herein, sie setzten sich.

Es dauerte eine ganze Weile, bis der Professor zu sprechen begann: »Es ist etwas Unvorhergesehenes geschehen, Bea, das Experiment ist missglückt, ich bin am Ende meines Lateins.«

»Was heißt das?«

Ohne auf Beas Frage einzugehen, fuhr Furtwanger fort: »Fünfzig Jahre habe ich geforscht, alles für die Katz, es fehlt eine Komponente.«

»Was heißt das?«, wiederholte Bea.

»Ich bin nicht in der Lage, Allan zu wecken, zumindest im Moment nicht.«

Der Professor ließ ratlos die Hände auf die Oberschenkel fallen. »Ich konnte eine Ratte ins Leben zurückrufen, zugegeben, nur für ein paar Tage, dann ist sie verendet. Aber ich dachte, den Grund dafür zu kennen und war sicher, dass die Zeit reif wäre, das Experiment an einem Menschen durchzuführen.«

»Und da hast du dich für Al entschieden.«

»Bitte, Beatrice, ich habe mich schon für deinen Mann entschieden, bevor du mich gekannt hast. Genauer gesagt war das der Grund, weshalb du mich überhaupt kennengelernt hast.«

Bea blieb fast die Sprache weg. »Dann … dann hast du alles von langer Hand geplant?«

»Habe ich nicht erwähnt, dass ich seit fünfzig Jahren daran arbeite?«

»Und weshalb bist du wach, wenn du das Experiment an dir selbst gemacht hast, und Allan nicht?«

»Es gibt eine kleine Gruppe von Menschen, die das

Geheimnis kennt, und die verrät es mir nicht, es sei denn …«

»Es sei denn?«

Furtwanger schlug sich mit der Hand an die Stirn. »Beatrice, ich habe all die Jahre in die falsche Richtung geforscht, ich war zu stur, zu eingebildet, um zuzugeben, dass ich die Aufgabe so nicht lösen kann. Jetzt ist mir klar, dass ich genau das Gegenteil von dem tun muss, was ich bis jetzt getan habe. Statt dem Lebenselixier muss ich das Sterbemedikament finden.«

Bea erschrak.

»Es ist nicht, wie du denkst, ich will Allan nicht töten, aber es wird länger dauern als erwartet, bis ich ihn zurückholen kann.«

»Wie lange?«

»Ich weiß es nicht, ich muss ganz von vorne beginnen, es kann Jahre dauern.«

Bea wurde blass.

»Es wird das Beste sein, wenn wir Allan bestatten, sonst werden die Behörden aufmerksam, und das möchte ich auf keinen Fall.«

»Bestatten? Du bist wohl übergeschnappt. Du sagst doch, dass er lebt.«

»Er wird überleben, auch unter der Erde, nun vertrau mir doch, Herrgott noch mal. Ich habe Erfahrung in diesen Dingen.«

Mit Angst einflößendem Blick sah er Beatrice an und beschwor sie mit leiser, eindringlicher Stimme: »Ich bitte dich im Guten, das Spiel mitzumachen. Wenn nicht, wirst du auf schmerzliche Art erfahren, wie groß mein Einfluss und meine Macht sind.«

Fassungslos lief Bea ins Schlafzimmer und knallte die Tür hinter sich zu. Sie hörte nicht, wie der Professor das Haus verließ und weinte sich in den Schlaf.

Drei Tage später wurde Allan auf dem Friedhof Fluntern zu Grabe getragen. Offiziell hieß es, er sei einem Hirnschlag erlegen und habe, trotz aller Anstrengung des Professors, nicht ins Leben zurückgeholt werden können. Der Professor selbst hatte den Totenschein ausgestellt und dank seiner Reputation verzichtete die Polizei auf eine Obduktion.

Es war eine kleine Gruppe, die sich zur Bestattung eingefunden hatte. Bea mit ihrer Mutter, Melanie, die Geschäftskollegen Allans, Dr. Furtwanger und einige andere Bekannte und Verwandte sowie ein paar Mitarbeiter des Professors standen schweigend um das Erdloch, während der Pfarrer die Grabrede hielt. Bea schluchzte leise vor sich hin.

»Er ruhe in Frieden«, wollte der Pfarrer eben sagen, als Claire wutentbrannt auf Furtwanger zurannte, ihn an der Gurgel packte und schrie: »Mörder, Sie haben meinen Schwiegersohn umgebracht, das werden Sie büßen!«

Sofort stürzten zwei Mitarbeiter des Professors herbei und rissen Claire weg. Sie wehrte sich und versuchte, sich zu befreien, hatte aber gegen die beiden Männer keine Chance.

»Gehen Sie nach Hause, wenn Sie sich nicht gebührend benehmen können«, zischte der Professor. Sie spuckte ihm ins Gesicht, worauf sie vom Friedhof geschleppt und in ein Taxi verfrachtet wurde.

Zum Trauermahl, an dem der Professor nicht teilnahm, erschien sie mit verweintem Gesicht und versprach Beatrice, dass sie den ruchlosen Mann ins Gefängnis bringen werde.

»Maman, ich habe Angst, Furtwanger ist zu mächtig, um sich mit ihm anzulegen, lass lieber die Finger davon. Was geschehen ist, ist geschehen und nicht mehr rückgängig zu machen. Also stürze dich nicht auch noch ins Unglück.«

»Sei unbesorgt«, antwortete Claire, »auch ich habe Geld und einflussreiche Freunde. Der Scharlatan wird seine Strafe erhalten.«

Bea zögerte. »Vielleicht … so unglaublich es klingt … vielleicht sagt Thomas die Wahrheit, und Allan ist tatsächlich noch am Leben. Du weißt ja, was der Professor alles zu leisten imstande ist.«

»Papperlapapp, ich habe genug von der Lügengeschichte, nimm ihn jetzt nur nicht noch in Schutz. Halt dich besser fern von ihm, sonst stellt er mit dir auch noch etwas Grässliches an.«

Als Bea die Wohnung betrat, saß Furtwanger auf dem Sofa. Wie er hereingekommen war, war ihr ein Rätsel.

»Du wirst morgen zur Arbeit erscheinen, als ob nichts gewesen wäre«, sagte er streng, »und deiner Mutter rate ich, sich aus der Sache herauszuhalten. Es geht hier um weit größere und wichtigere Dinge, als ihr euch mit eurer beschränkten Intelligenz vorstellen könnt.«

Er machte auf dem Absatz kehrt und verschwand.

Bea gehorchte Furtwanger, aber sie reichte zusammen mit Claire Klage gegen den Professor ein und prozessierte sechs Monate lang. Da ihre Geschichte – die wahre Geschichte – jedoch derart unglaubwürdig klang, verloren sie trotz hervorragender Anwälte haushoch.

Inzwischen beschäftigte sich Furtwanger mit der Umsetzung seiner Pläne. Er kaufte ein Imperium an Salzbergwerken zusammen und lancierte den Wunderring, der sowohl Lebenserwartung als auch Wohlbefinden erheblich steigern sollte. Er engagierte sich in der Wirtschaft, setzte sich an vielen Diskussionen für diese ein und proklamierte öffentlich die Verschmelzung von Wirtschaft und Politik. Langsam begann die dem Salz beigemischte Essenz, von der niemand, nicht einmal Beatrice, etwas wusste, zu wirken. Die Selbstmorde häuften sich und die Menschen begannen zu ahnen, dass ihr Leben ohne die neue Errungenschaft der Menschheit, ebendiesen Wunderring, weder Sinn hatte, noch Vergnügen bereitete. Zumal eine im Ring eingebaute mikrokosmische Infusion via Gen-Brücke eine chemische Substanz ins Blut abgab, die das Leben verlängerte und Krankheiten weitgehend ausschloss.

So entstand innerhalb weniger Monate ein Run ungekannten Ausmaßes auf diesen Ring. Er kostete fast nichts, aber er war nur gegen ärztliches Rezept erhältlich.

Auch Beatrice spürte Trübsal und Depression. Sie hatte resigniert und arbeitete weiter für den Professor, auch in der verzweifelten Hoffnung, irgendetwas für Allan tun zu können – obwohl auch sie selbst nun kaum mehr glauben konnte, dass er tatsächlich noch lebte.

An einem strahlenden Sommertag lud sie der Professor in ein Restaurant am See ein.

»Ich sehe, dass du in meinen Diensten bleibst und das Vertrauen zu mir – ganz im Gegensatz zu deiner Mutter – wiedergefunden hast. Ich danke dir dafür und habe hier ein kleines Geschenk für dich.«

Er streckte ihr ein eine kleine Schachtel hin, in der ein Ring steckte, ein besonders schönes Exemplar mit einem großen, fein geschliffenen Stein.

»Nimm ihn, du wirst sehen, er tut dir gut.«

Er steckte ihr den Ring an den Finger und Bea fühlte sich augenblicklich von der unerklärlichen Trauer, von dem ewigen Grübeln über den Sinn des Lebens, befreit. Es war, wie wenn neue Lebensenergie in sie einströmen würde. Plötzlich sah sie den strahlenden Tag, den leckeren Hummer, der vor ihr auf dem Teller lag, die Schönheit des tiefblauen Sees.

»Danke, Thomas, er … alles ist wunderschön«, sagte sie aufrichtig.

Als sie ein paar Tage später Claire in der Galerie aufsuchte, fand sie sie in sich zusammengesunken auf dem Stuhl.

»Maman, was ist los, ist dir nicht gut?«

»Ach, eigentlich ist nichts«, murmelte diese. »Alles ist einfach so leer und sinnlos.«

»Besorg dir doch endlich diesen Ring, er ist fantastisch, du wirst sehen.«

Claire sah grimmig drein. »Das Produkt dieses Mörders? – Niemals.«

»Mutter, bitte. Es ist schon genug passiert. Tu es mir zuliebe, ich brauche dich.«

Claire ließ sich überreden und ging anderntags zum Arzt, um sich das Rezept für das Kleinod zu besorgen. Doch zu ihrer und Beatrices Überraschung wurde ihr ein solches verwehrt. Auch zwei weitere Ärzte in der Schweiz, sowie einer in Deutschland und einer in Frankreich lehnten ihr Ansinnen ab – allesamt mit fadenscheinigen Begründungen.

Ein Bekannter Calaires, Professor im Universitätsspital Zürich, gab ihr endlich ehrliche Auskunft. Er erklärte, dass es eine »schwarze Liste« von Personen gäbe, für die der Ring nicht geeignet, ja gefährlich sei. Weshalb genau, wisse er nicht. Aber es sei den Ärzten unter Androhung eines Berufsverbotes und Gefängnisstrafe untersagt, diesen Personen ein Rezept auszustellen. Er bedauerte und gab ihr die Adresse eines Psychiaters, der ihr, da sie ja ansonsten kerngesund sei, bestimmt helfen könne.

Doch er konnte nicht. Am Weihnachtsabend fand Beatrice ihre Mutter tot neben dem sorgsam geschmückten Baum. Sie hatte sich vergiftet.

13

Die Dämmerung hatte sich über die Stadt gelegt, der Nebel war dichter geworden. Schweigend ging Beatrice neben Al durch die kaum belebte Seitenstraße, die zu ihrem Appartement führte. Plötzlich blieb er stehen und umarmte sie heftig, wobei er von stoßweisem, unterdrückten Schluchzen geschüttelt wurde. Bea streichelte über sein Haar und reichte ihm ein Taschentuch. Er schnäuzte.

»Es tut mir so leid, Al, aber irgendwann musstest du es erfahren. Außerdem … ist es ja schon so lange her.«

Er lachte bitter. »Für dich ja, aber für mich … Ich habe in einer anderen, friedvollen Welt gelebt. Hättet ihr mich doch dort gelassen.«

Sie senkte den Kopf. »Dabei war ich so froh, ich habe immerhin über achtzig Jahre auf dich gewartet.«

Sie betraten das Haus und schwebten den Liftschacht empor. Bea hatte es eilig, in die Wohnung und zu ihrem Ring zu kommen.

Nachdem sie ihn angezogen hatte, atmete sie auf: »Ah, das tut gut. Na komm, lass uns noch ein wenig rausgehen und konsumieren – ich meine, uns zerstreuen. Ich kenne ein hübsches orientalisches Restaurant. Mal wieder was Scharfes, das wär's doch jetzt.«

Sie zogen sich um und machten sich erneut auf den Weg. Bea orderte einen fliegenden Teppich. Sie setzten sich darauf, Al schüttelte lächelnd den Kopf. »Was ihr nicht alles für Ideen habt.«

»Passt doch bestens zum Restaurant«, entgegnete Bea mit einem Augenzwinkern.

Sie flogen durch die Nacht, der kühle Fahrtwind tat Allan gut.

Bald saßen sie in dem goldverzierten Restaurant an einem Tischchen, vor sich eine Schale Reiswein. Schweigend drehte Allan das Gefäß in seiner Hand und betrachtete es nachdenklich.

Bea sah ihn an: »Versuch, es zu verarbeiten. Schau in die Zukunft.«

»In welche Zukunft? Was wird sie bringen, wo wird das alles enden?« Er nahm einen Schluck. »Wie würdest du dich fühlen, wenn du gerade erfahren hättest, dass du achtzig Jahre unter der Erde gelegen bist? Mir läuft es bei dem Gedanken kalt den Rücken hinunter.«

»Du lebst, und das ist die Hauptsache«, flüsterte Bea.

Zwei indonesische Kellnerinnen brachten die Vorspeise.

»Ach Bea, mir schwirrt der Kopf. Es gibt so viele Fragen – und es gibt Angst.«

Bea nickte. »Ich weiß. Nur …« Sie zeigte ihm ostentativ den Ring. Er verstand.

»Wir können gerne wieder einmal einen Spaziergang im Central Park machen. Und nun lass es dir schmecken, die Küche hier ist ausgezeichnet.«

Damit hatte sie recht. Und auch der Wein mundete. Sie blieben noch eine geraume Weile und sprachen über belanglosere Dinge. Allan wollte wissen, womit all die fliegenden Zigarren, Teppiche und Kugeln angetrieben würden. Bea erklärte, dass auch diese Energie vom Ring erzeugt werde. Wie das *genau* funktioniere, dürfe er sie aber nicht fragen, sie sei technisch leider überhaupt nicht versiert. Doch in etwa wohl so wie die gute alte Uhr, die sich mit der Körperbewegung aufgezogen habe. Die freigegebene Energie werde dann von den Geräten aufgenommen und erzeuge den Antrieb – ohne schädliche Abgase. So jedenfalls habe es ihr der Professor allgemeinverständlich erklärt.

Allan lachte, wurde gleich darauf wieder ernst und sagte: »Eine vorläufig letzte Frage hätte ich noch, Bea. Wie hat mich der Professor nach all den Jahren doch noch aus der Versenkung geholt?«

»Mit einer Infusion.«

»Das habe ich auch gemerkt, aber was war drin?«

»Ich weiß es nicht. Es sind einmal seltsame Besucher bei Thomas gewesen. Eingeborene. Vier oder fünf Schwarze, mit grauen Haaren, untersetzt, kräftig. Ihr Alter war kaum zu schätzen. Einen von ihnen hat der Professor sofort vergiftet. Er, der sagte, dass er nie töten würde.«

»Vergiftet, weshalb?«

Bea zuckte die Schultern: »Ich weiß es nicht. Das Verrückte daran war, dass das Opfer förmlich um seinen Tod gebettelt hatte und sich die anderen königlich über den Tod ihres Freundes freuten. Sie tanzten und schrien, als ob sie soeben das größte Glück ihres Lebens erfahren hätten.«

»Und was hat das mit mir zu tun?«

»Nun, Sie überreichten dem Professor einen Beutel. Danach ließ er die Eingeborenen sofort wegschaffen und eilte ins Labor. Er verschloss alle Türen hinter sich und duldete keine Störung.

Zwei Stunden später rief er mich zu sich in seine Wohnung. Er bat mich, Platz zu nehmen und mit ihm eine ganz besondere Life-Sendung zu genießen. Schließlich halte er sein Versprechen, mich zu deiner ›Wiedererweckung‹ zu rufen, sobald es so weit sei, auch nach so langer Zeit. Er zog die Brauen zusammen und löste damit die 3-D-Projektion aus. Vor uns erschienst du, eingepackt in Plastik auf dem Tisch liegend, ebendiese Infusion im Hals. Gebannt sah ich die Szene, wie du dich zu bewegen begannst, die Augen öffnetest, dich aus dem Sack schältest und … na ja, den Rest kennst du ja selbst. Ich denke, die Eingeborenen haben dem Professor das Medikament für deine Wiederbelebung gebracht.«

Al wurde nachdenklich, schrak plötzlich auf und sagte: »Wie spät ist es? Ich habe morgen ziemlich früh einen Termin bei Furtwanger.«

Großzügigerweise verließen sie das Lokal, ohne zu bezahlen.

Am Freitag stand Allan pünktlich in Furtwangers Büro. Der Professor saß am Schreibtisch und bat Al mit jovialer Handbewegung, Platz zu nehmen.

Dann sah er Allan peinlich lange, aber mit einem Schmunzeln auf den Lippen an. Endlich machte er den Mund auf.

»Na, mein Freund, wie sind Sie zufrieden mit Ihrem neuen Leben, wie gefällt Ihnen die heutige moderne, friedvolle Welt ohne sinnloses, veraltetes Kriegstreiben? Habe ich mein Versprechen, dass Sie alle Sorgen loswerden, etwa nicht eingehalten?«

Al zuckte die Achseln: »Nun, alles ist neu und auch ein wenig verwirrend für mich. Es gibt viele Fragen.«

»Bitte, ich stehe zu Ihrer Verfügung.«

»Dieser Ring, all die technischen Errungenschaften, das neue Gesellschaftssystem, das ohne Politik auskommt, die Abschaffung der Kirche. Wie haben Sie das alles hingekriegt in nur achtzig Jahren?«

»Forschung, Überzeugungskraft, Wille«, war die knappe Antwort des Professors.

»Und vergiftetes Salz, mit dem Sie die Menschheit von sich abhängig gemacht haben.«

Furtwanger lächelte: »Na, Beatrice hat Sie wohl schon umfassend informiert. Aber vergiftet? Nein. Angereichert mit einem Wundermittel, das der Menschheit Wohlstand und Frieden brachte. Sehen Sie, Allan, der Mensch ist von Natur aus primitiv, habgierig und brutal und vermehrt sich rücksichtslos. Kurz, ein Sauhaufen. Unfähig, mit der ihm geschenkten Freiheit umzugehen, will er geführt und kontrolliert werden. Ausgehend vom damaligen Zustand ist zu sagen: Die Bevölkerungszahl muss stabil sein, sie musste reduziert werden. Einerseits mit Strafen für die Unverbesserlichen, andererseits mit strikter Geburtenkontrolle, und endlich mit der Eliminierung von Untermenschen, die weder überlebensfähig noch überlebenswürdig sind. Nur so ist eine Endlösung, ein globaler Friede und die Erhaltung unseres schönen Planeten möglich.«

»Reduziert? Sie haben die Menschheit reduziert?«

»Um genau zu sein, halbiert, aber nicht ich, die Menschheit selbst hat das getan.«

Fragend sah Allan ihn an.

»Nun ja. Früher hat man die armen Länder und Kontinente angegriffen, sie wirtschaftlich ausgebeutet und sie dann mit Entwicklungshilfe notdürftig am Leben erhalten. Was hatte das für einen Sinn? Wozu führte es? Zu anhaltendem Hunger, Leiden, Krankheit und zu einem ständigen Herd von Hass, Missgunst und Krieg.«

Al wurde flau im Bauch. Hatte der Professor etwa die halbe Menschheit hingerichtet?

»Sie haben die Dritte Welt ausgerottet!«

Der Professor schüttelte den Kopf. »Habe ich Ihnen nicht vor zwei Minuten erklärt, dass ich Kriege für sinnlos halte und nicht – oder sagen wir nur dann – töte, wenn es unabdingbar ist? Wir haben ganz einfach der Natur ihren Lauf gelassen. Es gab keinerlei Einmischung mehr in die Systeme der armen Länder. Weder Krieg noch Entwicklungshilfe, aber auch keine Emigration. Die Regionen wurden isoliert, die Menschen dort hatten die Chance, sich aus eigener Kraft hochzurappeln. Sie haben es nicht geschafft.«

Der Professor lächelte spitzbübisch: »Nun, ein bisschen nachgeholfen haben wir. Da und dort wurde etwas Salz ins Trinkwasser gemischt, was zu einer erhöhten Selbstmordrate führte. Aber den wesentlichen Anteil hatten die Lebensumstände selbst, das heißt Hunger, Durst und Krankheiten. Nebst den Religions- und Bürgerkriegen, die sich häuften.«

»Und Terror, Selbstmordanschläge in der westlichen Welt, ist das alles nicht sprunghaft angestiegen?«

Furtwanger schüttelte den Kopf. »Wie gesagt, es gab keine Emigration. Nach dem Abkommen von Buck City wurden sämtliche Grenzen abgeriegelt. Es kam niemand mehr raus. Was die Leute in ihrem Land anstellten, war uns egal.«

»Welche Grenzen?«

»Fast ganz Afrika, Indien, ein Teil von Südamerika, Regionen im Nahen Osten und Asien, der Balkan, und so weiter.«

Allan war verwirrt. Die Logik des Professors stimmte, was er sagte, hatte Hand und Fuß. Und doch fühlte er, dass eine grausame Tat geschehen, ein Genozid ungekannten Ausmaßes vollzogen worden war. Allan verspürte zunehmend Furcht vor dem Mann, der ihm da gegenübersaß, und hinter dessen leutseliger Freundlichkeit er nichts als Machtgier, Kälte und Skrupellosigkeit empfand.

»Und all das haben Sie in die Wege geleitet, um Herrscher der Welt zu sein, um Gott zu spielen – das ist doch ihr einziges, unseliges Ansinnen.«

Der Professor stand auf, ging um den Schreibtisch herum und setzte sich lässig darauf.

»Sie tun mir unrecht, junger Freund. Ich selbst handle als demütiger Diener einer viel höheren Macht, die bald, sehr bald ihren Platz in dieser Welt einnehmen wird. Dann ist mein Werk getan. Das Werk, an dem ich hundertvierzig Jahre gearbeitet habe.«

»Und wer oder was ist diese Macht?«

»Geduld mein Freund, Sie werden es zur rechten Zeit erfahren.«

Auch Allan wusste mittlerweile, dass fragen und bohren bei Furtwanger keinen Sinn hatte, wenn dieser selbst nichts preisgeben wollte. Aber etwas anderes hoffte er noch zu erfahren. »Sie haben die Lebenserwartung zwanzig Jahre überschritten, Professor, und sehen nach wie vor wie fünfzig aus, viel jünger als Bea oder die alten Wirtschaftsmagnaten. Wie kommt das?«

»Ich bin nicht wie die anderen, Filippos. Ich bin etwas Besonderes, fast etwas Einmaliges. Ich sage fast, weil es neben mir auf dieser Welt nur eine Handvoll Menschen gibt, die nie älter als fünfzig aussehen werden. Und«, er machte eine bedeutungsvolle Pause, »einer dieser Menschen sind Sie.«

»Ich?«

»Ja, kommen Sie, kommen Sie mit ins Labor. Wir werden Sie einem kleinen Test unterziehen. Sie werden ein Wunder erleben.«

Furtwanger ging voraus zu dem Labor, in dem Allan vor knapp zwei Wochen erwacht war. Sämtliche Versuchstiere waren verschwunden.

»Wo sind das Schwein und der Affe?«, fragte Al.

»Einen Teil der Tiere musste ich im Interesse der Forschung töten, bevor sie erwachten, die anderen danach. Es wäre zu risikoreich gewesen, sie am Leben zu lassen. All das geschah übrigens im Hinblick auf Ihre ›Wiedergeburt‹. Aber kommen Sie, setzen Sie sich an diesen Tisch.«

Der Professor breitete ein weißes Laken vor Allan aus, zog aus einer Schublade ein Beil und befahl ihm, die Hand mit ausgestrecktem Mittelfinger auf das Tuch zu legen.

»Was führen Sie im Schilde?«, fragte Al.

»Ich werde Ihnen den Finger abhacken!«

»Wie bitte?«

»Na los, Sie Memme. Ich sagte, Sie werden ein Wunder erleben.«

Al verbarg die Hände unter dem Tisch. »Nie und nimmer«, sagte er. »Sie sind ja vollkommen übergeschnappt.«

»Stehen Sie auf, Sie Feigling.«

Unwirsch zog Furtwanger Allan am Kragen hoch und setzte sich selbst auf den Stuhl. Er legte die Hand auf den Tisch und übergab Al das Beil.

»Na los, hacken Sie *meinen* Finger ab, dafür wird Ihr Mut ja wohl reichen.«

Al weigerte sich, aber als Furtwanger eine Pistole aus der Tasche zog, blieb ihm keine andere Wahl. Er schlug zu, der Professor zuckte kurz zusammen, Blut spritzte, der Finger lag auf dem Tuch. Furtwanger hob die Hand und Al sah fassungslos zu, wie der Finger nachwuchs. Nach fünf Minuten waren weder eine Wunde noch eine Narbe zu sehen.

Allan blieb der Mund offen: »Wie … wie kann das sein?«, stammelte er.

»Ich werde Sie jetzt erschießen«, sagte der Professor ohne Vorwarnung und drückte ab. Al hörte einen Knall und verspürte einen stechenden Schmerz in der Brust. Mit einem Schrei fiel er zu Boden, sein Hemd färbte sich blutrot. Aber er verlor nicht das Bewusstsein. Nach kurzer Zeit verebbte der Schmerz, das Loch in der Brust schloss sich und verheilte. Er saß am Boden und sah den Professor verdutzt an.

»Experiment gelungen!«, stellte Furtwanger befriedigt fest. »Stehen Sie auf, die Sitzung ist für heute beendet, kommen Sie in einer Woche wieder.«

Al stand auf, entriss dem Professor die Waffe und schoss in den Metalltisch. Die Kugel schlug durch die Platte und hinterließ ein faustgroßes Loch.

Ungerührt stellte der Professor grinsend fest: »Der neue Tisch wird Sie mindestens fünfhundert Bugs kosten. Recht so, Konsum fördert die Wirtschaft.«

Aber Al war nicht zum Scherzen zumute. Er verlangte von Furtwanger eine Erklärung, er wollte endlich wissen, was dieser mit ihm vorhatte.

Der Professor willigte ein. »Na schön, kommen Sie, ich lade Sie zu einem Flip in der Lounge ein.«

Im Lift trafen sie auf Beatrice, die eben hochfuhr. Kurzerhand machte sie kehrt und begleitete die beiden.

Unten angelangt, zog der Professor seinen Ring aus der Tasche, um sich zu identifizieren. Umgehend wurde der Durchgang durch die Wand freigegeben. Ein Page geleitete sie an einen Tisch, der an einer langen, getönten Scheibe stand, die bis zum Boden reichte und den Blick auf den Zwillingsturm, den sogenannten Ground Zero Lollipop, gewährte. Sie setzten sich und gleich darauf wurden ihnen die Getränke gereicht.

Furtwanger erhob das Glas: »Auf das gelungene Experiment und auf das baldige Erreichen des großen Ziels.«

»Auf dass Sie mich erschossen haben«, erwiderte Al.

»Auf was?«, fragte Bea.

»Erzählen Sie ruhig, was vorgefallen ist«, schmunzelte der Professor.

Al berichtete Bea, die fassungslos zuhörte.

»Und nun möchte ich wissen, wie der Zauber funktioniert«, forderte Al.

Der Professor räusperte sich. »Das ist kein Zauber, junger Freund. Das ist ein Wunder unserer Natur. Vor vielen Jahren habe ich eine Fangschrecke entdeckt, eine verwandte Art der hiesigen Gottesanbeterin, die eine ganz besondere, einmalige Eigenschaft hat. Daraus habe ich dieses lebensverlängernde Medikament entwickelt – verlängernde Wirkung zeigt es in gemilderter, abgeschwächter Form. In der Rohform wirkt es noch einmal anders.

Die besondere Eigenart Tieres besteht darin, dass es nicht stirbt. Wir wissen nicht, wie lange es schon lebt, vielleicht hunderttausend, vielleicht eine Million Jahre. Aber wir wissen, wie lange es noch leben wird. Ewig!

Das reine Konzentrat dieser Gottesanbeterin habe nur ich zu mir genommen, und Ihnen habe ich es an Ihrem Geburtstag in ebensolcher Form auf den Pudding gestreut.

Sie und ich, Allan Filippos, haben das ewige Leben. Nichts, weder eine Kugel noch ein Beil noch Feuersbrunst kann uns etwas anhaben. Wir regenerieren uns selbst aus Asche wieder wie Phönix. Wunden verheilen, Glieder wachsen nach. Sie können hier aus dem Fenster springen, Ihr zerschmetterter Körper wird sich neu bilden.«

Diese Dimension und dieses Ziel des Experiments, Al das ewige Leben zu schenken, waren selbst Beatrice nicht klar gewesen – sie schämte sich ihrer schlechten Gefühle gegenüber dem Professor. Wie edel hatte er doch gehandelt, Gerichtsverfahren und Unbill über sich ergehen lassen, ohne das Geheimnis preiszugeben.

Al sah das weniger rosig. Ewig leben, ewig konsumieren, ewig … Das hatte eine Dimension, beinhaltete Langeweile und Bitternis, wie sich das niemand vorstellen konnte. Am ehesten noch Al selbst, nach seiner kleinen Ewigkeit im Koma.

»Und weshalb nur Sie und ich, weshalb verabreichen Sie das Zeug nicht auch Ihren Freunden – oder der ganzen Menschheit?«

»Die Menschen würden machtgierig, außerdem gäbe es keinen Nachwuchs mehr, weil es ihn nicht mehr geben dürfte. Nein, das ewige Leben bleibt einer höheren Instanz vorbehalten.«

»Bin ich etwa eine höhere Instanz?«

»Sie sind ein Versuchskaninchen, wie das Schwein oder der Affe.«

»Und wer ist diese höhere Instanz, etwa Sie?«

Furtwanger schüttelte den Kopf. »Ich habe Ihnen schon einmal erklärt, dass ich demütiger Diener bin.«

»Glauben Sie denn an Gott, nachdem Sie die Kirche abgeschafft haben?«

»Es gibt gottähnliche Wesen. Weiter möchte ich mich dazu nicht äußern.«

Der Professor sprach in Rätseln.

Al sah Beatrice an, er wusste nicht, ob er die Frage noch stellen durfte, die ihm auf der Seele brannte. Schließlich wagte er es. »Habe ich richtig verstanden, Professor, dass Sie mir zwar das ewige Leben einflößen konnten, mich aber damit in einen Dornröschenschlaf versetzten, aus dem Sie mich achtzig Jahre nicht erlösen konnten?«

Der Professor nickte. »Nun, wenn wir schon dabei sind, sollen Sie die ganze Wahrheit erfahren.«

Er berichtete von seiner Expedition im Jahr 1945, und von den Eingeborenen, die ihn bei der Suche nach der Mantodea, wie die Spezies im Fachjargon heiße, unterstützten.

»Um deren Hilfe zu erhalten, musste ich ein wenig schummeln. Ich behauptete, über das Mittel zu verfügen, das ihren sehnlichsten Wunsch erfüllen würde.«

»Und der war?«, fragte Bea.

»Die Männer haben das ewige Leben, und zwar schon sehr, sehr lange, denn sie ernähren sich von dem Tier. Und ihr sehnlichster Wunsch ist es, endlich sterben zu dürfen. Nachdem ich in Schlaf gefallen war, flößten sie mir eine Art Nektar ein, der zur Erweckung unabdingbar ist. Als sie aber gewahr wurden, dass ich ihnen den versprochenen Tod nicht geben konnte, ließen sie mich im Ungewissen über die Notwendigkeit und Zusammensetzung dieses Blütenpräparates. Bevor wir damals abzogen, erklärten mir die aufgebrachten Wilden: ›Sie werden zurückkommen und uns die Erlösung bringen, die Sie uns versprachen. Wir haben Zeit, viel Zeit zu warten.‹ Lange, sehr lange verstand ich diese Aussage nicht. Aber schon bald bemerkte ich, dass diese Komponente fehlte und versuchte, das Mittel selbst herzustellen. Im Jahr 2001 glaubte ich, es gefunden zu haben, und probierte es an Allan aus. Ohne Erfolg. Da war mir klar, dass es keinen anderen Weg gab: Ich musste mein Versprechen einlösen, um zu diesem Nektar zu kommen.

Statt nach dem ewigen Leben zu forschen, musste ich den Tod für die ewig Lebenden finden. Achtzig Jahre später war ich so weit. Ich hatte ein Präparat entwickelt, das dem ewigen Leben ein Ende setzt. Also ließ ich die Ureinwohner einfliegen, tötete einen von ihnen und erhielt dafür den Nektar. Deshalb sitzen Sie nun quicklebendig bei uns.«

»Und die anderen, die Eingeborenen meine ich, haben Sie den Rest von ihnen auch getötet?«

»Noch nicht. Bei jedem gelungenen Experiment schenke ich einem von ihnen den Tod. Heute wird das der Fall sein, da Sie die Kugel überlebt haben. Und wenn alle weiteren Versuche erfolgreich sind, werden diese Untermenschen aus der Welt geschafft sein. Dann kommt der große Tag.«

»Sie meinen, die weiteren Versuche mit mir?«, fragte Al.

Furtwanger nickte.

»Was werden Sie noch mit mir anstellen?«

»Na, Sie werden aus dem hundertsten Stockwerk springen.«

Al wurde blass.

Der Professor lachte. »Spaß beiseite. Medizinische Untersuchungen und Ähnliches. Kein Problem für einen ewig Lebenden.«

»Und wenn ich bestanden habe, was geschieht dann mit mir?«

Der Professor stand auf, er war bestens gelaunt. »Und wenn Sie nicht gestorben sind, dann leben Sie noch heute – heißt es doch so schön in den Märchen. Komm Beatrice, genug geplaudert, die Arbeit ruft.«

Während Furtwanger mit Bea hochstieg, verließ Al nachdenklich den Lollipop Tower.

Was war Furtwanger für ein Mann? Einerseits war er kalt und berechnend, ja gnadenlos. Absolute Kontrolle und Disziplin waren seine höchsten Ziele. Gleichzeitig konnte er sich über Märchenzitate köstlich amüsieren.

Er baute Häuser in Form von Zuckerstangen und eine kitschige, lärmige, ja infantile Welt. Irgendwie passte das nicht zusammen. Oder vielleicht doch?

Er schlenderte zum Central Park und setzte sich auf die Bank, auf der er tags zuvor Beas Erzählungen gelauscht hatte, und dachte nach. Unsterblich war er also. Ein unendlicher Raum von Möglichkeiten tat sich vor ihm auf. Er schauderte. Ewig, das hieß nicht tausend, das hieß nicht eine Million Jahre, das hieß unendlich, ohne Ende. Das überstieg Allans Vorstellungskraft. Wie alt mochten wohl diese Eingeborenen sein? Fünfhundert, tausend Jahre? Jedenfalls sehnten sie den Tod herbei und waren des Lebens längst überdrüssig. Anstatt das Leben in immer neuen Facetten auszuschöpfen, schienen sie nur noch gelangweilt zu sein, sie hatten wohl schon mehr als genug »ausgeschöpft«. Man konnte Weisheit und Gelassenheit erreichen, so viel man wollte, irgendwann hatte man genug. Es sei denn, man war in der Lage, sich in den Zustand zu versetzen, in dem er gewesen war. Den Zustand jenseits von Zeit und Raum. Und das kam dem Tod sehr nahe. Gut, dass Furtwanger die Versuchstiere getötet hatte, welch unvorstellbare Qual müsste dieses Dasein für sie geworden sein. Und er? Plötzlich stieg ein Gedanke in ihm auf. Was dachte er über die Jahrtausende nach; er war ja genauso ein Versuchskaninchen. Und es lag auf der Hand, dass Furtwanger auch ihn aus der Welt schaffen würde, sobald die Tests abgeschlossen waren. »Der Mohr hat seine Schuldigkeit getan …«, sinnierte er lapidar, Schiller zitierend. Aber jetzt schon sterben? Nein, dafür war es zu früh. Er wollte Melanie und seine alten Freunde in der Schweiz besuchen, wollte mit Beatrice ein schönes, erfülltes Leben führen, vielleicht noch dreißig, vierzig Jahre lang. Und dazu musste er herausfinden, was der Professor vorhatte, musste unbedingt mit Bea reden und ihr seinen Verdacht mitteilen.

Trotz intensiver Gedanken konnte er keine Verbindung zu Bea herstellen. Al bemerkte, dass er seinen Ring nicht dabeihatte. Und ohne den ging gar nichts. Nicht einmal ein Transportmittel konnte er ordern. Also machte er sich zu Fuß auf den Nachhauseweg und dachte weiter über die Umstände nach. Weshalb wohl war er nicht abhängig von dem Ding? Bea hatte ihm doch erklärt, dass das Salz, das den Überlebenstrieb eliminierte, allgegenwärtig war. Wieso kontrollierte Furtwanger *ihn* nicht? Er nahm sich vor, ihn bei der nächsten Sitzung danach fragen.

Zu Hause angelangt, fand er Bea auf dem Sofa sitzend vor. Sie fixierte einen Punkt im Raum, anscheinend sah sie sich irgendeine Sendung an. So bemerkte sie sein Kommen erst als er sie fragte, was sie schon um diese Zeit hier täte.

»Einer von der Crew ist ausgefallen«, antwortete sie und schaltete aus. »Ich muss heute im Control Center Nachtdienst leisten, deshalb habe ich am Nachmittag frei. Und du, was hast du getrieben?«

Er bat sie um eine Unterredung ohne Ring. Sie willigte ein und kurze Zeit später saßen sie in dem Lokal, in dem sich kürzlich der alte Arbeiter umgebracht hatte. Heute waren sie die einzigen Gäste. Allan trank ein Bier, Bea einen pinkfarbenen Flip Kick. Da sie ohne Ring nicht zahlen konnten, bat Bea die Wirtin namens Anna, die Getränke anzuschreiben.

»Selbstverständlich gerne«, sagte diese. »Von mir aus trinken Sie, so viel Sie wollen, es sind Ihre Bugs, die Sie nicht loswerden.« Sie stutzte. »Hat man Ihnen etwa den Ring entzogen, wie dem armen Kerl letzthin?«

»Nein, nein«, lächelte Bea. »Ich hab ihn nur vergessen.«

»Na, dann passen Sie nur auf, dass Sie keine Dummheit machen. Von mir kriegen Sie jedenfalls keinen Flop Kick.«

Sie brachte die Getränke und verschwand hinter der Theke, wo sie in einer Illustrierten blätterte.

Al sprach mit gedämpfter Stimme und erörterte seinen Verdacht. Er spürte, dass Anna die Ohren spitzte.

»Ich glaube kaum, dass der Professor so etwas im Sinn hat«, sagte Bea. »Wenn ich so zurückdenke, waren wir immer ungerecht ihm gegenüber und haben die Dimension seines Vorhabens einfach nicht erfasst. Unser Misstrauen war nie begründet, er hat seine Versprechen stets eingelöst.«

»Ich weiß«, entgegnete Al. »Aber er hat nicht versprochen, mich am Leben zu lassen. Seine Äußerungen deuten darauf hin, dass er mich aus dem Weg räumt, sobald er mich nicht mehr braucht. Ich fürchte, für ihn bin ich nicht mehr als ein weiteres Versuchstier – oder ein ›Untermensch‹, wie er die Eingeborenen nannte.«

Bea bemühte sich, ihm den Verdacht auszureden, warf ihm schließlich sogar Paranoia vor, aber es gelang ihr nicht, Allans Misstrauen beiseitezuschieben.

Al flüsterte: »Du kannst dich doch in den Räumen des Professors ziemlich frei bewegen. Gibt es keine Möglichkeit herauszufinden, was er plant?«

Sie dachte nach. »Man könnte höchstens in seinen Laborjournalen schnüffeln. Aber die hält er unter Verschluss, da komme ich nicht ran.«

Al erinnerte sich, dass er den Professor schon beobachtet hatte, wie dieser in ein ledergebundenes Buch schrieb. Bereits damals hatte er sich gewundert, dass er seine Aufzeichnungen nicht per Computer machte.

»Die Journale bewahrt er in einem Safe auf, und der lässt sich nur mit seinem Ring öffnen. Und nur durch ihn. Außerdem wäre es viel zu gefährlich, wenn er in der Nähe ist. Und wie du ja weißt, bin ich auf seinen Reisen meist dabei. Nein, Allan, da sehe ich keine Chance.«

»Und im Control Center, dort laufen doch alle Informationen zusammen, ist dort nichts zu erfahren?«

Bea schüttelte den Kopf.

»Darf ich dich heute zur Arbeit begleiten?«

»Zur Arbeit? Ach so. Na ja, ich denke, Thomas wird nichts dagegen haben, wenn du dich da mal umschaust. Du hast ja den Status eines Promis, und denen ist der Zugang zum Control Center erlaubt. Aber mach dir keine großen Hoffnungen, was deine Recherchen anbelangt. Die persönlichen Aufzeichnungen des Professors sind ausschließlich in seinen Büchern festgehalten.«

Trotzdem begleitete Allan Beatrice am Abend in das Kontrollzentrum von Big Bang, gleichzeitig auch einer der drei Welt-Hauptsitze neben Buck City, dem ehemaligen Davos, und Berlin, das jetzt den seltsamen Namen Adlerhorst trug.

Nachdem sie zu Hause eine Kleinigkeit gegessen und den Ring übergestreift hatten, flogen sie in einer mittelalterlichen Kutsche ohne Räder zu den Lollipop Towers.

Das Control Center befand sich im zweiten Turm und nahm die ersten dreißig der vierhundert Stockwerke ein. Bea hatte die Aufgabe, einige der unterirdischen Fabriken zu überwachen.

Durch eine Stahltür, die sich mittels Ring-Identifikation öffnete, betraten sie ein Großraumbüro, in dem, um viele runde Tische gruppiert, Hunderte von Menschen saßen. In der Mitte der Tische stand eine sechseckige, gläserne Säule, auf deren Flächen sich Zahlen, Texte, Farben oder Aufzeichnungen reflektierten. Jede dieser Flächen wurde von einem Crewmitglied betreut, dessen Hände auf dem Tisch lagen, oder besser, wie in Pudding darin vesanken. Die Fingerspitzen bewegten sich leicht und in hoher Geschwindigkeit.

Allan ging hinter Bea durch den grell beleuchteten Saal und sah sich um.

»Was tun die hier alle?«, fragte er.

»Kontrollieren, ob alles rund läuft. Es ist fast alles automatisiert. Nur wenn Fehler oder Übertretungen auftauchen, muss eingegriffen werden. Komm, ich stelle dir eine Kollegin vor.«

Sie blieb bei einem der Tische stehen und sprach eine etwa dreißigjährige, rothaarige Frau an: »Hallo Mia, wie läuft's? Darf ich dir einen Freund vorstellen? Das ist Allan, er ist zu Besuch in Big Bang. Ich zeige ihm den Laden hier.«

Mia lachte breit, zog ihre Hand aus der Vertiefung und begrüßte Al mit einem Händedruck und einem lasziven Blick.

»Freut mich, Allan. Habt ihr Zeit, einen Kaffee zu trinken? Ich habe gleich Feierabend.«

Sie wandte sich an ihr Gegenüber: »Joe wird jeden Moment aufkreuzen, um meinen Dienst zu übernehmen. Sei so lieb und richte ihm aus, dass nichts Besonderes vorgefallen ist und ich das Protokoll bereits auf E757 abgespeichert habe. Ich lass den Monitor eingeschaltet. Bis in einer Woche dann.«

Auf dem Weg zur Lounge über eine Rollbahn erklärte Beatrice Al, dass Mia im Happy Human Departement arbeite.

»Im was?«, fragte er.

Mia sah ihn erstaunt an. »Mann, wo lebst du denn? In diesem Departement haben wir die schöne Aufgabe, sicherzustellen, dass die Menschheit glücklich ist. Ich zum Beispiel betreue Konsumenten.«

»Früher hätte man es wahrscheinlich Justizdepartement genannt«, präszisierte Bea. »Dort werden Übertretungen angezeigt und die entsprechenden Konsequenzen vorgeschlagen. Das jeweilige Crewmitglied hat die Aufgabe, die passende Strafe zu verhängen, die dann per Gedanken und Fingerdruck verhängt wird.«

Sie betraten die Lounge durch eine gelbe Wand, wo ein paar Crewmitglieder auf schwebenden Kissen saßen, an rauchfreien Zigarren sogen, plauderten und tranken.

Die drei setzten sich ebenfalls und ließen Kaffee kommen.

»Abteilung glückliche Menschen«, übersetzte Al. »Man wird hier also zu seinem Glück gezwungen.«

Mia war verwirrt. Solch kritische Äußerungen war man hier nicht gewohnt und wagte erst recht nicht, sie offen auszusprechen. »Welchen Status hast du, Al?«, fragte sie.

Bea erklärte, dass Al ein Promi sei, eigentlich aber ein Protegé des CEO Furtwanger. Zu Forschungszwecken habe er achtzig Jahre im Koma gelegen, daher auch der Informationsrückstand.

»Wie aufregend«, quieschte Mia und führte die Tasse zum Mund. »Darf man fragen, wie alt du bist?«

»Hundertsiebzehn«, antwortete Al trocken.

Mia machte große Augen, streifte ihr langes Haar aus dem Gesicht und flötete: »Für dein Alter siehst du aber noch sehr … knackig aus.« Unverblümt betrachtete sie ihn von oben bis unten.

Dann wollte sie von Bea wissen: »Woher kennt ihr euch?«

Bea lächelte: »Ich bin seine Frau.«

»Wow, was für eine Story. Er sieht ja aus wie dein Sohn. Wisst ihr was, kommt doch mal zu Besuch. Body wird sich sicher freuen.« Sie blickte Allan tief in die Augen und erklärte: »Body ist mein Freund, musst du wissen. Ich lade euch zum Essen ein, danach könnten wir ein bisschen konsumieren, vielleicht ein paar Sexspiele machen, oder was immer uns Spaß macht.«

Al war verwirrt. Mia hatte soeben erfahren, dass Bea seine Frau war, hatte von ihrem Freund gesprochen und schlug gleichzeitig Sexspiele vor.

Da Bea zur Arbeit musste, verabredeten sie sich noch für Mittwochabend mit Mia und verließen dann gemeinsam die Lounge.

Im fünften Stockwerk befand sich das Blue Production Control Center.

»Hör mal«, fragte Al auf dem Weg dorthin. »Wie läuft das heutzutage mit dem Sex, gibt's da keine, wie soll ich sagen, Moral mehr?«

Bea lächelte. »Du meinst wegen Mias Vorschlag? Nein, das mit der Moral ist Schnee von gestern. Es war ja doch nur Lug und Trug. Vor der Wende hatten wir eine Scheidungsrate von fünfzig Prozent, was sollte also die Heuchelei. Heute heiratet man aus Spaß am Konsumieren und aus dem gleichen Grund hat man Sex miteinander. Meistens allerdings virtuell. Körperlicher Sex ist ziemlich out, den meisten zu umständlich, zu unappetitlich.«

»Wie virtuell?«

»Nun, du baust eine Vision auf. Der Vorteil dabei ist, dass du den Partner und die Spiele exakt nach deinen Wünschen gestalten kannst. Alles ist möglich.«

Al rümpfte die Nase: »Aber das ist doch nicht dasselbe. Ich möchte meine Frau anfassen, riechen, schmecken.«

»Aber Al, wir sind im Jahr 2084. Das ist nicht wie ein Pornofilm von damals. Alle deine Sinne werden einbezogen, es ist wie echt. Nur brauchst du dich nachher nicht mit der Person auseinanderzusetzen. Du bestimmst, wann die Session zu Ende ist, du schaltest einfach ab.«

»Und weshalb will dann Mia …«

»Sie liebt das Exzentrische, Abenteuer und Ausflüge an den Rand der Legalität. Außerdem … scheint sie auf dich zu stehen.«

»Woher willst du das wissen?«

»Na, weil sie den Vorschlag gemacht hat. Normalerweise wird Sex in dieser Form nur noch von den Blue Works praktiziert. Bei den Konsumenten ist er verpönt, und in den höheren Schichten wird er höchstens mal als exotisches Abenteuer praktiziert. Aber wenn, dann muss der Partner stimmen.«

Al lachte: »Na, dann bin ich mal gespannt auf Mittwoch. Wie ist es mit dir, machst du mit?«

»Na klar, eine alte Schachtel wie ich darf sich doch diese Gelegenheit nicht entgehen lassen.«

Al schmunzelte. In mancherlei Hinsicht hatte sich Bea in all den Jahren nicht verändert.

Mittlerweile waren sie bei Beas Arbeitsplatz angelangt, sie übernahm von einer Betty, setzte sich auf deren Stuhl und ließ die Hände in den Tisch sinken. Auf der Säulenfläche erschien eine gigantische, lichtüberflutete Halle, in der Maschinen standen und Blue Works arbeiteten. Al stand hinter Bea und sah interessiert dem Geschehen zu.

»Das ist nun also eine Fabrik?«

Bea nickte.

»Was machst du?«

»Ich schaue zu.«

»Was siehst du?«

»Nichts, oder alles. Wie ich will.«

»Wie meinst du das?«

Bea lächelte. »Normalerweise interessiere ich mich nicht für solche Lappalien, aber dir zuliebe werde ich es demonstrieren. Bleiben wir beim Thema Sex. Nehmen wir an, dass ich aus irgendeinem Grund wissen muss, wer gerade daran denkt. Nun sieh!«

Ihre Finger bewegten sich leicht. Sofort färbten sich in der Fabrik Hunderte von Männern und Frauen rot. Al glaubte, seinen Augen nicht zu trauen. »So viele …«

Bea nickte. »Ich könnte die Gedanken jedes Einzelnen abrufen. Aber ich bin der Meinung, ein wenig Privatsphäre sollte man den Leuten lassen.«

So ging das also heutzutage. Al wurde klar, dass diese Welt, diese Entwicklung, die sie dank Furtwanger genommen hatte, die schlechteste war seit Menschengedenken. Man konnte in die Seele eines jeden Einzelnen sehen und ihm so auch noch den letzten Rest an Würde nehmen. Al graute.

»Bin ich hier auch verewigt?«

»Jeder, der einen Ring trägt.«

Al bat Bea, ihn selbst einzublenden. Umgehend sah er sich hinter Bea stehen.

»Nun schau in meine Gedanken.«

»Nein, Al, ich tue so etwas nicht, da bin ich konservativ.«

»Bea, ich bitte dich darum.«

Sie nickte: »Okay, okay, wie du willst.«

Ihre Fingerspitzen bewegten sich, sie wurde blass, ihre Lippen bebten.

»Du hast recht, Allan, es ist die Schlechteste. Aber du darfst solche Dinge nicht denken. Nicht, wenn du den Ring am Finger hast. Solche Gedanken werden mit dem Entzug des Ringes geahndet. Ich müsste das jetzt eigentlich vollstrecken.«

Al lachte und übergab Bea den Ring. Sofort verschwand sein Bild von der Leinwand.

»Da, nimm, ich bin ja nicht von ihm abhängig. Außerdem bin ich unsterblich, wie du weißt.«

»Fast«, entgegnete Bea.

Al nickte. »Nun bring mal Furtwanger, der wird ja wohl auch Gedanken haben. Finden wir heraus, ob er mich umbringen will.«

»Du bist verrückt, Al, so was übersteigt meine Kompetenzen. Man darf nie einen Höherstehenden beobachten.«

In Allan stieg Wut auf. Bea hatte resigniert. Obwohl sie genau wusste, was ablief, wehrte sie sich nicht dagegen. Sie hatte sich und ihre Prinzipien aufgegeben.

»Dann werde ich es tun«, schrie er sie an, verdrängte sie vom Stuhl und setzte sich an ihren Platz.

Zitternd legte sie ihre Hände auf seine Schultern und sagte: »Tu, was du nicht lassen kannst. Ich … ich habe meine Mutter verloren, weil sie zu aufmüpfig war.«

Al schämte sich seiner grobschlächtigen Art, gleichzeitig hatte Bea seine Wut gegen Furtwanger angestachelt. Er vergrub die Hände im Tisch und wünschte sich den Professor. Er erschien, am Schreibtisch sitzend, sein Journal führend.

»Was denkt er?«, schickte Al seinen Impuls los.

Der Professor hob den Kopf und sagte: »Das möchten Sie wohl gerne wissen, junger Freund. Beatrice, du kommst sofort in mein Büro. Al bleibt am Arbeitsplatz, und zwar in der Abteilung Blue Works.«

Al sah, wie der Professor den Ring auszog, dann verschwand das Bild.

»Ich habe dich gewarnt, Al. Nun tu, was der Professor gesagt hat, logge dich ein bei Softgen Technologies.«

Ängstlich sah sie ihn an. »Das wird wohl Konsequenzen haben, bis später.«

»Du denkst doch nicht …«

Aber Bea war bereits verschwunden.

Sollte er ihr folgen? War sie in Gefahr? Furtwanger würde nicht wagen, ihr etwas anzutun, nicht nach so vielen Jahren, in denen sie ihm treu gedient hatte. Er wollte nicht noch mehr Geschirr zerbrechen und blieb an seinem Platz. Vergeblich versuchte er, Furtwanger nochmals aufzurufen. Auch Bea erschien nicht. Er bekam die Meldung, dass diese Personen für ihn gesperrt seien. Also gehorchte er und überwachte die Arbeiter. Erst faszinierten ihn all die neuartigen Maschinen, dann die Menschen. Oder besser, sie erstaunten ihn. In diesen Werkhöfen herrschte eine große Überalterung. Aber diese Alten bewegten sich geschäftig und flink. Was hier produziert wurde, konnte Al in den zwei Stunden, in denen er in die Fläche starrte, allerdings nicht herausfinden. Plötzlich veränderten sich die Bewegungsabläufe. Die Blue Works verließen ihre Plätze, neue Leute strömten herein. Diemal ausnahmslos junge.

»Wird wohl nicht verboten sein, die Schicht auf ihrem

Nachhauseweg zu beobachten«, dachte er, des Maschinensaals überdrüssig, und verfolgte auf dem Bildschirm eine Gruppe der Blue Works auf ihrem Weg. Der führte nicht wie bei den anderen zur U-Bahn-Station, sondern aufwärts in die Zone der Konsumenten. Aufgeregt und mit geröteten Wangen steuerten die Alten auf ein Vehikel zu, das aussah wie ein überdimensionaler Sarg. Außer dass er nicht aus Holz war, sondern hellblau glänzte und die Leute spiegelte. Fröhlich plaudernd bestiegen diese Menschen das Fahrzeug und setzten sich in die Fauteuils. Al erinnerte die Szenerie an einen dieser früher üblichen kostenlosen Busausflüge, an dem vorwiegend ältere Leute mit allerlei Geschenken geködert und dann über den Tisch gezogen wurden.

Nun wurden Getränke gereicht, zwei Kellner trugen eine große Torte herein, auf der eine Unmenge Kerzen brannten, und die Blue Works sangen ein Happy Birthday. Schließlich schob sich ein Glasdach über die Maschine, sie flog los und landete nach kurzer Zeit in einer Wüste. Die Gäste stiegen aus und mit ihnen die zwei Piloten, die sich vor der Gruppe aufstellten. Im Gegensatz zu den Blauen waren sie braun gekleidet. Einer der Piloten wandte sich an die Passagiere: »Ihr seid heute hundertfünfzig Jahre alt geworden. Dazu gratulieren wir. Euer Dienst ist nun beendet, genießt den Lebensabend in diesem idyllischen Ferienparadies.«

Die Alten sahen sich etwas verdattert um, machten ein paar Schritte in der öden Umgebung und versammelten sich dann wieder.

»Wo gibt es denn hier Unterkunft und Verpflegung?«, fragte eine Frau scheu.

Der andere Pilot antwortete: »Gleich hinter der Düne dort. Den Ring dürft ihr behalten, wenn ihr wollt.«

Damit bestiegen die Piloten das Gefährt und flogen

zurück. Die rund zwanzig »Geburtstagskinder« standen ratlos im heißen Sand. Bald darauf machten sie sich auf den Weg zur Düne, um das Hotel zu suchen. Nach einem halbstündigem Marsch erreichten sie den Kamm und sahen – nichts als Wüste.

Gebannt starrte Al auf den Bildschirm. Ihm war völlig klar, was hier ablief. Diese Menschen hatten ihr Pensum absolviert, auf den Tag genau hundertfünfzig Jahre. Nun wurden sie ausgesetzt in der Wüste, um dort elendiglich zu krepieren. Aus, amen.

Allans Hände zitterten. Der Bildschirm spielte verrückt und wechselte stroboskopartig die Szenen. Schnell zog Al die Hände aus der Vertiefung und steckte sie zwischen die Schenkel. Unvermittelt spürte er eine Hand auf seiner Wange. Bea stand mit glücklichem Gesicht hinter ihm.

»Was sitzt du denn da wie ein begossener Pudel, es ist alles gut gegangen. Er …«, sie errötete, »hat mir lediglich gestanden, dass er ein wenig eifersüchtig ist. Auf dich. Aber er hat Verständnis dafür. Er erwartet dich am Freitag pünktlich und ist gespannt auf das Meeting. Am Schluss haben wir noch Champagner getrunken. Nein, Al, du tust dem Professor unrecht mit deinen negativen Gedanken.«

Er drehte sich zu ihr um und sah sie zornig an: »Was ich eben gesehen habe, ist grausam – und es ist auf seinem Mist gewachsen.«

»Was denn?«, fragte Bea, aber in diesem Moment kam die Ablösung und unterbrach das Gespräch. Es war Feierabend.

Kurz danach saßen sie zu Hause. Al öffnete eine Flasche Champagner – ohne besonderen Analss, er wollte dem Professor einfach in nichts nachstehen.

Dann erzählte er Bea, was er gesehen hatte.

Sie nickte: »Ja, so ist das nun mal in unserer Zeit. Du

hast hundertfünfzig Jahre, nicht mehr und nicht weniger.«

Das konnte Al so nicht stehen lassen. Er drängte Bea, Einsicht in die Laborjournale von Furtwanger zu nehmen. Irgendwie müsse das doch zu bewerkstelligen sein. Bea versuchte, es ihm auszureden und beteuerte noch einmal, dass das ein Ding der Unmöglichkeit sei. Uneinig und mürrisch gingen sie zu Bett. Die Stimmung war gereizt.

Auch am Morgen sprachen sie kaum ein Wort miteinander. Schweigend fuhren sie gemeinsam zu den Lollipop Towers, wo Furtwanger Allan zur nächsten Konsultation erwartete.

Ziemlich geladen betrat Al das Büro des Professors. Er hatte keine Angst vor ihm, schließlich stand er auf derselben Stufe. Er musste lediglich vermeiden, dass der Despot ihn umbrachte.

Kaum hatte ihn der Professor begrüßt, fragte er unwirsch: »Weshalb haben Sie mich eigentlich nicht abhängig gemacht? Ich meine, ich esse doch das Salz auch, weshalb wirkt es bei mir nicht?«

Der Professor hob die Hände. »Nicht so stürmisch, Allan, setzen Sie sich doch erst einmal. Kommen Sie, ich möchte Sie untersuchen, machen Sie sich frei.«

Damit hatte er Al den Wind aus den Segeln genommen. Widerstrebend nahm er auf der Untersuchungsliege Platz, der Professor hörte seine Herztöne ab, maß den Puls und griff ihm an die Hoden.

»Alles bestens, Sie können sich wieder anziehen.«

Während Al die Hosen heraufzog, beantwortete Furtwanger seine vorhin gestellte Frage. »Sie essen massenweise von dem Salz, wie jeder hier, das stimmt. Aber Sie und ich, wir sprechen nicht darauf an. Wir haben dank unserer Besonderheit ein paar Privilegien.«

»Und wie viel verträgt man?«

»Der Wirkstoff verflüchtigt sich, er muss stets erneuert werden. Es besteht also keinerlei Gefahr einer Überdosis.« Der Professor lachte: »Sie können getrost so viele Salzgurken essen, wie Sie mögen.« Sofort wurde er wieder ernst: »So, nun sind Sie im Bild, und sagen Sie nicht, dass ich Ihre Fragen nicht immer offen und zu Ihrer Zufriedenheit beantwortet habe.«

Al runzelte die Stirn: »Das heißt, wenn jemand ohne Salz lebt, ebbt die Wirkung ab?«

»Korrekt«, nickte der Professor. »Nach etwa zwei Wochen.«

»Auf so tönernen Beinen steht also Ihre Macht …«

Der Professor lächelte: »Erstens ist es nicht *meine* Macht, und zweitens … Sie haben doch heute die Geburtstagskinder beobachtet. Nun, sie werden ohne Salz leben. Aber nur ein paar Tage. Dann sind sie verdurstet und verhungert. Und so ergeht es jedem. Versuchen Sie mal, sich ohne Salz zu ernähren. Es ist überall drin.«

Sie saßen sich gegenüber am Schreibtisch. Der Professor bot Al eine Zigarre an.

»Eine echte, aus alter Zeit. Manchmal gönne ich mir den Qualm.« Sie rauchten andächtig, dann sagte der Professor: »Sonst noch Fragen?«

»Ja. Wollen Sie mich umbringen?«

Auch diese direkte Frage schien Furtwanger nicht aus der Fassung zu bringen.

»Ich werde Ihnen etwas zeigen«, sagte er, und auf ein Stirnrunzeln hin öffnete sich die Tür. Drei Männer betraten den Raum: zwei hochgewachsene, in einen braunen Overall gekleidet, in ihrer Mitte ein Eingeborener im Lendenschurz.

»So einen wollten Sie doch schon lange sehen, einen unserer Gleichgestellten, einen ewig Lebenden. Ich werde ihm heute ein großes Geschenk machen.«

Während Furtwanger seinen Safe öffnete und ihm

eine Spritze entnahm, wurde der Eingeborene zu seinem Schreibtisch geführt. Al warf einen Blick in den immer noch offen stehenden Safe. Sein Herz pochte: Er sah einen Stapel Laborjournale darin liegen.

Der Eingeborene saß inzwischen mit ausgestrecktem Arm und seligem Gesichtsausdruck da und wartete auf sein Ende. Furtwanger setzte die Injektion kurz und professionell.

»Danke«, waren die letzten Worte des vom Leben Befreiten, dann sank er in sich zusammen.

»Gern geschehen«, sagte Furtwanger und wandte sich an Al: »Es kann als Injektion verabreicht werden, als Pulver in einem Drink, oder« – er schmunzelte – »auf einen Pudding gestreut.«

Der Tote wurde hinausgeschleppt, Furtwanger saß lässig auf der Tischplatte, Al starrte verstört in den Raum.

»Sehen Sie, junger Freund, deshalb kann ich Ihre Frage nicht schlüssig beantworten. Wann wollen wir, wann sollen wir abtreten? Seien Sie versichert, ich werde Ihnen bei der Suche nach dem rechten Moment behilflich sein. Gibt es noch weitere Fragen?«

»Wie alt sind diese Eingeborenen?«

Der Professor wiegte den Kopf. »Nun, aufgrund ihres Körperbaus könnten sie zehntausend Lenze auf dem Buckel haben. Vielleicht auch mehr. Wir wissen es nicht genau.«

Al schauderte. Zehntausend Jahre oder mehr … Vor seinem geistigen Auge sah er sich und Furtwanger, allein in einer ausgestorbenen, kalten Welt aus Eis.

Nachdenklich fuhr er nach Hause und verbrachte den Rest des Tages grübelnd auf dem Sofa. Vergeblich versuchte er, sich in den zeitlosen Zustand seines Kristallzimmers zu versetzen. Erst als er Beas Schritte im Korridor hörte, schrak er auf. Sie betrat das Wohnzimmer mit einem versöhnlichen Lächeln. Al war froh. Sie war der einzige Mensch in dieser unseligen Zeit, dem er vertrauen konnte, der ihm Wärme gab.

»Ich werde schnell duschen, und dann essen wir was Feines«, sagte sie und wollte ins Bad verschwinden. Al hielt sie zurück und nahm sie in die Arme.

»Ich brauche dich, Bea«, sagte er.

»Ich dich auch, Allan, ich dich doch auch.« Sie drückte sich an ihn und huschte dann doch an ihm vorbei: »Fast mehr als die Dusche, aber nur fast.«

Danach saßen sie bei Tisch, aßen, stießen an und genossen die wiedergefundene Harmonie.

»Ich habe heute die Laborjournale von Furtwanger gesehen, im Tresor, als er ihn geöffnet hat«, sagte Al.

Bea seufzte. »Ich dachte, das Thema sei abgehakt.«

»Ich habe Blut geleckt.«

Bea wurde ungehalten. »Dann frag ihn doch einfach, ob er sie dir mal ausleiht.«

»Verzeih«, sagte Allan. Von nun an sprachen sie nicht mehr über die Sache.

Am Mittwoch kam Beatrice früh von der Arbeit nach Hause, sie wollte sich in Ruhe für den bevorstehenden Besuch bei Mia zurechtmachen. Auch Allan musste herhalten: Sie zwang ihm einen Tanga auf und umhüllte ihn mit einem weinroten »Mao-Mantel« mit steifem Kragen, dessen letzter Knopf beim Bauchnabel saß und ansonsten weit ausgeschnitten war. Al fand das Outfit ziemlich lächerlich, akzeptierte es aber Bea zuliebe. Außerdem musste man schließlich mit der Zeit gehen. Während Bea vor dem Kleiderschrank stand, rauchte er auf der Terrasse eine Zigarette. Eine echte. Die Wirtin ihres kleinen Lokals namens »Al Capone« verkaufte sie unter dem Ladentisch. Aber sie nahm kein Geld. Im Gegenteil. Sie zahlte jeden Kauf mit Bugs. Die Schulden, die sie bei ihr noch hatten, vergaß die Wirtin geflissentlich.

»Ich bin ferig«, rief ihm Bea zu. Er drehte sich zu ihr um und konnte ein Lachen nicht unterdrücken. In eine Klarsichtfolie gehüllt, war sie ähnlich »verpackt« wie er selbst bei seinem Aufwachen. Darunter trug sie nichts. Sie hatte sich lediglich einen Bikini aufgemalt – passend zu seinem Mantel, in Weinrot.

»Und so gehen wir auf die Straße, ist das nicht etwas zu auffällig?«

»So gehen doch alle, Mann. Wenn hier jemand auffällt, dann du mit deinen antiquierten Jeans.«

Sie kippten einen Flip Kick Libido hinunter und machten sich auf den Weg.

Bald darauf landeten sie bei Mia. Sie lebte in einem Haus am Strand, das von außen zwar aussah wie eine durchlöcherte Schuhschachtel, im Inneren jedoch recht gemütlich war. Mia stellte ihren Freund Body vor. Er entsprach ziemlich seinem Namen und war ähnlich angezogen wie Al. Lediglich in der Farbe unterschied sich ihr Outfit. Bodys Mantel war blau, sein Tanga weiß. Entsprechend erschien Mia im weiß-blauen Negligé. Darunter nicht bemalt und äußerst sexy.

»Wow«, kreischte Mia, »ihr seht echt geil aus.«

Bei lauter Musik setzten sie sich zusammen auf die Kissen am Boden und ließen einen Drink anschweben. Der Small Talk war nebensächlich, der Kick Libido wirkte, Allans Augen hingen an Mia. Ein virtuelles, pneumatisches Girl brachte rote Würste und Brot. Ihr Dekolleté bot tiefen Einblick, als sie Al den Teller reichte. Sie aßen und plauderten. Letzteres vor allem die Frauen. Über die Arbeit natürlich. Body war nicht sehr gesprächig, nickte ab und zu und brummte.

Nach dem Essen stand Mia auf und tanzte zum Kühlschrank. Sie kam mit einer Flasche Champagner zurück und entkorkte sie im Stehen.

»Na, wie wärs mit einem Spielchen?«

»Oh yeah«, grummelte Body.

»Wie funktioniert das denn?«, fragte Al.

Während Mia einschenkte, sagte sie: »Wir spielen Poker um die Kleidungsstücke.«

»Oh yeah«, grummelte Body wieder.

»Aber wir haben doch eh fast nichts an«, wandte Allan ein und löste damit schallendes Gelächter aus.

»Na, dann sind wir umso schneller am Ziel«, brachte Mia heraus, die sich kaum erholen konnte.

Also spielte man um die Kleider und bald waren alle nackt.

Es war ein verrückter Abend. Ein flotter Vierer, völlig neu für Al. Prickelnd. Ansonsten nichts Besonderes, nichts, das wirklich unter die Haut ging.

Außer der letzte Akt, beim Abschied, morgens um vier. Mia hatte bereits schläfrige Augen, als Al und Beatrice sich erhoben. Da zog Mia Al noch einmal zu sich herunter, gab ihm einen Kuss und flüsterte ihm zu: »In seinem Schreibtisch, in der untersten linken Schublade, liegt ein braunes Lederbuch. Völlig unverschlossen.«

Al war perplex. »Was willst du damit sagen?«

Mia sah ihn vielsagend an: »Das solltest du nun langsam wissen, Al, man rumort in unserer Position halt ein bisschen in den Gedanken des anderen umher.«

Al schluckte leer. »Und … was steht in dem Buch?«

»Es ist das erste Journal des Professors, zumindest das älteste, das existiert. Geht nun, mehr weiß ich nicht.« Sie lachte breit. »War ein toller Abend, bis auf ein anderes Mal.«

Al konnte auf dem Nachhauseflug kaum ruhig sitzen. Dieses Journal, unverschlossen, bereit, von ihm gelesen zu werden. Aber er wagte nicht, mit Bea darüber zu sprechen. Das Thema war ja abgehakt – obwohl: Nun war ja eine neue Komponente dazugekommen. Ohne Ring hatte er Zugriff zu diesem Dokument, er könnte einfach reinspazieren und es aus dem Schreibtisch nehmen.

Noch lange wälzte er sich unruhig mit diesen Gedanken im Bett, doch schließlich wurde es Bea zu bunt. Sie machte Licht, drehte ihn zu sich und sah ihn an. »Du willst es stehlen, nicht wahr?«

Er nickte.

»Und wie willst du in Furtwangers Büro kommen?«

»Hast du den Ring am Finger?«, fragte er besorgt.

Sie zog ihn aus.

»Wenn du mit ihm am Kongress in Beatlestone City bist.«

»Du spinnst.«

»Er noch mehr.«

Sie atmete tief durch. »Okay, ich werde ganz einfach nicht daran denken, wenn ich dort bin. Ich darf nicht daran denken, verstehst du?«

Er nickte. »Dann vergiss es sofort wieder, lass uns schlafen.«

Drei Wochen später reiste Furtwanger mit Beatrice nach England zum Kongress von Beatlestone City, ehemals London.

Al hatte die beiden verabschiedet und ihnen eine gute Reise gewünscht.

Dann schlenderte er zu Fuß zum Lollipop Tower. Er betrat das Control Center und hoffte, Mia anzutreffen. Er hatte Glück. Sie saß an ihrem Arbeitsplatz, ihre Hände vibrierten. Al ging zu ihr und sprach sie an: »Mia, zeigst du mir das Buch?«

Erschrocken zog sie ihre Hände aus der Mulde.

»Geht es dir nicht gut? Das ist strengstens verboten.«

»Aber du hast mir doch selbst den Tipp gegeben.«

Sie schlug die Lider nieder. »Ich möchte damit weiter nichts zu tun haben.«

»Mia, bitte hilf mir, ich weiß, dass du es kannst.«

Sie seufzte und stand auf. »Na gut, komm. Es könnte uns das Leben kosten, aber das scheint dir egal zu sein.«

»Es ist mir egal«, sagte er lakonisch. Mia tat ihm leid, schließlich brachte er ihr Leben in Gefahr. Dass er unsterblich war, wusste sie wohl nicht.

Über viele Lifte gelangten sie zum Büro des Professors; endlich standen sie vor der Tür. Sie sahen sich um. Weit und breit war kein Mensch zu sehen.

Al drückte auf die Klinke. Die Tür war verriegelt. Durchlässig war sie auch nicht.

»Kannst du sie öffnen?«, fragte er.

Mia rieb ihren Po am Eichenholz. Kurz darauf sprang die Tür auf.

Al machte große Augen. »Wie hast du das gemacht?«

»Na los, geh rein, beeile dich, dort, in der linken unteren Schublade liegt es.«

Al betrat den Raum, der im Dämmerlicht lag. Als er die Schublade öffnete, pochte sein Herz bis zum Hals. Da lag das Buch! Es musste schon sehr alt sein. Das braune Leder war verschlissen, das Band mit dem Schloss hing lose, halb abgerissen herunter. Al hob es behutsam aus der Schublade, betrachtete es von allen Seiten, blätterte darin. »Beeile dich«, wiederholte Mia, die draußen Wache hielt. Al zog seinen Ring aus der Tasche und scannte das Buch ein. Dann legte er es zurück in den Schreibtisch und verließ das Büro.

»Na, ist das nicht prima gelaufen?«, sagte er auf dem Rückweg zu Mia, stolz über seinen gelungenen Coup.

Sie lächelte: »Ich hoffe …«

Al begleitete Mia zu ihrem Arbeitsplatz zurück. »Mia, warum wusstest du von dem Buch, warum kannst du mit deinem Hintern diese Tür öffnen?«

Etwas verlegen antwortete sie: »Nun, ab und zu braucht der Professor etwas Abwechslung. Und die bin ich. Am liebsten treibt er es im Büro. Und er verlangt, dass ich die Tür auf diese Weise öffne. Scheinbar regt ihn das an. Einmal musste ich mich mit gespreizten Beinen auf die offene Schublade setzen. Da hab ich's gesehen und hab ihn danach gefragt.«

»Wie kommt es, dass er dir so viel Vertrauen schenkt?«

Mia lächelte: »Alle Welt denkt, ich sei, na ja, nicht gerade die Hellste, und deshalb unbedarft. Und das ist gut so.«

Allan beeilte sich, nach Hause zu kommen. Er legte den Ring so weit wie möglich von sich weg und setzte sich auf das Sofa. Er war aufgeregt. Hoffentlich hatte ihn Bea nicht mit einem falschen Gedanken verraten. Es reizte ihn, den Ring mit den Scans zu holen und das Geheimnis um diesen Mann endlich zu ergründen. Das Einzige, was er im Halbdunkel des Büros gelesen hatte, war das Datum des 27. April 1945 mit dem Titel: »Die Expedition Mantodea ist erfolgreich beendet.«

Er wusste nicht, was das bedeuten sollte, und konnte es kaum erwarten, mehr über diese Expedition zu erfahren. Aber er wollte auf Beatrice warten, wollte nicht erreichbar sein, bis sie zurück war. Und das bedeutete Ring-Abstinenz. Aller Bequemlichkeiten beraubt, die der Ring bot, bewegte er sich selbst in die Küche und holte einen Tranqui Kick.

Trotz des beruhigenden Getränks konnte er lange nicht schlafen. Sehnsüchtig erwartete er Beas Rückkehr.

Um zwei Uhr nachmittags wehte sie im dunklen Deux-pièces herein und weckte ihn mit einer Tasse Kaffee und den Worten: »Oh Al, es war schrecklich. Nicht an dich zu denken, nicht an die Gefahr, in die du dich begibst. Ich konnte ja meinen Ring nicht ständig in der Tasche tragen. Es war ein echter Kraftakt.«

Er lächelte sie verschlafen an: »Na, nun übertreib mal nicht, ich bin ja noch am Leben.«

»Wie ist es gelaufen?«

Al schlürfte Kaffee. Spitzbübisch sah er sie an: »Gut, ich hab es hier, komm, schauen wir es an.«

Bea machte große Augen: »Das Original?«

»Natürlich nicht, ich hab's gescannt.«

Bea schlug sich an die Stirn. »Bist du wahnsinnig? Da hättest du Furtwanger gleich direkt danach fragen können. Du weißt doch, dass ihm nichts verborgen bleibt, was auf dem Chip ist.«

»Was hätte ich denn tun sollen? Den Schinken mitnehmen? Bea, ich habe den Ring seitdem nicht mehr berührt, komm, schauen wir rein, bevor es zu spät ist.« Er atmete tief durch. »Furtwanger wird es so oder so herausfinden. Aber das ist mir egal.«

In Unterhose ging er zur Küche und holte den Ring aus der Schublade, setzte sich neben Bea, die ihren Ring abgelegt hatte, auf die Bettkante und ließ das virtuelle Buch erscheinen. Es lag auf dem Teppich, alt und abgewetzt, nicht zu unterscheiden vom Original. Al hob es auf, legte es zwischen sein Bein und das von Bea und schlug es auf. Eine Stunde saßen sie so da, lasen und gerieten mit jedem Satz mehr aus der Fassung.

Vieles hätte Allan dem Professor zugetraut. Aber was sie hier erfuhren, das war so ungeheuerlich, dass sie nie im Traum daran gedacht hätten: Furtwanger plante nichts Geringeres als die Wiederherstellung des Dritten Reiches inklusive seines grausamen Herrschers. Das Buch beschrieb die Suche nach der unsterblichen Gottesanbeterin, die schließlich auch gefunden wurde. Es beschrieb die Ermordung der gesamten Crew und es beschrieb, wie aus einem einzigen kleinen Organ von Hitler, seinem Ohr, der ganze Mensch wiederhergestellt wurde. Den millionenfachen Mörder, der nun irgendwo ruhte, um auferweckt zu werden.

So wie Allan, der das letzte »Versuchstier« gewesen war, nach all den Schweinen und Ratten. *Er* hatte dem Professor den Beweis geliefert, dass die Wiederbelebung funktionierte. Das hieß, dass der Moment der Vollendung von Furtwangers Plänen kurz bevorstand. Und damit das Ende der letzten Hoffnung auf eine lebenswerte Welt.

Der Schlussabschnitt im Buch lautete wie folgt: »Ich verlasse nun diesen Ort. Aber nicht als Verlierer. Niemals werde ich aufgeben. Egal wie lange es dauert. Mein Führer wird auferstehen, ich werde ihm eine Gesellschaft erschaffen, wie *er* sie erschaffen hätte. Auf immer wird er mit seiner großen Weisheit das Reich führen. Ja, er wird Gott sein. Und ich sein demütiger Diener in alle Ewigkeit. Es tut mir leid um meinen Adjutanten Karl. Er ist so jung, so dienstbeflissen. Aber es darf keine Mitwisser geben, der große Plan darf in keinerlei Weise gefährdet sein. In tiefer Trauer verlasse ich meinen Führer, mit Freude werde ich dereinst zurückkehren, das schwöre ich.«

Allan klappte das Buch zu und warf es auf den Boden, wo es sich sofort auflöste. Dann löschte er die Daten vom Ring.

Lange saßen sie da und schwiegen, sprachlos ob all der Ungeheuerlichkeiten, die sie eben gelesen hatten.

Endlich sagte Beatrice: »Du meinst, er wird diesen Despoten, diesen …«

Al nickte.

Bea zitterte. »Der Professor ist ein Monstrum. Wie konnte ich nur so lange bei ihm sein, wie konnte ich mit diesem Mann schlafen? Nie habe ich etwas gemerkt. Al, ich habe Angst, was sollen wir nur tun?«

»Erst mal ausgiebig essen. Komm, ich lade dich ein.«

Bald darauf saßen sie im Al Capone, ihrem kleinen, schmuddeligen Stammlokal, wo zwar die Küche nicht vom Feinsten war, sie sich aber ungestört unterhalten konnten. Ihre Ringe hatten sie zu Hause gelassen.

Sie stocherte in der Suppe, während Al mit Appetit aß.

»Mann, du hast aber die Ruhe weg. Soeben haben wir erfahren, dass sich die Welt in größter Gefahr befindet, unser Leben keinen Pfifferling mehr wert ist, und du sitzt da und lässt es dir schmecken.«

»Ich hatte achtzig Jahre Zeit, die Ruhe zu lernen. Bis vor Kurzem noch lebte ich in einer völlig anderen Welt, in einer, die nach wie vor verborgen in uns allen steckt. Von dieser hektischen, schlechten Welt, die schon früher in Gefahr war, habe ich mich bereits einmal verabschiedet. Im Grunde könnte es mir egal sein, was mit ihr geschieht.« Er dachte nach. »Und trotzdem ist es das nicht. Ich empfinde zu viel Liebe zu all diesen bedauernswerten Kreaturen, zu viel Liebe auch zu dir. Ich möchte … noch eine Weile mit dir zusammen sein.«

Bea seufzte: »Ja, das möchte ich auch. Aber wer weiß, wie lange noch …«

Al schlug mit der flachen Hand auf den Tisch, dass die Teller klapperten und Anna erschreckt aus der Küche gerannt kam.

»Ich werde diesem perversen, kranken Psychopathen das Handwerk legen, und wenn es das Letzte ist, was ich in meinem Leben tue.«

»Wie willst du das anstellen?«

Al zuckte die Achseln und sagte kleinlaut: »Ich weiß es nicht.«

Mit ihrem Latein am Ende, sprachen sie danach nicht mehr viel und schlenderten bald zu Fuß nach Hause. Etwas frische Luft würde ihnen guttun.

In den nächsten Tagen passierte nichts Außergewöhnliches. Bea ging ihrer Arbeit nach, der Professor verhielt sich wie immer. Es schien, als ob er Allans Einblick in sein Logbuch nicht bemerkt hätte.

Bis der Freitag kam. Der Tag der Konsultation. Der Professor hatte Bea gebeten, diesmal dabei zu sein. Das verwunderte sie, pflegte doch der Professor die Sitzungen stets allein abzuhalten.

Wie angeordnet betraten sie um 18 Uhr den Praxisraum von Furtwanger. Auf dem Schreibtisch lag das Logbuch. Bea wurde blass.

Der Professor lächelte. »Setzt euch.« Er bot Allan eine Zigarette an und bestellte Whisky. Dann hob er sein Glas: »Heute wollen wir anstoßen, heute ist ein besonderer Tag.«

Er trank einen Schluck, nahm das Buch und streckte es Allan zu: »Nur zu, junger Freund, wollen Sie mal reinschauen?«

Allan war ein schlechter Lügner: »Was ist das?«

»Na, kommen Sie, lassen wir die Spielchen. Ihr beide habt es gelesen und kennt nun mein süßes Geheimnis.«

»Na und, was ist schon dabei? Sie ließen es ja offen herumliegen.« Al ging in die Offensive, während Bea wie gelähmt im Stuhl saß.

Furtwanger legte das Buch zur Seite: »Aber nein, ich wollte damit nur zeigen, dass Sie jederzeit Einblick hätten haben können. Wieso haben Sie mich nicht einfach danach gefragt?« Er lächelte verschmitzt: »Aber feiern wollen wir etwas anderes: Die Befreiung des letzten Eingeborenen.«

Er schnippte mit dem Finger, zwei braun gekleidete Typen brachten den Mann herein und es spielte sich die gleiche Szene wie letztes Mal ab. Mit einer kleinen Ausnahme: Der Professor nahm statt einer diesmal zwei der Spritzen aus dem Safe. Gnädig verabreichte er dem Mann seine Dosis, der kurz darauf leblos und endlich von seinem Schicksal erlöst, hinausgeschleift wurde.

»Ich habe doch versprochen«, sagte Furtwanger zu Al, »Ihnen bei der Suche nach dem richtigen Zeitpunkt zu helfen. Der Zeitpunkt ist jetzt da.«

»Der Zeitpunkt wozu?«

Der Professor wandte sich an Bea: »Du wirst die Einzige Lebende sein, die meine Aufzeichnungen gelesen hat.« Und leise fügte er hinzu: »Die einzige Überlebende, meine ich. Hüte die Information wie deinen Augapfel, sonst gnade dir Gott.«

Er nahm die Spritze und ging auf Allan zu: »Kommen Sie, Allan, es ist Zeit, Sie haben genug gelebt.«

Al wich zurück. Die zwei Braunen von vorhin stürmten wieder herein und wollten ihn festhalten. Er entwand sich ihnen und sprang durchs geschlossene Fenster aus dem zweihundertsten Stockwerk des Lollipop Towers. Mit einem Schrei sprang Bea auf und rannte zu der geborstenen Scheibe. Furtwanger hielt sie an der Schulter zurück. Die Braunen verschwanden.

»Beatrice, mach dir keine Hoffnungen, ich werde ihn erwischen.«

Bea sah ihn entgeistert an: »Was heißt hier erwischen? Er ist tot!«

Furtwanger hielt ihr die Hände. »Hast du denn immer noch nicht begriffen? Da, schau runter.«

Auf der Straße war ein roter Fleck erkennbar – Allans Überreste.

»Sieh genau hin«, sagte Furtwanger und zoomte mittels seines Ringes den roten Fleck heran, sodass Bea aus nächster Nähe Zeugin dieses Wunders wurde, das sich eben auf der Straße ereignete. Eine Menschenmenge hatte sich um Allan geschart, der mit voller Wucht auf den Beton geknallt war und bis zur Unkenntlichkeit entstellt im eigenen Blut lag. Von Weitem hörte man eine Sirene. In den Gesichtern der Gaffer spiegelte sich blankes Entsetzen – doch dann wandelte sich dieses Entsetzen in maßloses Staunen: Der Körper, der hier zerschmettert am Boden lag, wuchs zusammen, formierte sich zu neuem

Leben. Al erhob sich, wischte den Staub von der zerrissenen, blutverschmierten Hose und verließ die perplexe Menge eilenden Schrittes.

»Du kannst jetzt gehen«, sagte der Professor zu Beatrice. »Und richte ihm aus, dass ich ihn finden werde.«

Orientierungslos streifte Bea durch die regnerischen, dunklen Straßen. Sie war wie betäubt, konnte kaum denken, spürte weder die triefenden Haare noch die durchnässten Kleider. Plötzlich trat Al aus einer Seitengasse. Wortlos umarmten sie sich heftig.

»Wie soll es weitergehen, Beatrice, wie bringen wir ihn zur Strecke?«

Bea senkte den Kopf: »Ich weiß es nicht.«

»Wir müssen ihn töten, das ist der einzige Weg, diese Katastrophe zu beenden.«

Wutentbrannt zog er den Ring vom Finger und wollte ihn wegwerfen. »Dieses verfluchte Ding, es ist schlimmer als alle Atombomben der Welt zusammen.«

Bea kam ihm zuvor, schnappte den Ring und steckte ihn ein.

»Ich werde ihn für dich aufbewahren. Allan, du musst fliehen.«

»Ich muss hierbleiben und ihn aus dem Weg räumen.«

Bea flehte Al an: »Hör auf mit diesen Fantasien, rette dich, flieh! Er ist ganz einfach zu mächtig.«

Er lachte resigniert. »Wohin denn, und womit?«

Sie wagten nicht, nach Hause zu gehen. Bea orderte einen Fast Ball, eine runde zweisitzige Kugel, mit der sie zu Mia rollten und unangemeldet anklopften.

»Hab mir schon gedacht, euch bald zu sehen«, sagte Mia und bat die beiden herein.

»Und kein Wort über das Geschehene in Bodys Anwesenheit.«

Body saß im Wohnzimmer, in ein virtuelles Game vertieft. Als er die Gäste sah, stand er erfreut auf. »Oh hallo, ein Spielchen gefällig?«

Mit dem Vorwand, eine Flasche echten Rum für den ultimativen Kick zu besorgen, schickte Mia ihn fort.

Body machte sich beflissen auf den Weg.

»So, nun können wir reden, setzt euch«, sage Mia.

Bea erzählte, was sie in dem Buch gelesen hatten, dass Allan in Gefahr schwebe und fliehen müsse. Sie bat Mia um Hilfe.

»Wohin möchtest du denn gehen?«, fragte Mia.

Ohne zu überlegen, antwortete Al: »In die Schweiz. Wenn ich schon Furtwanger nicht beseitigen kann, muss ich Hitler suchen. Ich werde ihn in ein Fass stecken und als Atommüll entsorgen. Oder sonst irgendwo, wo ihn niemand mehr findet.«

Mia überlegte. »Es geht täglich ein Frachtflugzeug nach Street Parade City, vielleicht können wir dich dort einschmuggeln.«

»Street Parade City?«, fragte Al.

»Früher Zürich«, klärte Bea ihn auf.

»Gehen wir, sofort«, bat Bea.

Unter der Tür stießen sie fast mit Body zusammen, der triumphierend eine Flasche Rum in die Höhe streckte.

Mia drückte ihm einen flüchtigen Kuss auf die Stirn. »Wir müssen dringend weg, trink schon mal einen.«

Verdutzt sah er ihnen nach, wie sie die Treppe zur Metrostation hinunterstiegen. Wenn sie überwacht würden, könnten sie hier, im Gedränge der Blue Works, bestimmt am unauffälligsten zum Frachtflughafen gelangen.

Sie befahlen drei Blue Works, die Kleider mit ihnen zu tauschen. Freudig kamen die Arbeiter dieser Aufforderung nach, außer dem, der Allans blutige, zerrissene Hose bekam. So getarnt bestiegen sie den Zug. Nach einer halben Stunde waren sie am Ziel und verließen die

U-Bahn im Strom Hunderter Blue Works, die am Flughafen arbeiteten. Die Anlage war in weißes Licht getaucht und hatte nichts gemein mit den Flughäfen aus Allans Zeit. Sie durchschritten ein riesiges Tor, dessen Architektur Al an den Arc de Triomphe erinnerte. Kurze, blau schimmernde Säulen unterbrachen den Durchgang. Die Blue Works berührten sie mit ihren Ringen und konnten so passieren. Ebenso Beatrice und Mia. Da Allan keinen Ring hatte, wollte er ohne Identifikation durchgehen – bis ihn ein heftiger Stromstoß durchzuckte. Wie angewurzelt blieb er stehen. Seine Füße klebten am Boden, es war ihm nicht möglich, auch nur einen Schritt zu tun.

»Bitte treten Sie zurück und identifizieren Sie sich«, tönte eine Stimme aus der Säule.

»Da, nimm.« Bea stecke ihm seinen Ring auf den Finger. »In den Blue-Work-Control-Abteilungen wird man vermutlich nicht nach dir fahnden.«

Er ging zurück, berührte das Panel und kam ungehindert und durch. Sie gelangten auf einen weiten Platz, der dem Tor vorgelagert war. Dort standen in Reih und Glied Dutzende lang gezogene Aluminiumbauten – alle mit einer gut sichtbaren Zahl beschriftet – in die die Blue Works strömten. Hinter dem Platz breitete sich eine etwa zwei Kilometer große kreisförmige Wiese aus, auf der eine Art Lastwagen standen. Sie hatten keine Räder, dafür aber gigantische Ausmaße. Ein Öltanker hätte problemlos darin Platz gefunden. Um die Wiese herum waren noch größere Gebäude in Form von Halbkugeln gruppiert. Sie bestanden aus braun getöntem Glas, in dem sich wegen des anhaltenden Regens das Flutlicht in allen Farben reflektierte. Einer der »Lastwagen« stieg lautlos senkrecht hoch, bis er nur noch als Punkt zu sehen war, und zischte dann im rechten Winkel davon.

»Das sind also die Frachtflugzeuge«, staunte Al. »Geräumig sind sie ja, aber besonders gemütlich wird die Reise darin wohl trotzdem nicht werden.«

Er steckte den Ring in die Tasche und sagte zu Bea: »Gut, dass du ihn behalten hast, ich nehme ihn vielleicht doch besser mit.«

Sie lächelte.

Etwas ratlos standen sie da. Mia fragte: »Habe ich das nun recht verstanden? Außer dieser Todesspritze von Furtwanger kann dir nichts etwas anhaben?«

Eifrig nickte Bea. »Du hättest ihn nach seinem Sprung aus dem Fenster sehen sollen. Ein Kuhfladen ist ästhetischer.«

»Okay«, nickte Mia. Sie zeigte auf ein Gebäude in der Ferne. »Da müssen wir hin, wir nehmen Halle 32.«

Sie traten in einen fensterlosen, düsteren Transporter und setzten sich auf die Aluminiumbank neben die schweigenden Arbeiter. Es roch nach Schweiß und Knoblauch.

»Woher weißt du das alles?«, staunte Al.

»Ich arbeitete schon lange Zeit im Blue Production Control Center, Schätzchen.«

»Natürlich«, brummte Al.

Mia zog ihren Ring aus, rückte etwas näher zu Al und sagte mit gedämpfter Stimme: »Da ist noch etwas, was du wissen solltest, Al: Bei einer Reise in die Schweiz ist mir ein seltsamer, etwas verlauster Kauz begegnet. Sofort ist mir aufgefallen, dass er keinen Ring trug, aber trotzdem zufrieden auf einer Parkbank saß und in die Sonne blinzelte. Neugierig wie ich bin, setzte ich mich neben ihn und begann, belanglos mit ihm zu schäkern. Er stellte sich als Goofy vor. Als ich ihn auf seinen Ring ansprach, wurde er sofort misstrauisch, verabschiedete sich in aller Eile und verschwand. Vielleicht solltest du ihn suchen …«

Dann schwieg auch sie, das Gefährt setzte sich in Bewegung, Mia streifte sich den Ring wieder über.

Sie waren froh, nach zehn Minuten dem Gestank und

dem Gedränge zu entkommen. Zusammen mit den anderen Arbeitern betraten sie die Frachthalle 32. Darin stand ein »Flugzeug«, das soeben beladen wurde. Auf Rollbahnen durchkreuzten Container das Gebäude und gelangten zu der Maschine, in dessen Innenraum sie per Kran gehievt wurden. Mia mahnte zur Eile, schnellen Schrittes folgten sie ihr. Bei einem Container, neben dem ein kleiner, drahtiger Aufseher stand, machte sie halt und sprach ihn an.

»Ich bin vom Control Center und muss eine Inspektion durchführen. Öffnen Sie bitte diesen Container.«

»Das kannst du deiner Großmutter erzählen, Spaßvögelchen. Ich hab noch nie einen Promi in Blue Works-Klamotten gesehen.«

»Dann ist es das erste Mal«, sagte Mia streng und hielt dem Aufseher ihren Ring unter die Nase. »Befolgen Sie meinen Befehl, sofort!«

Der Aufseher wurde blass. »Ich, ich darf die Kiste nicht öffnen. Sie ist vakuumiert.«

»Ich weiß, tun Sie es trotzdem.«

Der Mann war verzweifelt. »Verstehen Sie denn nicht, Miss, wenn Luft dazukommt, ist die Fracht verdorben.« Er biss die Lippen zusammen: »Und ich bin meinen Ring los. Es handelt sich um sehr wertvolle Bio-Elektronik.«

Mia sah ihn scharf an. »Öffnen Sie, und holen Sie eine Leiter!«

Er resignierte und tat, wie ihm befohlen.

»Das ist deine Reisesuite«, sagte Mia mit traurigem Unterton.

Al war entgeistert. »Aber da kriege ich ja keine Luft.«

»Äh, nein, eigentlich nicht«, entgegnete Mia. »Aber was soll's. Du wirst kurz ersticken, selig schlummern und in Street Parade City erquickt erwachen.«

Der Aufseher kam mit der Leiter zurück.

Al wandte sich an Bea: »Wann sehen wir uns wieder?«

»Ich weiß es nicht. Wir dürfen keinen Kontakt haben, es würde dich verraten. Gebrauche den Ring nur im äußersten Notfall. Nur so hast du eine Chance, Furtwanger zu entkommen.«

Al drückte Beatrice an sich: »Es wird alles gut«, sagte er, aber er klang nicht sehr überzeugt.

Dann küsste er Mia. »Danke für alles, Mia, danke. Wir sehen uns bald wieder.«

Sie schüttelte den Kopf, Tränen schimmerten in ihren Augen. »Nein, Al, das tun wir nicht. Das ist ein Abschied für immer.«

»Aber wieso denn?«, fragte Bea. »Wir haben doch noch Hoffnung.«

»Ihr schon, aber ich nicht. Ich habe soeben Meldung bekommen, dass mir mein Ring entzogen wurde.«

Betreten schwiegen sie, keiner wusste, was er sagen sollte. Al fühlte sich schlecht – Mia würde durch seine Schuld sterben.

»So, und nun keine Sentimentalitäten«, forderte ihn Mia forsch auf, »steig ein, sonst ist es zu spät.«

Al stieg die Leiter hoch, der Container war zu einem Drittel gefüllt mit einer stinkenden, grünen Flüssigkeit.

»Das ist also Bioel-Ektronik«, dachte er und ließ sich in die schlammige Masse gleiten. Setzen konnte er sich nicht, die Brühe stand ihm bis zum Hals.

Der Container wurde wieder verschlossen, glitt über die Rollbahn und wurde neben Hunderten von weiteren Gebinden im Frachtflugzeug verstaut.

Beatrice und Mia beeilten sich, das Gelände zu verlassen. Ihre Gedanken hingen an Al. Würde alles klappen, würde er heil in der Schweiz ankommen?

14

Kurz nachdem der Container geschlossen worden war und Allan in völliger Dunkelheit stand, versteckte er den Ring in seinem Darm. Dann geschah das, was Mia vorausgesagt hatte: Allan erstickte qualvoll und sank auf den Grund der Brühe.

Er erwachte auf einer Pritsche in einem Krankenhemd, umringt von Blue Works und einem Arzt.

Alle starrten ihn an.

Der Arzt fand als Erster die Sprache wieder: »Holt Dr. Geri Zacher, und zwar sofort, hier ist ein physikalisches Wunder geschehen.«

Entgeistert starrte er Allan an: »Wer sind Sie, wie konnten Sie das überleben?«

»Sie sind doch der Arzt«, krächzte Allan.

Der Arzt nickte.

»Dann geben Sie mir erst mal ein Glas Wasser und einen Kaffee, ich bin nämlich rekonvaleszent.«

Sofort wurde seinen Wünschen entsprochen. Er bekam auch etwas zu essen und alle warteten geduldig, bis sich Allan gestärkt hatte. Und vor allem warteten sie auf Zacher, den bereits hundertvierzigjährigen Chefarzt der Universitätsklinik Zürich, die sich jetzt City Health Center nannte. Eiligen Schrittes betrat er nun den engen Sanitätsraum der Elektronikfirma, wohin Al zusammen mit dem Container gelangt war. Al erkannte den Professor trotz des fortgeschrittenen Alters sofort. Er war seinerzeit mit seiner Paraplegikerstiftung in Basel in Verruf geraten.

Al war ratlos. Bald würde er Rede und Antwort stehen müssen. Was sollte er erzählen? Er war hier, um unterzutauchen, und nun erregte er bereits bei seiner Ankunft enormes Aufsehen. Zudem wurde jetzt auch noch eine medizinische Kapazität hinzugezogen – bestimmt hatte Zacher auch Kontakte zu Furtwanger.

Aufgeregt erzählten die Blue Works dem Arzt, was vorgefallen war: Als der Container die Kontrolle durchlief, wurde festgestellt, dass der Inhalt verdorben war und sich ein Fremdkörper im Gebinde befand. Es wurde geöffnet und der leblose, vermeintliche Blue Work daraus geborgen. Man vermutete ursächlich einen Unfall, bei dem der Arbeiter hineingefallen war.

Geri Zacher untersuchte Allan auf Herz und Nieren, dann schüttelte er ratlos den Kopf. »Unglaublich, er ist kerngesund.« Er wandte sich an Al: »Was ist passiert, guter Mann? Können Sie mir erklären, weshalb Sie nicht tot sind? Wer sind Sie, und warum tragen Sie keinen Ring?«

Natürlich erklärte Allan nichts, sondern bestätigte die Version des Unfalls und sagte, dass er den Ring wohl verloren habe.

»Dann müssen wir schleunigst einen neuen besorgen«, meinte der Professor, »und dann kommen Sie am besten mit in meine Praxis, wo ich einige Tests mit Ihnen durchführen werde.« Er stutzte und sah Allan scharf an: »Oder wurde Ihnen der Ring vielleicht entzogen, wollten Sie sich auf diese Weise umbringen? Wie ist Ihr Name, ich muss das sofort prüfen.«

Al wurde mulmig. Wenn er seinen Namen preisgab, würde sofort alles auffliegen.

Andrerseits war Zachers Idee gar nicht schlecht. Er senkte den Kopf. »Sie haben recht, Professor, Sie haben mich sofort durchschaut. Ich wurde bestraft und wollte mich umbringen. Weshalb es nicht gelungen ist, ist mir schleierhaft. Bitte helfen Sie mir zu sterben, ich sehe in diesem Leben keinen Sinn mehr, ich habe nur noch Angst.«

»Nicht so schnell«, entgegnete Zacher. »Wir wollen erst das Geheimnis Ihres Überlebens lüften. Nun raus mit Ihrem Namen, und zwar sofort. Ich muss Meldung erstatten in der Zentrale in Big Bang, und zwar an höchster Stelle.«

Al behauptete, alles vergessen zu haben. Zacher schnippte mit dem Finger, kurz darauf betraten zwei Braune den Raum und packten ihn.

»Verkaufen Sie mich nicht für dumm, Ihr Gedächtnis funktioniert ausgezeichnet. Aber wenn Sie noch ein wenig leiden möchten, bevor Sie abtreten, bitte, das kann ich Ihnen mit Vergnügen bieten.« Und an die Braunen gewandt: »Bringt ihn in die Klinik.«

Allan wurde hinausgeführt. Draußen blendete ihn die flache Oktobersonne. Ein kühler Herbstwind wehte und ihm war kalt in seinem dünnen Krankenhemd.

Nach wenigen Metern wurde er in den Fond eines würfelförmigen Gefährts verfrachtet, das die Aufschrift »Volks-Hilfsdienst« trug und auf dem Dach mit einer Sirene ausgestattet war. Seine Begleiter setzten ihn auf eine Aluminiumbank und drückten auf einen Knopf. Sofort durchflammte Al ein Hitzestrahl, er hatte das Gefühl, aus flüssigem Blei zu sein, das nun erkaltete und erstarrte. Er konnte sich nicht rühren, war ohne Bandagen gefesselt, ohne Zwangsjacke zur Bewegungslosigkeit verdammt.

Das Mobil setzte sich lautlos in Fahrt.

Während die zwei Ordnungshüter vorne saßen, hatte es sich Zacher auf einem Sofa gegenüber Al bequem gemacht und betrachtete ihn wie ein exotisches Tier.

»Ich werde Ihr Gehirn öffnen müssen, dann erfahren wir mehr über das Phänomen. Na ja, vielleicht gibt's auch Informationen aus Big Bang«, sagte er nachdenklich.

Bald hielt der fensterlose Wagen an. Der Knopf wurde erneut gedrückt, und Al konnte sich wieder rühren. »Steigen Sie aus«, befahl der Professor, nachdem sich die Hecktür geöffnet hatte.

Mit steifen Gliedern rutschte Al aus dem Kubus. Sie standen vor dem Health Center von Steet Parade City. Al hätte das Gebäude des Uni-Krankenhauses kaum wiedererkannt. Die Form war zwar geblieben, aber der Bau wurde jetzt von einer weiß glänzenden Plastikhaut überzogen. Die goldene Statue des nackten Mannes vor dem Eingang war dieselbe wie einst.

«Hinein mit dir, du Schwachkopf», raunten ihm die Braunen zu und wollten ihn grob packen. Doch Al entwand sich ihrem Griff blitzschnell und rannte davon. »Nicht töten, nur betäuben«, rief Zacher den Braunen nach, die dem Flüchtigen sofort hinterhersetzten.

Al erreichte die Aussichtsterrasse der Universität, wo buntes Volk flanierte, das die letzten Sonnenstrahlen genoss und konsumierte. Einige, die nicht rechtzeitig ausweichen konnten, wurden von Allan umgerannt, und bevor seine Verfolger ihn einholen konnten, sprang er von der Terrasse.

Die Braunen standen da wie begossene Pudel und sahen auf den reglosen Al, der zehn Meter in die Tiefe gestürzt war. Zacher trat hinzu und polterte: »Die Schwachköpfe seid ihr, ihr lasst einen kleinen, dummen Blue Work entkommen. Das wird Konsequenzen haben. Holt ihn rauf, aber dalli, ich muss eine Obduktion vornehmen, solange er noch warm ist.« Eine Bahre schwebte an, Zacher begleitete die Männer auf dem schmalen Weg hinunter. Als sie ankamen, war Allan verschwunden.

Professor Zacher und seine Vasallen standen vor einem weiteren Rätsel.

Zum Glück war Al schnell wieder zu sich gekommen und hatte sich sofort aus dem Staub gemacht. Er entdeckte eine

Rutschbahn und stieg geistesgegenwärtig in deren Mitte ein. Früher hatte hier die Polybahn, eine nostalgische Zahnradbahn, verkehrt. Am Central Platz angekommen, wurde er von der Rutsche ausgespuckt. Er stand da, schöpfte Atem und sah sich etwas ratlos um. In den Straßen pulsierte das Leben. Die Leute waren unterwegs, ihre Konsumeinheiten loszuwerden. Sie tanzten zu lauter Musik und tranken Flip Kicks an den Straßenbars. Auf schwebenden Plastikplatten, die ihren Besitzern folgten wie Hündchen, waren Konsumgüter aufgetürmt und wurden nach Hause gebracht. Diese »Einkaufswagen« waren an vielen Orten unbeaufsichtigt geparkt, während ihre Besitzer in einem Restaurant einen Apéro zu sich nahmen. Gestohlen wurde ja nichts, wer wollte schon etwas, ohne dafür Bucks loszuwerden.

Es herrschte ein Rummel wie auf einem Volksfest, dabei war heute ein ganz normaler Werktag. Es war Mittwoch, der 24. Oktober 2084, vier Uhr nachmittags, wie Allan einer Leuchtschrift entnahm, die oberhalb des Hotel Central schwebte. Der Name Street Parade City passte zu Zürich, wie es sich heute präsentierte. Auf den Hauptbahnhof waren zwei hundertstöckige Zuckerstangen aufgepfropft, eine exakte Kopie der Lollipop Towers, nur in verkleinerter Version. Darauf stand geschrieben: »Konsumieren macht frei.« Und darunter, kleiner: »Control Center Swiss.«

Al ging Richtung Bahnhof. Er musste so rasch wie möglich aus diesem Krankenhausfetzen raus. Nicht, weil er damit besonders aufgefallen wäre, aber bestimmt suchte man ihn in dieser Aufmachung. Auch musste er irgendwo Unterschlupf finden. Al betrat die Bahnhofshalle. Wie vermutet, wimmelte es darin von Shops. Züge fuhren in diesem Bahnhof keine mehr, er war noch viel extremer als früher eine reine Konsumstätte geworden.

Eine einzige, klapprige Rolltreppe führte zur U-Bahn. Ununterbrochen strömten Blue Works in den Schlund.

Al betrat einen Kleiderladen, fand in der hintersten Ecke ein Hemd und ein paar Jeans, die passten. Er ging zur Kasse und sagte: »Ich behalte die Klamotten gleich an.«

»Schön«, entgegnete der Verkäufer, »macht sieben Bucks.«

Allan lächelte: »Wissen Sie was, ich hab heute meine Spendierhosen an und nehme das Zeug, ohne zu bezahlen.«

Misstrauisch sah ihn der Verkäufer an: »Sie wollen nicht bezahlen? Wo gibt's denn so was? Und überhaupt, das ist streng verboten. Ich würde eine saftige Strafe kassiern, wenn ich das annähme.«

Allan zwinkerte ihm zu: »Ich bin ein sozial eingestellter Promi, mir tut es nicht weh.«

Der Verkäufer wollte Allans Ring sehen, dieser bedauerte, er habe ihn nicht dabei.

Etwas skeptisch nahm der Mann das Geschenk schließlich doch an. Al verließ das Geschäft und schmunzelte bei der Vorstellung, dem Mann den Ring zu zeigen, beziehungsweise ihn dort herauszuziehen, wo er steckte. Das harte Kleinod schmerzte und Al beschloss, die nächste Toilette aufzusuchen und den Ring herauszuholen. Er nahm die Rollbahn ins Untergeschoss und hoffte, dass Mc Clean noch am selben Ort war. Er hatte Glück, alles war noch so, wie er es kannte. Aber wie sollte er hineingelangen? Bestimmt würde er mittels Ring bezahlen müssen. Zum einen konnte Al nicht zahlen, weil das Ding ja im Darm steckte, zum anderen wollte er nicht. Sich auf einer Toilette zu verraten, das wäre wirklich das Dümmste gewesen. Zu seinem Erstaunen war aber der Eintritt frei. Vor dem Eingang hockte ein Bettler, der Al seinen Ring hinstreckte und ihn anflehte, ihm ein paar Bucks abzunehmen. Al ging wortlos an ihm vorbei und betrat den menschenleeren Raum. Er schloss sich in eine Kabine ein und klaubte den Ring heraus. Erleichtert atmete er auf.

Er zog die Hose herauf, wusch den Ring, steckte ihn in die Hosentasche und verließ den Bahnhof. Er wollte sich ein wenig in der Stadt umsehen, ging zurück Richtung Limmatquai und schlenderte den Fluss entlang. Das Großmünster war pink angepinselt, die anderen Hauptkirchen ragten schwarz und gelb aus der Altstadt. Al ging eine Gasse hinauf ins Niederdorf, das sich – zumindest äußerlich – nicht stark verändert hatte. Langsam bekam er Hunger und wollte sehen, ob das Restaurant »Zum blutigen Daumen« noch existierte. Dort hatte man früher immer gut gegessen. Tatsächlich, das Lokal war noch unverändert da. Sogar das vergilbte Bild des Bauernjungen, der an ein Schaf angelehnt schlief, hing noch an der Wand. Al bestellte ein paniertes Kotelett mit Spaghetti und einen halben Liter Rotwein.

»Richtigen Rotwein haben wir nicht,« sagte die Kellnerin. »Aber der Cabernet Kick ist auch nicht schlecht.«

Das Essen war gut, der Cabernet Kick eine Katastrophe. Allan verließ das Lokal und wurde auf der Straße von der Kellnerin eingeholt: »Wollen Sie denn nicht bezahlen?«

»Nein«, sagte Al, »ich schenke Ihnen die Bezahlung, ich habe meinen Ring vergessen.«

»Das ist leider nicht möglich«, sagte die Frau, die einen makellosen Körper hatte. Irgendwie kam sie Allan bekannt vor. Er insistierte, aber sie blieb hartnäckig: »Das ist wirklich nett, aber ich kann das nicht annehmen, Sie wissen, die Bestimmungen.«

»Es tut mir leid, Ihre Bestimmungen gelten für mich nicht«, antwortete Al und ging seines Weges, ohne auf weiteren Widerstand zu stoßen.

Er flanierte zum Bellevue Platz am See, wo reger Verkehr von Booten und Flugkörpern herrschte. Ein paar metallisch gleißende Brücken ohne Bodenkontakt schwebten kreuz und quer über dem anthrazitfarbenen

Wasser. Die gute alte Quaibrücke,wo die Limmat in den Zürichsee floß, war aber noch intakt, und ebenso deren Unterführung. Abseits der Völkerscharen setzte sich Al auf einen Pfeiler und überdachte das weitere Vorgehen. Zuerst müsste er wohl eine Bleibe finden.

Am liebsten hätte er Bea angerufen, aber das war zu riskant. Er musste so schnell wie möglich seine Schwester Melanie finden, sie könnte ihm sicher helfen. Nur, wie sollte er das anstellen? Eine Abfrage per Ring kam auch hier nicht infrage. Also musste der Ring eines anderen her. Suchend blickte Al sich um und sah einen Mann auf sich zukommen; er schätzte ihn auf kaum zwanzig Jahre, sein Gang jedoch war schwer und gebückt wie der eines Alten.

Allan sprach ihn an: »Entschuldigen Sie, ich hab meinen Ring vergessen und muss einen Anruf tätigen. Könnten Sie mir wohl aushelfen?«

Der Mann blieb stehen und sah ihn voller Bitterkeit an: »Wollen Sie mich etwa verhöhnen?«

Verständnislos sah ihn Al an.

Der junge Mann übergab ihm den Ring und sagte: »Da, machen Sie mit ihm, was Sie wollen, er taugt nichts mehr.«

»Was soll das heißen?«, fragte Al.

»Außer Funktion, Entzug.«

»Weshalb?«

»Ich hab ein Kind gezeugt.«

Al runzelte die Stirn. Hatte ihm Bea nicht erklärt, dass alle Frauen unfruchtbar seien?

Er fragte: »Ein Kind, mit wem denn?«

Der Bursche senkte den Kopf: »Sie war noch nicht sechzehn …«

Ohne ein weiteres Wort stieg er auf die Mauer, ließ sich ins Wasser fallen und ertrank. Er erregte damit kein besonderes Aufsehen, keiner schien sich darüber zu wundern. Al drehte den Ring des Verstorbenen in den Fingern. Er war ein Promi gewesen. Also auch die durften sich so etwas nicht erlauben, sondern wurden genauso gnadenlos mit dem Tod bestraft. Er dachte an seinen Ausrutscher mit Eveline, der, nach mehr als achtzig Jahren, seltsam präsent war.

Al warf den Ring in den Fluss. Auf die Frage, weshalb das Mädchen schwanger werden konnte, fand er keine Antwort.

Wenige Minuten später wurde die Leiche von Ordnungshütern geborgen und weggeschafft.

Traurig beobachtete Al die Szene. Er war ratlos, mutlos. Wie sollte er Melanie finden? Und wie diesen »Goofy«, von dem Mia gesprochen hatte?

Al war zwar heil angekommen, die Flucht geglückt, aber nun wusste er nicht weiter. Wie sollte er in dieser Welt ohne Ring agieren?

Erschöpft schlief er auf dem Brückenpfeiler ein und erwachte mit schmerzendem Rücken bei Dunkelheit und Nieselregen. Sein Kopf brummte. Erst jetzt bemerkte er die Frau, die neben ihm saß und ihm einen Becher Kaffee entgegenstreckte. Es war die Serviertochter des »Blutigen Daumen«.

Sie lachte ihn an: »Na, hab ich Sie doch noch erwischt, Sie schulden mir sieben Bucks.«

Dankbar nahm er den Kaffee und trank einen Schluck: »Haben Sie mich deshalb gesucht?«

Sie schüttelte den Kopf: »Ich wollte wissen, wer der Mann ist, der weder Geld noch Ring hat. Sie … Sie sehen nicht aus wie ein Selbstmörder. Und außerdem … Sie haben etwas an sich, was mich anzieht. Ich weiß nur nicht was.«

Er kratzte sich am Kopf.

»Mann, Sie sehen ja zerzaust aus, und Sie stinken nach Alkohol.«

Sie fuhr ihm übers Haar und half ihm auf.

Al lächelte… »Daran ist Ihr Fusel schuld.«

»Nun kommen Sie erst mal mit, Sie Clochard. Alles Weitere wird sich geben.«

Al fühlte sich wie im Märchen – zur rechten Zeit von einem Engel gerettet. Sie bestiegen ein fliegendes Sofa und landeten im Außenquartier Schwamendingen bei ihrer bescheidenen Wohnung.

Nachdem er geduscht hatte, saßen sie etwas verlegen am Küchentisch und wussten nicht recht, was sie reden sollten.

»Hunger?«, fragte die Frau.

Al schüttelte den Kopf. »Haben Sie ein Bier, ein richtiges?«

Als Antwort schwebten zwei Gläser davon an.

»Wieso haben Sie mich aufgenommen, einen wildfremden Mann?«, fragte er.

Sie zuckte die Achseln. »Neugier. Wie … heißen Sie?«

»Allan«, antwortete er.

Er sah die Frau an. Sie hatte gleichzeitig etwas Mütterliches und etwas Naives, fast Kindliches an sich, ihr Alter war schwer zu schätzen, zumal die Menschen mit der längeren Lebenserwartung entsprechend jünger aussahen. Er hätte sie irgendwo um die vierzig angesiedelt, aber bestimmt war sie älter. An wen erinnerte sie ihn bloß? Sie trug einen blauen Rock, der bis zu den Schuhen reichte und nicht gerade sexy war. Anscheinend hatte er sie so intensiv angeschaut, dass sie seine Gedanken erriet: »Entschuldigen Sie, ich habe es gar nicht bemerkt. Ich stecke immer noch in den Berufskleidern. Ich ziehe mich schnell um.«

Nach einer Weile erschien sie in einem roten Plastik-Mini, der das Höschen durchscheinen ließ.

Doch das interessierte Al weniger. Viel mehr erregten

ihre Beine seine Aufmerksamkeit. Genauer gesagt, der Leberfleck, der unter der Laufmasche ihrer blauen Strümpfe durchschien. Er hatte die Form eines Schmetterlings.

Diese Entdeckung schlug bei Al ein wie ein Blitz. Das war Evelines Leberfleck! War das die Möglichkeit? Wenn das Eveline wäre, das Mädchen, das er seinerzeit geschwängert hatte, wäre sie heute gegen hundert Jahre alt. Das schien ihm fast unmöglich.

Er versuchte, seine Erregung zu unterdrücken: »Und Sie, wie heißen Sie?«

»Eigentlich Florence, aber alle nennen mich Flo.«

»Wie bitte?«

»Flo. Sie haben mich doch nach meinem Namen gefragt, weshalb sind Sie denn so verwirrt?«

»Ach nichts, ich … Ihr Muttermal. Ich habe mal eine Frau gekannt, die hatte ein ganz ähnliches …«

»Ach, wirklich? Ich dachte immer, mein Leberfleck sei einzigartig. Zumindest fast. Ich hab ihn von Evi geerbt, das ist meine Mutter.«

Al wurde schwindlig. Er saß neben seiner Tochter! Eine Tochter also, kein Sohn, wie ihm seine Traumwelt vorgegaukelt hatte. Seine Hände zitterten, er trank das Bier in einem Zug aus und bat Flo: »Noch ein Glas.«

»Was haben Sie denn, ist Ihnen nicht gut?«, fragte sie.

»Lebt Ihre Mutter noch?«

»Und wie! Nach der Wende wurde sie zur Konsumentin gemacht und führt nun ein tolles Leben. Wieso interessieren Sie sich dafür?«

»Haben Sie Kontakt zu ihr?«

»Nicht sehr oft«, antwortete Flo. »Ab und zu kommt sie in den ›Blutigen‹, da wechseln wir ein paar Worte.«

»Kommt ihr denn nicht gut miteinander aus?«

»Doch, natürlich.« Flo senkte den Kopf. »Wir wurden getrennt, als ich zehn war. Ich wurde zum Blue Work erzogen. Na ja, Sie wissen schon, der Klassenunterschied. Es ziemt sich nicht …«

Al bot ihr das Du an.

»Aber das geht doch nicht, Sie als Promi …«

»Woher weißt du, dass ich ein Promi bin?«

Verlegen beichtete Flo, dass sie nach seinem Ring gesucht habe, während er schlief. Und auch gefunden, in der Hosentasche.

Erschreckt fasste sich Al an die Tasche. Er atmete auf. Der Ring war noch da.

Flo lachte: »Haben Sie … hast du gedacht, ich hätte ihn geklaut?«

Al lachte. »Ich bin manchmal wohl ein bisschen paranoid.«

»Ach was, du bist einfach müde, komm, wir legen uns ein wenig hin, es ist ja noch tiefste Nacht.«

Wie recht sie hatte. In Unterwäsche kuschelten sie sich ins weiche Bett.

Sie streichelte seine Brust: »Nun riechst du schon viel besser.«

Er lächelte: »Lass uns schlafen.«

Sie streichelte seinen Bauch.

Ihm wurde heiß.

Sie ging tiefer.

Er zog ihre Hand weg: »Flo, das geht nicht.«

»Wieso denn nicht? Wenn wir nun schon auf Du und Du sind. Ist doch mal was anderes als dieses virtuelle Geplänkel.«

Al schwieg. Er konnte doch nicht mit seiner Tochter schlafen. Das wäre Inzest. Aber wie sollte er ihr das erklären? Wie sollte er erklären, dass dieser Mann, der jünger aussah als sie, ihr Vater war? Das würde sie ihm nie abkaufen.

Er gab sich einen Ruck und setzte sich im Bett auf. Er bat Flo, unverzüglich ihre Mutter anzurufen und ein Treffen zu vereinbaren.

Achselzuckend gehorchte Flo und gleich darauf tönte Evelines Stimme im Raum.

»Du, Schätzchen«, sagte sie erfreut. »Das ist aber nett, mal wieder von dir zu hören.«

Flo kam sofort zur Sache: »Da ist ein Mann bei mir, der möchte dich unbedingt sehen.«

Eveline lachte: »Ein Mann? Na, umso besser, lange keinen mehr gehabt. Wie heißt er denn?«

»Allan«, antwortete Flo.

»Allan? Ich kenne keinen Allan. Nun ja, außer deinem Vater, aber der starb ja vor deiner Geburt.«

Al stand daneben und sagte kein Wort. Aber er nötigte Flo mit nervösen Gesten, das Treffen zu arrangieren.

»Na schön, dann kommt morgen vorbei. Ich werde ein paar Freunde einladen und eine kleine Party veranstalten.«

Al winkte energisch ab.

»Allan sagt, keine Freunde.«

»Okay, keine Freunde«, antwortete Eveline nachdenklich und legte auf.

»Na, zufrieden?«, fragte Flo. Sie wiegte den Kopf. »Du bist ein seltsamer Kauz. Willst keine Bucks loswerden, schläfst unter Brücken, aber nicht mit mir, trotzdem … na ja, ich hab da was ziemlich Hartes gespürt. Aber du interessierst dich für meine Mutter, die du gar nicht kennst.« Und nach einer Pause: »Wie kannst du es überhaupt so lange aushalten, ohne den Ring zu tragen?«

Er konnte nicht umhin, sich an ihren warmen Körper zu schmiegen.

»Du wirst es erfahren«, murmelte er und schlief ein.

Als er erwachte, blendete ihn die Sonne. Flo war weg. Neben dem Bett stand eine Tasse Kaffee, darüber blinkte eine Nachricht: »Bin bei der Arbeit, komme dich um sieben abholen. PS: Im Kühlschrank ist Orangensaft und Frühstück für dich.«

Al trank den Kaffee und starrte an die Decke. Ergab es überhaupt einen Sinn, Eveline zu sehen? Konnte er ihr und Flo vertrauen? Würden ihm die beiden seine Geschichte glauben? Oder ihn vielleicht gar denunzieren? Aus Angst oder Angepasstheit? Andererseits waren das die einzigen Menschen, die er hier kannte. Der Zufall – oder das Schicksal – hatte sie zusammengeführt. Grund genug, sich ihnen mit der Hoffnung anzuvertrauen, damit eine Tür öffnen zu können.

Mit der Tasse in der Hand ging Al zum Fenster und sah vom fünfzehnten Stock auf die fast menschenleere Straße. Er befand sich in einem baufälligen Hochhaus aus dem letzten Jahrhundert, von denen noch mehrere in seinem Blickfeld standen. Die Gegend war verslumt, ein typisches Blue Works Quartier.

Al war weit weg von seinem ursprünglichen Ziel, das ihn überhaupt hierhergeführt hatte: Hitler unschädlich zu machen. Und was ihn am meisten beunruhigte: Es war kein Weg dazu in Sicht. Das Einzige, was Al aus den Aufzeichnungen Furtwangers wusste, war, dass der Untote irgendwo nahe der deutschen Grenze in der Schweiz lag.

Er zog sich an und aß eine Kleinigkeit. Dann kam Flo, um ihn abzuholen. Sie freute sich auf das Wiedersehen mit ihrer Mutter und machte sich zurecht, während Al im Sofa saß und ihr beim Schminken zusah.

Bald darauf fuhren sie in einem wackligen, altertümlichen Lift hinunter, verließen das Haus und überflogen Zürich-Witikon in einem Gerät, das Al an eine alte Badewanne erinnerte und wohl nicht das neueste war.

Eveline wohnte in einer besseren Gegend als ihre Tochter. Sie landeten in Küsnacht auf einem runden Rasenplatz, in dessen Mitte ein modernes, kugelförmiges Haus stand.

Flo berührte die blau glänzende Außenhaut und schon konnten sie hindurchgehen. In der Vorhalle erwartete Eveline das Paar mit einem Lächeln – das gefror, als sie Allan gewahr wurde. Sie traute ihren Augen nicht. Vor ihr stand der Mann, der vor mehr als achtzig Jahren ihre Tochter gezeugt hatte. Und er sah keinen Tag älter aus als damals. Sie starrte ihn an und drohte ohnmächtig zu werden.

Flo rannte auf sie zu und hielt sie fest. »Was ist denn, Mutter, ist dir nicht gut?«

Eveline fasste sich. »Ich … es geht schon, kommt rein.«

Sie betraten das geräumige Wohnzimmer und setzten sich.

Flo schüttelte den Kopf. »Na, ihr scheint ja eine eigenartige Wirkung aufeinander zu haben. Allan erblasst, wenn er nur deinen Namen hört, und du fällst bei seinem Anblick fast in Ohnmacht. Habt ihr was am Hut miteinander?«

Eveline antwortete nicht, sondern wandte sich an Al: »Wie ist das möglich, Allan Filippos, du bist längst tot?«

Nun war es Flo, die mit offenem Mund dasaß. Denn Allan Filippos war der Name ihres Vaters, den sie nie gekannt hatte.

Allan räusperte sich. »Ich bin euch wohl eine Erklärung schuldig. Könnt ihr eure Ringe für eine Weile entbehren? Ich bin … sozusagen inkognito hier. Ich werde gesucht.«

Sie legten ihre Ringe ab und Allan erzählte seine Geschichte lückenlos. Als er endete, war es Mitternacht.

»Nun liegt es an euch, mich zu verraten oder zu verstecken, solange ich … meine Schwester nicht ausfindig gemacht habe.«

»Ich habe Angst«, sagte Flo.

»Ich weiß, wo deine Schwester ist«, sagte Eveline.

Allan horchte auf.

»Ich weiß zwar nicht, wo sie wohnt, aber ich weiß, wo sie arbeitet.«

»Ist sie ein … Blue Work?«, fragte Allan.

Evi nickte.

»Wo?«

»Im Nachwuchszentrum.«

»Was ist das?«

»Na dort, wo die Kinder herangezogen werden.« Schnell fügte sie noch hinzu: »Al, du brauchst dir keine Sorgen zu machen. Du bist mein Gast, solange du willst. *Ich* habe keine Angst. Nun lasst uns etwas essen und auf andere Gedanken kommen.«

Mit einem Aufatmen streiften die Frauen den Ring über. Zu dritt begaben sie sich an den Tisch und tauschten Belanglosigkeiten aus. Dann ging Flo nach Hause und Eveline wies Allan ein Gästezimmer zu. Bevor sie ihn allein ließ, sagte sie: »Ich glaube dir, Allan, und ich möchte dir helfen. Ich hasse diese verfluchte Bande, die mir mein Kind weggenommen und uns beide zutiefst erniedrigt hat.«

Als er im Bett lag, dachte er an Melanie. Gleich morgen würde er sie aufsuchen. Seine Schwester, ein Blue Work, das tat weh. Trotzdem musste er zufrieden sein. In Flo und Eveline hatte er zwei Verbündete gefunden. Er war fürs Erste versorgt.

Am anderen Tag bat er Evi, ihn zum Kinderhaus zu begleiten.

Sie lachte: »So einfach ist das nicht, unter welchem Vorwand denn?«

»Du kannst dir ja jederzeit ein Kind borgen, mit deinem Status, oder nicht?«

Sie wiegte den Kopf: »Eigentlich hast du recht, und ein paar Bucks werde ich dabei auch noch los.«

Weil der Tag mild war, orderte Eveline ein Flug-Cabrio, in dessen Kunstledersesseln sie es sich bequem machten. Gemächlich gondelten sie über den See und die gleißenden Schwebebrücken, die Al schon bei seiner Ankunft aufgefallen waren.

»Wozu sind die denn gut? Ich meine, heute fliegt man ja, Autoverkehr gibt es nicht mehr.«

»Darauf findet die weltberühmte traditionelle Street Parade statt. Daran erinnerst du dich bestimmt noch.«

Sie landeten vor der Polizeihauptwache, die mit kitschigen Blumen bemalt war. Über dem gläsernen Eingang hing ein Spruchband mit der Inschrift »Glückliche Jugend made in Street Parade City«.

Al wunderte sich. »Wo ist denn die Polizei geblieben?«

Evi antwortete: »Das Gebäude war viel zu groß, man brauchte ja immer weniger Ordnungskräfte. Na ja, wegen der neuen Technologien. Das ist jetzt alles im Control Center untergebracht.«

In dem Gebäude traten sie vor einen Schalter, hinter dem ein Crewmitglied saß und die Finger im weichen Keyboard spielen ließ.

Al bemerkte, dass Eveline nervös war. Konsumenten hatten zwar das Recht, Kinder zu mieten, trotzdem hatte ein solches Unternehmen auch immer einen etwas suspekten Charakter. Man sah sie lieber tanzen, konsumieren und Flip Kicks trinken.

Scheu erklärte sie: »Ich möchte … mein Freund aus Big Bang ist zu Besuch, na ja, wir wollen ein wenig Familie spielen und ein Kind konsumieren.«

Die hagere, groß gewachsene Dame sah sie streng an und sagte: »Bitte weisen Sie sich aus.«

Eveline drückte den Ring in eine grüne, schwabbelige Masse auf der Theke.

Die Dame sah in eine Bildschirmsäule und sagte dann: »In Ordnung, was soll es denn sein? Bub oder Mädchen? Bis fünfzig Bucks dürfen Sie ausgeben, mehr nicht. Das sind maximal drei Tage.« Sie wies auf eine

Tür. »Dort wird die Auswahl hineinprojiziert, Sie können eintreten.«

Eveline wollte schon losgehen, doch Al sagte zur Concierge: »Wir wollen das Kind physisch auswählen, schließlich will man auch wissen, wie es riecht.«

Die Dame runzelte verständnislos die Stirn.

Verunsichert sagte Eveline: »Aber Al, Projektionen riechen doch auch.«

Al beharrte darauf: »Trotzdem, ich will das Produkt leibhaftig vor mir sehen.«

Die Frau blieb stur. »Das ist Konsumenten nicht erlaubt.«

Lässig lehnte sich Al in den Schalter: »Hören Sie, gute Frau. Ich bin in vertraulicher Mission hier und kann mich deshalb nicht identifizieren. Aber ich gestatte Ihnen einen Blick auf meinen Ring.« Er zog ihn aus der Tasche und hielt der Concierge das elegante Stück unter die Nase.

»Oh, warum haben Sie nicht gleich gesagt, dass Sie ein Promi Stufe eins sind?«, näselte sie. »Ich werde sofort jemanden rufen, der Sie herumführt.«

»Rufen Sie Melanie Filippos, sie war mal meine Betreuerin, sie soll uns den Laden hier zeigen.«

Die Finger der Angestellten bewegten sich, angestrengt beobachtete sie den Bildschirm.

»Ah ja, da haben wir die Filippos, ich werde sie gleich herbeordern.«

»Nicht nötig, wir werden zu ihr gehen, wo finden wir sie?«

»Sie … hat Sie wirklich betreut? Sie erzieht Blue Works«, fragte die Concierge erstaunt.

»Ja, ich weiß, sie wurde zurückgestuft«, sagte Al und fügte ärgerlich hinzu: »Und nun sagen Sie, wo wir die Filippos finden, wir haben nicht den ganzen Tag Zeit. Die Sonne scheint und wir wollen konsumieren.«

Die Frau schickte sie ins zweite Untergeschoss und rief

Al nach: »Ich muss Sie allerdings darauf hinweisen, dass Work Kids nicht ausgeliehen werden dürfen. Zu viel Sonne und Freiheit verdirbt ihren Charakter.«

Über eine steinerne Treppe gelangten sie zu einem schwach beleuchteten, muffigen Bogengang, in dem ein Brauner patrouillierte. Er war bereits über ihr Kommen informiert und begleitete sie zu einer stählernen Tür, die er beflissen öffnete. Sie traten ein. Al war schockiert. So sah das also aus, das war also der zukünftige Motor dieser »glücklichen« Welt. In einem Saal, nachgebaut im Stil der Fabrikhallen aus der Industrialisierungszeit, waren Hunderte von Kindern jeden Alters untergebracht. Babys schliefen auf dünnen Wolldecken, ältere Kinder saßen um einen Tisch und löffelten Suppe. In einem weiteren Bereich waren etwa Zehnjährige an einfachen Maschinen beschäftigt, während andernorts mit primitivsten Mitteln unterrichtet wurde. Die Kinder trugen alle einen plumpen blauen Overall, verziert mit den gleichen läppischen Blumen wie die an der Fassade. Dazwischen bewegten sich die Aufseherinnen und Aufseher, Lehrerinnen und Lehrmeister. In dem saalartigen Raum ging es fast unheimlich ruhig und diszipliniert zu. Auch Evelines Blick verdüsterte sich, sie flüsterte: »Das ist ja grässlich, so was bekommt man sonst nie zu Gesicht.«

Traurig fuhr sie fort: »So ist also meine Tochter aufgewachsen … Hat es denn hier nicht mal eine Spielecke?«

»Komm, wir wollen uns umsehen«, sagte Al und nahm sie bei der Hand. Tatsächlich entdeckten sie in einer entlegenen Ecke einen Kreis von Kindern, die am Boden hockten und einer Kindergärtnerin lauschten, die ein Buch vorlas. Al erkannte sofort den klassischen »Struwwelpeter«. Die Stimme der Lehrerin war gedämpft, sodass Al kaum verstand, was sie sagte. Sie erzählte die Geschichte von Minz und Maunz, den Katzen, die Paulinchen beweinten, weil sie trotz elterlicher Warnung mit Streichhölzern gespielt hatte und dabei zu Asche verbrannte.

Die Augen der Vorleserin waren leer, der Blick gebrochen, ihre Haut alt und faltig. Wäre nicht ihre typische Haltung gewesen, hätte Al sie kaum erkannt – Melanie, seine Schwester, die er als fröhlichen und lebenslustigen Menschen in Erinnerung hatte. Sie wurde erst auf die Ankömmlinge aufmerksam, als sich die Kinder unruhig dem Besuch zuwandten, der dicht hinter ihnen stand. Melanie sah auf und starrte entgeistert auf das Paar, vor allem auf Al. Sie klappte das Buch zu, legte es auf den Boden und ging fast wie in Trance auf Allan zu. »Wer sind Sie?«

»Ich bin es, Melanie, du hast richtig gesehen, ich bin Al.«

Melanie wich zurück. »Sie sind eine Projektion, eine Strafe für irgendein Vergehen, das ich begangen habe, gehen Sie, machen Sie, dass Sie fortkommen.«

Er ging auf sie zu und umarmte sie. »Melanie, Schwesterchen, endlich habe ich dich gefunden. Ich bin einfach ein paar Jährchen jünger geblieben als du, neue amerikanische Medizin, verstehst du?«

Sprachlos und völlig verwirrt stand Melanie einfach nur da und schaute von einem zum anderen.

»Kommen Sie uns besuchen, es gibt viel zu bereden«, sagte Eveline.

Melanie atmete schwer. »Wie stellen Sie sich denn das vor, Eveline, bei Ihrem Status. Wir haben uns seit der Wende nie mehr gesehen. Außerdem ... habe ich nur einmal im Monat Ausgang.«

»Wo wohnst du?«, fragte Al.

»Na hier, im Schlafsaal hinten.«

Wut stieg in Allan hoch. Seine Schwester lebte wie im Gefängnis. Furtwanger trieb sein grausames Spiel gnadenlos, auf allen Ebenen.

»Du wirst uns durch die Säle führen, damit wir ein

Kind ausleihen können, das haben wir so arrangiert, also komm mit und zeig uns die Bude«, sagte er.

Ungehindert sahen sie sich das Haus von oben bis unten an. Die Abteilung Konsumenten ebenso wie die der Crew und der Promis. In dieser Reihenfolge immer etwas gediegener ausgestattet, entsprechend der Hierarchie. Bei den Promis wurde mit modernster Technologie unterrichtet. Die älteren Kinder durften das Haus verlassen, wann immer ihnen danach zumute war. Auch hatten sie als Einzige das Privileg, Leihgesuche abzulehnen. Unsicher bewegten sich Evi und Melanie in diesen Gefilden, sie fühlten sich äußerst unwohl. Al fand Gefallen an einem etwa zwölfjährigen Jungen mit einem blonden, langen Zopf, den er um den Hals geschlungen hatte.

Al trat auf ihn zu. »Wow, ist das die neueste Mode?«

Die Hände in die Taschen der hautengen Lederhose gesteckt, antwortete der Junge keck: »Mann, das ist der Cola-Look. Coke and Cola, die Band flippt auf dem größten Law-and-Money-Mobile an der nächsten Street Parade. Sie sind wohl hinter dem Mond, Mann.«

Das wollte Al nicht auf sich sitzen lassen. Außerdem brauchte er einen geeigneten Anhang, um in Begleitung Melanies hier herauszukommen.

Er kämpfte mit sich selbst, obwohl er bereits wusste, dass er es tun würde: Er holte seinen Ring aus der Tasche, streifte ihn über und orderte die Konzertdaten dieser Gruppe.

»Wie heißt du?«

»Kim, und du?«

»Al. Die Cokes spielen in einer Stunde in Nizza, gehen wir?«

»Da brauchst du aber ein mächtig schnelles Teil.«

»Hab ich, gehen wir, und Melanie kommt mit.«

Als sie an der strengen Concierge vorbei waren, steckte Al den Ring wieder in die Tasche.

Kim meldete sich ab mit einem Winken, mit Melanie gab es Probleme.

Sie hatte keine offizielle Bewilligung, das Haus zu verlassen, und wurde zurückgehalten.

»Sie wollen uns doch nicht ein Kindermädchen absprechen«, monierte Al.

»Wir haben spezielles Personal dafür, das viel besser ausgebildet ist«, entgegnete die Concierge schwach.

Al sah sie forsch an, sie gab auf.

Bald saßen sie in dem »schnellen Teil« und kurz darauf im »Negresco«, einem der feinsten Lokale in Nizza, wo das Konzert stattfand. Al fand es schrecklich, aber das Publikum schien begeistert. Kim und Eveline tanzten ausgelassen, während Al mit Melanie an einem Tischchen saß und Champagner trank. Wenigstens das entschädigte für den kitschigen, monotonen und viel zu lauten Auftritt, der überdies gespickt war mit Werbeprojektionen. Melanie hielt sich die Ohren zu und starrte ihn unentwegt an. Er erhob das Glas und schrie in den Lärm: »Schau mich nicht an wie das achte Weltwunder und freu dich ein wenig über das Wiedersehen. Prost, Schwesterchen.«

Sie stieß mit ihm an und sagte: »Al, was ist geschehen? Erzähl es mir.«

»Nachher, bei diesem Lärm versteht man ja sein eigenes Wort nicht.«

Verschwitzt kamen Kim und Evi zurück und tranken einen Flip Kick Chillout.

Als sie das Lokal verließen, waren die Wangen des Jungen gerötet.

»Das war Spitze, Mann«, sagte er zu Al.

Sie schlenderten den Strand entlang und setzten sich in eines der wenigen noch geöffneten Restaurants.

Es war windig, aber mild. Das Rauschen des Meeres beruhigte die überreizten Sinne.

»Na, bin ich nun hinter dem Mond oder nicht?«, scherzte Al, an Kim gewandt.

Kim war aufgetaut. Er plapperte wie ein Wasserfall, dabei hätte Melanie lieber Al reden gehört. Sie bestellten Getränke, und als der Junge kurz durchatmete, sagte Melanie: »Al, du bist im Jahr 2001 ums Leben gekommen. Was ist geschehen?«

Statt Allan antwortete Eveline: »Melanie, dein Bruder ist nicht tot, im Gegenteil, er hat das ... ewige Leben.«

Wieder berichtete er. Kim kam aus dem Staunen nicht heraus. Erst jetzt wurde Al bewusst, dass der Junge alles mitgehört hatte, sah ihn eindringlich an und sagte: »Kim, du bist jetzt unser Verbündeter. Versprich mir hoch und heilig, dass du niemandem ein Sterbenswörtchen über das Gehörte erzählst – es geht um Leben und Tod.«

Kim nickte ernst: »Ich schwöre es.«

Allan vertraute ihm.

Zum Schluss sage er: »Nun ja, so stehe ich nun da als ewig Lebender, gleichzeitig ein Verfolgter, zum Tode Verurteilter. Und ich kenne keinen Weg, die Pläne von diesem ... Naziprofessor zu vereiteln. Einzig dieser Goofy ...«

Kim horchte auf: »Was ist mit Goofy?«

»Es soll ein Mann sein, der irgendwo in der Schweiz lebt und keinen Ring braucht, so wie ich. Er ist nirgends registriert. Wer ist er, was macht er? Vielleicht kann er mir Schutz und Hilfe bieten.«

»Ich kenne ihn«, sagte Kim trocken.

»Du kennst ihn?«

»Ja, er ist ein Kauz. Ich gehe ab und zu mit ein paar Freunden bei ihm vorbei. Wir rauchen heimlich Zigaretten, trinken Schnaps und hören seine Geschichten an. An seinen Wänden hängen uralte Bilder von nackten Frauen. Funny, Mann.«

»Wo finde ich ihn?« Al war aufgeregt.

Eveline antwortete: »Ich kenne ihn auch.«

Al war baff. Plötzlich kannten alle diesen mysteriösen Mann.

Evi erklärte: »Er wohnt kaum einen Kilometer von Flo entfernt, in einer ausgedienten Kiesgrube am Stadtrand. Flo hat ihn früher ab und zu besucht, einmal war ich dabei.«

»In einer Kiesgrube?«

»Nun ja, die Kiesgrube ist mittlerweile Naturschutzgebiet und wild überwuchert. Ein kleiner Urwald am Rand von Street Parade City. Dort haust er in einer selbst gezimmerten Holzhütte.«

»Zahlen«, rief Al dem Kellner zu, und an die Tischrunde gewandt: »Trinkt aus, wir gehen zu Goofy.«

Kim war mit Begeisterung dabei, die zwei Frauen jedoch blickten Al skeptisch an.

»Al«, sagte Eveline. »Nur sehr wenige Leute kennen diesen Goofy, und wer von ihm weiß, verdrängt es besser. Es ist gefährlich, ihn aufzusuchen. Für ihn und für uns.« Sie lächelte matt: »Wir haben nicht alle das Glück wie du, den Ring einfach ausziehen zu können. Wir werden überwacht.«

Al dachte an Mia, die er in den Tod geschickt hatte. Einen solchen Fehler wollte er kein zweites Mal begehen.

Sie landeten bei Flo und luden die zwei Frauen bei ihr ab. Mittlerweile war es drei Uhr früh. Al und Kim blieben auf einen Flip Kick Speedy und verließen dann das Haus.

Sie schritten durch die menschenleere, dunkle Straße. Herbstlaub wirbelte durch die Luft.

»Kann man den Typ um diese Zeit überhaupt besuchen?«, fragte Al.

Kim lachte: »Goofy ist wie eine Katze. Mal schläft er, mal nicht. Egal ob Tag oder Nacht. Aber einen Kaffee und eine Zigarette hat er immer für seine Freunde.«

Sie ließen die Hochhaus-Siedlung hinter sich und gelangten zum Stadtrand.

Schweigend gingen sie nebeneinander. Allan dachte über die Besichtigung des Kinderheims nach. Ihm war aufgefallen, dass die Kinder keinen Ring trugen.

»Weshalb tragt ihr keinen Ring?«, fragte Al.

»Den bekommen wir erst mit sechzehn.«

»Habt ihr denn keine Probleme mit Depressionen und so?«

»Nö, das beginnt erst später.«

Al konnte sich keinen Reim darauf machen. »Wieso?«

Kim zuckte die Achseln: »Gentechnologie. Die kriegt man ja schon vor der Geburt eingeimpft. Die ersten sechzehn Lebensjahre ist man immun gegen die Wirkstoffe im Salz.«

Allan stutzte: »Und die Mädchen … ähm …«

»Mann, red doch nicht um den heißen Brei herum, ich bin kein Baby mehr. Ja, die haben ihre Periode, bis sie fünfzehn sind, dann ist Schluss.«

»Sie sind also für kurze Zeit empfänglich?«

Kim nickte.

Jetzt wurde Al klar, weshalb der junge Selbstmörder am Bellevue ein Kind zeugen konnte.

Die Straße am Stadtrand verengte sich zu einem Naturweg, der von feuchtem Herbstlaub übersät war. Rechts und links des Weges waren die Hänge überwuchert von Bäumen und Sträuchern. Sie gelangten auf eine Lichtung, die den Blick auf das Rund der ehemaligen Kiesgrube freigab. Schattenhaft zeichneten sich die Kraterwände ab, die Dämmerung zog auf.

Kim wies mit dem Kopf auf den Hang: »Hier rauf.«

Sie kletterten hinauf, zogen sich an Wurzeln hoch, hielten sich an Baumstämmen fest, krallten sich in die Erde und gelangten schließlich zu einer Treppe. Primitiv angelegt aus Holz, aber nach den bisherigen Wegstrapazen ein Luxus. Nach einer kurzen Verschnaufpause erklommen sie die Stufen. Oben stand inmitten einer kleinen Lichtung eine Holzhütte und daneben ein Heustock. Aus einer Seitenwand der Hütte ragte ein qualmendes Blechrohr.

»Wir sind da«, sagte Kim, ging auf die Hütte zu und klopfte an das Rohr. Dann trat er zu Al zurück.

Bald öffnete sich die niedrige Tür und ein verschlafener Mann mit Bart und langen Haaren trat heraus. Er trug nur eine schmuddelige Unterhose, sein Körper war haarig und übersät mit Tätowierungen.

Er gähnte: »Oh, hallo Kim.« Und mit einem Blick auf Allan: »Hast du einen Freund mitgebracht? Kommt rein, ich ziehe mir nur schnell was über.«

Er verschwand in der Hütte. Die beiden anderen folgten ihm und betraten einen engen, schlauchartigen Raum, in dem man kaum aufrecht stehen konnte, und an dessen Wänden, wie von Kim angekündigt, Bilder aus alten Playboy-Magazinen hingen. Sie setzten sich an den Tisch, während Goofy sich eine Rockermontur überzog. Er ging in den Hinterraum, braute Kaffee, in seinem Mundwinkel hing eine Gauloise. Kurz darauf brachte er drei Tassen mit starkem schwarzen Kaffee und viel Zucker. Sie rauchten zusammen, schwiegen und vernebelten den Raum. Goofy fragte nicht, weshalb sie hergekommen waren, er schien überhaupt nicht neugierig darauf zu sein. Er trank Kaffee und versuchte erst einmal, wach zu werden.

Schließlich brach Al das Schweigen: »Sie sind also Goofy.«

»Ich bin nicht ›Sie‹«, brummte Goofy, »keiner meiner Freunde sietzt mich, und andere kommen nicht her.«

Allan lächelte: »Ich bin Al.« Geradeheraus fragte er: »Wie kannst du in unserer Zeit so leben, Goofy? Du weißt doch genau, was Sache ist.«

Goofy sah ihn misstrauisch an: »Willst du mich etwa ausfragen?«

Al nickte. »Aber ich werde auch ehrlich antworten, wenn du *mich* ausfragst.«

So kam das Gespräch in Gang.

»Kommt mit«, sagte Goofy.

Sie gingen aus der Hütte und sahen Goofy zu, wie er aus seinem Heustock eine Flasche Rum und eine Stange Gauloises herauskramte.

»Alles gestohlen«, sagte er stolz.

Al nickte anerkennend: »War es schwierig?«

Goofy schüttelte den Kopf. »Es gibt so viele Konsumenten, die sich gern bestehlen lassen, um einige Bucks loszuwerden, das glaubst du kaum.«

Wieder im Haus, trank Goofy einen Schluck Rum und reichte die Flasche Kim. Al staunte über den Zug des Zwölfjährigen, der dann doch nach Luft japste, und trank selbst.

»Wie kommst du zu diesem seltsamen Namen?«, fragte er Goofy.

Der schmunzelte: »Das war der Name eines ziemlich doofen Typs aus einem Comicmagazin; das hast du wahrscheinlich nicht mehr mitgekriegt. So um 2025 wurde das Heft eingestellt. Es ist mein Spitzname. Ich hab ihn mir selbst gegeben, weil ich … auch ein Blödmann bin. Aber vor allem, weil ich meinen Namen ändern musste.«

Al musterte Goofy. Was war das für ein Mann? Weshalb kannte er die Figuren von Walt Disney?

»Wie alt bist du?«

Goofy setzte die Flasche an. »Jetzt bist du mit antworten dran, Al.«

Kim blickte gespannt von einem zum anderen.

»Nun«, sagte Allan, »ich habe auch Micky-Maus-Hefte gelesen. Ich bin hundertsiebzehn Jahre alt.«

»Du siehst aber aus wie vierzig.«

»Du auch nicht viel älter. Also: wie alt?«

»Hundertachtundfünfzig.«

Kims Augen weiteten sich.

Auch Allan staunte. Mehr als hundertfünfzig Jahre alt wurde kaum jemand, erst recht nicht, wer keinen Ring trug. Dieser Kerl musste das ewige Leben haben, wie er, daran gab keinen Zweifel.

Goofy sah sich in der Runde um, setzte erneut die Flasche an und entgegnete unsicher: »Ich … habe das noch niemandem erzählt.«

Al sah ihn eindringlich an. Der groß gewachsene, muskulöse Mann wirkte wie ein kleiner Junge, der etwas ausgefressen hat. Verlegen begann er: »Ich weiß selbst nicht genau, was mit mir geschehen ist. Eigentlich müsste ich tot sein. Aber auf seltsame Weise bin ich auferstanden.«

»Wann?«

»1945. Ich wurde erschossen, bin aber kurz darauf völlig unversehrt wieder aufgewacht.«

»Wer bist du?«, forschte Al.

»Mein richtiger Name ist Karl, ich war Adjutant von Furtwanger.«

Al war wie vor den Kopf geschlagen. Das Schicksal, oder was auch immer, schien ihn zu diesem Mann, diesem Gleichgesinnten geführt zu haben. Auf irgendeine Weise hatte er das ewige Leben erhalten. Der Kampf gegen Furtwanger war eröffnet.

Al erzählte, dass er alles über Karls Geschichte in dem Journal des Professors nachgelesen habe, schloss dessen Wissenslücken und berichtete, wie Furtwanger nach vielen Jahren zu dem Nektar gelangte, der die Erweckung von ihm selbst und nun auch von Hitler ermöglichte.

»Weshalb *du* allerdings das ewige Leben hast, ist mir schleierhaft.«

Karls Augen weiteten sich, er murmelte: »Ach so ist das …«

Al sah Karl eindringlich an. »Wie konntest du über all die Jahre nur untätig bleiben in Anbetracht des Wissens, was dieser Despot anrichtet. Er hat dich erschossen, und du hockst hier und rauchst gestohlene Zigaretten? Was bist du für ein Waschlappen!«

»Was sollte ich denn tun, du Klugscheißer? Ich habe schon alles versucht, als du noch längst nicht geboren warst. Es gab keine Möglichkeit, irgendeine Organisation auf die Beine zu stellen, ich war völlig allein.«

»Wo ist er?«, fragte Al. Er fasste über den Tisch und schüttelte Goofy an den Schultern. »Wo ist er?«

»Wer?«

»Hitler.«

»Aber der ist doch längst vermodert.«

Al trank einen Schluck, reichte die Flasche an Goofy weiter, sah ihn lange an und sagte: »Bist du etwa vermodert? Oder ich?«

Karl verzog den Mund: »Okay. Gehen wir nachschauen.« Er wies mit dem Kopf auf Kim: »Aber den nehmen wir nicht mit, er behindert uns nur und wird den Anblick nicht verkraften – falls der Untote überhaupt noch dort liegt.«

Kims Blick verdüsterte sich.

Al erwiderte: »Natürlich kommt Kim mit, wir brauchen ihn.«

»War ja nur ein Scherz«, sagte Goofy etwas verlegen und versetzte Kim einen freundschaftlichen Puff.

»Na los, dann gehen wir!« Kim war voller Tatendrang.

»Sachte, sachte«, wandte Al ein. »Das ist ein riskantes Unterfangen, bei dem es um sehr viel geht. Wir müssen das planen.«

Trotz seines hohen Alters hatte Goofy, oder eben Karl, eine erfrischend naive Art.

»Was willst du denn planen? Und weshalb möchtest du die Leiche sehen? Was bringt das überhaupt?«

Al erläuterte Furtwangers Pläne und schloss: »Der Führer lebt, genauso wie wir auch, geht denn das nicht in dein Hirn?«

Karl war irritiert. »Wenn das so ist, sind wir verloren, die ganze Menschheit, und zwar für immer. Aber was nützt es, ihn auszubuddeln, umbringen kannst du ihn ja sowieso nicht. Früher oder später wird er erweckt.«

Al grinste schelmisch. »Das geht aber nur mit dem Nektar von Furtwanger. Wir werden den Alten ganz einfach verstecken.«

»Und wo, wenn ich fragen darf? In meiner Hütte etwa? Die ist so ziemlich das einzige Versteck, das ich kenne. Und nicht einmal hier ist man sicher.«

»Wir werden ihn in deinen Heustock stecken!«

Die Vorstellung löste Gelächter aus.

Al wurde ernst. »Ich habe eine Idee. Wir versenken ihn im Atomendlager von Benken. Dort wird die nächsten zwanzigtausend Jahre niemand freiwillig hinabsteigen.«

Kim fragte: »Und wie kommen wir da rein?«

»Gute Frage«, erwiderte Allan. »Ich weiß es auch noch nicht. Das Lager ist zugemauert und liegt fünfhundert Meter tief im Gestein.«

»Schnapsidee«, sagte Goofy und griff zur Flasche. »Wir werfen ihn mit einem Stein am Fuß in den Walensee!«

»Quatsch«, erwiderte Kim. »Schießen wir den Kerl doch in ein schwarzes Loch.«

Al überlegte. Diese Idee war gar nicht so schlecht und durchaus lösbar, so viel hatte er schon gelernt in dieser neuen, hoch technologisierten Welt. Nur war das Unterfangen kaum durchführbar, ohne Aufsehen zu erregen. Das »Objekt« würde nach kürzester Zeit entdeckt, schließlich war das All dicht überwacht und die Raumfahrt streng kontrolliert.

Kim schien Allans Gedanken zu erraten. »Wohl auch

eine Schnapsidee, spätestens beim Mars würde er geortet, nicht wahr?«, sagte er kleinlaut.

Goofy nickte. Schweigend dachten sie nach.

Al wandte sich an Goofy: »Wir sollten das Ganze erst einmal überschlafen.« Er räusperte sich: »Denkst du … wäre es möglich, eine Weile bei dir zu hausen? Hier sucht mich Furtwanger bestimmt nicht, denn er wähnt dich ja tot und weiß nichts von deiner Existenz. Und ohne Ring wirst du auch nicht geortet.«

Ohne Zögern sagte Goofy zu. Er rollte den abgewetzten Afghan zurück und öffnete eine Luke im Boden, die in eine Unterkellerung führte.

»Es ist nicht gerade das Hilton, aber du hast hier eine Pritsche, und ein paar Leuchtstäbe sind auch vorhanden. Und vor allem bist du gut versteckt. Du bist nicht der Erste, der hier Unterschlupf findet.«

»Wer denn noch?«, fragte Al.

»Arnold Schwarzenegger. Er hat großen Widerstand geleistet, aber schließlich konnte auch er nicht ohne den Ring überleben.«

»Was ist mit ihm geschehen?«

Goofy wies mit dem Kopf nach draußen. »Ich habe ihn da unten begraben, in der Mitte des Kraters. Er hat sich das Beil in die Brust gehauen.«

Kim kannte den Mann nicht, von dem sie sprachen, und dachte, es ginge um irgendein Game. Unbedarft sagte er: »Ich bleibe auch hier.«

»Kommt nicht infrage«, entgegnete Al. »Willst du das Unterfangen etwa gefährden, bevor es begonnen hat? Man wird dich suchen. Komm, ich bring dich nach Hause.«

Kim murrte: »Okay, hast ja recht, aber nach Hause finde ich selbst.«

Bevor der Junge in der Dunkelheit verschwand, bat Allan ihn noch, den Frauen auszurichten, dass es ihm gut gehe. Und dass sie um Himmels willen nicht an ihn denken sollen. Dann saß er mit Goofy noch eine Weile am Tisch. Sie rauchten.

»Wieso hast du dich vorher Blödmann genannt?«, fragte Al.

»Ist das nicht klar? Ich war doch völlig durchgedreht, war Furtwanger hörig und sah in Hitler den lieben Gott.«

Al schmunzelte: »Na ja, immerhin hat sich deine Gesinnung in der Zwischenzeit gewandelt.«

Goofy zog die Brauen hoch. »Ich war jahrelang auf der Flucht, aus Furcht, Furtwanger würde entdecken, dass ich am Leben bin. In den Sechzigern habe ich mich zu den Rockern geschlagen und später eine eigene Gang gegründet. Es war eine wüste Zeit. Ich habe mich geprügelt, habe gesoffen und Weiber vergewaltigt, habe den ganzen Frust über meine Nazizeit rausgelassen. Bis mir klar wurde, dass ich derselbe Nazi geblieben war, nur ohne Disziplin.« Er lachte. »Ich habe einen Selbstmordversuch unternommen, der logischerweise missraten ist. Seither weiß ich, dass ich nicht sterben kann. Irgendwann entdeckte ich dieses Reservat und lebe nun seit gut hundert Jahren hier. Und wie du ganz richtig bemerkt hast, sucht mich niemand, da Furtwanger mich für tot hält.«

Spätnachts beendeten sie ihre Unterredung. Al war müde und verabschiedete sich. Über eine Leiter stieg er in den Keller und trat auf den feuchten Kiesboden. Der Raum roch muffig. Er schaltete einen Leuchtstab ein und Goofy schloss die Luke über ihm. In einer Ecke des engen Raumes stand die Pritsche. Al legte sich darauf und deckte sich mit einer Wolldecke zu.

Er hörte Goofy noch eine Weile rumoren, dann kehrte Ruhe ein.

Allan lag im Dunkeln auf dem Rücken und dachte darüber nach, weshalb wohl Goofy das ewige Leben hatte.

Und wie war er aus seinem »Dornröschenschlaf« erwacht? Er wollte Goofy gelegentlich danach fragen.

Der Flip Kick Speedy hatte seine Wirkung verloren, im Gegensatz zum Alkohol. Die Gedanken verschwammen, Al fiel in einen traumlosen Schlaf.

Als er erwachte, wusste Allan nicht, wie spät es war. Kein Lichtstrahl drang in den Raum, ihn fröstelte, er hatte Hunger. Er tastete nach dem Leuchtstab und erhob sich gerädert von seinem harten Nachtlager. Steif stieg er die Leiter hoch, stieß die Luke auf und kletterte aus dem Loch. Sonnenlicht durchflutete die offene Tür und blendete Al. Er ging nach draußen und reckte sich. Die Sonne stand hoch im Süden, es war bereits Mittag. Goofy spaltete mit nacktem Oberkörper Holz. Als er Allan bemerkte, hielt er inne und fragte lachend: »Na, der Herr, angenehm geruht?«

»Wie Gott in Frankreich«, lachte dieser zurück. »Nur das petit-déjeuner fehlt.«

Sie stellten einen Tisch nach draußen, Goofy holte Eier und Speck aus dem Heustock und brutzelte Frühstück auf einem Gaskocher. Dazu servierte er seinen herrlichen schwarzen Kaffee.

Sie aßen und genossen den milden Tag.

»Na, schon was ausgeheckt?«, fragte Goofy und wischte sich den Mund ab.

Al nickte. »Ich denke, es gibt nur eine Möglichkeit, in das Atommüll-Lager zu kommen. Auch wenn es riskant ist.«

Goofy sah ihn fragend an.

»Meine Frau ist Furtwangers Assistentin. Sie muss uns helfen.«

Goofy machte große Augen.

»Nun, es ist eine lange Geschichte. Ich werde mit ihr

Kontakt aufnehmen, auch das ist natürlich riskant. Sie muss das Benkener Lager öffnen lassen. Irgendeinen Grund wird sie schon finden.«

Goofy lachte auf: »Du willst sozusagen mit deiner Frau plaudern, während Furtwanger daneben sitzt? Und hoffst, dass der Alte nichts davon mitkriegt? Du hast Nerven.«

»Hast du eine bessere Idee?«

Anstatt zu antworten entfernte sich Goofy vom Tisch und spaltete Holz. Er ließ das Beil in den Stock sausen und wandte sich Allan zu: »Einverstanden, wir müssen es riskieren.«

Allan zog den Ring aus der Tasche, seine Hände waren feucht. Er steckte ihn an den Finger und verband sich mit Beatrice.

»Allan, wie geht es dir, wo bist du, weshalb rufst du mich an?«, tönte Beatrices Stimme aufgeregt in den Raum.

Kurz und bündig erklärte Allan sein Anliegen.

Beatrice versprach, zu tun, was sie könne und sich zu melden, sobald sie mehr wisse. Dann trennten sie die Verbindung. Jede weitere Sekunde des Kontaktes erhöhte die Gefahr, entdeckt zu werden.

Nun begann die Zeit des Wartens. Allan wohnte weiterhin in der Kiesgrube, unternahm ab und zu Spaziergänge durch das Unterholz, der erste Schnee knirschte unter seinen Füßen. Er genoss die Stille und betrachtete Pflanzen, die sonst kaum mehr zu sehen waren. Als er einen Waldrebenstrauch entdeckte, brach er ein dürres Ästchen ab, setzte sich an den Kraterrand und rauchte die »Niele«, so wie er es heimlich in seiner Kindheit getan hatte. Von seinem Platz aus hatte er einen herrlichen Blick über das Naturschutzgebiet, das mit einem Film von Pulverschnee überzogen war. So friedlich und unberührt konnte die Welt noch sein. Er seufzte. War es wohl möglich, den Kampf gegen diesen übermächtigen Psychopathen zu gewinnen? Selbst wenn sie den Körper Hitlers entsorgen konnten, wäre das Problem nicht gelöst. Man müsste Furtwanger genauso wie den Diktator ins Endlager werfen und es zumauern, oder ihn mit seiner eigenen Waffe töten. Allan schwankte zwischen Hoffnung und Mutlosigkeit.

Als er zurückkehrte, saß Kim wartend auf dem Spaltstock. Goofy war auf einen Streifzug in die Stadt gegangen. Al holte den Schlüssel aus dem Heustock und öffnete die Tür. Sie betraten die Hütte und setzen sich an den Tisch, während Kim Grüße von Eveline, Melanie und Flo überbrachte. Auf seine Frage hin berichtete Al ihm von den weiteren Plänen. Dann kam Goofy und brachte Lebensmittel und frische Kleider für Allan mit. Außerdem hatte er noch einen Spaten, eine Schaufel und eine Hacke aufgetrieben, mit denen sie, wenn es so weit war, den Körper des Diktators exhumieren konnten. Sie setzten sich zusammen, aßen und planten das Vorgehen für den Tag X. In Erwartung des bevorstehenden Abenteuers verabschiedete sich Kim um Mitternacht mit geröteten Wangen. Allan bat ihn, erst wieder herzukommen, wenn sie ihm Bescheid gaben. Kim verstand und verzog sich ohne zu murren.

Als sie allein waren, fragte Al: »Warum lebst du, Goofy, warum bist du unsterblich?«

»Diese Frage hat mich auch lange beschäftigt.« Etwas verlegen lachte er. »Erst du hast mir des Rätsels Lösung gebracht.«

Allan horchte auf: »Ich? Erzähle!«

»Muss das denn unbedingt sein? Es … es ist mir etwas peinlich.«

»Bitte.«

»Nun gut, es ist ja immerhin schon hundertvierzig Jahre her. Ich war damals ein junger Spund, und wie gesagt, nicht recht bei Sinnen. In den Nächten, in denen Furtwanger im Koma lag, hielt ich Wache neben seinem Lager. Ich … ich habe ihn dermaßen verehrt, dass ich nicht widerstehen konnte, ihn zu küssen. Wie ein junger Hund habe ich sein Gesicht abgeleckt. Noch heute spüre ich den süßen Geschmack des Nektars, den ihm die Eingeborenen eingeflößt hatten und dessen Reste an seinen Mundwinkeln, an seinem Kinn und Hals klebten. Daraufhin habe ich heimlich das Extrakt der Mantodea versucht, das er bei mir in Obhut gegeben hatte. Den Nektar hatte ich ja bereits intus, und deshalb bin ich auch nicht ins Koma gefallen. So bin ich in umgekehrter Reihenfolge zu beiden benötigten Komponenten gekommen – und ohne Wissen zur Unsterblichkeit.«

»Na ja, das erklärt alles«, lachte Allan und hänselte: »Was für ein Bild! Stehst du immer noch auf Männer?«

»Nein, nur noch auf kleine Jungs wie dich«, parierte Goofy.

Wochen vergingen, die Tage wurden kalt und trüb, ohne dass eine Nachricht von Beatrice kam. Allan war angespannt und hoffte, endlich etwas von ihr zu hören. Stattdessen wurden sie eines Morgens von Kim geweckt. Er war ganz außer sich. Die Medien berichteten, dass das Atomlager aufgerissen werden müsse, um eine Sicherheitskontrolle durchzuführen. Ein unterirdisches Leck wurde vermutet. Die Arbeiten hatten bereits begonnen.

»Warum zum Teufel hat mich Bea nicht angerufen?«, sagte Al und klaubte seinen Ring aus der Tasche. Er verband sich mit ihr und wiederholte die Frage.

»Wie sollte ich denn, wenn du den Ring nie anhattest? Ich hab's mehrmals versucht.«

Allan schlug sich an die Stirn und entschuldigte sich bei Bea. Was war er doch für ein Idiot.

»Schon gut, nun geht ans Werk und verliert keine Zeit. In einer Woche wird das Bohrloch wieder verschlossen.«

Und mit brüchiger Stimme fügte sie hinzu: »Sei vorsichtig, Allan, ich … möchte dich nicht verlieren.«

Allan begleitete Kim ins Kinderheim und mietete ihn zwei Wochen für einen »Urlaub in der Karibik« – ab sofort. Mit Kims All-Mobil, einem Amphibienfahrzeug, flogen sie zurück zur Hütte. Es war das einzige Transportmittel, das ihnen zur Verfügung stand. Es flog, rollte oder schwamm nur mit dreißig Stundenkilometern, eben ein Kinderspielzeug. Vor allem aber wurde es weder gesucht noch kontrolliert. Und immerhin bot das eiförmige, metallisch glänzende Mobil Platz für drei Personen, Schaufel, Pickel, Hacke, Spaten und einen Seesack, den Goofy wer weiß wo aufgetrieben hatte und in den sie den Diktator packen wollten.

Bei Einbruch der Dämmerung starteten sie Richtung Kaiserstuhl. Um nicht aufzufallen, flog Kim in Bodennähe. Neben ihm saß Goofy und beobachtete aufmerksam das bisschen Umgebung, das der Lichtkegel erfasste.

»Hoffentlich finde ich den Platz noch, nach so vielen Jahren«, murmelte er.

Bis Glattfelden fand das All-Mobil den Weg per Autopilot, dann ging die Suche los. Kreuz und quer überflogen sie die Wälder der Gegend, doch nach einer Stunde erfolglosen Suchens resignierte Goofy: »Es hat keinen Sinn, ich brauche Tageslicht.«

Allan war nicht begeistert, sich dieser Gefahr auszusetzen, aber es blieb nichts anderes übrig.

Nachdem sie in einem ausgedienten, halb verfallenen Zollhäuschen eine Lebensmitteltablette geschluckt und ein paar Stunden geschlafen hatten, ging die Suche unter bleiernem Himmel, aber mit Tageslicht weiter. Goofy schickte Kim mal rechts, mal links, während Al im Fond saß und hoffte, endlich das »Heureka« von Goofy zu hören. Aber es kam nicht. Nach mehreren Stunden des Umherirrens seufzte er: »So geht es nicht. Flieg nach Norden, Junge, über die deutsche Grenze. Wir müssen am Anfang beginnen.«

Also suchten sie den Ausgangspunkt und nach einer halben Stunde kam das »Heureka« doch noch: »Da, da ist es!«, rief Karl aus.

»Aber da ist ja gar kein Wald, kein Abhang, wie du beschrieben hast. Nur Felder, Höfe und Fabriken. Hier kann er doch unmöglich begraben sein.«

»Nein, aber von hier aus haben wir ihn in die Schweiz gebracht, in einem Karren voller Schweine.« Er zeigte aus dem Fenster. »Dieses zerfallene Haus da unten war der Hof, von dem aus wir fuhren. Nun flieg dieser löchrigen Straße nach, Kim.«

Fast auf dem gleichen Weg, wie sie gekommen waren, flogen sie zurück. Goofy wurde immer sicherer. Er dirigierte Kim über den Rhein auf einen Hügelzug und wies ihn bei einem steil abfallenden Waldstück an, zu landen. Sie stiegen aus.

»Es sieht alles noch genau wie damals aus«, freute er sich. »Es ist, als ob es gestern gewesen wäre. Los geht's!«

Mit ihren Werkzeugen bewehrt, schlitterten sie den Abhang hinab, an einer seltsam quadratischen, überwucherten Ausbuchtung vorbei.

»Darunter ist der Bunker, in dem ich mit Furtwanger gehaust habe«, sagte Goofy. »Wir sind auf dem richtigen Weg.«

Bald darauf standen sie auf einem Vorsprung. »Hier liegt er«, erklärte Goofy siegessicher und schlug den Spaten in die Erde.

»Falls er noch da ist«, entgegnete Al. »Na los, finden wir es heraus.«

Sie vergaßen alle Vorsicht und begannen zu graben, stundenlang, und ohne den einsetzenden Regen zu spüren, der sie durchnässte und die von Wurzeln durchflochtene Erde immer schwerer machte. Es war Nacht geworden, ein Leuchtstab spendete spärliches Licht. Trotz der Kälte schwitzten sie. Einen Meter hatten sie bereits in die Erde gebuddelt, ohne dass irgendetwas zum Vorschein gekommen wäre.

»Pause«, sagte Al keuchend, und zu Kim gewandt: »Mann, woher nimmst du diese Kraft?«

Kim lachte: »Ich bin halt nicht so ein alter Knacker wie du.«

Mit Blasen an den Händen saßen sie erschöpft auf dem Erdhaufen neben dem Loch.

»Bist du sicher, dass es hier war?«, fragte Al.

»Ganz sicher!«

Sie arbeiteten weiter. Kim schlug mit seiner Hacke auf die Erde ein. Plötzlich stieß er auf etwas Hartes, ein dumpfer metallischer Klang ertönte.

»Das ist der Schrank, in dem er liegt«, schrie Goofy und sprang auf. Sie warfen ihre Schaufeln zur Seite und buddelten den durchgerosteten Schrank mit bloßen Händen frei. Mit einem Ruck riss Goofy die Tür auf.

Der Anblick des Körpers war ekelerregend. Auf dem Gesicht hatte sich ein Pilz gebildet. Die Kleider waren bis auf einige Fetzen verwest. Würmer und Maden nisteten in Mund und Nasenlöchern. Kim erbrach sich. Auch Allan musste sich würgend abwenden. Einzig Goofy schien völlig unberührt. Ohne zu zögern zerrte er den Körper aus dem Schrank, legte ihn auf den Erdwall und entfernte Dreck und sonstige Überreste. Es waren keinerlei Verwesungserscheinungen aufgetreten, sogar Hitlers Schnurrbart war intakt. Dieses Bild war fast noch erschreckender als das vorherige.

Aber sie hatten Erfolg gehabt, das Unterfangen war geglückt. Euphorie machte sich breit.

»Haben wir dich, du Sauhund«, sagte Al. Eilig packten sie den Führer in den Seesack und beeilten sich, wegzukommen. Zu dritt schleiften sie den Sack den Hang hinauf zum All-Mobil. Da sie die Werkzeuge am Tatort liegen gelassen hatten, ließ sich der gefüllte Seesack knapp darin verstauen.

»Auf nach Benken«, sagte Kim und flog los. Allan wies ihn aber an, besser in »Funfeld«, ehemals Glattfelden, zu landen. Es war ein Blue Works Ghetto und bestand aus einem riesigen Hangar und ein paar halb verfallenen Häusern. Bei einem Riegelhaus, das aus dem Mittelalter stammen musste, hielten sie das Gefährt an. Es war der Gasthof »Zum Löwen«.

»Hier übernachten wir. So verdreckt und müde wie wir sind, würden wir auffallen wie rote Hunde. Außerdem brauchen wir etwas zu essen und eine Mütze voll Schlaf.«

»Und was machen wir mit ihm?«, fragte Kim mit Blick auf Hitler.

»Was macht man schon mit einem Seesack? Man nimmt ihn mit in sein Zimmer.«

Sie betraten die schmuddelige Wirtsstube. Fein getäferte Wände und massive Deckenbalken berichteten von besseren Zeiten. Eine alte Frau schlurfte heran und nahm die Bestellung auf. Sie feierten ihren Erfolg mit Brot, Käse und Wein. Kim zahlte mit seiner Jugendfreikarte, dann gingen sie schlafen. Den Seesack legten sie in die halb verrostete Badewanne.

Das Unternehmen schien auf gutem Weg zu sein. Alles war perfekt vorbereitet. Während die Arbeiter das Endlager von Benken aufrissen, hatten sie genügend Zeit, Hitlers Körper dorthin zu bringen und in einem unbeaufsichtigten Moment hineinzuschmuggeln, bevor der Schacht wieder zugemauert wurde.

Den ganzen nächsten Tag verbrachten sie in ihrem Zimmer und warteten auf das Hereinbrechen der Dunkelheit.

Vorbei an der misstrauisch blickenden Wirtin traten sie in die regnerische Nacht.

Da Allan der Meinung war, es sei sicherer zu fahren als zu fliegen, tuckerten sie auf einer ausgedienten Straße nach Benken. Schon von Weitem sahen sie den hell erleuchteten pyramidenförmigen Bau, der das Kontroll- und Bewachungszentrum des Lagers bildete.

»Und nun?«, fragte Kim, der das Gefährt in sicherem Abstand vor einem hohen Drahtzaun anhielt, hinter dem Wachen in brauner Uniform patrouillierten. Sie stiegen aus und spähten über das Gelände. Hinter der Pyramide stand ein Bohrturm, neben ihm der gewaltige Wall des Aushubs.

»Aha, die Grube ist offen«, frohlockte Al.

Goofy schüttelte den Kopf: »Hier kommen wir nie unbemerkt hinein, vergiss den Plan.«

»Wieso unbemerkt?«, antwortete Allan. »Jetzt wird sich zeigen, wie viel mein Ring taugt und ob Bea gute Arbeit geleistet hat. Ich hoffe, ganz offiziell hineinzukommen.«

Er wies Goofy und Kim an, draußen auf ihn zu warten. Dann bestieg er das All-Mobil, steckte den Ring an und flog zum Haupttor. Sein Herz pochte heftig, als sich dieses öffnete und er bei zwei Wachen anhielt. Er streckte ihnen seinen Ring entgegen und erklärte auf Englisch, dass er der Inspektor sei, der die Anlage zu kontrollieren habe. Er war nervös. Was, wenn es nicht klappen würde? Um sich selbst hatte er keine Angst. Aber um das Unterfangen. Er war dabei, das Lebenswerk eines hundertsiebzigjährigen genialen Irren zu zerstören und damit vielleicht die Welt zu retten – oder zumindest die Menschheit. Es war die einzige und letzte Chance.

Die Wachen sandten einen Funkspruch ins Zentrum und salutierten kurz darauf: »Herr Filippos, Sie werden erwartet. Der Konvoi wird Sie an Ort und Stelle bringen.«

Gleich darauf kamen zwei Geräte angeschwirrt, die aussahen wie Motorräder ohne Räder, und die sich vor Allans Gefährt stellten. Die darauf sitzenden Wachen forderten ihn mit einem Handzeichen auf, ihnen zu folgen, was Al mit spitzbübischem Lächeln tat. Dass es so einfach gelingen würde, hätte er nicht gedacht. Bea hatte tatsächlich hervorragende Arbeit geleistet.

Sie war auch die Erste, die er sah, als er aufgefordert wurde, vor der Pyramide zu halten. Und neben ihr, umringt von einer Horde Brauner, die Hände in die Hüften gestützt und mit hämischem Grinsen – Professor Furtwanger.

15

Sofort stürmten die Schergen das All-Mobil und zerrten Allan heraus. Sie packten ihn an den Armen und schleppten ihn vor Furtwanger. Ein Brauner zückte eine Pistole und schoss ihm eine Spritze in den Bauch, die ihn erstarren ließ. Al konnte nur noch den Kopf bewegen. Zwei weitere Männer brachten den Seesack und legten ihn auf eine bereitgestellte goldene Bahre. Fast im selben Moment landete ein braun-grün geflecktes, jeep-ähnliches Gerät, dem zwei Uniformierte mit Kim und Goofy entstiegen, die man ebenfalls erstarren ließ. Al sah Beatrice an, ihr Makeup war verschmiert, die Augen gerötet.

Eine Weile herrschte gespenstische Stille in dem von gleißendem Schweinwerferlicht durchfluteten, kahlen Gelände. Angst lag in den Blicken der Überführten. Was würde Furtwanger verfügen, wie Gericht über sie halten?

Furtwanger zeigte auf Kim. »Entblößt das Kind. Es hat die Kleider eines Promis nicht verdient. Es soll lernen zu frieren. Peitscht es aus und bringt es dann zurück. Den Rest seines Lebens wird es als Blue Work der tiefsten Stufe fristen.«

Zwanzig Schreie gellten durch die Nacht, dann wurde Kim, übersät von roten Striemen, ins Jeep-Mobil verfrachtet, das bald darauf in der Dunkelheit verschwand.

Mit einem nachlässigem Winken schickte der Professor die Wachen weg, sie zogen sich in die Pyramide zurück. Lächelnd trat er auf Allan zu. »Danke, junger Freund, dass Sie mir die Arbeit abgenommen haben. Genau zum rechten Zeitpunkt unterstützen Sie meine Pläne aufs Beste.«

Liebevoll streichelte er den aufgebahrten Seesack und

seufzte: »Oh, mein geliebter Führer, ich kann es kaum erwarten.«

Dann wurde sein Blick scharf, die Lippen schmal. Er wandte sich an Goofy. Leise sagte er: »Du hast mich enttäuscht, Karl, maßlos enttäuscht. Du hast meinen Befehl missachtet und das Pulver probiert, das ich dir im Glauben an deine Redlichkeit anvertraute. Du hast deinen Vorgesetzten sexuell missbraucht, während er schlief. Wie ein Tier hast du ihn abgeleckt. Und – du hast dir das ewige Leben unrechtmäßig erschlichen. Pfui!«

Verächtlich spuckte er ihm ins Gesicht. Sein Blick schweifte zu Al, zu Goofy, dann senkte er ihn. Er seufzte und schüttelte ratlos den Kopf. »Wie soll ich euch bloß bestrafen für eure derart ruchlosen Taten?«

Allan war blass geworden: »Woher ... woher wissen Sie ...?«

»Schweigen Sie«, herrschte ihn Furtwanger an. »Denken Sie, ich habe keine Mittel und Wege, Sie zu überwachen, auch wenn Sie den Ring nicht tragen?«

Alles, alles hatte also der Professor mitgekriegt, spätestens seit Al mit Bea in Kontakt getreten war. Alles hatte er geschehen lassen und in sein grausames Werk integriert.

Furtwanger machte eine ausschweifende Bewegung mit dem Arm, wies auf die Baustelle und sagte: »Was soll nun mit dem unseligen Loch geschehen? *Euch* sollte man anstatt des Führers hineinwerfen, und Beatrice, die Verräterin, sollte es zuschaufeln, bis sie vor Erschöpfung tot zusammenbricht.«

Tränen flossen wie Bäche über Beas Gesicht und tropften auf ihr weißes Kleid. Sie schluchzte nicht, zu groß waren Furcht und Trauer.

Furtwanger schüttelte erneut den Kopf: »Was soll ich bloß tun mit euch? Keine Strafe ist hart genug.«

Die Hände auf dem Rücken, schritt er eine Weile auf

und ab, als ob er angestrengt nachdenken würde. Dann blieb er stehen und sagte: »Ihr habt Glück. Ich werde unendliche Güte und Gnade vor Recht walten lassen. Bea wird mir helfen, das Wiederbelebungszeremoniell unseres geliebten Führers vorzubereiten und die Feier begleiten. Dann darf sie in Pension gehen in unser schönes Altersparadies.«

Bea zuckte zusammen. Das war ihr Todesurteil.

»Und ihr beide, Karl und Filippos« fuhr Furtwanger fort, »werdet der Willkommensgruß, die erste freudige, feierliche Amtshandlung unseres alten und neuen Herrschers sein. Bestimmt wird er euch mit Genuss exekutieren.«

Er rieb sich die Hände. »So, meine Lieben, nun lasst uns aufbrechen und die frohe Tat vollbringen.«

Furtwanger schnippte mit dem Finger, eine Luke in der Pyramide öffnete sich. Erst entschwebte ihr ein schwarz glänzendes Gerät mit getönten Scheiben, dessen Form an ein Krokodil erinnerte und das gut zwanzig Meter lang war. Der Schlund öffnete sich, vier Braune nahmen die Bahre samt Seesack und trugen sie ehrfurchtsvoll auf den Schultern ins Gefährt. Mit einer galanten Handbewegung wies Furtwanger Bea an, ihnen zu folgen, und betrat dann selbst das Mobil. Lautlos schloss sich das Riesenmaul, lautlos hob das Flugzeug ab. Noch immer starr, wurden Allan und Goofy in ein Jeep-Mobil auf eine Bank gelegt, bewacht von zwei Braunen. Dann zischte auch der Jeep ab in Richtung Big Bang.

Nach kurzer Zeit flog das Jeep-Mobil in einen der Lollipop Tower des World Union Center ein und schwebte einen langen Schacht hinunter. Irgendwo im tiefen Innern hielt es an. Ein Brauner drückte auf einen Knopf, die Tür klappte auf. Goofy und Al wurden, wie von Magneten angezogen, auf dem Rücken liegend aus dem Gefährt geschleift, gelangten auf eine Rutsche und wurden in einen fensterlosen, grell erleuchteten Raum ausgespien. Al fiel schmerzhaft auf den Rücken und blieb reglos liegen, hinter ihm Goofy, in derselben ungemütlichen Situation. Allan fand als Erster Worte: »Wie geht's dir?«

»Beschissen«, antwortete Goofy. »Ich habe dir von Anfang an gesagt, dass es schiefläuft.«

Al nickte: »Wir haben es wenigstens versucht.«

Goofy lachte verbittert: »Nun können wir uns getrost auf unser letztes Stündchen vorbereiten. Ist doch auch nicht schlecht. Ich für meinen Teil habe längst genug gesehen von unserem Planeten und fürchte den Tod nicht, im Gegenteil.«

»Nun ja, mir macht's auch nichts aus. Aber die Gewissheit, dass die Menschheit auf immer in dieser faschistischen, bis ins Letzte kontrollierten Konsumwelt leben muss, schmerzt mehr als der Tod.«

Goofy nickte. »Am meisten tut es mir um Kim leid. Hätten wir ihn doch nur nicht mit hineingezogen.«

Sie schwiegen und lagen da, ohne zu wissen, wie viel Zeit vergangen war.

Goofy fluchte: »Wie lange hält denn diese verdammte Steifheit an, mich juckt's am ganzen Körper, und ich kann mich nicht kratzen.«

»Das wird schon wieder«, beruhigte ihn Al. »Lass uns versuchen, eine Weile zu schlafen.«

Dies war bei dem grellen Licht nicht einfach, aber schließlich siegte die Müdigkeit.

Als sie erwachten, konnten sie sich endlich wieder bewegen. Mit steifen Knochen standen sie auf, streckten sich und sahen sich in dem Raum um. Es herrschte gähnende Leere um sie herum – Boden, Wände und Decke waren glatt wie Porzellan, alle Ecken gerundet. Der Raum erinnerte an eine Badewanne, nicht zuletzt deshalb, weil im hinteren Teil eine Art Abguss eingelassen war, wohl für die Notdurft gedacht. Sie hatten Hunger – und kaum daran gedacht, schwebte ein Plastikbeutel durch die Wand. Darin befand sich ein bräunliches Mus, das wie Fäkalien aussah – und auch nicht viel besser schmeckte. Aber es sättigte. Unmittelbar nachdem sie den letzten Rest aus dem Beutel gekratzt und verzehrt hatten, löste sich dieser auf.

Außer dass die immer gleiche Nahrung geliefert wurde, sobald sie Hunger hatten, passierte nichts. Neben dem Loch, das sie als Toilette benutzten, plätscherte aus der Wand auf Wunsch frisches Trinkwasser, mit dem sie sich auch notdürftig waschen konnten. Die Bärte wuchsen, das Haar war zerzaust, ihre Kleider begannen zu stinken, die Socken klebten an den Füßen. Al wollte sie waschen, aber bei dem Impuls »Socken waschen« kam kein Wasser. Er versuchte, das System zu überlisten und dachte »trinken«. Sofort begann das Wasser zu fließen, aber sobald er seine Socken darunterhielt, versiegte es. Am Ende hielten sie den eigenen Gestank nicht mehr aus und legten die Klamotten ab. Nackt saßen sie auf dem Boden und unterhielten sich. So plätscherte die Zeit dahin, sie schliefen und wachten und wussten nicht, ob es Tag oder Nacht war.

Goofy wurde nervös. Er hielt die Langeweile, die Ungewissheit und das permanente Licht kaum mehr aus. Oft reagierte er gereizt und aggressiv, einmal schlug er sich an der Wand die Fäuste blutig. Allan, der gelernt hatte, sich in sich selbst zurückzuziehen, tat alles, seinen Freund zu beruhigen, versuchte, ihm beizubringen, Gedanken und Zeitsinn auszuschalten. Aber er wusste, wie schwer, wie lange und leidvoll der Weg dorthin war.

Eines Tages, als er erwachte, lag Goofy zusammengekauert auf dem Boden und heulte wie ein kleines Kind. Allan massierte ihm die Schultern und redete beruhigend auf ihn ein.

Unwirsch stieß ihn Goofy weg. »Warum tötet er uns verdammt noch mal nicht endlich, er hat es doch versprochen.«

»Geduld«, antwortete Al. »Bestimmt ist es bald so weit. Ich denke, es wird eine Zeit dauern, bis Hitler in das System eingeführt ist und die Macht übernehmen kann. Sobald dies der Fall ist, wird wohl unsere Stunde kommen.«

So war es, so hatte es Furtwanger geplant. Irgendwann wurden sie von einer Stimme geweckt, die befahl: »Die Todgeweihten sollen durch die Wand treten!«

Freudig sprangen sie auf. »Gott sei Dank, endlich«, frohlockte Goofy.

Wie geheißen traten sie durch die Wand und kamen in einen Duschraum, wo sie sich waschen und rasieren konnten. Die Länge des Bartes verriet, dass sie wohl einen Monat in dieser Zelle verbracht hatten. Zwei weiße, mit Goldbordüren verzierte Togen lagen für sie bereit. Sie zogen sich an und betrachteten sich in einem mannshohen Spiegel. Obwohl es nichts zu lachen gab, grinsten sie. Sie sahen aus wie eine schlechte Kopie römischer Senatoren. Furtwanger war, nebst seiner irren Genialität und seiner Perversion, ein seniler Kitschhaufen und ein kindischer Geist. Und genau dies reflektierte sich in der Welt, die er erschaffen hatte. Der Spiegel verwässerte, sie traten durch. Auf einem langen Korridor gelangten sie zu einer Flügeltür, wo sie von zwei Braunen empfangen und in einen Speisesaal geführt wurden. An einem langen, festlich gedeckten Tisch hatte die Gruppe der höchsten Wirtschaftsführer Platz genommen, die sogeannten zehn Regenten. An dessen oberem Ende, auf einem leicht erhöhten Stuhl, thronte Hitler in seiner klassischen Uniform. Zu seiner Linken, in ähnlicher Montur, Professor Furtwanger. Neben ihm der greise Osama bin Laden. Als einzige Frau saß inmitten der schwarz betuchten Herren Beatrice in einem rosaroten Seidenkleid. In der Ecke stand ein geschmückter Weihnachtsbaum.

Al und Goofy wurden angewiesen, auf der gegenüberliegenden Seite Hitlers und Furtwangers Platz zu nehmen. Mit zufriedenem Lächeln und stolzem Blick sah der Professor den Führer an, der starr vor sich hinblickte und etwas müde wirkte. Ein seltsamer Glanz lag in seinen Augen. Al wusste nicht, wie er ihn interpretieren sollte.

Furtwanger stand auf. Sein Blick war mild, die Augen feucht. Er erhob das Glas: »Verzeiht, meine Freunde, wenn ich heute weine. Es sind Tränen des Glücks, die uns diese Weihnacht beschert. Nach hundertvierzig Jahren ist meine Mission endlich erfüllt, der Befehl unseres Führers ausgeführt. Unter Mithilfe von Osama habe ich das Volk am 11. September 2001 wachgerüttelt, der Wende stand nichts mehr im Wege. Und nun wird dieses Volk königlich belohnt.« Verzückt sah er Hitler an. »Uns steht nicht das Tausendjährige, nicht das Zehntausendjährige Reich bevor. Nein, meine Freunde, wir treten heute ein in das Ewig währende Reich.«

Er erhob das Glas und schrie: »Hitler lebt, hoch soll er leben, Heil unserem Führer!«

»Heil unserem Führer«, echote es im Chor, und die Arme streckten sich zum Hitlergruß.

Während Hitler dasaß, als ob ihn das alles nichts anginge, fuhr Furtwanger fort: »Zum Jahreswechsel wird der Führer in Berlin eine Street Parade nie da gewesenen Ausmaßes abnehmen, der Welt ihr Glück verkünden und aufs Neue die Macht übernehmen.« Applaus wollte anschwellen, Furtwanger unterdrückte ihn mit einer beschwichtigenden Handbewegung.

»Doch nun wollen wir tafeln und fröhlich sein im Bewusstsein des vierten, des Ewigen Reiches. Und in Vorfreude der Exekution unserer Todgeweihten, die der Führer höchstselbst vollstrecken wird. Nach diesem Mahl, an dem die Todgeweihten teilhaben dürfen, dank der Gnade unseres geliebten Führers.«

Nun brach der Applaus los.

Furtwanger klatschte in die Hände, es wurde aufgetragen.

Al genoss die Köstlichkeiten. Er verspürte keine Angst. Nur Trauer. Die Schlacht war verloren, es gab nichts mehr zu tun. Immer wieder wechselte er liebevolle Blicke mit Bea, Blicke des Abschieds für immer.

Als alle längst satt waren, verschlang Hitler noch immer gierig Nachschlag um Nachschlag. Endlich, eine geschlagene Stunde und fünf Desserts später, rülpste er und war zufrieden.

Al erinnerte sich, dass auch er nach seinem Erwachen noch wochenlang Hunger gehabt hatte wie ein Wolf. Und dieser Mann hatte immerhin fünfzig Jahre länger als er ohne Nahrung zugebracht. Entsprechend groß war sein Nachholbedarf. Al fragte sich, wie der Führer die lange Zeit verbracht, wie er mit der Situation umgegangen war und ob auch er auf ähnliche Weise gelitten hatte.

Ein Asbach Uralt wurde serviert. Danach brachte ein livrierter Lakei ein goldenes Tablett, auf dem zwei Spritzen lagen. Furtwanger übernahm es und platzierte es ehrerbietig vor Hitler.

»Bringt die beiden her«, befahl er mit scharfer Stimme. Und sanft, wie zu einem kleinen Kind, an Hitler gewandt: »Diese beiden Männer, mein Führer, wollten Euch, dem Atommüll gleich, auf Tausende von Jahren vergraben, einbetonieren, eliminieren. Sie haben das ewige Leben nicht verdient, nie hatten sie es verdient, denn sie sind unwürdig und dumm. Es wird den beiden eine Ehre sein, wenn Ihr, mein Führer, das Todesurteil vollstreckt.« Er wies mit der Hand auf die Spritzen. »Bitte, walten Sie Ihres Amtes.«

Al und Karl wurde befohlen, sich vor den Führer zu stellen. Die Kerzen am Weihnachtsbaum brannten. Al hörte Beas Schluchzen, während Karl ihm ein letztes

Lebewohl zuflüsterte. »Mach's gut, Allan Filippos, wir sehen uns im Hades wieder.«

»Ruhe«, befahl der Professor. »Jetzt ist Schluss mit diesem unflätigen Benehmen. Streckt den Arm zum Hitlergruß.«

Sie taten wie befohlen. Furtwanger zeichnete ein Hakenkreuz auf ihre Ellenbeuge.

»Mein Führer, bitte setzt die Spritze hier.«

Hitler stand auf, mit ihm erhob sich die ganze Gesellschaft. Außer Bea. Die Hände vor den Augen, saß sie zusammengekauert da. Furtwanger herrschte sie an: »Erhebe dich, du undankbares, böses Weib.«

Dann geschah das Unfassbare: Hitler, der bis jetzt kein Wort gesprochen hatte, wandte sich an den Professor: »Halten Sie den Mund, Oberst Furtwanger. Wer befiehlt nun hier, Sie oder ich?«

Furtwanger stotterte: »Ihr, mein Führer.«

»Haben Sie Gehorsam auf immer geschworen?«

Verwirrt sagte der Professor: »Ja, mein Führer, Gehorsam habe ich geschworen, gehorsam war ich während hundertfünfzig Jahren, gehorsam werde ich immer sein.«

»Bis in den Tod?«

Furtwanger lächelte: »Es gibt keinen Tod für uns, geliebter Führer, Ihr wisst doch …«

»Sie irren, Oberst.«

Hitler nahm eine Spritze vom Tablett und übergab sie Furtwanger.

»Wie Sie selbst gesagt haben, ist Ihre Mission erfüllt. Setzen Sie sich selbst die Spritze, das ist mein letzter Befehl an Sie.«

Die Gäste standen mit offenem Mund da, Bea war aufgesprungen und glaubte, ihren Ohren nicht zu trauen.

Furtwanger war leichenblass und hauchte: »Aber weshalb …?«

»Ihre Zeit ist gekommen, längst gekommen.«

»Mein Führer, ich verstehe nicht …«

»Erfüllen sie nun die Order!«, herrschte ihn Hitler an, »oder muss ich selbst Hand anlegen?«

Mit zittrigen Fingern führte Furtwanger die Spritze zum Arm, stieß sie in die Vene und drückte das todbringende Elixier, das er selbst erfunden hatte, in sein Blut. Die Zeit reichte gerade noch für eine Habachtstellung und die Worte: »Heil dir, mein Führer, bis in den Tod …« Dann brach er zusammen.

Hitler sah in die Runde. »Ich ernenne hiermit Adjutant Karl und Allan Filippos zu den höchsten Befehlshabern. Ihnen übertrage ich die Macht. Verkündet dies an der Berliner Parade.«

Eisiges Schweigen, ehrfürchtiges Kopfnicken.

»Und nun verschwindet allesamt, nehmt die Leiche da mit, kremiert sie und verstreut die Asche im nächsten Wald, auf dass sie in alle Winde verweht werde. Nichts soll an diese Existenz erinnern.«

Konsterniert wurde dem Befehl Folge geleistet, Furtwanger aus dem Raum geschleift.

Hitler wandte sich an Allan, Goofy und Bea: »Ihr drei bleibt hier. Setzt euch.«

Als sie allein waren, sprach vorerst keiner ein Wort. Aber Al ahnte, was der Glanz in Hitlers Augen bedeutete. Es war derselbe Glanz, der ihm aus seinem eigenen Spiegelbild entgegenleuchtete, seit er erwacht war.

Karl war noch immer perplex. Schließlich fasste er Mut und sprach als Erster: »Warum haben Sie das gemacht?«

Hitler schien nachzudenken, nach den richtigen Worten zu suchen. Sein Gesichtsausdruck war weich. Die gen Rücken gerichtete Hand zitterte leicht. Dann begann er zu sprechen: »Nachdem mich Furtwanger erschossen hatte, bin ich erwacht. Als körperloser Gedanke, allein mit mir selbst und mit meinen Greueltaten. Ich litt unsägliche, unendliche Qualen und wurde mir bewusst, dass diese Qualen nichts sind im Vergleich zu denen, die ich der Welt zugefügt hatte. Ich war verzweifelt, denn ich konnte nichts wiedergutmachen. Nach langer, langer Zeit fand ich Bilder in mir, schreckliche, grausame Bilder. Ich stieg hinab in mein Inneres, das realer wurde als die Realität. Dort fand ich das Leid, das ich verursacht hatte, die Toten, meine ganzen Verbrechen türmten sich vor mir auf und drohten mich zu ersticken. In unendlicher, mühseliger Arbeit ordnete ich die Dinge und entdeckte am Ende das Kristallzimmer, den innersten Kern meiner selbst, vielleicht gar … ein wenig Weisheit. Kurz, ich hatte hundertvierzig Jahre Zeit, über meine Schandtaten nachzudenken und sie zu bereuen.

Wie könnte ich nach all dem fortfahren wie zuvor? Wie könnte ich einverstanden sein mit dem, was Furtwanger angerichtet hat? Diese kindischen Zuckerstangen, dieser Konsumzwang, die Kontrolle, der Ring, die passiven Genozide der Dritten Welt und der Selbstmordzwang. Nein, diese Welt ist fast schlimmer als die, die ich erschaffen hatte.«

Er schwieg eine Weile, dann wandte er sich an Al: »Sie als ›Versuchskaninchen‹ können bestimmt nachvollziehen, was ich durchgemacht habe.«

Al nickte heftig: »Dann werden Sie also die Welt von dieser Diktatur befreien?«

Hitler schüttelte den Kopf: »Ich habe der Menschheit bereits zu viel Leid zugefügt, zu viel Schuld auf mich geladen, als dass ich das Recht hätte, der Welt weiterhin anzugehören. Ich schäme mich, ekle mich vor mir selbst und meinen Greueltaten. Mir fehlt die Kraft, mit der Bürde meiner Schuld zu leben. Und selbst wenn ich wollte, ich habe meine Existenzberechtigung verwirkt. Erweist mir die Gnade und bringt die Schweinerei in Ordnung, die ich und Furtwanger angerichtet haben. Schafft eine friedvolle, gerechte Welt. Sie, Allan, wissen, wie es funktioniert, denn Sie haben Ordnung in sich selbst geschaffen, Sie haben das Kristallzimmer freigelegt.«

Daraufhin nahm er die zweite Spritze vom Tablett und übergab sie Goofy.

»Bitte, Karl, befreien Sie die Welt von mir. Töten Sie mich und verbrennen Sie mich danach, genauso wie Furtwanger. Auch von mir soll nichts übrig bleiben.«

Er streckte Karl den Arm entgegen. Dieser zögerte.

»Bitte, tun Sie mir den Gefallen«, sagte Hitler und lächelte ihn an: »Ich weiß, eigentlich müsste ich selbst … aber … ich war schon immer ein Feigling.«

Dieses Argument überzeugte Goofy, er befolgte den Befehl. Hitler sank zusammen und starb. Reglos hing er in seinem Stuhl.

Die drei übrig Gebliebenen schwiegen konsterniert.

Al kratzte sich am Kopf, ging zur Kommode und nahm das Spray zur Hand, das darauf stand.

»Ich hoffe, er ist uns nicht böse, wenn wir das etwas umweltgerechter erledigen. Im Übrigen hatte er ja schon einmal das Vergnügen einer Kremierung.«

Nachdenklich besprühte er den Toten, der sich sofort auflöste.

Bea schnäuzte sich, wischte die letzten Tränen aus dem Gesicht und fiel Allan um den Hals. Dann trat sie einen Schritt zurück, sah die beiden von oben bis unten an und lachte: »Ihr seht ja aus wie Römer.«

Al und Karl stimmten in das Lachen ein, in ein befreites, erlöstes Lachen.

Allan sagte: »Na, dann werden wir mal was Anständiges anziehen. Und nachher, denke ich, ist es Zeit für ein Gläschen Champagner …«

Epilog

Kurz nach Furtwangers Tod fand Allan dessen Tagebücher. Allesamt braun und mit einem Gummiband versehen. Es waren dreißig an der Zahl. Furtwanger hatte darin darin – seit 1945! – alle Ereignisse aufgeführt, wie Allan verblüfft feststellte, als er darin zu lesen begann.

Furtwanger hatte gelogen. 9/11 war bei Weitem nicht die einzige »Katastrophe«, die er und seine Schergen ins Rollen gebracht hatten.

Je weiter er las, desto unglaublicher wurde das, was in den Büchern stand: Die Ermordung JFKs, der Nahostkonflikt, die Kriege in Afghanistan, Irak und Iran, alles Furtwangers Werk.

Mit welchen Mitteln nur hatte dieser Mann gearbeitet, dass es ihm gelungen war, all die Helfer und Helfershelfer davon zu überzeugen, ihm nicht nur bei der Umsetzung seiner Verbrechen zu dienen, sondern oft auch selbst für ihn in den Tod zu gehen? Und noch während Allen sich diese Frage stellte, wusste er auch schon die Antwort: Natürlich! Furtwanger hatte das beste aller Mittel der Überzeugung, das es gibt – er *versprach* seinen Gefolgsleuten nicht nur das ewige Leben, nein, er konnte ihnen sogar beweisen, dass er, Furtwanger, auch dazu in der Lage war, dieses Versprechen einzulösen!

Je weiter Allan las, desto mehr wurde ihm bewusst, wie raffiniert und diabolisch Furtwanger über die Jahrzehnte seine unsäglichen Pläne verfolgt und umgesetzt hatte, ohne dass weltweit irgendjemand Verdacht geschöpft hätte.

An einer Stelle stockte Allen: Nämlich bei dem Eintrag

kurz nach dem 9/11-Anschlag. Furtwanger hatte auch in dieser Hinsicht gelogen, denn nach dem 9/11-Anschlag hatte sich nicht die gesamte Welt seinen Plänen angeschlossen. Europa hatte sich vorest geweigert und Widerstand geleistet. Fast fünfzehn Jahre lang war dies den Europäern auch gelungen. Doch dann geschah etwas, womit selbst Furtwanger nicht gerechnet hatte, für ihn aber ein Geschenk des Himmels war: Die europäischen Politiker waren dumm genug, Griechenland finanziell ausbluten zu lassen und in den Bankrott zu treiben. Was blieb den Griechen anderes übrig, als sich den Rechtsextremen im Lande zuzuwenden?

Bald darauf wurde Griechenland zu einer Diktatur und es dauerte nur einige wenige Jahre, bis ganz Europa auseinanderbrach und die Rechtsextremen, wie damals nach der Weimarer Republik in Deutschland, auf dem gesamten Kontinent die Macht ergriffen.

Furtwanger hatte danach leichtes Spiel, das neue Europa schloss sich ihm mit Freuden an.

Angewidert schlug Allan das Tagebuch zu. Dann verbrannte er sämtliche Aufzeichnungen Furtwangers – nichts von alledem sollte je überliefert werden.

Es dauerte rund dreißig Jahre und war ein hartes Stück Arbeit, bis die Gesellschaft wieder im Lot war.

Viele der Errungenschaften waren, wie meist nach Kriegen oder Diktaturen, sinnvoll eingesetzt, durchaus segensreich. Dank des medizinischen Fortschritts gab es kaum mehr Krankheiten, die Lebenserwartung blieb unverändert hoch, die Technologien waren umweltfreundlich.

Schrittweise wurde das Salz entgiftet, das Tragen des Ringes war damit nicht mehr lebenswichtig. Er wurde jedoch weiterhin als Identifikations-, Zahlungs- und Kommunikatinsmittel beibehalten, seine Kontrollfunktionen aber auf das Nötige und Sinnvolle reduziert, ebenso wie die Genmanipulation. Die Klassenhierarchie wurde aufgehoben und jeder durfte wieder Kinder zeugen. Eines der wichtigen Ziele der Menschheit, die Stabilisierung der Bevölkerungszahl, wurde durch Wohlstand, Vernunft und Eigenverantwortung problemlos erreicht.

Mit drei, vier Arbeitsstunden pro Tag lebte man gut. Kriminalität gab es – auch ohne Repression – kaum, da keinerlei Anlass dazu bestand. Der vom Wahn gesteuerte Konsumzwang verebbte, an dessen Stelle traten vermehrt innere Werte und Kreativität. Was nicht hieß, dass man den materiellen Genüssen dieser Welt entsagte.

Für die globalen Bedürfnisse entstand eine Weltregierung mit Sitz in Davos (wie alle anderen Städte erhielt es seinen alten Namen wieder), der 400 Minister angehörten. Gleichzeitig wurde ein starker Föderalismus gepflegt.

Genau genommen ging es der Menschheit besser denn je, der Planet war gesund wie seit Jahrhunderten nicht mehr.

Im Jahr 2115, mit 147 Jahren, legte Al sein Amt als Vorsitzender des Ministerrates nieder und trat in den Ruhestand. Obwohl er wie fünfzig aussah und auch über die entsprechenden Kräfte verfügte, war er müde geworden, müde all der Verantwortung, der ewigen Sitzungen und Regierungsgeschäfte. Auch Karl, sein engster Berater, kehrte wieder in seine Kiesgrube zurück, wo er mit Kim Bildhauerei betrieb. Melanie, Eveline und Flo genossen in Zürich einen geruhsamen Lebensabend. Ebenso wie Habi, der mit zwei Lebenspartnerinnen eine schicke Villa bewohnte. Nierlich und die dünne Frau Cattin waren in hohem Alter verstorben.

Allan erwarb mit Bea eine Insel in Griechenland, seiner ursprünglichen Heimat. Zehn Jahre führten sie dort ein zurückgezogenes Leben. Obwohl Bea alt geworden war und ihre Kräfte nachließen, waren ihre Gedanken nach wie vor glasklar.

Sie saß beim Frühstück vor ihrem Haus, es war außergewöhnlich mild für die Jahreszeit. Al stieg aus dem Swimming Pool und setzte sich zu ihr. Er kippte ein Glas Orangensaft hinunter und köpfte ein Ei.

»Na, willst du nicht auch ein paar Schwimmzüge wagen?«, sagte er zu Bea: »Es ist herrlich erfrischend.«

Anstatt zu antworten, deutete sie auf den Olivenhain, der sich vor dem blau schillernden Meer abzeichnete, und meinte: »Die Oliven kommen gut dieses Jahr, nicht wahr?«

Er nickte.

»Es ist bald Zeit, die Ernte einzufahren.«

Er nickte wieder: »Stavros und seine Pflücker werden Anfang November kommen.«

»So ist also alles geregelt?«

Al verstand die Frage nicht. »Natürlich, wie immer, weshalb fragst du?«

Bea nahm einen Schluck Kaffee, ihre Hände zitterten leicht, wie sie das seit einiger Zeit immer häufiger taten.

»Allan, ich muss mit dir reden.«

»Das klingt ja richtig ernst«, scherzte er.

»Nun ja, es ist nur … weißt du, Al, ich frage mich oft, was du mit einer alten Schachtel wie mir noch willst? Du brauchst junges Blut.«

Al wurde ärgerlich: »Bea, ich bin die ältere Schachtel von uns beiden. Wir haben doch schon oft darüber gesprochen.«

Zärtlich sah ihn Bea an. »Ja, ich weiß, und wir haben vereinbart, dass das Thema abgehakt ist. Aber weißt du, Allan, du lebst ewig, bist immer jung, für mich gilt das nicht.«

»Was willst du damit sagen?«

Bea seufzte: »Ich spüre, dass es … langsam Zeit für

mich ist. Und ich bin nicht unglücklich darüber, hundertvierundfünfzig Jahre sind eine lange Zeit. Ich bin des Lebens, so schön es ist, langsam überdrüssig. Ich habe alles gesehen, alles erlebt, was will ich mehr?«

Al antwortete: »Und nun denkst du, dass ich nach all den Jahren, in denen wir zusammen sind, irgendeine Tussi aus Athen oder sonst wo einfliegen lasse, um dich zu ersetzen?«

»Es wird dir wohl nichts anders übrig bleiben, wenn ich das Zeitliche segne.«

»Denkst du«, murrte Al. »Meinst du, ich lasse dich einfach so wegschleichen und bleibe allein hier zurück?«

»Allan, ich schleiche nicht weg. Begreif doch. Es ist das Schicksal aller Menschen, der Lauf der Dinge. Außer für Karl und dich.«

Nachdenklich erwiderte Al: »Der Lauf der Dinge ... Komm, lass uns nicht mehr darüber reden, machen wir einen Spaziergang zum Olivenwald.«

Er ging ins Haus und zog sich an, während Bea den Tisch abräumte.

Unter der warmen Herbstsonne durchschritten sie ihre Insel, gingen ein paar Hundert Meter den Strand entlang und bogen dann ins Landesinnere ein. Verschwitzt nach der langen Steigung waren sie froh, den kühlen Schatten des Waldes zu erreichen. Sie setzten sich unter einen Olivenbaum und ruhten aus. Allan hatte eine Flasche Retsina und zwei Gläser mitgenommen. Sie stießen an.

»Weißt du Bea, ich liebe dich noch wie am ersten Tag.«

»Du alter Romantiker«, lächelte sie und drückte ihm einen Kuss auf den Mund.

Sie tranken und schäkerten wie zwei Frischverliebte. Als die Flasche leer war, scherzte Bea: »Was hast du denn in den Wein getan, ich bin ja ganz beschwipst.«

»Oh ja«, antwortete Al, »da war etwas ganz Besonderes drin. Komm, lass uns nun gehen.«

Er zog sie auf, sie schlenderten durch den Wald.

Plötzlich blieb Bea stehen: »Was ist denn das?« Sie deutete auf ein großes, quadratisches Loch im Boden, aus dem blauer Lichtschimmer strahlte. Behutsam traten sie näher. Eine gläserne, blau leuchtende Treppe führte in die Tiefe.

Wohl tausend Stufen stiegen sie hinunter, bis sie zu einer Tür kamen.

»Komm, mein Engel, ich möchte dir etwas zeigen«, sagte Al und stieß die Tür auf. Sie betraten einen hohen Raum, der aus glitzernden Kristallen bestand, in denen sich das Licht in allen Farben brach. Bea stockte der Atem. Noch nie hatte sie so etwas Zauberhaftes gesehen.

»Es ist das Kristallzimmer«, sagte Al.

Sie lachte. »Al, was hast du in den Wein getan, ich habe Halluzinationen.«

Er schüttelte den Kopf: »Keine Halluzinationen, Geliebte. Ich habe dem Wein das Sterbeelixier beigemischt.«

Sie wollte etwas sagen, aber er legte ihr den Finger auf den Mund.

»Komm«, sagte er.

Er führte sie durch das Kristallzimmer zu einer mannshohen Öffnung. Sie gab den Blick frei in die Unendlichkeit. Da draußen gab es keine Zeit, keinen Raum, keine Farbe, nur Unendlichkeit.

Hand in Hand standen sie vor dem Schlund. Er übte eine magische Anziehungskraft aus.

»Damals, als ich im Koma lag, stand ich schon einmal hier und spürte wie heute den süßen Reiz zu springen. Aber damals konnte ich nicht, ich war ja zum ewigen Leben verdammt. Jetzt ist das anders.«

Bea sagte: »Dann … wollen wir?«

Er nickte.